Alexander Bálly

# Halbling unter Huren und Halunken

# HALBLING UNTER *Huren & Halunken*

ALEXANDER BALLY

papierverzierer

1. Auflage, Papierverzierer Verlag, Essen
Herstellung, Satz: Papierverzierer Verlag
Lektorat: Stephanie Kempin
Coverbild: Tony Andreas Rudolph
Coverdesign und Umschlaggestaltung: Legendary Fangirl Design // Tina Köpke



Halbling unter Huren und Halunken ist auch als E-Book auf vielen Plattformen erhältlich.

ISBN 978-3-95962-286-8

www.papierverzierer.de

Bibliografische Information der Deutschen Nationalbibliothek
Die Deutsche Nationalbibliothek verzeichnet diese Publikation in der Deutschen Nationalbibliografie; detaillierte bibliografische Daten sind im Internet über http://dnb.dnb.de abrufbar.

# KAPITEL 1

*Ein verzweifelter Halbling, ein seltsamer Zettel und ein einsamer Entschluss*

Ich war nie sonderlich religiös. Mein Vater hatte stets gesagt, Boden- und Wetterkunde wären genug für unsereinen. Wir bräuchten keine Tempel und Priester wie die Trampelfüße. Er war ein typischer Halbling, ein nüchterner Bauer mit praktischem Verstand und einfachen Wünschen. Er lebte, wie fast alle Halblinge, in den grünen Hügeln am Rande der Rotsteinberge.

Auch ich hatte nur einfache Wünsche. Seit zwei Jahren lebte ich in Garbath, einer Stadt voll von Trampelfüßen, die ich laut natürlich stets Menschen nannte. Einige leidvolle Erfahrungen zu Beginn meines Stadtlebens haben mich gelehrt, Spott- und Schmähnamen hinzunehmen. Selbst benutzte ich natürlich keine. Zumindest nicht laut.

Meine Wünsche waren wahrhaftig nicht sehr anspruchsvoll: Ein Bett in einem Zimmer, das mir allein gehört, genügend Geld für zumindest annähernd regelmäßige Mahlzeiten mit etwas Bier und ein wenig Respekt für meine Person, auch wenn sie nur wenig mehr misst als drei Menschenellen.

Aber die meisten dieser einfachen Wünsche schienen heute unerreichbar zu sein.

Als ich dem Bravistempel, geweiht der üppigen Göttin des Wohlstandes und des Handels, den Rücken kehrte, konnte ich es selbst kaum fassen. Hatte ich dort wirklich um Arbeit nachgefragt? In meinem Ohr hallte noch das Echo meiner eigenen Stimme nach: »Bitte, Herr, ich kann arbeiten!

Ich bin bereit, alles zu tun! Ich bin viel stärker, als ich aussehe und ekle mich vor nichts ...«

Du meine Güte! Da hatte ich aber dick aufgetragen! Genau genommen hatte ich sogar gelogen, denn inzwischen ekelte ich mich vor mir selber. Ich war bereit gewesen, für ein paar Scheiben vom Opferbraten meine Grundsätze zu verraten. War ich inzwischen verzweifelt genug, um für diese schmerbäuchigen Schmarotzer in den bunten Roben bis zum Oberarm in zuckendem Tiergedärm zu wühlen, damit sie mit ihren Elfenbeinstäben auf die bunt schillernden Darmschlingen zeigen und die Zukunft prophezeien konnten? Nach meiner Überzeugung zeigte sich die Zukunft nur in den allerseltensten Fällen im Wirrwarr von Schafsgekröse.

Ich war sogar auf die Knie gesunken und hatte regelrecht um Arbeit gebettelt, doch der Fettsack im malvenfarbenen Gewand hatte für mich nur ein missmutiges Grunzen übrig. Als ich ihn nach einer Minute immer noch hoffnungsvoll ansah, antwortete er schließlich mit wippenden Schweinsbacken. Der Tempel habe wegen der schlechten Zeiten leider keine Verwendung für mich. Auch die Diener der Götter müssten sparen, umso mehr, nachdem man nun wohl leider die schönen, geweihten Silberleuchter ersetzen müsse. Es sei unglaublich, dass heutzutage sogar die Tempel bestohlen würden. Er könne leider gar nichts für mich tun. Dann wandte er seine Aufmerksamkeit wieder seinen Fleischspießchen zu und ich mich ab.

Es war zum Verzweifeln. Ich brauchte Geld. Ich brauchte es dringend und hatte keine Ahnung, was ich noch versuchen sollte. Zwar gab es noch immer zwei lukrative Angebote, doch ich war weder gewillt, mich für Geld von betrunkenen Idioten zur Belustigung in Misthaufen werfen zu lassen, noch hatte ich vor, an die andere Option auch nur zu denken. Diese andere Möglichkeit hatte ich schon am ersten Tag in Garbath angeboten bekommen und sicher hätte ich damit stets genug verdient. Aber *das* wollte ich auf gar keinen Fall.

Ich kehrte zum »Alten Schild« zurück. Meine jämmerliche Barschaft ließ mir nur drei Möglichkeiten: Ich konnte ein paar Bier trinken oder etwas essen. Oder ich bezahlte wenigstens einen Teil meiner Zimmermiete.

Der »Alte Schild« war ein kleines Gasthaus und in dieser Stadt für mich das, was einem Zuhause am nächsten kam. Karal, der Wirt, war verträglich. Er war einer der wenigen Trampelfüße in dieser Stadt, mit denen man sich unterhalten konnte, als »Gleichgestellter« oder »von Mensch zu Mensch«, quasi »in Augenhöhe« oder »auf demselben Niveau«. Sogar in ihrer Sprache sind die Trampelfüße diskriminierend. Mein Vater hatte mir geraten: »Halte dich von ihnen fern: Sie sind gemein, roh und ungeschickt.« Doch das war zu Hause gewesen. Mein Vater war nur ein einfacher Halblingsbauer gewesen und hatte nie sehr weit über den Hintern seines Zugschweins hinausgesehen. Mit Menschen hatte er nur wenig zu schaffen gehabt. Ich hatte nun zwei Jahre lang unter ihnen gelebt und wusste es inzwischen besser.

Sie waren nicht nur gemein, roh, ungeschickt, meist waren sie auch noch boshaft und dreckig. Umso angenehmer war es dann, einen zu kennen, der etwas liebenswerter war. Jemanden, der mich so nahm, wie ich nun mal war. Doch auch, wenn Karal nett war, so war er doch mein Wirt und kein Wohltäter. Inzwischen war ich schon wieder eine Woche mit meiner Miete im Rückstand. Es war nur eine Frage der Zeit, bis er mich darauf ansprechen würde. Dann hieß es betteln und um Aufschub bitten. Ich hasste es, mich zu erniedrigen. Ich war schon klein genug.

Ich ging auf die schmale Fachwerkfassade vom »Alten Schild« zu, als mir ein vertrauter, sehr angenehmer Geruch in die Nase stieg: Karal hatte wieder einmal seinen Eintopf mit Weißkraut auf dem Feuer. Mit etwas Glück konnte ich später, wenn Karal abgelenkt war, in der Küche eine Portion für mich abzweigen, ohne dass es ihm auffiel. Damit war die Entscheidung gefallen: Ich würde Bier trinken.

Wie so oft am späten Vormittag waren die wenigen Tische in der kleinen Gaststube leer. Das war mir nur recht, denn dann würde man mich wenigstens nicht anpöbeln. Karal stand hinter der kurzen Theke und putzte Gläser. Im Gegensatz zu mir war er gut gelaunt und strahlte mich freundlich an.

»Hallo, Lu! Na, Glück gehabt bei der Arbeitssuche?«

»War nix! Diese Priester müssen zusehen, wie sie ohne mich zurechtkommen. Aber ich habe so dies und das gehört. Noch hab ich ein paar Eisen im Feuer. Heute Nachmittag werde ich noch einmal losziehen.«

Das war gelogen und ich wusste, dass sich auch Karal darüber im Klaren war. Ich versuchte möglichst viel Ruhe und Zuversicht auszustrahlen, während ich auf meine Stammkissen auf der Bank am hintersten Tisch kletterte.

Gerade wollte ich ein Bier bestellen, als Karal unaufgefordert mit zwei schaumbekrönten Krügen herüberkam und sich zu mir an den Tisch setzte.

»Durst? Du siehst aus, als könntest du etwas vertragen.«

Ich bedankte mich artig und sah vor meinem inneren Auge schon ein ernstes Gespräch über die Miete auf mich zukommen. War es Zeit, mein Bündel zu schnüren und in leeren Fässern am Hafen nach einem trockenen Platz für die Nacht zu suchen? Karal schob mir einen Zettel zu und ich sah mit Erleichterung, dass es ihm nicht um meine Schulden ging. Es war eine Art Stellenanzeige.

Ich las:

*Suche jemanden für diskrete Nachforschungen.*
*Absolute Verschwiegenheit und*
*Zuverlässigkeit werden erwartet und*
*angemessene Bezahlung geboten.*
*Bestelle am Waschtag zur Mittagsstunde*
*in der Herberge »Zur Fähre« ein Glas Ochsenblut.*

Karal grinste: »Das wird heikel. In der Stadt hat kein Gasthaus mehr Ochsenblut.«

Auch ich hatte natürlich gehört, dass dieser schwere Rotwein von der Halbinsel Ranak nicht mehr in die Stadt gekommen war, seit das räuberische Seefahrervolk der Milwinger Ranak erobert hatte. Das war vor mehr als drei Jahren gewesen. Alle Versuche der Rückeroberung waren bisher so halbherzig unternommen worden, dass sie stets gescheitert waren. So musste das Königreich Belgaria leider auf den guten Südwein verzichten.

Ich begann laut nachzudenken: »Wer immer das geschrieben hat, ist clever. Er will sich die Bewerber in Ruhe ansehen, kann im Hintergrund bleiben und abwarten. Niemand mit Verstand bestellt mehr Ochsenblut. Es ist ja allgemein bekannt, dass es nirgendwo mehr welches gibt. Jeder, der es doch tut, ist ein Kandidat. Und der Schreiber dieses Zettels kann die Interessenten beobachten und sich als Auftraggeber zu erkennen geben. Oder er lässt es, wenn ihm der Bewerber nicht gefällt.«

»Du bist ein Fuchs, Lu!«

»Wer hat dir den Zettel gegeben?«

»Ich war in der Küche, als ich die Tür zuschlagen hörte. Da habe ich nachgesehen. Es war aber niemand mehr da. Nur dieser Zettel war mit Reißnägeln an der Tür festgesteckt. Ich hab' gedacht, das könnte etwas für dich sein, und habe ihn abgenommen.«

Ich dankte Karal für das Bier und den Zettel. Als die ersten Gäste kamen, zog ich mich in mein Zimmer zurück. Ein Streifen hellen Sonnenlichts fiel durch das winzige Gaubenfenster in die kleine Kammer unter dem Dach. Die Einrichtung war spärlich. Ein Bett, das – wie fast alles – viel zu groß für mich war, eine alte, wurmstichige Truhe, ein Stuhl und ein Tisch, den ich unter die Gaube geschoben hatte. Über den Stuhl kletterte ich auf den Tisch und stand, wie so oft, wenn ich Heimweh hatte, am Fenster. Von hier aus konnte man über das bunte Gewirr der Dächer blicken. Mit dieser Weite vor Augen fühlte ich mich nicht mehr so klein. Auch die Fachwerkhäuser sahen aus dieser Perspektive, von oben, stets einladend und gemütlich aus. Bei gutem Wetter konnte ich fern im Osten sogar das Rotsteingebirge erkennen.

Ich stand eine ganze Weile so da und dachte nach. Über Karal und die spröde Freundschaft, die uns verband, über meine Schulden, die dummen Trampelfüße und ihre billigen Gemeinheiten, die schäbige Stadt, die ihren Reichtum dem Flusshafen und dem Brückenzoll verdankte. Ich dachte nach und fasste einen Entschluss. Ich würde diesen Auftrag übernehmen.

# KAPITEL 2

*Ein sympathisches Spiegelbild, Belauern im Gasthaus und Wein, den es nicht gibt*

Am nächsten Morgen schlief ich recht lang, dann machte ich mich in Ruhe zurecht und zog mich an. Ich fand, ich machte eine zwar kleine, aber gute Figur. Gestern Nachmittag hatte ich mir noch einen Eimer Wasser und etwas Eintopf aus der Küche geholt. Nach dem stibitzten Abendessen hatte ich mir die Haare gewaschen. Nun Belen sie üppig und seidenweich wie ein goldener Wasserfall aus der Haarspange im Nacken bis auf meine Taille herab. Mein kurzes, nachtblaues Lederkleid war robust, kleidsam und passte hervorragend zu meinen Augen. Ein schwarzer Ledergurt mit schwerer Schnalle, drei Finger breit, verlieh meiner Figur vorteilhafte Kurven. Die Füße steckten in frisch geputzten Stiefeln. Zwar meinten die Trampelfüße, wir würden stets barfuß laufen, doch im Winter war das kaum empfehlenswert und auch nicht im Sommer in einer Stadt, in der jedermann seinen Nachttopf auf die Straße leerte. Ich überlegte mir, ob ich meinen Dolch in den Gürtel stecken sollte. Ich entschied mich dagegen. Für Notfälle hatte ich ein kleines Messer im rechten Stiefelschaft. Das war ein weiterer Grund, Stiefel zu tragen.

Ich kletterte auf den Tisch. Das Fensterglas warf mein Spiegelbild schwach zurück. Was ich sah, gefiel mir: Eine hübsche Halblingsdame, schlank, aber nicht mager, mit feinen Zügen, gesundem Teint, selbstsicherem Lächeln und neckischen Grübchen. Nicht zu jung für eine ernsthafte

Aufgabe, aber jung genug, um jede Herausforderung anzunehmen.

Wenn ich noch vor Mittag in der »Fähre« sein wollte, war es nun Zeit, aufzubrechen. Ich riss mich von meinem Spiegelbild los, sprang vom Tisch und machte mich auf den Weg.

Die Herberge »Zur Fähre« lag am anderen Ufer des Flusses Illman, der die Stadt durchfloss. Auf der besseren Seite. Das sagten zumindest die von drüben. Dort drüben, auf dem Ostufer, gab es die breiteren Straßen und die schöneren Häuser. Sie waren dort im Durchschnitt größer und auch teurer ausgestattet. Die Westseite der Stadt war dichter bebaut. Hier lebten die vielen Handwerker, die in ihren Werkstätten Glaswaren, Spitze, edle Tuche und feine Schmiedearbeiten herstellten. Doch obwohl am Westufer so fleißig gearbeitet und produziert wurde, sammelte sich der Reichtum der Stadt hartnäckig auf der anderen Seite des Illman. Fast alle bedeutenden Händler und Kaufleute hatten ihre Kontore auf der Ostseite und wohnten nur einen Steinwurf weiter in ihren schmucken Häusern, die zu sagen schienen: »Sieh her! Hier sind Reichtum und Glück zu Hause. Armut und Elend sind hier nicht willkommen! Also troll dich besser und verunziere nicht unsere sauberen Straßen!«

Ich ging nur ungern auf die andere Seite. Nicht so sehr, weil ich meinte, dort nicht recht hinzupassen. Aber wenn man kein Fährgeld hatte, war der einzige Weg nach drüben die Brücke.

Die Brücke! Sie war weit mehr als die Verbindung zwischen den beiden Ufern. Sie war fast ein eigener Stadtteil und der belebteste Ort in Garbath. Ihre Planer hatten sie einst großzügig und breit angelegt, doch inzwischen war die Brücke dicht mit schmalbrüstigen Holzhäusern bebaut. Sie standen so eng aneinandergedrängt, dass ihre schmalen Fassaden der Straße Licht, Luft und Raum nahmen. Hier herrschte selbst mittags Zwielicht. Fast jedes zweite Haus war eine Taverne. Wo nichts zu trinken ausgeschenkt wurde, konnte man sich tätowieren lassen, überteuerte Waffen, nutzlose Amulette und willige Mädchen kaufen oder auf beinahe jede nur denkbare Art sein Geld verlieren.

Die Brücke kannte keine Sperrstunde. Zu jeder Tages- und Nachtzeit fanden hier die Seeleute vom nahen Hafen Schnaps, Glücksspiel und ähnlichen Zeitvertreib. Doch nicht nur Seeleute, sondern auch zunehmend Orks suchten hier Vergnügen und Ärger, worin viele Orks aber keinen Unterschied sahen. Seit die Stadtregierung in den Graubergen Orks als Söldner zur Befreiung Ranaks anwarb, hatten auch sie freien Zugang zur Stadt, damit sie hier ihren Sold verpulvern konnten. Nur wenn die Stadt an den Orksöldnern mitverdiente, konnte sie sich diese Streitmacht leisten.

Seither ist die Brücke kein sicherer Ort mehr. Um unbelästigt die Ufer wechseln zu können, bedienen sich die betuchten Bürger verstärkt der Fähre, ein Stück flussaufwärts. Doch mir war das Fährgeld fast immer zu teuer.

Ich bin ebenso flink und geschickt wie nur irgendein Halbling, doch wenn sowohl links als auch rechts der Weg von Mauern oder nassem Abgrund versperrt wird, kann selbst ich mich nicht beliebig verkrümeln. Und eine Prügelei mit betrunken Seeleuten ist ein Kirmestänzchen im Vergleich zu ein paar angetrunkenen Orks, die meinen, sie müssten ein paar Späßchen mit dir machen.

Heute hatte ich Glück: Ein Stück vor der Brücke gelang es mir, unbemerkt von hinten auf ein Fuhrwerk springen. Ich duckte mich hinter die prallen Getreidesäcke, während sich die Zugochsen gemächlich und unaufhaltsam durch das Gedränge auf der Brücke schoben. Als der Wagen am anderen Ufer anlangte, sprang ich ab.

Das Gasthaus zu finden, war nicht weiter schwierig. Es lag, wie es der Name vermuten ließ, direkt am Ufer ein Stückchen flussaufwärts, gleich neben der Fähre. Ein zweigeschossiger Fachwerkbau unter einem breiten, behäbig wirkenden Dach und allerlei Anbauten. Es sah fast aus, als genieße das Haus die Frühlingssonne und hätte sich gemütlich zurechtgeräkelt, um möglichst viele Sonnenstrahlen aufzufangen.

Beim Eintreten blieb der einladende Eindruck erhalten: Sieben oder acht gescheuerte Holztische standen im Sonnenlicht, das durch die Butzenscheiben in die Gaststube fiel und helle Muster in gelblichen oder grünlichen Flecken malte. Saubere Binsen bedeckten den Boden und einige der Bilder an den Wänden waren weniger geschmacklos, als ich es aus anderen Lokalen gewohnt war. Der Raum war noch fast leer. Nur am hintersten Tisch saßen drei Trampelfüße, droschen Karten und waren intensiv mit sich selbst beschäftigt. Ich suchte mir einen Platz möglichst in der Mitte des Raumes mit guter Übersicht. Die dralle Kellnerin erschien, und die freundliche Stimmung erhielt einen Dämpfer.

»Was willst du denn hier? Kannst du überhaupt bezahlen? Zeig mir mal dein Geld!«

Diese Art der Begrüßung hatte ich schon in verschiedenen Gasthäusern erlebt. Deshalb trug ich stets einige eiserne Blechscheiben mit meinen wenigen Geldstücken in meiner Börse, die ich nun schwer und dumpf auf die Tischplatte fallen ließ. Ich zwang mich zu einem Lächeln.

»Hierin ist mein Geld. Wenn du nun so gut sein möchtest, mir Käse, Brot und Bier zu bringen, werde ich dir dankbar sein.«

Beruhigt, aber nicht wesentlich freundlicher, schob die Bedienung ihren Hintern in Richtung Küche. Mittlerweile hatte ich gelernt, dass es oft besser war, diesen großen Idioten nachzugeben. Trotzdem war mir erst mal die gute Laune verdorben. Wieder einmal wusste ich genau, wo in dieser Stadt mein Platz war.

Nach einem guten Stück Käse und einer ordentlichen Scheibe Brot hatte ich mich wieder beruhigt. Die Sonne näherte sich dem Zenit. Für den Auftraggeber wurde es allmählich Zeit zu erscheinen. Zwei Kaufleute hatten sich inzwischen an ein Fenster gesetzt und sprachen sehr angeregt über irgendwelche Ladungen, Profite und Zinsen. Sie schienen nur wenig auf andere Gäste zu achten. Als die Kaufleute ihr Essen serviert bekamen, nahm ein dürrer Mann zwischen meinem Tisch und dem Schanktisch Platz.

Als nächster betrat ein vierschrötiger Ork den Schankraum, pflanzte sich auf den erstbesten Stuhl und plärrte nach Ochsenblut. Ich grinste. Das war genau die richtige Methode, um sich für diskrete Nachforschungen zu empfehlen. Die zwei rotnasigen Gestalten, die als nächstes eintraten, machten es schon besser. Sie warteten ab, tranken erst jeder ein Bier und bestellten erst dann den Wein, den es nicht gab. Doch die Art, wie sie ihrem Bier zusprachen, und ihre Säufervisagen ließen ahnen, dass Verschwiegenheit von ihnen nur bedingt erwartet werden konnte.

Der dürre Mann am Tisch neben mir war anscheinend völlig auf seine Suppe konzentriert. Er blickte nicht auf, als ein drahtiger Rotschopf sich in die dunkelste Ecke des Lokales setzte und sich dort so weit wie möglich in den Schatten zurückzog.

Wenn ein Halbling unter Trampelfüßen sein Stück vom Kuchen des Lebens bekommen wollte, durfte er nicht warten, bis es ihm angeboten wurde. Er musste es sich beizeiten nehmen. Oft genug musste man es dann auch noch verteidigen. Als ich gestern beschloss, den sonderbaren Auftrag zu übernehmen, war mir klar, dass ich mehr tun musste, als den Wein bestellen und zu hoffen, dass der Auftraggeber sich mir zu erkennen gab. Das war für mich als Halbling eine todsichere Methode, abzublitzen und als ein weiblicher Halbling erst recht. Deshalb hatte ich gestern beschlossen, den Auftraggeber selbst anzusprechen. Damit war sein Wunsch, unerkannt zu bleiben, bestens gewahrt und ich empfahl mich für den Auftrag mit einer Probe meines Scharfsinns.

Mit dem scheeläugigen Kerl, der sich zwischenzeitlich an den Tisch mir gegenüber gesetzt hatte und links und rechts um sich linsend ein Bier trank, gab es im Moment fünf mögliche Auftraggeber: Mein schielendes Gegenüber, den Suppenlöffler, der weiterhin mit genussvollem Löffeln beschäftigt war, den rothaarigen Schweiger im Schatten und die Kaufleute. Sie befanden sich zwar noch immer in angeregter Unterhaltung, doch ich mochte nicht ausschließen, dass einer nur auf das Stichwort lauerte.

Die Zeit verrann. Inzwischen hatten die Kaufleute gezahlt und waren gegangen und der Scheeläugige wurde zunehmend zapplig und nervös. Innerlich hakte ich ihn ab. Vermutlich würde er jeden Moment seinen Schoppen bestellen. Und selbst wenn er der Auftraggeber war: Für ihn würde ich nicht arbeiten. Ein Blick in seine Augen reichte, um zu wissen, dass eine Geschäftsverbindung mit ihm nicht gut gehen konnte. Der rothaarige Schattenfreund war geduldiger. Er war aufmerksam. Seine Augen glitten immer wieder von Gast zu Gast. Er konnte der Urheber der Anzeige sein. Allerdings sah seine Kleidung nicht gerade so aus, als hätte er einen lukrativen Auftrag zu vergeben. Der Suppenlöffler war besser gekleidet und hatte sich den Platz mit der besten Übersicht gewählt. Er war rechtzeitig gekommen. Er benahm sich nicht so auffällig unauffällig wie der Schattenfreund. Er wirkte nur konzentriert, still und ernsthaft. Ich fragte mich, wie viel ungeteilte Aufmerksamkeit seine Lauchsuppe wohl verdienen mochte. Damit hatte ich meine Entscheidung getroffen. Es war inzwischen fast eine Stunde nach Mittag und Zeit für den nächsten Schritt.

Aus meiner Tasche holte ich einen kleinen Brief, den ich noch im »Alten Schild« geschrieben hatte. Er lautete:

*Ich bin verschwiegen, scharfsinnig*
*und zuverlässig.*
*Wenn Ihr mich brauchen könnt,*
*ladet mich zu einem Bier ein.*

Unauffällig, hinter der Deckung des Brotkorbes, ließ ich das Stück Pergament zu Boden gleiten, unter den Tisch des Löfflers. Dann, fünf ruhige Atemzüge später, stand ich auf und trat an den Nachbartisch. »Verzeihung, Euch ist da etwas heruntergefallen. Vielleicht ist es wichtig.«

Ich bückte mich und reichte dem verdutzten Mann mein Briefchen. Er überflog es, während ich mich an meinen Tisch setzte und mich scheinbar wieder ganz meinem Käse widmete. Hatte ich den Falschen erwischt, war ich ganz schön angeschmiert. Das sähe mir ähnlich, wenn ich mich trickreich selbst überlistet hätte, vor lauter Schlauheit.

Zum Glück war der Suppenfreund weder erbost noch gelangweilt. Er war eher irritiert. Wenn ich den richtigen Mann gefunden hatte, dann war er vermutlich nicht darauf gefasst gewesen, dass jemand seine Spielregeln veränderte. Nun überlegte er vermutlich, ob es zu seinem Nachteil war, das Spiel nach den neuen Regeln mitzuspielen. Andererseits war er aber vielleicht einfach nur einer von diesen trägen Trampelfüßen, denen man schon backtags in den Hintern treten musste, damit sie sich waschtags bewegten.

In meinem Geist formten sich auf einmal Worte, die ich wie eines der Schwachsinn erzeugenden Mantras im Tempel des Wimlo still für mich wiederholte, immer und immer wieder:

»Bestellmireinbierbestellmireinbierbestellmireinbier...«

Erst nach einer Ewigkeit von knapp zwei Minuten kam die Bedienung wieder vorbei. Der Löffler bestellte sich ein Bier. Ich hielt den Atem an. Als sich die Bedienung schon fast zum Gehen umgewandt hatte, wandte er sich an mich:

»Darf ich Euch auch ein Bier bestellen? Ich hätte einiges Geld verloren, hättet Ihr mir nicht mein Pergament zurückgegeben. Es war ein Schuldschein.«

Ich hätte jubeln können. Doch ich blieb äußerlich ruhig, bedankte mich artig und lud ihn ein, sich an meinen Tisch zu setzen. Er orderte noch ein Bier für mich und stellte sich als Dasal vor. Als er mir nun mit dem Rücken zu den übrigen Gästen gegenübersaß, begann er die übliche Menschenkonversation: Wetter, Politik, die müßige Klage, dass man bei beiden nichts ändern konnte, dann wieder Politik und Wetter ...

Mir war klar, dass er hier nichts erzählen würde. Ich spielte also mit und tat so, als sei ich an nichts weiter interessiert, als an den Sommergewittern und ihrem Einfluss auf die Getreideernte. Immerhin konnte ich diesen Dasal richtig betrachten. Er war »im besten Alter«, nicht mehr jugendlich, mit etlichen grauen Haaren, doch ziemlich mager, drahtig. Ich schätzte ihn auf etwas mehr als 45 Jahre. Die Kleidung, die er trug, war sehr schlicht. Zurzeit trug ein Mann in Garbath, wenn er etwas auf sich hielt und es sich leisten konnte, leuchtende Farben und allerlei bunte Litzen, Stickereien oder zumindest Schneckenornamente aus aufgenähten Kordeln auf der Brust. Dasals Wams war, soweit ich das beurteilen konnte, nach einem modischen Schnitt aus sehr gutem Tuch geschneidert, in schlichtem Taubengrau und nur sparsam mit dezenten Verzierungen besetzt. Offensichtlich wollte er nicht wie ein zu Wohlstand gekommener Gaukler wirken. Sein Gesicht trug feine Züge und wirkte sympathisch. Doch tief in seinem Blick erkannte ich Angst und verzweifelte Sorge.

Hinter Dasal bestellte nun der Scheeläugige lautstark einen Becher Ochsenblut und der rothaarige Schattenhocker natürlich im gleichen Atemzug ebenfalls! Die Bedienung verstand inzwischen die Welt nicht mehr. Sie stemmte die Hände in die Hüften und schimpfte los:

»Ochsenblut! Ochsenblut! Immer wieder nur Ochsenblut! Was ist denn mit euch los, bei allen Göttern! Hört mal alle her! Ich sage es besser gleich laut fürs ganze Lokal! Wir haben kein Ochsenblut mehr! Wir haben überhaupt keine Weine mehr aus Ranak! Kein Ochsenblut und auch keinen Roten Tröster. Sogar die Göttertränen sind alle und ebenfalls der schwarze Garmel. Wir haben nur den Freudentrunk aus Niedertamul! Sonst nix! Klar? Wer Wein aus Ranak möchte, soll bitte erst mal hinuntergehen und diese Piraten vertreiben!«

Diese zornige Rede löste erst recht allgemeine Heiterkeit im Lokal aus. Auf einmal schrien sogar die Kartenspieler nach Ochsenblut und anderen flüssigen Leckereien, die es nur auf der verlorenen Halbinsel gab. Mit diesen Albernheiten brachten sie die Kellnerin nun erst richtig in Rage. Sie lief rot an und explodierte:

»Ihr dummen Saufnasen! Was soll denn der Unsinn? Könnt ihr nicht bestellen, was im Keller ist, wie sonst auch? Das ganze Jahr genügt euch unser Bier! Aber heute, auf einmal, nur um mich zu foppen, muss es dieser Ranakwein sein! Lasst mich doch in Ruhe! Ich hab zu arbeiten. Bestellt gefälligst, was auch da ist!«

Nach diesem erneuten Ausbruch wütender Hilflosigkeit erschallten erst recht immer ausgelassener und lauter von allen Tischen unerfüllbare Bestellungen. In diesem munteren Trubel raunte Dasal mir seine Adresse zu und bat mich, ihn in zwei Stunden aufzusuchen. Noch bevor es in der Gaststube so richtig hoch herging, verdrückte ich mich und ließ Dasal mit meiner Zeche zurück.

# KAPITEL 3

## *Ein Auftraggeber, sein seltsames Büro und sein außergewöhnliches Problem*

Zwei Stunden später saß ich auf einem weich gepolsterten Stuhl in Dasals Büro. Mein Auftraggeber wirkte hinter seinem großen, dunklen Schreibtisch wie hinter einer Schutzmauer und musterte mich schweigend. Ich hatte mir bisher nie vorgestellt, wie es bei einem Bestatter aussehen würde und war deshalb auf vielerlei gefasst gewesen. Jedoch auf nichts wie diesen Raum. Er war violett gestrichen und mit dunklem Teppich ausgelegt. Alles war hier teuer, plüschig und auf eine ausgesucht harmonische Art geschmacklos, die weißen Lilien in den großen Bronzevasen eingeschlossen. Auf einer Kommode neben dem Fenster stand, flankiert von dicken Kerzen, eine Statue von Alvaris. Sie zeigte diese mütterliche Totengöttin, wie sie die Seelen der Verstorbenen in ihrer Schürze über den Unterweltfluss Rummas trägt. Es war nicht zu übersehen, dass Dasal mit seinem Gewerbe keine Not litt. Ich überlegte mir, wie hoch eine angemessene Belohnung bei dem hier zur Schau gestellten Luxus sein mochte und verdoppelte innerlich meine Erwartungen.

Inzwischen gab ich Dasal Zeit, sich ein Bild von mir zu machen und wartete geduldig, bis er das Gespräch eröffnen würde. Da er so auf Geheimhaltung erpicht war, war es vermutlich besser, ihn sein Tempo selbst wählen zu lassen und zu warten, bis er von sich aus über sein Problem reden wollte.

Als er dann mit leiser, weicher Stimme zu sprechen anfing, wehte der Wind aber plötzlich aus einer anderen Richtung:

»Ich weiß wirklich nicht, ob ich dich brauchen kann!«

Meine Gedanken fingen an zu rasen. Der Auftrag war also noch nicht in trockenen Tüchern! Dasal wollte kneifen! Wenn ich ihm jetzt die Initiative überließ, war alles aus!

»Ich hatte mir eher vorgestellt, dass …«

Noch bevor er seine Vorstellungen zu Ende bringen konnte, riss ich das Gespräch an mich: »Meister Dasal, Ihr hättet diesen Zettel nicht geschrieben, wenn Ihr nicht ein Problem hättet!«

»Ja …«

»Das Problem ist von delikater Natur! Sonst hättet Ihr nicht so deutlich auf Verschwiegenheit bestanden.«

»Nun – ja …«

»Und es wird eher Geisteskraft gebraucht, nicht so sehr Muskelkraft, denn sonst hättet Ihr Euch irgendeinen Seemann genommen, der nächste Woche wieder fort ist und womöglich nie mehr wiederkommt.«

»Das ist schon …«

»Meister Dasal! Ich bin genau, was Ihr braucht! Ich habe Euer Inkognito in der »Fähre« vor den anderen Glücksrittern bewahrt. Glaubt Ihr denn ernsthaft, sie wären Euch nicht gefolgt, wenn Ihr auch nur einen von denen angesprochen hättet, die Ochsenblut bestellt haben? Während wir nun hier in Ruhe in Eurem Arbeitszimmer sitzen und niemand etwas ahnt, hocken die anderen noch immer im Gasthaus und belauern sich gegenseitig! Habe ich meinen Scharfsinn nicht bewiesen, indem ich Euch gefunden habe?«

Fieberhaft suchte ich nach weiteren Argumenten und ließ ihn damit zu Wort kommen.

»Aber woher weiß ich, dass du bei Nachforschungen so geschickt bist, wie du sagst? Vielleicht hast du gesehen, wie ich die Zettel aufgehängt habe. Dann wäre das Erkennen im Lokal keine Kunst gewesen!«

Ich konnte ihm unmöglich das Gegenteil beweisen und sah meine Felle davonschwimmen! Er wollte Referenzen und ich hatte keine! Verzweifelt flunkerte ich wild drauflos und hoffte, dass ich mich nicht in dem entstehenden Lügengewebe verheddern würde:

»Es ist nicht das erste Mal, dass ich insgeheim Nachforschungen durchführe. Aber bei derartig sensiblen Aufträgen kann mir natürlich niemand ein Empfehlungsschreiben geben. Ich kann Euch nur bitten, mir zu glauben, denn Beweise kann ich leider nicht vorlegen. Aber trotzdem ist es wahr, dass ohne mich die Gerüchteküche in Garbath um einiges heftiger gebrodelt hätte. Ein schlimmer Skandal wäre damals unvermeidbar gewesen, wenn ich einer hochgestellten Person nicht kurz vor der Verlobung ein belastendes Angebinde wiederbeschafft hätte. Mir ist es ebenfalls zu verdanken, dass zwei Briefe, deren Adressen verwechselt wurden, nie am Bestimmungsort angelangten. Das rettete eine Ehe und ein völlig unbeteiligtes Leben, das anderenfalls völlig unverschuldet dem Verdacht des Hochverrates ausgesetzt gewesen wäre.«

Ich sah ihm fest in die Augen, wechselte vom ehrerbietigen »Ihr« zum vertrauteren »Du« und legte all meine Überzeugungskraft in meine Stimme:

»Ich bin sicher, ich kann auch dein Problem lösen, wenn du mir nur Vertrauen schenkst. Hältst du die Galgenstricke und Tagediebe, die in der »Fähre« nach Ochsenblut geplärrt haben, wirklich für zuverlässiger? Wie diskret sind sie wohl? Würdest du ihnen eher vertrauen als mir? Außerdem bedenke auch dies: Niemand außer mir weiß, dass du ein Problem hast. Ich bin also zumindest teilweise eingeweiht! Lass mich die Nachforschungen durchführen. So hältst du den Kreis der Mitwisser so klein wie möglich. Du hast den ersten Schritt schon begonnen. Fass´ jetzt Mut und vollende ihn. Vertrau mir!«

Nun stand es auf Messers Schneide. Mir war ganz flau im Magen. Meine ganze Argumentation, gespickt mit viel zu leicht durchschaubaren Lügen, kam mir sehr wackelig vor. Doch irgendwie musste ich den rechten Ton getroffen haben. Dasals Hände machten sich selbstständig und begannen einen wilden Ringkampf mit sich selbst, während er verzweifelt einen Ausweg suchte. Schließlich gab er sich einen Ruck und stand auf:

»Du hast vielleicht recht. Die Angelegenheit muss absolut geheim bleiben. Da du ja schon ein wenig weißt, kann ich also genauso gut dich anstellen. Je weniger Leute etwas ahnen, umso besser!«

Gewonnen! Ich atmete auf. So geschäftsmäßig wie möglich stellte ich die nächste Frage:

»Wie kann ich dienen, Meister Dasal? Was ist geschehen?«

Da fing er endlich an zu berichten:

»Ich bin Bestatter. Man vertraut mir die Hüllen der Hingeschiedenen an, damit ich sie möglichst würdig aussehen lasse und ihren Übergang in das Drüben so feierlich wie möglich gestalte. Mit Fleiß und Mühe habe ich mein Institut zu dem gemacht, was es heute ist: das angesehenste der Stadt. Viele hochgestellte Familien zählen zu meinen Kunden. Natürlich begrabe ich auch weniger Begüterte. Schließlich gibt es deutlich mehr Arme als Reiche, und auch Wenigervermögende müssen würdig unter die Erde. Doch ich will nicht leugnen, dass gerade mein guter Ruf in den Kreisen der feinen Gesellschaft mir mein finanzielles Wohlergehen sichert.

Doch nun ist alles bedroht! Wenn das bekannt wird, bin ich ruiniert. Ein solcher Skandal würde den guten Ruf von ›Dasals feierliche Übergänge‹ zerschmettern!«

Er blickte mich direkt an, holte tief Luft, schluckte und ließ schließlich die Luft hörbar durch die Nase entweichen. Dann sprach er es mit fast tonloser Stimme aus:

»Mir sind Anvertraute gestohlen worden!«

»Ihr meint …«

»Die Hüllen der Verstorbenen. Die Leichen!«

Das letzte Wort war kaum hörbar gewesen. Mein Vater pflegte oft zu sagen: »Die Welt ist groß genug, selbst für den größten Unsinn!« Damit kommentierte er die seltsamen Marotten und Probleme der Menschen. Was er wohl zu Dasals Problem gesagt hätte? Es klang grotesk, völlig absurd, doch mir war klar, dass der Bestatter ein ernstes Problem hatte. Diese Stadt war voller Neider und Klatschbasen. Diese Neuigkeit war, wenn sie in Garbath die Runde machte, sicher sehr schädlich für Dasals Geschäft. Deshalb war seine Sorge um Diskretion durchaus verständlich. Er tat mir leid.

Doch wie konnte ich ihm bei seinem Problem helfen? Zunächst einmal, indem ich mir aufmerksam die ganze Geschichte anhörte. Ich tat also so, als würde ich gewohnheitsmäßig nach entwendeten Leichen suchen und fing an, die unvermeidlichen Fragen zu stellen: »Wie viele Leichen sind verschwunden?«

»Es waren vier Anvertraute. Der Erste wurde mir aus der Werkstatt gestohlen, die anderen wurden auf dem Friedhof exhumiert.«

»Wann geschahen diese Diebstähle?«

»Der erste war vor knapp zwei Jahren. Der Verblasste hieß Karimba und war ein Südländer, der mit einer Karawane gekommen war. Er starb an Wundfieber. Ich sollte ihn für die Bestattung herrichten. Doch bevor er noch begraben werden konnte, wurde er aus meiner Werkstatt entwendet, samt der Bahre. Doch am nächsten Tag war nicht nur die Hülle verschwunden. Auch die Karawane war weg, weitergezogen. Ich dachte zunächst, dass seine Genossen es sich anders überlegt hätten. Vielleicht wollten sie für seine Bestattung kein Geld ausgeben und hatten ihn mitgenommen, um ihn unterwegs zu begraben. Ich ärgerte mich über den Einbruch und über die Betrüger, die mich um mein Geld prellen wollten. Aber es war eine recht einfache Behandlung gewesen. Da kein allzu großer Schaden entstanden war, habe ich nichts unternommen.«

Dasal schwieg einen Moment und schloss die Augen. »Der zweite Vorfall geschah vor fast einem Jahr«, fuhr er fort. »Es war ein Matrose namens Mardilo. Der Arme spielte betrunken Karten. Als er verlor, nannte er den anderen Falschspieler, fing einen Streit an und landete bei mir. Ein dünner Dolch, ein sauberer Stich, direkt ins Herz. Es hat kaum geblutet. Er konnte sogar sein eigenes Hemd tragen, als er bestattet wurde. Zwei Nächte später war sein Grab aber geöffnet und er war weg. Mein dritter Verlust war vor etwa vier Monaten. Ein Ork war betrunken von der Brücke in den Fluss gefallen. Angeblich können Orks ganz gut schwimmen, zumindest wenn sie nüchtern sind. Der hier war jedenfalls betrunken und konnte es nicht. So lernte ich ihn kennen. Ich habe mir mehr Mühe gegeben, als bei den meisten meiner Anvertrauten, Alvaris ist meine Zeugin. Aber diese Orks mit ihren grünlichen Fratzen, ihren riesigen Zähnen und den Schweinsaugen, die sich nicht schließen lassen wollen! Man könnte verzweifeln! Ich tat an diesem Gulbuk – so hieß er – alles, was ich konnte, doch er wurde nicht viel schöner. All die Mühe war umsonst! Und auch er wurde binnen dreier Tage wieder ausgegraben.«

Er seufzte. »Vor drei Tagen geschah nun der letzte Vorfall. Diesmal war es Tim von der Wache. Nach langen Jahren redlichen Bemühens hatte er sich endlich ins Grab gesoffen. Der Mann war alleinstehend und mittellos. So kam der Magistrat der Stadt für seine Beerdigung auf. Natürlich nur ein einfaches Begräbnis ohne Extras. Trotzdem war es eine sehr würdige Zeremonie. Nur schade, dass so wenige zur Beerdigung kamen. Das war vor vier Tagen. Er ruhte nur eine Nacht und einen Tag lang ungestört. Denn vorgestern Morgen war auch er ausgegraben und geraubt.«

»Die Abstände werden also immer kürzer«, stellte ich fest. »Was geschah mit den leeren Gräbern?«

»Sie wurden am nächsten Morgen vom Friedhofswärter entdeckt. Den Göttern sei Dank, dass er gleich zu mir kam. So konnten wir die Sache vertuschen, indem wir die Särge wieder zunagelten, die Gräber wieder auffüllten und unauffällig herrichteten. Zum Glück werden diese Gräber so gut wie nie besucht. Um der Tränen Alvaris' willen! Stell' dir nur vor, wie eine gramgebeugte Witwe das Grab ihres Gatten verändert vorfindet! Wie sollte ich das erklären? Der Skandal wäre komplett!«

Ich war also nicht die Einzige, die von den verschwundenen Toten wusste. Ich stellte mir die Frage, wie lange wohl ein Friedhofswärter zuverlässig schweigen konnte und vermutete, dass die Antwort auf dem Grund von Dasals Geldbörse lag.

»Ich nehme an, du hast den Friedhofswärter ordentlich gespickt.«

»Er bekam natürlich etwas für seine Dienste …«

»… und für sein Stillschweigen noch eine Zulage«, vollendete ich den Satz.

Dasal nickte und nuschelte etwas Unverständliches. Dann gab er sich einen Ruck und fuhr fort: »So geht es nicht mehr weiter. Diese Zulage wird nun von Mal zu Mal mehr. Der Mann beginnt natürlich, sich zu fürchten. Schließlich wohnt er auf dem Friedhof.«

»Er wohnt dort?«

»Ja, er hat im hinteren Winkel ein kleines Häuschen und einen Gemüsegarten.«

Auch nach Jahren unter Menschen brachten sie mich immer wieder zum Staunen. Ich versuchte, mir meine Verblüffung nicht anmerken zu lassen, und entgegnete nur: »Vermutlich hat er es da schön ruhig! Was erwartest du nun genau von mir?«

»Der Spuk muss aufhören. Du sollst herausbekommen, wer mir meine Anvertrauten stiehlt. Doch es darf nichts bekannt werden, was mein Institut in schlechten Ruf bringen könnte. Deshalb kann ich nicht gut selbst losziehen und Leute befragen. Wenn ich weiß, wer hinter diesen Vorgängen steckt, dann finde ich sicher auch einen Weg, das abzustellen.«

»Ich soll den Täter nur ausfindig machen und dir nennen. Ich soll ihn nicht töten oder ausschalten. Und ich soll keinerlei Aufsehen erregen.«

»Genau das ist die Aufgabe. Traust du dir das zu?«

»Natürlich! Es wird aber nicht leicht sein. Die Diskretion, die ich wahren muss, erfordert einige Umwege, und ich fürchte, es wird auch einiges kosten, diskret an Informationen zu kommen.«

Ich hoffte, dass ich damit elegant einen Vorstoß in die Ebenen der höheren Belohnungen getan hatte, indem ich darauf hinwies, dass nicht ich so viel Geld haben wollte, sondern der Auftrag dies erforderte.

Dasal schob mir einen kleinen ledernen Beutel zu. Ich öffnete ihn und sah eine lustige Schar Silbermünzen mir zuzwinkern. Das war mehr als nur zufriedenstellend. Ich war so von dem Reichtum geblendet, dass ich gar nicht bemerkte, wie Dasal fortfuhr:

»… hoffe, dass das für die erste Zeit genügt. Falls du mehr brauchst, komm zu mir. Wenn du den Täter ausfindig gemacht hast, so bekommst du eine Belohnung von drei Goldkronen. Bist du einverstanden?«

Ich hörte meinen Mund automatisch »Ja!« sagen, während mein Verstand noch den Sinn dieser Worte zu begreifen versuchte. Konnte es sein, dass ich tatsächlich einmal auf die Butterseite gefallen war?

# KAPITEL 4

*Neuer Reichtum, alte Schulden und ein notwendiger Einkauf*

Der Weg zum »Alten Schild« zurück war unproblematisch gewesen. Angesichts meines neuen Reichtums hatte ich mir die Fähre geleistet. Als mich der Fährmann sah, grinste er und nahm nur den halben Fahrpreis. Lachend meinte er, das sei bei einem Halbling ein angemessener Tarif. Ich stimmte ihm gerne zu. Im Gegensatz zu den meisten Witzen, die ich ansonsten über meine Größe zu hören bekam, ging dieser auf Kosten des Urhebers und zwar buchstäblich.

Kaum hatte ich meine Zimmertür verriegelt, leerte ich Dasals Beutel auf das Bett und machte Inventur. Ich zählte 15 Silberpfennige.

Karal schuldete ich knapp zwei Pfennige für Miete, Kost und Bier. Die steckte ich sofort in meinen eigenen Geldbeutel, dann steckte ich drei weitere Pfennige dazu. Bei meinen Nachforschungen war es möglicherweise sinnvoll, mit etwas Silber zu winken. So erfuhr ich vermutlich mehr als mit einem freundlichen Augenaufschlag. Die Börse des Bestatters mit den restlichen zehn Silberpfennigen verbarg ich im Hohlraum unter einer losen Diele, die ich vor einiger Zeit unter dem Bett entdeckt hatte.

Noch immer war ich verblüfft über Dasals Großzügigkeit. In dieser Stadt herrschte üblicherweise der eifersüchtige Geist der Göttin Bravis mit Geiz und Habgier. Der Betrag, den Dasal mir gegeben hatte, war beachtlich. Er reichte aus, um etwa einen Monat recht und schlecht mein Dasein zu fristen. Für die Erfolgsprämie von drei Goldkronen könnte man einen Monat lang fürstlich prassen, aber wenn ich bescheiden blieb, würde ich mich damit ein viertel Jahr lang über Wasser halten. Dasal musste schon sehr verzweifelt sein. Oder rechnete er gar nicht damit, mir das Geld aushändigen zu müssen? Die Gefahr bestand natürlich. Wenn er sich weigerte, gab es für mich kaum ein Mittel, das ihn zur Einhaltung der Abmachung zwingen konnte.

Ein sehr unangenehmer Gedanke beschlich mich: Für einen Bruchteil des versprochenen Geldes würde er sicher jemanden finden, der mich still und unauffällig um die Ecke brachte. In dieser Stadt einen Mörder zu verdingen, war gewiss leichter, als jemanden anzustellen, der diskret Nachforschungen betrieb.

Wenn ich mir aber Dasal hinter seinem dunklen Schreibtisch vorstellte, wie er die Hände rang, wollte ich ihm derart unfeine Mittel nicht zutrauen. Trotzdem waren Wachsamkeit und ein gewisses Misstrauen sicherlich gesünder.

Wie ich über Dasal nachgrübelte, erinnerte ich mich wieder an das Ende unserer Unterredung. Bevor ich ihn verließ, wollte ich von ihm wissen, ob er irgendeinen Verdacht hatte oder sich vorstellen könnte, warum jemand seine »Anvertrauten« entführen sollte. Er hatte natürlich keinen Verdacht. Die Frage nach dem Grund konnte er auch nicht zufriedenstellend beantworten. Seine vage Idee, dass jemand vielleicht sein Geschäft schädigen wolle, hielt ich für falsch.

Wenn jemand sein Institut in Misskredit hätte bringen wollen, hätte dieser jemand bestimmt dafür gesorgt, dass die Leichen auftauchten. Ein Skandal ist nun einmal nur dann geschäftsschädigend, wenn er publik wird.

Auch die Wiederholung und der lange Zeitraum sprachen dagegen. Selbst wenn ich den ersten Diebstahl aus der Werkstatt beiseiteließ, unter Umständen waren es ja tatsächlich die Karawanenbrüder gewesen, so war mit mehr als einem Jahr seit dem ersten Friedhofsraub sehr viel Zeit vergangen. Wenn jemand Dasal in Verruf bringen wollte, wieso sollte er warten? Wollte jemand erst viel später die Leichen gegen Dasal verwenden? Vielleicht gab es ja jemanden, der mit Dasal im Streit lag, doch im Moment noch aus irgendwelchen Gründen Frieden hielt, auch wenn er heimlich noch immer grollte. Doch andererseits stellte ich mir die Frage, wie lange wohl die Leichen frisch genug blieben? Wenn man Dasal mit ihnen in Verruf bringen wollte, mussten sie von irgendwem wiedererkannt werden. Ein anonymes Skelett würde nicht unbedingt ausreichen, um Dasals Ruf zu zerstören. Zumindest nicht ohne viel Aufwand.

Bei genauerer Betrachtung war die Theorie der Rufschädigung leider voller Löcher. Aber vielleicht war doch irgendetwas daran. Deshalb entschloss ich mich, auch Dasal ein wenig abzuklopfen. Vielleicht ergab das einen brauchbaren Hinweis.

Der wichtigste Kontakt schien mir aber zunächst der Friedhofswärter zu sein. Den wollte ich morgen befragen. Zuallererst sollte aber Karal sein Geld bekommen. Danach gab es noch eine Besorgung, die ich machen wollte, solange es noch hell war.

Ich fand Karal, der in der Küche in seinen Töpfen rührte. Möglichst unbekümmert fragte ich ihn: »Schulde ich dir eigentlich noch Miete? Ich glaube, ich bin etwas durcheinander gekommen.«

Karal spielte die Komödie mit und holte das Buch heraus, in dem er seine Einnahmen verzeichnete. Er blätterte darin vor und zurück und entgegnete dann fröhlich:

»Oh ja! Danke, dass du mich erinnerst. Ich habe es fast vergessen. Das sind …«

Er klemmte die Zungenspitze in den linken Mundwinkel und zählte flink mit den Fingern.

»… zusammen 12 Schilling für die Kammer. Die Zeche aus der Gaststube macht …«

Er blätterte erneut in seinem Buch.

»… 6 Schilling, 5 Heller und 3 Kreuzer.«

Ich rechnete nach und kam ziemlich genau auf den Betrag, den ich erwartet hatte:

»Das sind zusammen 18 Schilling, 5 Heller und 3 Kreuzer. Hier hast du 2 Silberstücke. Behalte den Rest als Zinsen. Ich hätte ja schon viel früher zu dir kommen sollen.«

»Ist ja nicht so tragisch, Lu! Ich weiß ja, dass du zuverlässig bist. Ich bin doch genauso schuld. Ich hätte ja auch schon früher etwas sagen können. Wenn nur alle Schuldner so wären wie du!«

Ich verabschiedete mich und war wieder einmal froh, dass Karal so ein feiner Kerl war. Ich war meine Schulden los und hatte meine Würde behalten. Er hatte sogar mein Trinkgeld von über einem Schilling angenommen. Inzwischen schlenderte ich durch die Straßen auf der Suche nach einem Buchbinder. Zwei Straßen weiter fand ich einen.

Mein Vater hat nie begriffen, dass ich Lesen und Schreiben lernen wollte, und auch mein Bruder hielt es für Verschwendung von Zeit und Geld. Doch ich setzte meinen Willen durch und erlernte die »Tintenkleckserei«, wie mein Bruder es nannte.

Als ich mich vor zwei Jahren nach Garbath aufmachte, dachte ich, ich könnte auf dem Markt für andere Leute Briefe schreiben und damit meinen Lebensunterhalt verdienen. Ich träumte sogar von einem kleinen Laden: »Lupina, die Schreiberin!« Das sollte auf einem grünen Schild am Eingang stehen. Also kaufte ich mir als Erstes beste Gänsefederkiele, Tinte und einige kleinere Bogen Pergament, als ich in der Stadt ankam.

Es war eine Fehlinvestition. In Garbath durften nur Schreiber der Gilde für Geld ihre Dienste anbieten. Die Gilde aber lehnte es strikt ab, mich aufzunehmen, weil Halblingsmädchen, wie ja jeder wusste, nicht schreiben konnten. Schon gar nicht gewerbsmäßig. Seither hatte ich mehr Schreibmaterial, als für meine wenigen Briefe nach Hause nötig war.

Doch wenn ich mir bei meinem Auftrag unterwegs Notizen machen wollte, waren einzelne Pergamentblätter, Feder und ein Tintenfass zu unhandlich.

Der Laden, vor dem ich stand, hatte nicht nur Notizbücher im Fenster, sondern auch in Holz gefasste Stifte. Das Schild verkündete, dass Meister Gramin Bücher fein band und Schreibutensilien für alle Zwecke und jeglichen Bedarf verkaufte. Der Laden machte zwar einen gepflegten, aber keinen übertrieben vornehmen Eindruck.

Das Läuten eines bronzenen Glockenspiels begleitete mein Eintreten. Hinter der Ladentheke stand ein untersetzter Mann mit schütterem, grauem Haar. Er warf mir einen kurzen Blick zu und rief:

»Einen Augenblick, ich habe gleich Zeit für dich.«

Damit wandte er sich wieder seinem Gegenüber zu. Dieser Mensch war groß und hatte breite Schultern. Seine Haut war nicht so hell, wie bei den Bewohnern von Belgaria üblich. Sie hatte eher einen warmen Olivton. Aus seiner kurzen Tunika ragten kräftige Arme mit feingliedrigen Händen. Um die Hüfte trug er einen riesigen braunen Ledergürtel geschlungen, der eine erstaunliche Anzahl aufgesetzter Taschen hatte, in denen man wohl allerlei Kleinigkeiten aufbewahren konnte. Ein abgetragener Umhang, der einst wohl in einem leuchtenden Blau erstrahlt war, vervollständigte seine Erscheinung.

Dieser dunkelhäutige Mann war aber offenbar kein Kunde. Er schien Gramin etwas verkaufen zu wollen und redete mit seiner dunklen Stimme auf den Buchbinder ein:

»Mit diesem Ztein kann man sehr feine Tusche machen. Man zerreibt ihn und vermischt das Pulver mit Essig. In einem fernen Land in Ozten verwenden sie nur solche Tusche und malen die schönzten Bilder damit. Die Tusche izt sehr zparsam im Verbrauch und man kann sie lange aufheben.«

Trotz seines weichen und melodischen Akzents, der ihn als Südländer auswies, sprach er flüssig und wortgewandt. Nur bei ihm ungewohnt harten Klangfolgen geriet seine Zunge ins Straucheln und erzeugte eigentümliche Zischlaute.

»Ich mach' dir einen Vorschlag: Du gibzt mir fünf Schilling für drei Tusch-zteine. Sie sollten mindestens fünf Maß voll Tusche ergeben. Es kann sein, dass die Zteine doch weniger Tusche ergeben. Deshalb lege ich sogar noch einen Ztein drauf.«

»Ich brauch' deine Steine nicht! Wir in Garbath machen unsere Tusche genau so, wie wir sie immer gemacht haben. Auch deinen übrigen Krimskrams kann ich nicht kaufen. Warum suchst du dir nicht woanders einen Käufer für deine Kinkerlitzchen. Du hältst mich von meiner Arbeit und meine werte Kundschaft vom Einkaufen ab.«

»Wie wäre es mit einem ganz, ganz glatten Halbedelztein? Er izt ganz hervorragend geeignet zum Polieren und …«

»Nein, herzlichen Dank und auf Wiedersehen!«

Der Buchbinder trat erstaunlich flink hinter dem Ladentisch hervor, fasste den Fremden mit freundlicher Bestimmtheit an der Schulter und führte ihn zur Tür:

»Ich würde ja gerne helfen und dir etwas abkaufen. Aber ich brauche leider nichts. Bitte versuche woanders dein Glück.«

Die Bronzeglocken bimmelten aufgeregt, als sich die Tür hinter dem Hausierer schloss. Der Buchbinder wandte sich mir zu und seufzte:

»Seit einer geschlagenen halben Stunde wollte er mir etwas verkaufen. Er scheint hunderterlei Kleinigkeiten zu besitzen, die entweder praktisch oder kurios sein sollen. Wärst du nicht gekommen, hätte ich kaum einen Vorwand gefunden, ihn loszuwerden. Ich bin Gramin, der Buchbinder. Was kann ich für dich tun, mein Kind?«

Ich finde es nicht sehr angenehm, immer wieder für ein Kind gehalten zu werden, nur weil mein Gegenüber kurzsichtig, begriffsstutzig oder beides zugleich ist. Trotzdem habe ich es aufgegeben, jedes Mal darauf hinzuweisen, dass auch ein Halbling durchaus erwachsen sein kann. Man würde sich sonst den Mund fusselig reden. Also überhörte ich die unpassende Anrede und wurde sofort sehr geschäftsmäßig:

»Meister Gramin, ich brauche ein Notizbuch, klein und stabil gebunden, nicht allzu dick, und einen Stift, mit dem ich unterwegs schnell und ohne Aufwand einige Notizen machen kann.«

Ich sah den dicken Buchbinder an und merkte, wie es hinter seinen Gesichtszügen arbeitete. Einen Moment schien er fragen zu wollen, ob die liebe Kleine denn schon alle Runen kenne. Dann bemerkte er seinen Irrtum. Nach zwei kurzen Grimassen der Ratlosigkeit erstrahlte schließlich sein Gesicht und er kehrte eifrig hinter den Ladentisch zurück:

»Ein kleines Notizbuch. Ich will mal sehen, was ich da habe.«

Aus einem Schubfach hinter sich holte er ein halbes Dutzend hervor. Ich wählte eines, das etwas größer war als meine geöffnete Hand.

»Die Blätter sind aus feinstem Ziegenpergament. Mein Schwager hat es hergestellt. Seht, die Seiten sind wunderbar gleichmäßig und herrlich dünn.«

Offensichtlich hatte er recht. Das Büchlein war von sehr feiner Qualität. Doch ich konnte ihm natürlich nicht zustimmen, wollte ich nicht selber den Preis hochtreiben. Stattdessen bemäkelte ich ein paar unwesentliche Verfärbungen im Einband, während ich überlegte, ob das Büchlein auch genügend Platz für meine Aufzeichnungen bot. Ich schätzte es auf etwa 60 Seiten. Das war genug. Ich drückte den Preis auf ein erträgliches Maß, bevor ich die Frage nach dem Stift anschnitt.

»Ich habe allerhand Stifte. Wie wäre es mit Kohle, garantiert aus Buchenholz …«

»Zu grob!«

»Rötel …«

»Nein!«

»Ich kann Euch einen holzgefassten Stift zeigen.«

Er holte aus einem anderen Fach einen daumendicken Holzstab hervor. Er war der Länge nach durchbohrt und mit irgendetwas gefüllt. An einem Ende war er so angeschnitzt, dass die Füllung bloßlag. Sie war schwarz und glänzte.

Ich bat darum, ihn ausprobieren zu dürfen. Er reichte mir ein Stück minderwertiges Pergament, auf dem schon viele Hände verschiedene Schreibgeräte erprobt hatten. Ich suchte mir ein halbwegs freies Eck und begann, ein paar Zeilen eines Trinkliedes aus meiner Heimat zu schreiben. Der Stift war weich und hinterließ auch bei wenig Druck kräftige, fettig schimmernde Zeichen.

Während ich schrieb, sah Gramin interessiert zu.

»Ihr habt eine sehr kleine, zierliche Schrift. Ich glaube, Ihr braucht ein feineres Gerät. Das passt auch besser zu dem kleinen Büchlein. Probiert das hier!«

Er reichte mir einen dünnen Holzgriffel mit einer glänzenden Metallspitze. Er war leicht und lag gut in der Hand, als ich ihn über das Pergament gleiten ließ. Damit ließen sich auch kleine Runen sehr flüssig und sicher schreiben. Aber der Stift hinterließ keine Zeichen auf dem Pergament.

»Die Spitze ist aus Silber und nutzt sich nicht so schnell ab. Seht ihr den dünnen Schimmer, dort, wo der Stift entlanggefahren ist?«

Erst als ich das Pergament schräg gegen das Licht hielt, konnte ich eine ganz feine Spur erkennen. Gramin beeilte sich, meine Zweifel auszuräumen:

»Es ist natürlich möglich, die Runen deutlicher erscheinen zu lassen. Nehmt einfach ein wenig hiervon.«

Im Nu hatte er eine kleine braune Flasche in der Hand und befeuchtete damit einen Lappen. Wie er damit über die Schrift wischte, färbten sich die schimmernden Spuren in ein zartes Braun. Auch die feinsten Zeichen waren klar und deutlich zu erkennen.

»Habt Ihr auch eine Tinktur, die die Schrift wieder verblassen lässt?«

»Aber natürlich! Auch die könnt Ihr bekommen.«

Die andere Flüssigkeit befand sich in einem blauen Flakon. Die Demonstration war überzeugend. Für die Notizen einer diskreten Untersuchung schien mir diese Art der Aufzeichnung ideal.

Die Verhandlungen über den Preis waren zäh, doch schließlich hatte ich den Zauberstift, das Notizbuch und beide Flüssigkeiten für 8 Schilling erworben.

Später am Abend, in meinem Zimmer, schob ich meine Truhe vor den Stuhl, setzte mich auf sie und machte die erste Eintragung in meinem Buch, indem ich die Sitzfläche des Stuhles als Schreibtisch benutzte. Ich begann mit einer Zusammenfassung des Gesprächs mit Dasal.

# KAPITEL 5

## *Keine ernsten Hindernisse, ein Friedhofsbesuch und ein seltsamer Bürgermeister*

Ein wenig vor dem Stadtwall, in südlicher Richtung, zwischen der Straße in die Westerlande und dem Fluss, lag der Friedhof. Als ich dort eintraf, war die Sonne schon so weit ihre Himmelsbahn hinaufgeklettert, dass sie wärmte, worauf sie schien, doch noch immer glänzte der Morgentau in den schattigeren Winkeln auf den Gräsern. Zu dieser frühen Stunde konnte ich hoffen, den Friedhofswärter allein anzutreffen.

Eine Mauer umgab den Friedhof. Sie war etwas höher, als ein Trampelfuß groß ist. Entlang der Straße standen jedoch genügend Bäume, die ein bequemes Überklettern der Mauer ermöglichten.

Den offiziellen Zugang gewährte ein einfaches, geschmiedetes Gittertor. Ein knapp kopfgroßer Stein hielt einen Flügel des Tors offen. Ich rollte mir den Stein zurecht und kletterte darauf, um das Schloss zu inspizieren. Kratzer waren nicht erkennbar. Es war ein großes Kastenschloss, gut geschmiert und robust, jedoch sehr einfach im Mechanismus. Wie schon die Mauer, so bot das Schloss hauptsächlich Schutz vor zufälligem, unbeabsichtigtem Eindringen. Wenn jemand tatsächlich auf den Friedhof gelangen wollte, würden weder Mauer noch Schloss ihn daran hindern.

Was hatte ich erwartet? Ein Friedhof wurde nicht sonderlich gegen Einbrecher geschützt. Warum auch? Irgendwann kamen zwar alle hierher, doch bis dahin wurde dieser Ort im Allgemeinen gemieden. Hier gab es auch nichts zu stehlen. Das hatte ich zumindest bis gestern gedacht.

Hinter dem Tor führte ein breiter Kiesweg weiter in den Friedhof hinein, geradewegs auf das alte Hügelgrab zu, in dem angeblich die 800 gefallenen Streiter von König Beleg begraben lagen, die vor über 600 Jahren ihr Leben gaben, damit ihr Herrscher sein Königreich errichten konnte. Ihre Gebeine ruhten unter einem stattlichen Hügel, auf dem sich lange Grashalme im Wind wiegten. Auf dem Gipfel verrosteten Speere, Schwerter und ähnliche Weihegaben, die zwischenzeitlich von den kriegführenden Fürsten an dieser Gedenkstätte hinterlegt worden waren.

Zu Füßen des Hügelgrabes wuchs ein Ring von schlanken Zypressen und krönte den Hügel mit einem immergrünen Diadem. Um diese grüne Krone führte ein kreisrunder Weg, von dem aus verschiedene Pfade wie die Speichen eines Rades in die übrigen Teile des Friedhofes führten. Beiderseits erschlossen weitere schmale Wege ohne erkennbare Ordnung unregelmäßig angelegte Gräberfelder. Büsche und Bäume warfen lange Schatten auf die Grabsteine und Totenpfähle. Manche der Gräber waren gepflegt und mit bunten Blumen geschmückt, doch auf vielen anderen blühte nur wucherndes Unkraut. Alles wirkte recht planlos und chaotisch. Kurz bevor die Speichenpfade die Mauer des Friedhofes erreichten, trafen sie auf einen breiten Kiesweg, der offensichtlich an der Friedhofsmauer entlangführte.

Hier lagen die prächtigeren Gräber. Einfache Holzpfähle gab es hier nicht zu sehen. Statt ihrer hatte man Steinstelen aufgestellt oder Sarkophage, steinerne Kästen mit schwerem Deckel, viele davon prächtig verziert. Ganz vornehme Leute ließen sich sogar luxuriöse Totenhäuser bauen, manche größer als ein kleines Wohnhaus in der Stadt. Die einfachen Gräber gaben meist nur den Namen des Toten preis, und oft genug sogar schon nicht einmal mehr diesen. Diese prächtigen Monumente waren auskunftsfreudiger. In ihnen waren fast immer lange Inschriften eingemeißelt, die für ewige Zeiten die Namen und besonderen Verdienste der Toten verkünden sollten. Wer es sich leisten konnte, schmückte sein Grab mit schönen Reliefs. Meist zeigten sie den Toten, wie er fromm betend von Alvaris aufgenommen wurde oder wie er selig aus ihrer Schürze winkte. Doch es gab auch andere, die die Toten auf ihren Gräbern in all ihrer Pracht und Wichtigkeit ihres Lebens zeigten.

Verschnörkelte Säulen zierten ein auffälliges Grabmal. Ein flaches Relief unter dem Ziergiebel zeigte das Profil eines hageren Mannes mit großer Nase und langem Bart. Er war von seltsamen Zeichen umgeben, fremden Runen und Sternen. Die Inschrift unter dem Bild wies das Grab als Ruhestätte von Gismo aus, dem letzten Hofmagier, und pries ihn als großartigen Zauberer und Meister der Illusionen.

Er war berühmt. Selbst ich hatte von ihm gehört. Er war bei einem Unglück gestorben, das er indirekt selbst mit seiner Magie verursacht hatte.

Bei einem königlichen Bankett hatte er das Trugbild eines Drachens so lebensecht beschworen, dass ein schlummernder alter Paladin entsetzt aus dem Schlaf aufgeschreckt war. Todesmutig hatte er sich dem Untier entgegengeworfen. Bevor ihm jemand in den Arm fallen konnte, führte der greise Recke Hieb um Hieb, die natürlich alle ohne Widerstand durch die substanzlose Erscheinung fuhren. Anstatt das Drachentrugbild zu erschlagen, tötete er in seiner blindwütigen Raserei drei Ritter, fünf Pagen und schließlich als Letzten Gismo selbst. Der Drachenspuk endete mit dem letzten Atemzug des Magiers.

Diesen Vorfall hatten die Priester als willkommenen Anlass genommen, mit der ihnen so verhassten Zauberei gründlich aufzuräumen. Sie stellten sofort jegliche Magie unter strengste Strafe. Immer wieder wurden Leute der Hexerei verdächtigt, eingesperrt und gar nicht selten bei lebendigem Leibe verbrannt. Seit drei Generationen galt Garbath nun schon als magiefreie Stadt.

Ein paar Schritte weiter hatte sich ein stolzer Herr auf einem besonders prächtigen Relief in seiner Rüstung in Stein hauen lassen. Er trug seine juwelengeschmückten Waffen und war von seinen Bauern umgeben, die, viel kleiner dargestellt, auf sein Wort hin seine Felder und Obstgärten bestellten und sein Vieh hüteten. Seine Gattin, angetan in einem Kleid, das irgendwann einmal modern gewesen sein musste, und mit Blumen bekränzt, verteilte großzügig Brot an das Volk zu ihren Füßen und verschenkte Münzen und

Weinkrüge. Beide nahmen huldreich den Jubel der Menge entgegen. Eine Inschrift verkündete salbungsvoll und wortreich, dass hier Garmond bestattet lag, neben seiner Frau Aribunda. Die Inschrift verschwieg gnädig die Beinamen, die das Volk diesem Fürstenpaar gegeben hatte. Sogar leidenschaftslose Chronisten führten sie als »Garmond, den Schinder« und »Aribunda, die Geizige«, die vor zweihundert Jahren das Volk so sehr unterdrückten, dass es zu blutigen Unruhen kam.

Ein meckerndes Kichern hinter meinem Rücken ließ mich erschrocken zusammenzucken. Ich fuhr herum und sah einen alten, mageren, ungepflegten Mann mit roter Nase, der zwinkernd in sich hineinlachte.

»Hat ihm nix genutzt! Die ganze Pracht ist hier umsonst«, kicherte er. »Hier unter den Steinen ist jeder gleich! Alle nur Staub und Knochen! Ist doch ein schönes Gefühl, dass ich einmal auch nicht weniger sein werde, als diese hohen Herren!«

»Bist du der Friedhofswärter?«

Der Alte warf sich in die dürre Brust, nahm mit einer großartigen Geste seinen Strohhut ab. Er verbeugte sich geziert und verkündete in gespieltem Stolz: »Ich bin Punto, der Hüter von Alvaris' Acker, Heger der Gräber, Herrscher der Gebeine, Verwalter der letzten Ruhe und Bürgermeister in der Stadt der Toten. Womit kann ich Euch dienen, edle Dame aus dem Geschlecht der Riesen, die nicht wachsen wollen?«

Bei seinem komischen Auftritt konnte ich mir ein Grinsen nicht verkneifen.

Davon ermuntert zwinkerte er mir nochmals zu und fuhr in weniger erhabenem Ton fort: »Wenn du einen Verwandten suchst: Deinesgleichen liegt im Schatten der Haselsträucher dort drüben. Alles sehr angenehme Genossen. Und auch so bescheiden. Haben mir noch nie Ärger gemacht!«

»Ich komme wegen Tim von der Wache.«

Sein Grinsen wich für einen Moment dem Ausdruck von Bestürzung, doch gleich darauf wurde es wieder fröhlich. Nur sein Zwinkern war plötzlich verschwunden. Stattdessen wanderte sein Blick unstet und besorgt umher.

»Tim von der Wache! Der ist neu in der Gemeinde. Bitte hier herüber, junge Dame. Hier herüber! Komm nur! Immer mir nach! Keine Angst, hier wachsen nur Taubnesseln. Dort, gleich hinter dem Brunnen links, noch ein Stückchen weiter und hier ist es schon: das dritte Grab.«

Plaudernd hatte mich Punto zu einer nahegelegenen, frischen Grabstelle geführt. Sie lag am Ende einer recht krummen Reihe von länglichen Grabhügeln. An den Kopfenden ragten viereckige Balken aus dem Boden. Einfache Kerbschnitzereien bildeten hübsche Muster auf den Totenpfählen und auf angenagelten Brettchen waren die Namen vermerkt. Hinter den Pfählen ragten Speere in die Luft, einige sehr alt, andere etwas jünger, aber alle mit rostigen Spitzen und die meisten schon bemoost. Nur der Speer am letzten Grab war noch nicht verwittert. Auf dem aufgeworfenen Grabhügel lagen einige verwelkte Blumensträuße. Ich musste anerkennen, dass Punto das leere Grab sehr sorgfältig getarnt hatte.

Während er noch munter weiterplapperte, wohl in der Hoffnung auf ein Trinkgeld, fragte ich mich, wie ich am meisten aus ihm herausbekommen konnte. Er wirkte auf eine verquere Art eitel. Es war eine Art der Geltungssucht, die ich schon öfter bei alten oder einsamen Leuten festgestellt hatte. Sie sehnten sich nach Aufmerksamkeit, oft bettelten sie fast darum. Wenn man über sie lachte, fanden sie wenigstens ein bisschen Beachtung. So machten sie sich zu einer verschrobenen, lächerliche Figur.

Wie einsam musste das Leben in einer Hütte auf dem Friedhof sein, wenn man begann, die Toten als Nachbarn und Mitbewohner zu sehen? Ich beschloss, ihn nicht vorsichtig auszuhorchen, sondern direkt zu befragen. Bei seinem Dienst auf dem Friedhof erlebte er sicher nicht viel Erzählenswertes. Wenn er sich nach Aufmerksamkeit sehnte, dann sollte er sein Abenteuer mit den verschwundenen Leichen erzählen dürfen. Ich konnte mir vorstellen, wie schwer es für ihn gewesen sein musste: Endlich hatte er eine gruselige Geschichte erlebt und nun konnte er sie niemandem erzählen. Während er Tims Beerdigung in lebhaften Worten schilderte, unterbrach ich ihn.

»Dasal schickt mich. Ich bin hier, um herauszufinden, was geschehen ist.«

»Was meinst du, kleine Dame? Was soll geschehen sein? Ich verstehe kein Wort!«

Punto wirkte eher verwirrt als besorgt. Er leugnete, wie es ihm von Dasal aufgetragen war, und er machte es nicht schlecht.

»Ich rede von Tim, Mardilo und Gulbuk. Doch wir sollten das besser nicht im Freien besprechen, wo jemand durch Zufall etwas hören könnte.«

Nun erbleichte Punto doch und stammelte: »Wovon redest du? Ich habe keinen Schimmer, was du meinst!«

»Du weißt es genau. Die drei sind nicht ganz so angenehme Nachbarn, wie zum Beispiel meine Stammesbrüder unter den Haselsträuchern. Sie sind eher ein wenig – unstet, stimmt's? Dasal hat mich hergeschickt, weil das aufhören muss. Das denkst du doch auch, nicht wahr, Väterchen?«

Mit einem verzweifelten Blick und einem Schulterzucken gab Punto endlich nach.

»Da gehen wir wohl besser in meine Hütte.«

# KAPITEL 6

*Ein langer Bericht, ein Imbiss und eine Beinaheenthauptung*

Hinter hohen Sträuchern im hintersten Winkel des Friedhofs, lag Puntos Hütte. Hier bot sich den Augen auf einmal ein viel freundlicheres Bild. Der triste Friedhof verwandelte sich in einen verwilderten Garten, an dessen Ende ein kleines, fest gezimmertes Häuschen stand. Mit seinem Dach aus Grassoden sah es aus, als trüge es eine grüne Pelzmütze, an die es sich aus Übermut einen gemauerten Kamin gesteckt hatte. Zwei kleine Fenster mit einer schmalen Tür dazwischen verliehen ihm ein Gesicht. Die niedrige Hütte erweckte den Eindruck, als kauere sie auf dem Boden. Sie wirkte gemütlich und vertraut; mein Onkel hatte zu Hause in einem ähnlich aussehenden Haus gewohnt. Gleich daneben hatte Punto ein Gemüsebeet angelegt, das im Gegensatz zum Rest des Friedhofes sehr gepflegt wirkte. Ein paar Starenkästen sorgten für lebhaftes Geflatter und Gezwitscher und hinter den Beeten brummte es aus drei Bienenstöcken.

Punto öffnete die Tür, hinter der sich der einzige Raum befand. Es war nicht besonders ordentlich, aber auch nicht ungepflegt. Die Einrichtung war einfach. Punto hatte einen Tisch mit drei Stühlen, eine halbhohe Küchenbank und ein Schränkchen neben dem gemauerten Herd. An seinem schmalen Bett unter dem Fenster stand eine Holzkiste als Ablage. Es dauerte nur ein paar Augenblicke, dann hatte er das schmutzige Geschirr in einer Abwaschschüssel gestapelt, die schmutzige Wäsche unter das Bett geschoben und die leeren Schnapsflaschen in einem Eimer versteckt.

Grinsend und wieder zwinkernd sagte der Hausherr: »Ich hatte keinen Besuch erwartet und deshalb dem Pagen heute frei gegeben. Bitte entschuldige die Unordnung.«

Er stellte einen niedrigen Schemel auf die Sitzfläche eines Stuhles und bot mir den Platz an. Ich war beeindruckt, denn so viel Aufmerksamkeit war ich nicht gewohnt.

Wir setzten uns und Punto schenkte aus einem Krug zwei Becher Wein ein. Er trank, schenkte sich nach und begann dann von seinen verschwundenen Leichen zu erzählen.

»Viele denken, es wäre ein schrecklicher Beruf, Friedhofswärter zu sein. Das ist es aber gar nicht. Mit den Toten hat man da fast gar nichts zu tun. Um die kümmern sich die Familienangehörigen oder die Bestatter. Ich grabe ein Loch, schön tief und so lang wie nötig, und sorge dafür, dass die Blumen rechtzeitig am Grab sind. Ich kassiere dann ein Trinkgeld und schaufle das Loch wieder zu. Die Toten bleiben in der Erde und ich auf ihr. Nie gab es irgendwelche Probleme.«

Er senkte seine Stimme: »Doch inzwischen ist alles anders. Nun bleiben sie nicht mehr unten. Jemand gräbt sie aus!«

»Bist du sicher, dass sie ausgegraben werden? Ich meine, mit Werkzeug? Könnten es nicht vielleicht Tiere gewesen sein?«

»Wenn jemand so oft Löcher gräbt wie ich, dann weiß er, wie Schaufelspuren aussehen. Wer auch immer dahintersteckt, benutzt eine Schaufel, und er ist noch nicht einmal besonders geschickt dabei.«

»Wieso?«

»Weil er die Erde nicht ordentlich auf einen Haufen wirft, sondern nur wild aus dem Loch herausschmeißt, egal, in welche Richtung sie fällt. Weil er nicht nur mein Loch wieder aushebt, sondern es zum Teil erweitert. Er gräbt auch dort, wo das Erdreich noch fest ist. Dadurch macht er sich die Sache unnötig schwer. Und weil er nicht darauf achtet, wohin er die Erde schippt, ist sie ihm teilweise wieder in das Loch zurückgefallen. Die Löcher hat jemand gegraben, der zwar stark ist wie ein Ochse, aber er ist weder klug noch geschickt.«

»Er ist stark, sagst du? Wie kannst du das abschätzen?«

»Er hat ein Loch von knapp über einem Klafter Tiefe gegraben. Er hat rings um dieses Loch einen mehr als kniehohen Wall aufgeworfen. Wenn er dann noch immer mit seiner Schaufel die Erde vier Schritt weit vom Loch entfernt hinschippen kann, dann möchte ich gegen so jemanden nicht im Armdrücken antreten.«

Er grinste, hob den Becher, stieß mit mir an und wir tranken einen Schluck. Dann wurde er ernst und fuhr fort:

»Er muss Bärenkräfte haben. Seit diesen Vorfällen ist mir hier auch nicht mehr recht wohl. Besonders nachts. Es war immer so klar: Ich war oben und meine Nachbarn blieben unten. Das war sehr vorteilhaft: Ich brauchte mich nachts nie zu fürchten. Meine Nachbarn schreckten mögliche Eindringlinge ab. Wer geht schon nachts auf den Friedhof? Da graut es ja fast allen, obwohl es hier ein ganz friedlicher Ort war und viel ungefährlicher als jede Gasse in der Stadt. Doch jetzt ist alles anders. Nun fürchte ich mich vor der Nacht. Ich habe Angst. Angst vor jemandem, der sehr stark ist, jemandem, der heimlich hier herkommt und der Leichen stiehlt. Was ist, wenn er einmal eine ganz frische Leiche möchte? Ich bin hier draußen allein, ich bin alt und ich bin nicht gerade ein Kämpfer.«

Bei den letzten Worten hatten seine Augen den Ausdruck eines verängstigten Kindes angenommen. Ich sah, dass seine Furcht nicht gespielt war.

»Hast du keine Waffe?«

Er deutete auf einen großen, stabil wirkenden Speer, der in einer Ecke lehnte.

»Was hilft mir eine Waffe? Ich bin nicht geübt und kann damit kaum umgehen.«

»Sind alle drei Toten auf dieselbe Art verschwunden?«

»Ich habe stets am nächsten Morgen die offenen Gräber gefunden. Der Sarg lag jedes Mal unten im Grab. Der Deckel war immer aufgebrochen und der Inhalt fehlte. Dafür lag der ganze Dreck um das Grab herum.«

»Hast du Fußspuren gefunden?«

»Bei Rilavir und seinem Hammer, ja! Klar, dass da alles zertrampelt war. Natürlich waren da Spuren! Aber ich hab das Loch sofort wieder zugeschaufelt und da waren dann auch die Spuren weg.«

»Weißt du noch, ob es ein Paar Schuhe war oder mehrere?«

»Ich bin bloß ein Totengräber, den man beklaut und zu Tode erschreckt hat. Ich habe mich einen Trollfurz um die Fußabdrücke geschert. Weißt du, wie eilig ich es hatte? Es sollte ja niemand Verdacht schöpfen!«

Er hatte sich in Hitze geredet und trank einen Schluck. Dann grinste er wieder.

»Weißt du, ich kann Spuren fast genauso gut lesen, wie ich kämpfen kann. Ich schaffe es mit Mühe, einen Pferdeapfel von einem Kuhfladen zu unterscheiden. Aber wenn wieder einmal einer meiner Nachbarn entführt wird, werde ich ein Auge darauf werfen.«

»Nein. Du wirst zuerst mich holen. Ich will mir die Spuren selbst ansehen. Hast du in den Nächten irgendetwas gehört? Oder ist dir am Morgen danach sonst noch etwas aufgefallen?«

»Nein! Ich schlafe ziemlich fest und bis auf die verschwundenen Toten waren es eigentlich ganz gewöhnliche Tage gewesen.«

Ich hatte es auch kaum anders erwartet. Weil mir jetzt keine schlauen Fragen mehr einfallen wollten, seufzte ich: »Dann will ich mir mal die drei leeren Gräber genauer anschauen. Kannst du sie mir zeigen?«

Der Alte trank seinen Becher aus und wir gingen wieder hinaus.

»Bei Tim warst du ja eben.«

Wir schlenderten durch das Unkraut zu einer Gegend nahe dem Eingang. In einer Ecke ragten Pflöcke aus dem Boden, auf die man Tierschädel genagelt hatte.

»Die Orks liegen hier. Ihre Angehörigen beschweren sich immer, dass sie auf den Gräbern keine Menschenopfer darbringen dürfen. Aber so etwas lasse ich hier nicht zu.«

Wieder zwinkerte er schelmisch.

»Ich glaube aber, sie meinen es gar nicht so ernst. Das ist halt der feinsinnige Orkhumor. Sie hätten ohnehin kaum Gelegenheit dazu. Sie kommen nämlich nur zu Beerdigungen hierher. Um die Gräber kümmern sie sich so gut wie gar nicht. Sie sind in dieser Beziehung nicht viel anders als die meisten Menschen auch.«

Er war vor einem Grab stehen geblieben, das sich selbst mit violetten Distelblüten zu schmücken suchte. Es war genauso verwahrlost und unauffällig wie die anderen. Ein Widderschädel mit einem sehr eindrucksvoll verdrehten Horn wachte darüber. Dann ging Punto weiter, in eine Gegend, die näher bei den Wächtergräbern lag. Um einen Pflock, mehr als dreimal so groß wie ich, bildeten unmarkierte Grabhügel verschiedenen Alters einen Kreis oder etwas, was dem doch recht nahe kam.

»Hier liegen die armen Schweine aus der Fremde, die kein Geld haben und für die auch niemand Geld ausgeben möchte. Unser Seemann hat hier sein Zuhause.«

Punto war zu einem Grabhügel nahe bei einem Ginsterbusch getreten. Ich bedankte mich und begann zu stöbern.

Nach zwei Stunden war ich verschwitzt und frustriert auf dem Rückweg. Ich hatte wenig Neues erfahren, was mir hätte helfen können, und auch die Sucherei hatte nichts weiter eingebracht, als eine gedrechselte Holzspindel, wie man sie manchmal als Griff bei Schaufeln verwendet. Sie lag unweit von Tims Grab unter einem Busch. Ich fragte Punto, ob das Stück Holz von ihm sein könne. Er verneinte es. Er würde nie mit einer Schaufel mit Handgriff am Ende arbeiten. Ein langer, gerader Stiel sei viel praktischer.

Immerhin hatte ich von Punto noch erfahren können, dass es einen zweiten Bestatter in Garbath gibt: »Sarogo, unweit vom Bärenturm. Aber mit seinen Kunden hatte ich nie Schwierigkeiten! Sehr ruhige Nachbarn und auch sehr verlässlich! Ortstreu, könnte man sagen.«

Ich dankte dem Alten und verabschiedete mich. Zuletzt gab ich ihm meine Adresse im »Alten Schild«, damit er mich finden konnte wenn nötig.

Es war annähernd Mittag, als ich die Stadt wieder betrat, und nun hatte ich Hunger. Ich kannte einen Zwerg, der unweit vom Westtor ein einfaches Lokal führte. Dort verkehrten kaum Trampelfüße. Fast alle Gäste waren Zwergenhandwerker. Da sie viel arbeiteten und in ihrer Freizeit meist unter sich blieben, fielen sie im Stadtbild kaum auf. Dennoch gab es etliche und ihre Handwerkskunst war hochgeschätzt. Niemand hat sie gezählt, doch es waren offensichtlich genügend, um eine Handvoll Zwergenwirte zu ernähren. Heimweh und Liebeskummer gehen bekanntlich auf den Magen.

Ich betrat das Lokal und setzte mich an einen Tisch in einer Ecke. Ein grummeliger Zwerg mit geflochtenem Bart erschien und legte mir missmutig den Eintopf ans Herz:

»Ist von allem noch das Beste …«

Obwohl auch Zwerge nicht freundlich zu mir sind, ist es bei ihnen eine ganz allgemeine Verdrießlichkeit und geht nicht gegen mich als Halbling und Außenseiter. Außerdem ist es ein angenehmes Gefühl, von Zeit zu Zeit an einem Tisch sitzen zu können, ohne ein Kissen zu brauchen.

Der Eintopf war trotz der Warnung vorzüglich. Auch das Brot war, dank der besonderen Gewürze der Zwergenküche, sehr schmackhaft, auch wenn es, wie all ihre Backwaren, recht grobkörnig war. Nach dem Essen holte ich mein Notizbuch hervor und schrieb auf, was ich von Punto erfahren hatte. Ich blickte auf die wenigen Eintragungen und fragte mich, ob ich mich mit diesem Rätsel nicht vielleicht übernommen hatte. Noch hatte ich keinen einzigen ordentlichen Hinweis. Ob Punto irgendwie darin verwickelt war? Wusste er vielleicht doch mehr, als er vorgab? Ich fand ihn zwar schrullig, aber doch offenherzig und ehrlich. Ich war bereit, ihm seine Geschichte zu glauben. Vor allen Dingen glaubte ich ihm seine Angst. Auch waren die drei Gräber von Puntos Hütte so weit entfernt, dass er nichts von der Ausgrabung gehört haben musste, wenn der Dieb nicht unnötig laut vorgegangen war. Hätte ich in der Hütte geschlafen, wäre ich vermutlich auch nicht aufgewacht. Für mich sah es so aus, als wäre Punto ein Unschuldiger, ja fast ein Opfer. Aber glaubte ich ihm vielleicht nur deshalb so gerne, weil er mir sympathisch war, weil er freundlich zu mir war und sogar zuvorkommend?

Die Schauplatzuntersuchung war, bis auf einen Schaufelgriff, ergebnislos geblieben. Das war nicht gerade eine klare Spur. Es war aber das Beste, was ich bisher vorzuweisen hatte. Warum hatte der Dieb nicht statt diesem beliebigen Holzstück seine Jacke mit eingenähtem

Namensschildchen liegenlassen können? Jetzt musste ich zusehen, wo ich die dazugehörige Schaufel finden konnte.

In diesem Moment traf es mich wie ein Keulenhieb! Ich war eine dumme Gans! Ich hatte nicht mehr Hirn, als ein stockzähniger Oger! Frau Oberschlau denkt mal wieder nicht an das Nächstliegende: Puntos Werkzeugschuppen! Ich hatte vergessen, in Puntos Werkzeugschuppen nachzusehen, ob dort die gesuchte Schaufel stand. Ich zahlte und brach auf.

Als ich nun schon zum dritten Mal durch das Tor ging, sah mir der Torwächter mit einem argwöhnischen Blick nach. Offensichtlich fragte er sich, ob ich etwas im Schilde führte oder nur nicht wusste, wohin ich gehen wollte. Nach einigen Minuten hatte ich Punto gefunden. Er saß mutterseelenallein auf einer Bank unter einem Busch und rauchte ein Pfeifchen. Als er mich kommen sah, schaute er mich belustigt an:

»Na, das freut mein altes Herz aber! Du willst wohl meine Gesellschaft nicht mehr missen. Oder hast du etwas vergessen?«

»Mir ist noch etwas eingefallen. Hatte der Täter eigenes Werkzeug oder hat er deines benutzt?«

Er sah mich aufmerksam und ruhig an. »Er hat sein eigenes Werkzeug mitgebracht.«

»Bist du sicher?«

»Ja! Ganz sicher. Komm mit, ich kann dir zeigen, wieso.«

Wieder führte uns der Weg zu seinem Häuschen. Erleichtert stellte ich fest, dass kein Rauch aus dem Kamin aufstieg. Ich hatte schon die Befürchtung gehegt, dass er den verräterischen Schaufelstiel verbrannt haben könnte. Doch er war ruhig und gelassen. Das Einzige, was qualmte, war seine Pfeife.

Er führte mich hinter die Hütte, zu einem Verschlag mit niedriger Tür, die nur ein einfacher Holzriegel verschlossen hielt.

»Bitte: Überzeuge dich selbst!«

Ich schob den Riegel zurück und öffnete die Tür, als ich plötzlich ein dumpfes Poltern hörte. Ich sah nur ein Blitzen in der Dunkelheit, als eine lange Klinge auf mich zu sauste. Punto riss mich augenblicklich an der Schulter zurück und packte blitzschnell in den Türspalt. Dann öffnete er vorsichtig die Tür und gab den Blick frei.

In der Hand hielt er den Stiel der Sense, die mich fast aufgespießt hätte. Der Sensenstiel hatte etwa in der Mitte einen Handgriff, an dem ein Blecheimer baumelte. Darin schepperten ein paar Handschaufeln. Meine Knie begannen zu zittern und kalter Schweiß trat auf meine Stirn. Während ich noch nach Luft rang, grinste Punto mich an, wie ein Junge, dem ein lange geplanter Streich geglückt ist.

»Besser als jedes Schloss! Jeder, der unbedacht die Tür öffnet, verursacht eine Menge Krach und hat zumindest einen riesigen Schrecken. So wie du jetzt gerade.« Sein Grinsen wurde noch breiter. »Es ist schon sehr lästig, wenn man ein Grab schaufeln soll, und feststellt, dass jemand dein Werkzeug gemopst hat. Da habe ich mir das hier ausgedacht. Ist ganz praktisch.«

Allmählich hatte ich mich wieder so weit im Griff, um wütend zu werden:

»Du orkpickeliger Dämlack, du trollhirniger Esel, du, du, du …« Mir fiel nichts mehr ein. »… hättest mich um ein Haar umgebracht!«

»Na, na! Ich hab' doch auf dich aufgepasst. Außerdem wollte ich dir zeigen, dass niemand nachts mein Werkzeug klauen kann, ohne dass ich es merke. Ich bin vielleicht alt, hässlich und dumm, aber taub bin ich nicht.«

Er sah etwas beleidigt drein und ließ die Schultern hängen.

Ich öffnete vorsichtig die Tür und sah, dass die Sense von einem einfachen Bindfaden durch den Türspalt gerissen wurde. Die wenigen übrigen Werkzeuge hingen ordentlich an Nägeln an der Wand: ein paar Schaufeln, eine Hacke, zwei Rechen sowie ein schwerer Vorschlaghammer. Alle Schaufelstiele waren gerade. Es gab auch keine Nägel, an denen nichts hing. Das Stück Holz stammte tatsächlich nicht von hier.

Ich schloss die Tür und sah Punto an, der immer noch recht gekränkt zu Boden blickte.

»War nicht so gemeint! Ich bin nur furchtbar erschrocken. Aber du hast recht. Keiner kann hier rein, ohne dass er Radau macht. Deine Falle ist einfach, aber sehr wirkungsvoll. Und bei Nacht ist sie lebensgefährlich. Ich hätt' mich ja fast nass gemacht!

Diese Mischung aus Bestätigung, Entschuldigung, Anerkennung und Obszönität brachte endlich wieder ein versöhnliches Grinsen auf die Lippen des Alten.

»Wollte dir doch nichts Böses!«, grummelte er: »Aber wenn ich meine Falle schon mal vorführen kann … Die Versuchung war zu groß. Nichts für ungut, ja?«

# KAPITEL 7

## *Erste Analysen, vorsichtige Sondierung und Vorbereitungen für ein Rendezvous*

Es war also nicht Puntos Schaufel. Punto konnte ich wohl glauben. Einiges sprach dafür. Wenn er nämlich Dreck am Stecken gehabt hätte, hätte er mich mit seiner Falle ganz einfach aus dem Weg räumen können. Es wäre ihm sicherlich ein Leichtes gewesen, meinen kleinen Körper unauffällig verschwinden zu lassen. Möglicherweise sogar bei meinesgleichen unter den Haselsträuchern. Dank Dasals Geheimniskrämerei wäre ein Mord an mir vermutlich niemals aufgeflogen. Punto hätte leugnen können, mich je gesehen zu haben. Für meine wenigen Bekannten wäre ich einfach spurlos verschwunden geblieben. Dasal hingegen hätte geglaubt, einer Betrügerin aufgesessen zu sein, die sich mit seinem Geld verdrückt hat. Aber ich war am Leben, Punto war nicht der Dieb und machte offensichtlich auch nicht gemeinsame Sache mit ihm.

Es war inzwischen früher Nachmittag. Ich saß wieder in meiner Kammer im »Alten Schild« und begann auf einer frischen Seite im Notizbuch eine Liste mit der Überschrift »Entlastet«. Dort trug ich nun Punto ein. Auf die Seite gegenüber schrieb ich »Verdächtig«. Leider hatte ich bisher noch keinen Namen, den ich eintragen konnte. Nach der Untersuchung des Schuppens hatte ich Punto rasch wieder verlassen und war am stirnrunzelnden Torwächter vorbei zurückgekehrt. Die Sonne stand noch hoch und tauchte das Gewimmel in freundliche, warme Farben. So beschloss ich, einer Laune folgend, noch einen kurzen Abstecher zum Bärenturm zu machen, einem großen Wehrturm am Stadtwall im Norden, aber diesseits des Flusses, auf dem westlichen Ufer. In Sichtweite des Turmes fand ich, was ich gesucht hatte. Der Laden des anderen Bestatters logierte in einem großen, aber schmucklosen Haus. Rechts daneben führte eine Tordurchfahrt in einen Hof mit einem Apfelbaum. Vom Laden selbst konnte ich nichts sehen, denn die Fenster waren für mich zu hoch. Doch auch von außen war erkennbar, dass das Firmenschild von gröberer Machart als Dasals war. Es lautete knapp »Sarogos Bestattungen«. Ein unauffälliger Blick durch die Toreinfahrt lohnte sich aber. Ich sah einen feisten, vierschrötigen Mann mit wildem Vollbart, wie er seinen Gehilfen anwies, einen großen Stapel Bretter zu hobeln.

»Und zwar ordentlich, du Holzkopf! Sie müssen ganz glatt sein! Neulich hatte ich deinetwegen einen Splitter im Handballen! Und nun los, Mirwal! Tummel dich, damit die Arbeit fertig wird! Loslosloslos!«

»Ja, Meister, sofort!«, entgegnete der Angesprochene gleichmütig, während sein Dienstherr an mir vorbei durch den Torbogen ging, die Straße überquerte und im Wirtshaus auf der anderen Straßenseite verschwand.

Mirwal, der Gehilfe, war ein großer Bursche von vielleicht zwanzig Jahren, mit kurzem, blondem Haar und einem breiten Gesicht, das ebenso viel Einfalt wie Gutmütigkeit ausstrahlte. Als ich ihn sah, ein linkisches Monument der Harmlosigkeit, fasste ich den Entschluss, ihn unauffällig auszuhorchen.

Ein Blick auf ein kleines Schild an der Ladentür verriet mir, wann er Feierabend haben würde. Ich schlenderte ein paar Ecken weiter, in Richtung auf den Breiten Damm, der großen, gepflasterten Hauptstraße, die zur Brücke führt. Etwa auf halber Strecke dorthin sah ich ein einladendes Gasthausschild mit der Aufschrift »Zum Eberkopf«. Nach einigen Minuten hatte ich mit dem Wirt eine Vereinbarung getroffen, die mich ein halbes Silberstück kostete. Dennoch hegte ich die Hoffnung, sie würde sich bezahlt machen. Danach kehrte ich in den »Alten Schild« zurück.

Seit fast zwei Stunden saß ich nun in meiner Kammer auf meinem Bett und ergänzte meine Aufzeichnungen. Alles in allem war es wenig genug, was ich hatte. Ich hatte ein Stück Holz, das vielleicht sogar nur zufällig dort herumgelegen hatte. Sonst hatte ich nichts, nicht einmal einen Verdacht. Doch auch wenn man nichts hat, kann man auf gut Glück stöbern. Irgendetwas ließ sich immer finden. Möglicherweise führte ja ein zufälliger Hinweis zu etwas Verwendbarem, zu einer Spur, die man verfolgen könnte.

Es wurde Zeit aufzubrechen. Ich zog eine bestickte Bluse an und stieg in einen halblangen, schwarzen Rock. Darüber legte ich ein knappes rotes Mieder an und wand einen Samtgürtel um meine Hüfte. Schließlich fasste ich mein Haar mit einer Spange zu einem Pferdeschwanz zusammen. Ich kletterte auf den Tisch und blickte in das Glas des offenen Fensters. Mein mattes Spiegelbild zeigte mir nun das reizendste Mädchen, das ich sein konnte. Ich übte noch mal kurz meinen Augenaufschlag, der wortlos jedem Mann bestätigte, mein Held zu sein. Wie beruhigend. Ich beherrschte ihn noch. Zufrieden kletterte ich vom Tisch. Nun holte ich noch Tinte und Feder und schrieb auf ein kleines Kärtchen: »Guten Appetit!«. Dann brach ich mit dem Kärtchen in der Rocktasche auf.

Am Tempel der Göttin Lanavis auf dem Breiten Damm machte ich kurz halt. Ein Kaufmann hatte hier der Göttin der Wahrheit und des Lichts letzte Woche drei Rinder opfern müssen, weil er bei einer dreisten, aber geschäftsförderlichen Lüge ertappt worden war. Da das Fleisch nun gut abgehangen sein sollte, standen an der weniger prächtigen Schmalseite des Tempels einige Frauen vor einem Fenster, um gegen eine Spende für die Göttin Fleisch zu »erbitten«. Ich stellte mich ebenfalls an und bald fragte mich ein blasierter Novize:

»Was wünscht Ihr, meine Tochter?«

»Hast du Rindswürste?«

»Dank der großzügigen Opferbereitschaft der hiesigen Kaufmannschaft kann der Tempel einige Rindswürste entbehren. Bist du denn auch reinen Herzens und bereit, der Göttin zu huldigen?«

»Ich huldige reinen Herzens mit einem halben Bronzestück pro Pfund.«

Der salbungsvolle Ton verschwand aus der Stimme des jungen Priesters und seine Augen verengten sich zu schmalen Schlitzen:

»Eineinhalb Bronzestücke für das Pfund!«

Es ging noch eine Weile hin und her, doch dann hatte ich ein Päckchen mit einem gut gewogenen Pfund Wurst für einen ganz erträglichen Preis erstanden.

Auch wenn es mir gegen den Strich ging, die Priester mit dieser Art des »Gottesdienstes« noch reicher zu machen, musste ich doch zugeben, dass sie ihre Fleischwaren etwas preiswerter abgaben als die Handwerksmetzger. Bei dem Einkaufspreis war das wahrlich kein Wunder! Außerdem machte der Abt des an diesen Tempel angeschlossenen Klosters die beste Rindswurst in ganz Garbath. In das Päckchen mit der Wurst steckte ich das Kärtchen und ging weiter zum Bärenturm.

Ich kam noch rechtzeitig an und konnte beobachten, wie Mirwal gerade den Hof fegte. Bald musste er wohl Feierabend haben. Ich suchte mir ein Plätzchen, von dem aus ich unauffällig die Tordurchfahrt zum Hof und die Ladentür belauern konnte. Im Schatten öffnete ich den obersten Knopf meiner Bluse. Rasch rüttelte ich den Inhalt so zurecht, dass er schön oben im Mieder steckte und vorteilhaft zur Geltung kam. Bei uns zu Hause hieß es immer: Wer schönes Obst hat, darf es zeigen.

Ich brauchte nun auch nicht mehr lang zu warten. Die Vordertür schwang auf, der große blonde Junge trat heraus und knöpfte sich umständlich die Jacke zu. Dann stieg er die zwei Stufen hinunter und wandte sich mit hängenden Schultern nach links. Auf mich zu und an mir vorbei! Genau in die richtige Richtung. Ich jubelte leise. All die Geschichten, die ich mir überlegt hatte, um ihn in das richtige Gasthaus zu locken, waren nun überflüssig, denn er ging fast geradewegs darauf zu. Ich folgte ihm.

Drei Straßenecken weiter, nun schon recht nahe am Gasthaus, in dem ich zuvor mit dem Wirt meine Abmachung getroffen hatte, beschleunigte ich meine Schritte, eilte an ihm vorbei und stieg ein Stückchen vor ihm die Treppen zu einem recht vornehmen Haus hinauf. Bei der letzten Stufe rutschte ich »zufällig« aus. Während ich theatralisch die Treppe wieder halb hinunterfiel, kullerte das Päckchen genau vor Mirwals Füße.

Er hob es auf und reichte es mir. Ich schenkte ihm meinen verheißungsvollsten Augenaufschlag und ein gehauchtes »Danke!«. Als ich ihm meine freie Hand entgegenstreckte, beugte er sich vor und ergriff sie artig, um mir aufzuhelfen. Es dauerte einen Moment, bis ich mich erhob, ein paar Atemzüge, in denen ihm gar nichts anderes übrig blieb, als einen langen und tiefen Blick in meinen Ausschnitt zu werfen, während ich ihn noch immer strahlend anlächelte. Schließlich stand ich wieder. Noch einmal lächelte ich ihm zu. Dann wandte er sich ruckartig um und ging weiter, um die Ohren herum rasch immer roter werdend. Um meine Komödie zu Ende zu spielen, ging ich rasch die Stufen hinauf und klopfte. Ich sah noch, wie der Bursche an der nächsten Ecke nach rechts abbog und mir einen kurzen Blick zuwarf. Da ging die Tür auf und eine mürrische Frau fuhr mich an: »Was willst du denn hier?«

Blitzschnell drückte ich ihr das Päckchen in die Hand und rief: »Soll ich hier abgeben!«

Im Nu war ich die Stufen hinuntergesprungen und eilte Mirwal hinterher. Ich hatte schon Angst, ich könnte ihn im Gewühl nicht wiederfinden, dann sah ich, fast am Eberkopf, seinen blonden Hinterkopf und seine Ohren vor mir, die immer noch rot leuchteten. Im Laufen rüttelte ich noch einmal die Auslage im Mieder auf, dann hatte ich ihn erreicht und zupfte ihn an der Jacke.

Er drehte sich um und schaute irritiert, bis er mich vor oder besser, unter sich entdeckte.

»Ja, was ist denn noch?«

»Ich wollte mich bedanken, weil du mir mein Päckchen wiedergegeben hast und nicht damit weggelaufen bist. Mein Meister hätte mich bestimmt davongejagt!«

»Ja?«

»Bestimmt! Du hast jetzt auch Feierabend? Darf ich dich zum Dank auf einen Krug einladen?«

Er glotzte mich an wie ein Denkmal der Begriffsstutzigkeit.

»Na komm schon! Gib dir einen Ruck! Oder bist du etwa nicht durstig?«

»Ja, Durst hab' ich schon! Aber …«

»Kein Aber! Durst ist Durst und duldet keinen Aufschub! Und da, wo ich herkomme, heißt es: ›Getilgte Dankesschulden bringen Zinsen, je eher, umso mehr!‹«

Ich packte ihn an der Hand und er folgte mir widerstandslos in das Gasthaus.

# KAPITEL 8

## *Destillation einer Geschichte aus Mostgeist, mühsamer Heimweg und keine Verführung*

Mirwal und ich hatten an einem freien Tisch etwas abseits einen leidlich ruhigen Platz gefunden.

»Ich heiße Lupina, aber alle sagen nur Lu.« Ich ließ wieder mein Lächeln erstrahlen.

»Ah so.«

Offenbar wollte die Unterhaltung nur schwerfällig in Gang kommen.

»Hast du auch einen Namen?«

»Ich heiße Mirwal.«

»Das ist ein sehr schöner Name.«

»Findest du?«

»Ja!« Er bekam einen Augenaufschlag geschenkt. »Mirwal. Ich finde, er passt zu dir!«

Endlich, bevor das Gespräch versickerte, kam der Wirt und blinzelte mir unauffällig zu. Ich bestellte zwei Krüge Bier und zwei Apfelschnäpse, wie man sie hier in Garbath als Mostgeist preiswert serviert bekommt.

»Ich bin noch nicht lange in der Stadt. Ich komme nämlich aus dem Rotsteingebirge.«

»Ich bin schon vier Jahre hier.«

»Dann kennst du dich ja sicher schon prima aus! Ich finde alles noch sehr aufregend.«

Unsere Getränke kamen und ich erhob den Bierkrug. Meinem Gast blieb keine Wahl. Er musste mit mir anstoßen.

»Na, ich finde die Stadt eigentlich nicht mehr sehr aufregend. Jeden Tag dasselbe, mehr oder weniger ...«

Auffordernd hob ich nun auch mein Schnapsglas.

Mirwal zögerte. »Der Schnaps ist auch für mich?«

»Zu Hause trinken wir Bier immer mit einer kleinen *Verdauungshilfe*«, log ich fröhlich. Wir tranken und ich stellte befriedigt fest, dass der Wirt mein Glas, wie abgemacht, mit kaltem Pfefferminztee gefüllt hatte. Trotzdem tat ich so, als hätte mir der scharfe Mostgeist den Atem verschlagen. Auch Mirwal rang nach Luft, was er aber zu verbergen suchte.

»Der erste ist immer der schlimmste!«

Ich winkte dem Wirt und bestellte zwei weitere Mostgeister.

Nach dem dritten Schnaps taute Mirwal endlich auf und begann von sich zu erzählen. Er kam aus einem Dorf, nicht weit vor der Stadt, und schickte regelmäßig Geld an seine Familie. Ich hörte begeistert zu, damit er sich in Fahrt reden konnte. Er erzählte von seiner Schwester, die seine Mutter fast in den Wahnsinn trieb, weil sie nun schon das vierte Mal einen ernsthaften Bewerber um ihre Hand abgewiesen hatte. Ich entrüstete mich mit ihm zusammen, doch in meinem Herzen konnte ich sie nur zu gut verstehen. Meiner Mutter war es mit mir ähnlich ergangen. Ich erfuhr von Bella, der tüchtigen Milchkuh, und Ris, dem Hofhund, den er so sehr vermisste.

Es ist schon wahr. Ein Thema gibt es, darüber kann jeder Trampelfuß stundenlang reden: über sich selbst. Inzwischen sprach Mirwal lebhaft und hatte seine Schüchternheit abgelegt. Ich begann vorsichtig, das Gespräch in die richtige Richtung zu dirigieren, strahlte ihn an und fragte: »Nun aber bist du ja in Garbath. Was arbeitest du denn so?«

»Ich bin Schreinergeselle.«

»Ich mag Holz gerne. Du machst also Möbel?«

Schlagartig zog große Verlegenheit Mirwals breites Gesicht deutlich in die Länge. »Eher Kisten ...«, stammelte er.

»Was für Kisten?«

»Na, Kisten halt, längliche Kästen mit Deckel.«

»Zum Verpacken von Waren im Hafen?«

Sein Gesicht war inzwischen noch länger geworden. Schließlich hob er den Bierkrug und nuschelte dahinter: »Ich mache Särge!«

Nun war es heraus. Mit einem Ruck setzte er den Krug ab und bekam wieder rote Ohren. »Jetzt weißt du es!«, stieß er hervor. »Wenn du mit einem Sargtischler und Bestattergehilfen nicht an einem Tisch sitzen willst …«

Ich legte ihm die Hand auf den Arm. »Ich finde nichts Schlimmes dabei, wenn jemand Bestatter ist. Es ist ein Beruf, so gut wie andere auch. An keinem Beruf ist etwas auszusetzen, wenn man sein Brot auf ehrliche Art verdient. Zu Hause war meine Großmutter Klageweib und Leichenwäscherin. Sie war eine sehr angesehene Frau und hat vielen Leuten Trost gespendet. Ich glaube sogar, ich bin schon mal an einem Bestatter vorbeigelaufen. Das war am Wall. Er hieß Sarago oder so ähnlich.«

»Das ist mein Meister. Meister Sarogo! Da arbeite ich!«

»Welch ein Zufall! Wie ist denn dein Meister so? Ist er auch so streng wie meiner?«

»Er verlangt gute Arbeit und ist sehr genau. Aber er bezahlt mich immer pünktlich. Zwar nur wenig, aber pünktlich. Nein – viel zahlt er mir wirklich nicht. Ich will aber nicht schlecht über ihn reden. Auch wenn ich die meiste Arbeit für ihn mache, während er im ›Raben‹ sitzt. Er sagt, er muss dort ›Geschäftskontakte‹ pflegen.«

»Jaja, rumkommandieren und schlau daherreden, das können sie!«, seufzte ich und nahm regen Anteil an seinem Los.

»Er hat sich die Arbeit auch ziemlich einfach gemacht. Vor ein paar Jahren hat er geheiratet und sein Haus umgebaut. Er sagt, er hat jetzt keinen Platz mehr, um die Toten aufzubahren. Wegen seiner Familie und der Tischlerei. Na ja, Platz gäb's in seinem Haus wohl genug. Doch seine Frau will nicht unter einem Dach mit lauter Toten leben. Außerdem stört sie wohl der Rummel, den die Totenwache macht.«

»Wieso machen die Totenwachen denn Krach?«

»Na ja, Krach ist es meistens nicht gerade. Sie singen halt die ganze Nacht über! Damit nur ja niemand einschläft! Sonst kommen die Geister, um dem Toten die Seele zu klauen! Und natürlich passen sie auch auf, dass sonst nichts wegkommt!«

Das klang ja sehr interessant! »Wie meinst du das?«, fragte ich im Tonfall unschuldiger Arglosigkeit.

»Oh! Da soll früher schon so manches vorgekommen sein! Da hat man zum Beispiel Streifen vom Totenhemd abgeschnitten und verkauft. Oder sogar Haare! Für Amulette und lauter so verbotenen Kram. Und für Geistertrommeln, die richtig funktionieren, braucht man angeblich ein Stück Haut von einem Toten. Damit sich nicht irgendwer an den teuren Toten zu schaffen macht, passt die Totenwache auf. Und damit sie nicht einschläft, singen sie die ganze Nacht durch fromme Lieder.«

»Aber nicht bei Meister Sarogo im Haus!«

»Nee, jetzt nicht mehr! Wenn jetzt jemand beerdigt werden soll, besucht mein Meister die Angehörigen und spricht ihnen etwas Trost zu. Die Frauen und Töchter richten meist ihre Toten selbst her und bahren sie auf. Wenn sie das nicht wollen, schickt ihnen mein Meister die alte Jaguris. Sie macht dann, was so zu machen ist. Sie sorgt auch, wenn es nötig ist, für die Totenwache. Später sagt mir dann mein Meister, was für einen Sarg die Angehörigen wünschen. Ob er aus Nussbaum oder aus Fichte sein soll, welche Griffe ich dranschrauben muss und so weiter. Wenn ich dann mit dem Sarg fertig bin, wird angespannt und der Meister sitzt ganz wichtig auf dem Bock. Wir fahren zum Trauerhaus und sargen dort den Leichnam ein, und dann geht es auf den Friedhof hinaus.«

»Das heißt, du machst die ganze Arbeit, und er kutschiert bloß und fühlt sich wichtig!«

»So in etwa. Na ja, er macht schon auch was, aber das meiste bleibt doch an mir hängen.«

»In so einer großen Stadt sterben ja auch bestimmt viele Leute. Und du machst die ganze Arbeit! Da wirst du aber viel zu tun haben.«

»Es ist nicht ganz so schlimm. Es gibt zwar immer Arbeit, aber zum Glück ist Sarogo nicht der Einzige, der in der Stadt Leute beerdigt. Die Heiler beerdigen gelegentlich selbst, wenn ihnen ein mittelloser Patient gestorben ist. Und es gibt noch Dasal. Das ist auch ein Bestatter, aber ein ganz anderer.«

»Wieso?«

»Der ist irgendwie seltsam. Immer so leisetreterisch. Er tut ganz würdevoll und nennt seine Toten »Die Verblichenen« und so. Hat aber die vornehmste Kundschaft und ist ziemlich teuer. Trotzdem ...«, er kicherte, »... seine Särge sind dieselben wie unsere. Er kauft sie nämlich bei meinem Meister. Seine Toten liegen auch in meinen Kästen!«

»Ist das wahr?«

»Ja, bei Lanavis' strahlenden Augen. Alle paar Wochen, so etwa alle zwei Monate, belade ich einen Wagen. Ich muss alles gut abdecken, dass keiner was sieht. Dann fahre ich nachts heimlich rüber ins Ostviertel. Da wird dann still abgeladen. Keiner soll mitkriegen, dass die Meister Totengräber miteinander Geschäfte machen.«

Das klang bemerkenswert. Ich befragte ihn weiter: »Wieso beliefert dein Meister denn seinen Konkurrenten?«

»Na, so kann er an Dasals Toten auch noch mitverdienen. Die meisten Kunden meines Meisters würden kaum zu Dasal gehen. Das kann sich nämlich nicht jeder leisten, so ein Begräbnis bei Dasal. Aber man kriegt auch was für sein Geld. Das ist schon wahr. Weißt du ...«, er senkte den Kopf und raunte verschwörerisch, »... wenn Meister Dasal eine Leiche aufbahrt, sieht sie meistens besser aus, als vor ihrem Tod. Er schafft es, dass sie aussehen, als ob sie ruhig lächelnd schlafen. Ich habe es selbst gesehen!«

Seine Stimme sank zu einem Flüstern zusammen.

»Mein Meister sagt immer, Dasal kann das nicht mit rechten Dingen schaffen. Er meint, da ist Magie im Spiel!«

»Magie?«

Mirwal nickte heftig und leerte seinen Krug, während ich dem Wirt ein Zeichen gab.

»Was meinst du denn? Ist er ein Magier?«

»Ach, ich weiß nicht recht. Ich kenn' ja sonst keine Magier. Da ist das schwer zu sagen. Immerhin lassen die Priester ihn in Ruhe. Wenn er ein Magier wäre, würden sie das wohl kaum dulden. Zu mir ist er immer sehr nett. Er benimmt sich zwar manchmal affig mit »Dahingeschiedenen« hier, »Hintergebliebenen« da und »feierlicher Übergang in eine bessere Welt« und all dieser leisetreterische Quatsch! Aber er will nur die besten Särge. Nur die allerfeinste Arbeit ist für ihn gut genug. Wenn mal eine meiner Kisten nicht ganz tipptopp ist, brauch' ich sie ihm gar nicht hinüberfahren. Aber davon abgesehen, ist er eigentlich ganz in Ordnung.

Ich glaube, er ist ganz gut im Geschäft, obwohl er nicht halb so oft auf dem Friedhof ist wie wir. Er beerdigt nun mal fast alle reichen Kaufleute und Patrizier.«

Zwei frische Krüge mit Bier kamen und eine neue Lage Mostgeist. Er prostete mir zu und ich erkannte, dass sein Gesicht inzwischen deutlich gerötet war. Von Schluck zu Schluck wurde seine Zunge schwerer und geriet immer öfter ins Stolpern. Wenn ich noch mehr von ihm erfahren wollte, musste ich mich vermutlich beeilen.

»Musst du auch auf dem Friedhof die Gräber ausheben oder macht wenigstens das dein Meister?«

»Lu, du bist ein Witzbold! Mein Meister fasst doch keine Schaufel an. Dafür gibt es Punto. Das ist ein alter Mann, der auf dem Friedhof nach dem Rechten sieht. Er hat da sogar ein Häuschen.«

»Auf dem Friedhof? Er wohnt auf dem Friedhof?«

»Ja! Ein bisschen sonderbar ist Punto schon. Aber das isssst ja auch kein Wunder. Weil er doch auf dem Friedhof wohnt! Ess heisst, dass es dort nachts schpuken soll! Seltsame Geisterlichter! Wenn man da wohnt, ist es doch klar, dass man ein wenig ssseltssam wird! Trotssssdem: Er ist ein zsuverlässiger Totengräber. Ich hab nie gehört, dass jemand was Schlechtes über ihn gesagt hätte. Nur ein einziges Llaster hat er.«

»Jaaa?«

Ich schaute Mirwal erwartungsvoll an, während ich ihm mit meinem Pfefferminztee zuprostete. Wir stießen die Gläser aneinander und er lallte mir prustend ins Ohr: »Punto ssäufft wie einn Zswergenkrieger! Wenn der mal schtirbt, haben die Weinhändler 'ne schschwere Krise, und vielleicht schschließt sogar 'ne Brennerei!«

Über dieses Laster war ich mir bei Punto schon im Klaren. Ich überlegte, wie ich nun allmählich das Gespräch beenden konnte, bevor mein Gast besinnungslos betrunken war. Offenbar dachte ich einen Augenblick zu lange nach, denn nun begann Mirwal mich auszuquetschen.

»Wir reden die ganze Zseit nur über mmich, aber ich weiß gar nichtss von dir, nur, dass du wunderschöne Augen hast.«

Hätte er mir bei diesen Worten ins Gesicht geschaut und nicht in den Ausschnitt, hätte mich das Kompliment deutlich mehr beeindruckt. Doch Mirwal war sowieso kaum mehr in der Lage geradeaus zu schauen. Trotz seines Zustandes und ohne Rücksicht darauf, an was er sich morgen noch erinnern würde, wollte er nun alles über mich wissen. So berichtete ich noch fast zwei Bierkrüge lang eine wilde Mischung aus Flunkerei und Wahrheit über meine glückliche Jugend in den Rotsteinbergen, den tragischen Tod meiner Eltern und meine rücksichtslose Schwägerin, die mich als billige Dienstmagd unverheiratet auf dem Hof behalten wollte. Ich erzählte, wie ich erst vor ein paar Wochen ihrer Windelwäsche und dem Schweinestall meines Bruders entflohen war, um in der großen Stadt mein Glück zu machen. Ich erdichtete mir eine Stelle als Ladengehilfin bei einem Krämer, den ich nicht ausstehen konnte, und füllte Mirwals begierige Ohren mit allerlei Gemeinheiten, die ich angeblich dort zu erdulden hatte.

Endlich durfte ich zahlen. Erst als sich mein Begleiter erhob, wurde mir bewusst, wie wenig er vertrug. Der Arme konnte sich kaum mehr auf den Beinen halten. Nur mühsam wankte er durch die Rauch- und Dampfschwaden der Gaststube zur Tür.

Draußen lehnte er sich, haltsuchend, zuerst einmal an die Hauswand und sog begierig die kühle, frische Abendluft ein. Inzwischen war es dunkel geworden. Nur eine Fackel im schmiedeeisernen Halter über der Wirtshaustür erhellte die Straße. Ich blickte mich um und sah am Rande des Fackelscheins einige Häuser weiter ein Grüppchen säbelbeiniger Orks in offensichtlicher Langeweile herumlungern. Es war mehr als nur ein Gerücht, dass immer wieder Orks in Hosentaschen nach Geld suchten, die nicht ihnen gehörten. Mein Gast würde, betrunken, wie er war, für sie ein zu einfaches Opfer abgeben.

Mirwal versuchte sich von mir zu verabschieden, doch ich schnitt ihm das Wort ab, bevor den Orks auffiel, wie weit ich ihn abgefüllt hatte: »Die Nacht ist so schön. Können wir nicht noch zu dir gehen?«

»Warum nischt? Klar!«

Ich nahm ihn an der Hand und plapperte fröhlich auf ihn ein, während er sich von mir willig wegführen ließ. Etwas später, die Orks waren zum Glück schon nicht mehr zu sehen, brauchten wir fast die gesamte Breite der Straße. Er steuerte einen schlingernden Kurs und ich stützte ihn, so gut ich konnte. Das Ergebnis war nicht sehr befriedigend. An einem dunklen Winkel entschuldigte er sich und verschwand kurz. Im Dunkeln hörte man zuerst ein leises Plätschern, dann ein erleichtertes Seufzen und schließlich verhaltenes Fluchen. Als Mirwal wieder aus dem Schatten trat, hatte er es aufgegeben, seine Hose richtig zuzuknöpfen. Wie durch ein Wunder kam sie aber nicht ins Rutschen und ich dachte grinsend: *In seinem Zustand kann ihm frische Luft nur guttun, ganz egal wo sie ihn erfrischt.*

Schließlich waren wir in seiner Kammer. Er setzte sich aufs Bett, zog seine Stiefel aus und blickte mich aus leeren, glasigen Augen an. Dann sank er wie ein gefällter Baum langsam hintüber und begann zu schnarchen. Ich blickte mich in der Kammer um. Sie war kärglich, aber sauber und ordentlich. Es war die Art von Ordnung, die daher rührte, dass Mirwal nichts besaß, was er herumliegen lassen könnte.

Er tat mir auf einmal leid. Er war ein gutmütiger, aber schrecklich dummer Junge, der von seinem Meister ebenso ausgenutzt wurde, wie von seiner Familie, der er wohl fast all sein Geld schickte. Nach vier Jahren der Schufterei in Garbath hatte er es zu nicht mehr gebracht, als drei Hemden, zwei Hosen und einem bemalten Täfelchen mit einem Bild der Baumgöttin Bugisis an der Wand. Auch ich hatte ihn rücksichtslos ausgenutzt. Ich hatte ihn bis weit über seinen Eichstrich abgefüllt, nur um ihn auszuhorchen. Morgen würde er vermutlich verschlafen und zu seinem dicken Kopf auch noch Ärger mit seinem fetten Meister bekommen. Ich bekam ein schlechtes Gewissen. Er sah bemitleidenswert aus, wie er da ohne Stiefel und mit offener Hose quer im Bett auf dem Rücken lag und schnarchte.

Zu gerne hätte ich etwas getan, um ihm zu danken. Geld wollte ich nicht zurücklassen. Er würde versuchen, es mir zurückzugeben oder es seiner Familie schicken. Plötzlich fiel mir ein, was ich ihm schenken konnte.

Etwas, was nur ihm allein gehörte und was ihm keiner mehr nehmen konnte. Ich griff unter meinen Rock, zog mein Höschen aus und hängte es an den Bettpfosten. Dann schlich ich leise hinaus. Wenn er es morgen finden würde, sollte er sich gut fühlen, als richtig toller Hecht! Er sollte seine Begegnung mit mir mit dem Beweis einer rauschenden Liebesnacht krönen können. Nur schade, dass er sich wegen der vielen Mostgeister leider an keine Einzelheiten würde erinnern können.

# KAPITEL 9

*Wenig Hilfsbereitschaft, zu viel davon und eine Entdeckung*

Die Vormittagssonne fiel durch die bunten Scheiben des Fensters und zeichnete gelbe und grüne Muster auf die Tische im »Alten Schild«. Ich saß auf meinem Stammkissen und verzehrte ein verspätetes Frühstück. Aus Karals Küche roch es verdächtig nach seiner leckeren Pataffelsuppe.

Noch vor dem Zubettgehen hatte ich fünf Worte in mein Buch eingetragen:

*Amulette – Geisterlichter – Sarogo – Jaguris – Heiler*

Dann war ich in traumlosen Schlaf gefallen und mit einem dicken Kopf erwacht. Ich hatte ja nur Bier und kalten Pfefferminztee getrunken. Wie musste sich dann erst der arme Mirwal fühlen mit seinen vielen Mostgeistern? Immerhin war der gestrige Abend nicht ganz erfolglos geblieben. Ich hatte fünf Worte und fünf Spuren, die man verfolgen konnte.

Die Heiler. Das war die Spur, von der ich mir am wenigsten versprach. Auch sie bestatteten Tote, aber nur gelegentlich. Weiter sah ich keine Verbindung.

Jaguris. Eine alte Leichenwäscherin. Es würde mich sehr wundern, wenn sie nicht über das Leben und vor allem das Ableben in der Stadt bestens Bescheid wüsste. Ich brauchte nur eine gute Idee, um diese Quelle anzuzapfen. Und ich musste wissen, wo ich sie finden konnte. Dasal kannte sie vermutlich und würde mir sicher helfen können.

Jaguris konnte mir mit etwas Glück auch einiges mehr sagen, was den natürlich strengstens verbotenen Handel mit Amuletten anging. Lag hier die Erklärung für das Verschwinden der Toten? Es schien mir abwegig. Doch das war ja der ganze alberne Glaube der Trampelfüße an diese Glücksbringer und Fluchschützer sowieso!

Dann war da noch Sarogo. Im Gasthaus »Zum Raben« würde ich sicher mehr über Sarogo hören können. Doch da Sarogo offensichtlich täglich dort verkehrte, würde ihm sicher zu Ohren kommen, wenn ich mich allzu interessiert zeigte. Ich musste vorsichtig sein, wenn ich diese Spur weiterverfolgen wollte. Aber ich war sicher, dass über Sarogo noch manches in Erfahrung zu bringen war. Und bestimmt auch einiges über Dasal.

Ich beschloss, mit den Heilern zu beginnen. Dort war wohl nicht sehr viel zu erwarten. Deshalb konnte es, so hoffte ich zumindest, nicht allzu lange dauern.

Die Heiler waren in Garbath eine Institution. Vor ewigen Zeiten hatte Herzog Oguril, »der Gebrechliche«, der Stadt das Hospital gestiftet. Er war auch für die Unkosten aufgekommen. Sein Testament sorgte auch über seinen Tod hinaus bis heute für den Unterhalt der Heiler und Pfleger, denn er hatte dem Hospital einen beachtlichen Landbesitz vermacht. Mit immer neuen Stiftungen und den Pachterträgen war das Hospital auch heute noch so gut ausgestattet, dass es Kranke umsonst behandelte. Diese an sich sehr lobenswerte Einrichtung hatte in meinen Augen einen gewaltigen Haken: Die Heiler waren alle Priester. Ihre aufgesetzte Frömmigkeit durchwehte wie billiger Weihrauch alle Gänge und Krankenzimmer. Die Atmosphäre war dort so sehr mit Gebetshauch und Bigotterie gesättigt, dass mir auf Stunden der Appetit verdorben war, als ich dort einmal einen Botengang zu erledigen hatte.

Wie Dasals Geschäft, so lag auch das Hospital auf der anderen Seite des Flusses, jedoch weiter im Süden. Später wollte ich auch Dasal noch einen Besuch abstatten. Es war sicher gut, ihm zu berichten, was ich bisher unternommen hatte. Er könnte sonst auf die Idee kommen, ich täte nichts für sein Geld. Außerdem gab es ja auch noch einen Schauplatz, den ich noch nicht untersucht hatte: Dasals Werkstatt, aus der man die erste Leiche gestohlen hatte. Vor allem aber wollte ich noch weitere Details zu den Diebstählen erfragen. Wenn ich also auf die andere Seite des Flusses musste, konnte ich gleich zwei Fliegen mit einer Klappe schlagen.

Eine Stunde später stand ich vor dem Hospital. Es lag ziemlich hoch auf einem Hang im südöstlichen Teil der Stadt, weit weg von den ungesunden Ausdünstungen des Flusses. Ein breites, flaches Ziegeldach deckte einen grauen Steinbau mit etwa zwanzig Fenstern in zwei Geschossreihen. Aus dem ummauerten Garten dahinter ragten zwei Baumkronen hoch über die kupferne Regenrinne hinaus. Als ich auf die Tür zutrat, roch ich wieder diesen einzigartigen Mischgeruch aus Seife, Frömmelei und Falschheit.

Im Vorraum hinter der Tür stand ein großer Schreibtisch. Ein Heiler im grünen Ornat vom Tempel der Veris, der Göttin für Wachstum und Heilung, ordnete auf ihm missmutig einige Stapel mit Pergamenten. In dem Regal hinter ihm lagen auf schiefen Haufen noch mehr Unterlagen und Briefe. Ihm schienen die Aufgaben eines Sekretärs zu obliegen und so, wie er mit den Schriftstücken umging, war dies sicher nicht sein bevorzugtes Amt. Er sah mich an und ich spürte seinen verächtlichen Blick wie ranziges Fett klebrig an mir hinuntergleiten.

»Ja?«

Es gelang ihm, sogar diese einzelne Silbe schmierig klingen zu lassen.

Ich hatte längst begriffen, dass Trampelfüße gern alle verachteten, die nicht wie sie selbst waren. Es sei denn, es gab an ihnen etwas zu verdienen. Diese allgemeine Regel galt nach meinen Erfahrungen im besonderen Maße auch für Priester. Aber ich hatte den starken Verdacht, es würde sehr teuer werden, die Verachtung dieses Exemplars »wegzuspenden«. Es war wohl am besten, wenn ich schon etwas gespendet hatte.

Mit ruhiger Stimme, ohne auf den beleidigenden Blick zu achten und ungewöhnlich großspurig für einen Halbling begann ich.

»Mein Name ist Lupina Stollgräber. Ich möchte zum Leiter dieses Hospitals. Mein Kommen wurde vor einigen Tagen brieflich angekündigt.«

Der Mann wirkte noch nicht sonderlich beeindruckt. »Du möchtest also zum Prior. In welcher Angelegenheit?«

»Es wurde um eine Unterredung gebeten. Höflich gebeten. Um den ehrwürdigen Herrn Prior nicht umsonst zu stören, war dem Brief eine Spende von 2 Goldkronen beigelegt. Wenn Ihr, verehrter Bruder, nun so liebenswürdig …«

Nun endlich leuchteten die Augen des Priesters in erwachtem Interesse. Er unterbrach mich: »Ich weiß nichts von einer Spende.«

»Vor drei Tagen müsstet Ihr einen versiegelten Brief erhalten haben. Adressiert an den Leiter des Hauses. Dem war die Spende beigelegt. Der Brief war nicht besonders groß. Mein Onkel selbst gab ihn hier vor seiner Heimreise ab.«

»Ich habe keinen Brief erhalten!«

»Dann, verehrter Bruder, bete ich für Euch zu Bravis. Möge sie Euch Glück schenken und Euch den Brief rasch wiederfinden lassen! Doch vorher führt mich bitte zu Eurem Prior.«

Der Priester begann unruhig seine Pergamente durchzublättern. Sein Gesicht drückte Sorge aus. Hatte er das Geld übersehen? Oder hatte ein anderer den Brief entgegengenommen und das Geld unterschlagen?

Er zog erfolglos ein Kassenbuch zurate und durchwühlte erneut vergeblich die Stapel.

Seine Verachtung war plötzlich verflogen. Mit honigsüßer Stimme fragte er: »Wer, bitte, sagtet Ihr, war der Absender?«

»Mein Onkel, Marlinus Stollgräber, Herr von Schloss Stollheim zu Hüggelstamm bei Morgenberg. Das Siegel zeigt Axt, Schaufel und Hahn. Doch wenn ich nun bitte zum Leiter Eures Instituts gebracht werden könnte?«

Er seufzte und winkte mit einer resignierten Handbewegung einem vorbeikommenden Pfleger:

»Bring diese junge Dame bitte zum Prior.«, wies er ihn an, dann drehte er sich um und begann nervös und fahrig einen anderen Pergamentstapel im Regal zu durchwühlen.

Während ich dem Pfleger in den ersten Stock folgte, legte ich mir einen erfundenen Onkel Marlinus zurecht.

Vor einer großen Tür blieb der Pfleger stehen und klopfte.

»Ja bitte, herein!«

Ich trat ein. Das Zimmer war geräumig und dank zweier großer Fenster zum Garten hin luftig und hell. Von einem Arbeitstisch an der Seitenwand erhob sich ein großer, ebenfalls verisgrün bekleideter Mann. Er war schlank und weißhaarig. Sein freundliches Lächeln machte ihn anziehend. Ich lächelte zurück.

»Mein Name ist Lupina Stollgräber. Mein Onkel hat meinen Besuch bei Euch schriftlich angekündigt.«

»Ich bedaure sehr, aber ich kann mich an keinen Besuch erinnern, der mir angekündigt worden wäre. Doch nun seid Ihr ja hier. Ich bin Gulmasal, Prior und Meister der Heiler hier im Hospital. Womit kann ich dienen?«

Der Anfang war schon einmal vielversprechend.

»Mein Oheim Marlinus ist unter den Halblingen bei uns in den Rotsteinbergen ein Edelmann. Er ist sehr vermögend, gütig und alt. Damit sein Name seinen Tod überdauert, plant er, ein Hospital einzurichten. Eure berühmte und segensreiche Einrichtung soll als Vorbild dienen. Schon jetzt hat er bei Morgenberg viele Kräuterkundige und Heiler versammelt. Er lässt auch bereits an einem sonnigen Hang eine fünfgeschossige Wohnhöhle ausschachten. Mich hat er gebeten, in Erfahrung zu bringen, wie ein gutes Hospital organisiert sein muss. Welche Abteilungen sind nötig und wie sind sie am sinnvollsten einzurichten?«

Gulmasal strahlte. »Famos! Ein Hospital für Halblinge! Einfach famos! Kommt bitte mit herüber. Ich bereite gerade einige Heilmittel vor. Viele Zutaten verderben leider, wenn ich sie nicht sofort verarbeite.«

Er räumte mir einen Platz auf dem großen Arbeitstisch frei und gab mir Pergament und Feder. Ehe ich mich versah, saß ich im Schneidersitz auf dem Tisch und lauschte seinem begeisterten Vortrag, wie ein Hospital organisiert sein sollte. Obwohl er die ganze Zeit lebhaft sprach, mischte er nebenbei unverdrossen aus den verschiedensten, meist stinkenden Zutaten verdächtige Salben, Pastillen und Tees.

Mit meiner Geschichte war ich weit über das Ziel hinausgeschossen. Ich hatte eigentlich nur die Erlaubnis erlangen wollen, mich überall umsehen und jedermann Fragen stellen zu dürfen. Als Meister Gulmasal nach fast drei Stunden zu seinem größten Bedauern keine Zeit mehr für mich hatte, waren acht Bogen Pergament mit liebevoll diktierten Anweisungen zum Aufbau eines Krankenhauses gefüllt. Eine kleine Schafhaut war allein mit einem komplizierten Diagramm bemalt, aus dem genau ersichtlich war, wer wem in welchen Fragen etwas zu sagen hatte. Das Wichtigste aber war die Regel des Hospitals, die ich später unbedingt noch von der Wand in der Kapelle abschreiben sollte. Und wenn mein verehrter Herr Onkel noch irgendwelche Fragen habe, dann sollte ich ihn nur ermuntern, in Korrespondenz mit Prior Gulmasal zu treten, dem dies eine Ehre und ein ganz besonderes Vergnügen wäre.

Natürlich hatte ich sofort die erbetene Erlaubnis erhalten, dennoch war es mir völlig unmöglich gewesen, mich zu verabschieden. Bei jedem Anlauf, den ich unternahm, fiel dem Heiler noch »ein letzter Gedanke« ein, der »unbedingt zu beachten« sei und schon bekam ich eine weitere Weisheit diktiert. Hätte ich tatsächlich ein Hospital einrichten wollen, wäre ich überreich beschenkt gewesen. Doch nun stand ich mit meinem Bündel Unterlagen im Gang und überprüfte, ob mir vom vielen Zuhören Schwielen am Ohr gewachsen waren. Ich blickte Gulmasal nach, der beschwingten Schrittes den Gang hinuntereilte.

An der Treppe wandte er sich an einen Pfleger, von denen, wie ich eben erfahren hatte, stets vierzehn tagsüber und sechs in der Nacht Dienst tun mussten. Ich sammelte gerade meine Gedanken, als der Pfleger mich ansprach, er sei angewiesen, mir die Kapelle zu zeigen. Da ich also diese Komödie angefangen hatte, musste ich wohl oder übel auch weiterhin mitspielen. Ich folgte also artig dem kleinen, dicken Pfleger, der sich mir als Kamil vorgestellt hatte.

Der Weg zur Kapelle führte durch einen schön angelegten Garten mit einem Springbrunnen in seiner Mitte. Dahinter, groß und hoch aufragend, erhob sich der Torbogen zur Kapelle. Mein Führer verabschiedete sich und ließ mich zurück.

Die Kapelle war beeindruckend. Wie fast alle Tempel war auch diese Kapelle ein Kuppelbau. Hier fehlten natürlich die üblichen Anbauten wie Schulen, Kloster, Fleischerei und Spendenamt, so dass die ursprüngliche Form des Tempels mit seiner fast quadratischen Grundfläche klar zutage trat. Die Fassade war fast so hoch, wie sie breit war. Sie besaß keinerlei Zierrat, bis auf den Torbogen. Aber dieser war von so vollkommener Schönheit und Harmonie, dass der übliche Stuck und Fassadenschmuck die Reinheit seiner Formen nur gestört hätte. Tief gestaffelt und sich kühn nach oben wölbend, reihte sich in feinster Steinmetzarbeit ein Bogen an den nächsten. Die äußersten und größten waren etwas nach vorne versetzt und überragten mit ihren Giebeln sogar die Dachkante. Wie gigantische Pfeilspitzen wiesen sie in den Himmel.

Durch dieses Spalier der Bögen trat ich ein. In der Halle herrschte ein diffuses Dämmerlicht. Nur die kreisrunde Öffnung in der Mitte der Kuppel erhellte den Raum und warf ein grelles Lichtoval auf den Mosaikboden. Im Halbdunkel links und rechts an den Wänden thronten große Götterbilder, flankiert von Tischen für Weihegaben und Kerzen. In der Mitte des Raumes waren zu beiden Seiten Holzbänke aufgestellt und so ausgerichtet, dass man direkt auf die Götterbilder blicken konnte. Links sah man Wimlo, den Gott der Gesundheit und Kraft, wie er das Brot der Stärkung schnitt und dabei das Lied des Lebens sang.

Ihm gegenüber, bekrönt mit einem Kranz aus Heilkräutern, hielt Veris ihre segnenden Hände über Pflanzen, Tiere und Menschen und blickte mit mitleidiger Miene in die Kapelle. An der Rückwand aber war die Regel des Hospitals in goldenen Buchstaben an die Wand gemalt. Alle 68 Artikel.

Ich spielte mit dem Gedanken, auf die Abschrift zu verzichten. Doch der Gedanke, jederzeit wieder dem beflissenen Gulmasal in die Arme laufen zu können, hielt mich davon ab. Da er die Regel fast zu jedem Thema zitiert hatte, war klar, dass er sie für immens wichtig hielt. Sie zu ignorieren, würde Gulmasal beleidigen, der so entgegenkommend gewesen war. So würde ich mir im Nu das Wohlwollen und die völlige Bewegungsfreiheit im Hospital verscherzen. Also machte ich mich schweren Herzens ans Werk. Ich schrieb sie nicht wörtlich ab, sondern nur in Stichworten, und ließ die weitschweifigen Passagen über die Gnade der huldreichen Götter beiseite. Dieses schwülstige Gefasel war schon deshalb entbehrlich, weil die Götter in dieser Form in den Rotsteinbergen ohnehin nicht verehrt wurden. Gegen Ende meiner Fleißaufgabe wurde ich aber endlich belohnt.

*Artikel 66:*

*Wo Heilkunst und Pflege nichts mehr vermögen, spendet Alvaris Erlösung. Heiler, betet auch zu ihr! Sie öffne beizeiten die Schürze der Gnade.*

*Wo aber keine Verwandten mehr sind, die letzten Dienste zu leisten, tun dies in Demut die Heiler. Wascht, salbt und kleidet die Toten und sühnt so Euren Mangel an Kunst. Geleitet die Toten zum Grabe und klagt um sie wie um Verwandte.*

# KAPITEL 10

*Eine gelungene Therapie, viele eitle Heiler und ein aufgebrachter Pfleger*

Das war also der Grund, dass auch die Heiler Tote bestatteten. Wie viele Kranke mochte es wohl geben, die im Hospital starben und keine Angehörigen hatten? Sicherlich kam es gelegentlich vor. Ich vermutete, dass es auch hierfür einen Saal gab. Das ganze Krankenhaus war in verschiedene Säle gegliedert und streng geordnet. Männer und Frauen wurden grundsätzlich getrennt behandelt. Aber auch einzelne Gruppen von Leiden wurden unterschieden. Es gab zwei Säle nur für Erkrankungen des Verdauungssystems, einen für Frauen und einen für Männer. Ebenso war es bei Gebrechen des Bewegungsapparates und der Knochen oder bei Hauterkrankungen: Stets gab es zwei Säle, einen für Männer und einen für Frauen. Und jedem Saalpaar stand ein Heiler vor. Einzig der Saal für Gebärende hatte kein Gegenstück.

Ich blickte auf das Schafpergament mit dem Diagramm. Welche Abteilung war wohl für die Toten zuständig?

Das Diagramm gab darauf keine Antwort. Vielleicht hatte ich einige Verbindungen falsch eingezeichnet, oder der Prior hatte etwas vergessen, jedenfalls blieb mir die wirre Zeichnung die Antwort schuldig. Ich fasste rasch die letzten zwei Gebote zusammen und beschloss, mich auf gut Glück durchzufragen. Zunächst einmal zur Küche, denn inzwischen plagte mich ein nagender Hunger.

Vor der Kapelle stieg ein verlockender Duft in meine Nase: Es roch nach Briannis, den kleinen, süßen Gebäckstückchen aus Mehl, Honig, Eiern und Früchten, die mit stark duftenden Gewürzen wie Kardamom und Anis als Knabbergebäck ebenso dienen können wie als Heilmittel.

Dem Duft war im Garten leicht zu folgen. In einem seitlichen Anbau zu ebener Erde fand ich die Küche. In ihr führte ein Mann mit der braunen Robe des Wimlotempels ein strenges und lautes Regiment über ein halbes Dutzend Helfer. Jemand musste meinen Besuch angekündigt haben, denn noch bevor ich mich vorstellen konnte, begrüßte mich der Priester steif und feierlich:

»Herzlich willkommen, gnädiges Fräulein. Welche Ehre für uns! Bitte tretet doch näher. Wir backen gerade Briannisplätzchen.«

»Ich habe es gerochen. Das hat mich hergelockt. Sie duften himmlisch!«

Der Mann lief vor Stolz rot an.

Und dann, als sei ein Damm gebrochen, sprudelte es nur so aus ihm heraus: »Ich freue mich, dass ihr die Backkunst schätzt. Aber leider sind diese Plätzchen nicht für die Gesunden. Die drei verschiedenen Sorten, die wir gerade backen, dienen nur Heilzwecken und könnten dem gesunden Körper übel bekommen. Dank der speziellen Gewürze helfen die einen bei Durchfall, die anderen bei einer ganzen Reihe von Bauchkrämpfen und die letzten können das Blut reinigen. Ich bin Ramgal, Heiler, Meister der Krankenkost und Leiter der Küche.«

»Endlich ein Meister der Heilkunst. Ich bin gerettet. Meister Ramgal, Ihr seid ein Gelehrter und Heiler. Bitte helft mir.«

»Was fehlt Euch?«

»Seit heute Morgen studiere ich eifrig Euer Institut. Doch so viel Gelehrsamkeit und Götterfurcht waren zu viel für mich und ganz plötzlich bin ich selbst erkrankt. Ich leide an Hunger. Kennt Ihr ein Heilmittel dagegen?«

Ich war an den Richtigen geraten. Er verabreichte mir nicht nur ein einfaches Heilmittel, er probierte gleich eine ganze Kur mit den verschiedensten Bratenstücken, Gemüsen und Früchten an mir aus. Bald war mein Wohlbefinden wiederhergestellt. Während ich schlemmte, bekam ich allerlei zu hören, vor allem über die schwierige Kunst, mit Nahrung und Gewürzen die Heilung zu beschleunigen, und wie wenig diese Wissenschaft beachtet wurde. Als ich bei Käsehäppchen und dreierlei Schinken angelangt war, referierte Ramgal über die Wirkung von Würzweinen und die Heilkraft von ganz gewöhnlichen Küchenkräutern.

»Darum ist es wichtig, für die jeweilige Krankheit die richtigen Nahrungsmittel zu finden und sich mit dem behandelnden Heiler in der Therapie abzustimmen. Aber gerade da findet man oft leider nur wenig Verständnis.«

»Meister Ramgal, ich würde gerne noch viel mehr hören, und wenn ich kann, komme ich mit Freude noch einmal wieder. Aber die Zeit ist knapp und es gibt ja noch so viel, was ich kennenlernen muss.« *Besonders die Totenkammer.* »Bevor ich gehe, verratet mir bitte, was sind die zwei wichtigsten Eigenschaften für den Leiter einer Hospitalküche?«

»Heilkräuterkunde und ein Talent für Organisation, das ist wohl das Wichtigste an meinem Posten.«

Als ich das notiert hatte, bedankte und verabschiedete ich mich. Ich ließ einen stolzen Küchenmeister zurück, der sich mehr als je zuvor seiner Wichtigkeit bewusst war und mir noch einige Leckereien zum Mitnehmen aufdrängte.

Die nächsten Stunden besuchte ich die verschiedensten Abteilungen. Überall wurde ich erwartet und erhielt Auskünfte, meist sogar recht freundlich. Die Frage nach den wichtigsten Eigenschaften für die Tätigkeit in den jeweiligen Abteilungen bewährte sich bestens. Allzu weitschweifige Erklärungen konnte ich so abkürzen, indem ich voll geheuchelten Interesses die Antworten notierte. Nach und nach war ich über die Säle der Wunden und offenen Verletzungen und die Säle der Hauterkrankungen zum Saal der Frauenleiden gelangt, von da aus zu den Brüchen und Verrenkungssälen abgebogen und dann zuletzt bei den Kammern gelandet, in denen Kranke mit ansteckenden Krankheiten von den anderen getrennt behandelt wurden.

Bei meinem Rundgang durch das Haus hatte ich allerhand zu sehen bekommen. Natürlich wurde hier vor allem das große Volk von seinen Gebrechen kuriert. In den meisten

Betten lagen Menschen, siechende und genesende. Doch es gab auch Angehörige anderer Völker: Im Verletzungssaal lagen zwei verwundete Orks, die wild vor sich hinfluchten. In einem anderen Saal war ein mürrischer Zwerg mit Rheuma neben einem alten Halbling, schwerhörig und von Gicht geplagt, untergebracht. Ein Stockwerk höher gab es eine schwangere Gnomin, die höchst unsauber roch, und drei Türen weiter, getrennt von allen anderen, in drei aneinandergestellten Betten liegend, einen Troll im Wachschlaf, der zur Sicherheit mit einer Eisenkette gefesselt war.

Fast jeder Heiler stellte seine eigene Wichtigkeit heraus, rühmte sich und berichtete von mindestens einem halben Dutzend Wunderheilungen. Bei allem Stolz heuchelten sie ohne Ausnahme Bescheidenheit, indem sie sich in jedem zweiten Satz schmierig auf die Gnade der Götter beriefen, die sie zu den genialen Taten befähigten. Bemerkenswert fand ich außerdem die Neigung der Heiler, recht unverblümt auf Fehleinschätzungen und falsche Therapien der Kollegen hinzuweisen, wo immer es möglich war. Fast jeder von ihnen hob seine Leistung heraus und schmälerte die der anderen. Mein Ziel, die Totenkammer und ihren Meister, hatte ich immer noch nicht gefunden, doch allmählich bekam ich von der schmierigen Demut, dem neidisch-ehrgeizigen Gerangel und der Götterhudelei einen Ekelausschlag. Still verfluchte ich meine Erfindungsgabe. Meine dumme Geschichte über die Gründung eines Halblingsspitals hatte mir zwar Zugang verschafft, aber sie hielt mich hier stundenlang fest. Ich quälte mich mit priesterlichen Eitelkeiten und ihren hartnäckigen, kleinlichen Eifersüchteleien herum, ohne dabei dem Ziel meiner Suche näher zu kommen. Gezielt nach der Totenkammer zu fragen, war aber in meiner Rolle unpassend und verräterisch.

Ich schaute trübsinnig durch ein Korridorfenster in den Garten hinaus, als ich in meinem Rücken durch eine schmale Tür ein Pochen hörte und gleich darauf, wie jemand höchst götterlästerlich fluchte. Diese Tür trug, anders als die meisten, keine Aufschrift, die verriet, was dahinter lag. Nur eine kleine Zahl war dezent auf dem Türblatt aufgemalt: 66.

Als ich eintrat, wusste ich: Ich war endlich am Ziel! Ein Pfleger, die ich inzwischen alle an ihren sandfarbenen Gewändern erkannte, lutschte mit schmerzverzerrtem Gesicht an seinem Daumen und starrte mich an. Ein Hammer lag vor ihm auf einem Sarg, der auf zwei Böcken ruhte.

Solange er am Daumen lutschte, konnte er mich nicht hinausschmeißen. Deshalb beeilte ich mich und stellte mich vor: »Hallo, ich bin Lupina. Meister Gulmasal erlaubte mir, mich überall umzusehen.« Ich blickte mich interessiert um. »Hier werden also die armen Patienten versorgt, für die es keine Rettung mehr gibt. So wie es die 66. Vorschrift Eurer Regel befiehlt.«

»Mein Name ist Torigal, ich arbeite hier. Ich habe schon gehört, dass Ihr Euch überall erkundigt, wie ein Hospital organisiert ist, weil Euer Onkel eines stiften möchte. Doch hier, edles Fräulein, ist es mit der Heilkunst zu Ende. Ich verrichte nur noch die letzten Dienste. Das dürfte Euch kaum interessieren.«

»Ich bin kein so edles Fräulein. Sag einfach Lupina. Und es interessiert mich sogar sehr. Gerade die 66. Vorschrift beweist die Weisheit und tiefe Einsicht der Regel. Die Aufgabe der Heiler endet in diesem Haus nicht einfach mit dem Tod. Die Regel verpflichtet sie, falls keine Angehörigen gefunden werden, die Stelle der Verwandten einzunehmen und ihre Patienten zu begraben und zu betrauern.

Ich finde, das ist eine schöne Regelung. So haben auch einsame Menschen die tröstende Gewissheit, dass sie eine Lücke hinterlassen, wenn sie scheiden.«

Torigal grinste schief und ich wusste, dass ich richtig vermutet hatte. Denn die Theorie der Fürsorge über den Tod hinaus war eine Sache, eingebildete Priester aber eine ganz andere.

Dass sie sich mit den ekligeren Aspekten des Heilens beschäftigten, oder mit denen, wo es keinen Ruhm zu ernten gab, hielt ich für weniger wahrscheinlich.

»In einigen Punkten ist die Regel ein wenig unpraktisch zu handhaben und so sind die Heiler leider gezwungen, sie etwas großzügiger auszulegen. So auch bei dieser Vorschrift.«

»Oh!« Ich versuchte überrascht zu wirken.

»Sie sagen, die Lebenden bräuchten ihre Zeit und Kunst mehr als die Toten. Deshalb hole ich die Leichen ab, mache, was zu tun ist. Wenn ich fertig bin, kommen ein paar Novizen und halten die Totenwacht. Nach den drei Tagen der Bahrfrist komme dann ich und fahre sie zum Friedhof. Bevor ich fahre, kommt ein Heiler hier herunter, spricht ein kurzes Gebet und legt eine Blume auf den Sarg.«

»Mehr tun sie nicht?«

»Nein, fast nie. Nur ganz selten, immer dann, wenn die Krankheit sie fesselt und ihre Neugier geweckt ist, dann kommt es manchmal vor, dass sie die Toten noch einmal untersuchen.«

»Sie lernen an den Toten?«

Meine Gedanken begannen zu rasen. Konnte hier ein Motiv für Dasals Verluste liegen? Ich hielt es durchaus für möglich. Ein paar der Priester schienen sehr ehrgeizig zu sein.

»Nun, sie untersuchen sie, tasten sie ab und so. Bei vielen Krankheiten würde ein solch intensives Abtasten die lebenden Patienten viel zu sehr schmerzen. Doch sie erfahren natürlich nicht viel dadurch. Deshalb geschieht es nicht oft.«

»Warum schauen sie nicht nach? Ein Einschnitt kann den Patienten nicht mehr schaden. Aber so könnten die Heiler …« Ich merkte, dass ich einen gewaltigen Fehler gemacht hatte.

Torigals Gesicht drückte Entsetzen und Abscheu aus. »Ihr Halblinge seid doch ein barbarisches Volk. Nur einer kleinen Berghexe wie dir kann eine so götterlästerliche Idee einfallen. Hast du denn nicht gehört, dass sogar der Kriegsgott Kurus es verboten hat, Leichen zu schänden? Oder von der liebreichen Vilmis, die blutige Tränen weinte, als ein Ungeheuer den Leichnam ihres Sohnes zerriss und sie ihn so gleich zweimal verlor? Hast du eine Ahnung von den Kümmernissen der armen Alvaris, wenn sie in ihrer weißen Schürze die blutigen Leichen von den Schlachtfeldern holt?«

Da stand ich wohl beidbeinig in einem Fettnapf!

»Entschuldige, ich wollte nicht über die Götter lästern. Doch ich hatte angenommen, dass die Heiler auch über das Innere des Körpers Bescheid wissen. Deshalb dachte ich, sie hätten eine Art Dispens …«

Damit machte ich es nur noch schlimmer! Der Pfleger wurde so heftig, dass er mir Tröpfchen seiner Spucke entgegenschleuderte.

»DISPENS? Für Frevel kann es doch keinen Dispens geben! Wenn die Heiler das Innere der Körper studieren wollen, helfen sie im Kloster bei den Opfern!«

»Ist es denn egal, ob man einen Menschen studiert oder ein Schaf?«

»Du heilige Einfalt! Natürlich! Im Inneren sind ja alle Tiere gleich! Knochen, Fleisch und Gekröse! Erst das Fell legt fest, um was für ein Tier es sich handelt oder ob es gar ein Mensch ist. Darum ist die Haut ja auch so wichtig und sollte nicht mutwillig zerstört werden, nur damit das tierische Innere des Menschen begafft werden kann.«

»Aber ist eine Ziege nicht anders aufgebaut und hat andere Organe als zum Beispiel ein Fisch?«

»Und die Kuh hat vier Mägen! Na und? Das ist ein ewiges Mysterium. Eine Prüfung, festzubleiben im Glauben. Im Glauben an die göttlichen Gebote! Diese Unterschiede sind deshalb völlig unwichtig! Wichtig sind einzig und allein die göttlichen Gebote! Und die würde niemand in diesem Haus übertreten. Wenn du mit deiner Schlauheit meinst, du wärst klüger als die Weisheit der Priester, dann bist du eine götterlose kleine Hexe!«

Ich bemühte mich, Torigal wieder für mich einzunehmen, doch meine Ansichten empfand er allem Anschein nach so taktlos und verwerflich, dass er nur mühsam meine zerknirschte Entschuldigung akzeptierte. Zum Abschied forderte er mich auf, in mich zu gehen, um Einsicht zu beten und zwei oder drei Schafe zu opfern.

# KAPITEL 11

## *Erster Zwischenbericht, Besichtigung des Tatorts und Ergänzen der Unterlagen*

Unweit des Flusses fand ich ein ruhiges Fleckchen, das von der milden Abendsonne beschienen wurde. Ich setzte mich auf ein Mäuerchen und stärkte mich an den Knabbereien, die mir der Küchenpriester zugesteckt hatte. Diese Heiler hatten mich geschafft. Ich fühlte mich wie ausgewrungen! Doch wie es schien, hatte ich nun zu guter Letzt doch noch etwas über die Bestattungen der Priester erfahren.

Ich hatte Kopfschmerzen und sehnte mich nach einem guten Humpen Bier, doch noch hatte ich nicht Feierabend. Da ich nun schon auf dem anderen Ufer war, wollte ich noch Dasal besuchen. Es war sicher besser, wenn ich dabei nicht nach Alkohol roch. Statt eines herzhaften Humpens, gönnte ich mir nur ein paar Minuten in der Abendsonne, dann brach ich auf. An einem der zahlreichen schönen Brunnen, die hier am Ostufer plätscherten, löschte ich unterwegs meinen Durst schweren Herzens mit Wasser.

Dasal war überrascht, mich schon wieder zu sehen. In seinen Augen sah ich die Hoffnung aufkeimen, ich hätte den Dieb schon gefunden. Leider musste ich ihn enttäuschen. Dennoch hörte er gespannt zu, als ich ihm von meinen bisherigen Schritten berichtete. Ausführlich ging ich auf die Ablenkungsmanöver und falschen Spuren ein, die von ihm als Auftraggeber ablenkten. Zur Erfindung meines Onkels Marlinus beglückwünschte er mich sogar. Dass ich von seiner Geschäftsverbindung mit Sarogo wusste, behielt ich für mich. Während ich erzählte, saß er die ganze Zeit still in seinem Sessel hinter dem Schreibtisch und sah mich durchdringend an.

Als ich geendet hatte, meinte er sichtlich beruhigt: »Gut gemacht! Ich sehe, dass mein Geheimnis bei dir in guten Händen ist. Das ist mir sehr wichtig. Doch was hast du nun vor? Was sind deine nächsten Schritte? Bei aller Vorsicht, besonders ergiebig war die Suche nach dem Dieb ja bisher nicht.«

»Noch habe ich ja auch nicht alle Tatsachen gesammelt. Ich möchte, wenn es recht ist, die genauen Daten in Euren Unterlagen nachsehen. Auch den Schauplatz des ersten Diebstahls, Eure Werkstatt, will ich mir anschauen. Erst wenn ich alle Informationen habe, die Ihr mir geben könnt, werde ich vorsichtig weitersuchen. Ich habe da auch schon einige Ideen, wo ich als Nächstes nachhaken möchte. Einige der Heiler sind recht ehrgeizig. Ist es vielleicht möglich, dass einer der Heiler vom Hospital die Leichen entwendet hat, um sie genauer zu untersuchen? Genauer, als man es am lebendigen Menschen kann? Oder auch genauer, als es die Gesetze zulassen?«

»Du meinst, einer der Heiler hätte sie gestohlen, um sie … aufzuschneiden?«

»Wäre das nicht eine Möglichkeit?«

»Nun, ich kenne die Heiler des Hospitals gut und es sind alle sehr götterfürchtige Männer! Ich kann mir bei ihnen solch einen Frevel nicht vorstellen. Aber es gibt ja nicht nur die Priester! Es gibt noch andere Leute, die Kranke behandeln.«

»Wen gibt es denn noch?«

»Sorion zum Beispiel! Er nennt sich Arzt und behandelt viele reiche Bürger! Es heißt, er habe schon vielen geholfen. Und dann gibt es noch viele Kräuterweiber, die allerlei Krankheiten behandeln.«

Von diesen Kräuterweibern hatte ich schon allerlei gehört. Sie waren die Apotheker der einfachen Leute. Neben allerlei Heil- und Küchenkräutern boten sie auch Ratschläge feil, wie sich Gicht lindern ließ oder trockener Husten, wie man die Verdauung regelmäßig hielt oder wie man

Hühneraugen loswurde. Es hieß auch, einige verkauften mehr als nur Kräutertees, Salben und hilfreichen Rat. Etliche dieser Frauen wurden wohl auch aufgesucht, um kleinere und größere Beschwerden der Leute zu behandeln: Ausschlag, Warzen, Kinderlosigkeit und vor allem das Gegenteil – ungewollte Schwangerschaften.

Der Handel mit Kräutern, zumindest mit den meisten, war offiziell von den Priestern genehmigt. Die weitergehenden Dienste der Kräuterweiber waren hingegen streng verboten und wurden entsprechend diskret und teuer angeboten.

Konnte ein Kräuterweib als Dieb infrage kommen? Das galt es abzuklären. Doch schon schoss mir eine weitere Idee durch den Kopf: »Handeln Kräuterweiber auch mit Amuletten?«

»Amuletten? Das ist schon möglich. Wieso?«

»Sind vielleicht Eure Toten geraubt worden, damit jemand aus ihnen Amulette macht oder Zutaten für Magie gewinnt? Haut für Geistertrommeln vielleicht? Oder Haare? Das soll ja Männern helfen, die nicht mehr ganz auf der Höhe sind …«

»Unsinn! Dass Teile eines Toten helfen sollen, beim Zipperlein oder bei …«

Er unterbrach sich und wurde ein wenig rot. »… Problemen, wie du sie andeutest, ist doch ein Ammenmärchen. All diese frevelhaften Amulette bewirken doch gar nichts! Außerdem: Mir fehlen vier Tote! *Vier Stück!* Man könnte aus einem Toten schon eine riesige Menge Amulette herstellen! Die Stadt müsste ja überschwemmt sein von diesem Zeug! Ich glaube kaum, dass das den Priestern verborgen geblieben wäre!«

»Ich werde dieser Idee auf alle Fälle nachgehen. Es gibt noch ein paar andere Hinweise. Zum Beispiel die Leichenwäscherin Jaguris. Vielleicht könnte sie etwas wissen. Kennt Ihr sie?«

Ein Schatten huschte über das Gesicht Dasals und ein Hauch Bestürzung lag in seiner Stimme: »Wie kommst du auf die alte Jaguris?«

»Ich hörte, dass sie gelegentlich für Sarogo arbeitet. Es heißt, sie kommt in viele Häuser und ist ausnehmend gut informiert. Insbesondere über Unglücks- und Todesfälle. Vielleicht hat sie Kenntnisse, die uns helfen. Es könnte ja sein, dass nicht nur Eure Leichen verschwanden. Ich will aber keinen Verdacht erregen und frage mich, wie ich sie zum Reden bringen kann. Kennt Ihr sie, Meister Dasal?«

Er seufzte: »Natürlich kenne ich die Hexe. Sie ist alt, verbittert und doch geschieht in der Stadt nur wenig, was sie nicht erfährt. Ich fürchte aber, dass ich dir nicht helfen kann. Ich habe keine Ahnung, wie man sie zum Reden bringen könnte.«

»Ihr scheint sie aber recht gut zu kennen«, stellte ich fest.

»Das sollte ich wohl auch«, brummte er. »Ich bin ihr Schwiegersohn.«

Das war eine überraschende Auskunft. Ich schwieg und sah den Bestatter erwartungsvoll an.

»Ich erlernte mein Gewerbe bei Golog, Jaguris' Mann. Damals, in den alten Tagen, war es noch weitverbreitete Sitte, dass die Angehörigen ihre Hingeschiedenen selbst herrichteten und bestatteten. Ein Schreiner zimmerte den Sarg, den Rest machten Freunde und Verwandte. Sie wuschen und salbten die Verblichenen, hielten die Totenwacht und begruben sie auf dem Friedhof.

Golog war damals der Einzige, der davon lebte, den Hinterbliebenen diese schwere Last in den schwarzen Tagen abzunehmen und die Hüllen feierlich für die Beerdigung herzurichten. Ich war sein Lehrling, später sogar sein Gehilfe. Nach meinem zweiten Gehilfenjahr ging ich in den Süden und nach Westen auf Wanderschaft. Dort lernte ich Kniffe und Fertigkeiten, um einen Leichnam natürlich, schön und glücklich wirken zu lassen. Bald übertraf mein Können das meines alten Meisters bei weitem. Drei Jahre zog ich umher, dann kehrte ich nach Garbath zurück. Golog, der inzwischen nur einen faulen und ungeeigneten Lehrling beschäftigt hatte, war froh, mich wieder einstellen zu können. Viel hatte sich in den Jahren meiner Abwesenheit nicht verändert. Bis auf eines: Jaása, die Tochter meines Meisters, war zu einer blühenden jungen Frau herangewachsen. Natürlich gab es auch Bewerber um ihre Hand. Ein junger, pickeliger Schreiner war damals der aussichtsreichste

Hochzeitsanwärter. Doch nun war ich wieder da und mein alter Meister Golog setzte alles daran, mich mit ihr zu verkuppeln. Er sagte stets, wie gern er mich habe. Doch er wusste natürlich um meine neu erworbenen Fähigkeiten und wollte sie dauerhaft und preiswert in seinem Betrieb sichern. Ich hatte nur mein Können, aber kein Kapital. Die Möglichkeit, in den Betrieb meines Meisters einzuheiraten und so später selbstständig zu sein, war für mich sehr verlockend. Mir war die scheue Jaása auch durchaus nicht zuwider, obwohl ich gestehe, dass ich damals ihr Erbe attraktiver fand als sie selbst. Jaguris, Gologs Frau, hielt aber zu dem Schreiner. Sie hielt mich für einen Herumtreiber, einen Habenichts. Der Schreiner hatte wenigstens eine eigene Werkstätte und erwartete ein ordentliches Erbe. So gab es endlosen Zwist und Hader in der Familie. Die arme Jaása wurde von Mutter und Vater gleichermaßen gedrängt und war kaum mehr als ein hilfloser Spielball in dieser Auseinandersetzung. Schließlich errang ich die Hand von Jaása und wurde der Schwiegersohn meines Meisters. Dann, im folgenden Winter, erkrankte mein Meister und ein paar Wochen später starb er. Nun waren es einzig meine Arbeit, mein Können und meine Tüchtigkeit, die uns alle ernährten. Jaguris konnte ich nichts recht machen. Sie hasste mich und versuchte, mir das Leben unerträglich zu machen. Doch das war noch nicht das Schlimmste: Es war, als ob ein Fluch der Götter die Familie verfolgte: Im selben Frühjahr starb Jaása im Kindbett und das Kind gleich darauf. Es heißt ja gewöhnlich, dass ein gemeinsamer Verlust vereint. Doch nicht in diesem Falle. Jaguris warf mir ständig vor, ihren Mann vergiftet zu haben. Auch ihre Tochter sollte ich auf dem Gewissen haben. Sie sei gestorben, nur weil ich mit allen Mitteln meinen Ehrgeiz habe befriedigen wollen. Es war natürlich alles Unsinn! Dennoch verfolgte sie mich mit ihrem giftigen Hass. Erst stritten wir uns ein halbes Jahr unter einem Dach. Ein Drittel des Geschäftsvermögens gehörte ihr. Das machte das Zusammenleben auch nicht leichter. Dann endlich, aber nur, weil sie selbst darauf bestand, zahlte ich sie vollständig aus und sie zog aus. Seither wohnt sie in einem Haus auf der anderen Flussseite, das ihrer Familie gehört hatte. Um sich an mir zu rächen, lehrte sie den pickeligen Schreiner, der, wenn es nach ihr gegangen wäre, nun als ihr Schwiegersohn Trauer getragen hätte, alles, was sie vom Handwerk ihres Mannes wusste. Mochte das auch noch so wenig sein, es reichte doch wohl aus. So eröffnete Sarogo sein Geschäft.«

Während Dasal sprach, hatte ich gespannt zugehört. Doch mindestens genauso gespannt hatte ich Dasals Mienenspiel beobachtet.

Es war ihm offensichtlich nicht sehr angenehm, von alldem zu berichten. Das schien mir nachvollziehbar. Doch als er sich dazu durchgerungen hatte, tat er es freimütig und ruhig. Auch als er schilderte, wie er um das arme Mädchen nur wegen der Erbschaft warb, erzählte er es ruhig und gelassen. Er beschönigte seine Schuld nicht. Eher kühl und abgeklärt blickte er auf die Vergangenheit. So, wie er die Geschichte berichtete, wirkte er ehrlich. Doch es juckte mich, die Probe aufs Exempel zu machen. Würde er von sich aus seine Geschäftsverbindung mit Sarogo zugeben? Ich beschloss, vorsichtig das Gespräch in diese Richtung zu dirigieren.

»Als Sarogo sein Geschäft aufgemacht hat, muss Euch das doch sehr wütend gemacht haben?«

»Es war ein wohlüberlegter Racheakt von Jaguris. Sie wollte mich treffen, mir vor allem wirtschaftlich schaden. Als sie auszog, hatte sie sich viel Geld auszahlen lassen, das ich nicht hatte. Es steckte in der Werkstatt. Um mit ihr quitt zu werden, musste ich Schulden aufnehmen. Das wusste sie natürlich. Wenn mir nun auch noch Sarogo Konkurrenz machte, so meinte sie wohl, wäre ich bald ohne genügend Aufträge und Einnahmen. Die Schuldenlast sollte mich dann über kurz oder lang erdrücken. Doch ihre Waffe war stumpf. Sarogo ist ein Schreiner. Er macht feine Särge. Seine Leidenschaft galt immer schon dem Holz. Auch wenn er sich nun Bestatter nannte, so war die Behandlung der Verblichenen nie das, was er gerne machte. Jaguris arbeitete bei ihm im Betrieb die ersten Jahre mit und nahm ihm diese Arbeit wohl weitgehend ab. Sie machte es nach der Art, wie Frauen es schon immer gemacht haben. Vielleicht etwas besser, denn ein paar Kniffe hatte sie sich wohl von ihrem Mann übernommen. Der Dienst, den Sarogo und Jaguris anboten, war ein anderer als meiner. Das merkten die Leute auch recht bald. Sie merkten es an der Sorgfalt und an der Kunstfertigkeit, mit der ich die Dahingegangenen behandelte. Weder Sarogo noch Jaguris brachten diese Liebe zur Arbeit je auf. Die Kunden merkten es aber natürlich auch am Preis. Denn für ihre recht bescheidenen Dienste konnte Sarogo natürlich nicht so viel verlangen, wie ich für meine Kunst. Und wer je seine Lieben sah, wenn ich sie für ihr letztes Fest vorbereitet hatte, der wusste, dass es eine Kunst war. So teilten sich die Aufträge ganz von allein nur nach den Bedürfnissen der Hinterbliebenen auf. Daran hat sich bis heute nichts geändert. Er hat mehr Aufträge, ich habe weniger Kunden, doch die anspruchsvolleren. Die sind natürlich die einträglicheren. Doch auf die legt Sarogo keinen besonderen Wert. Wir können so beide in der Stadt ganz gut leben und tun das seit etlichen Jahren ohne Streit. Seit sich auch Sarogo mit Jaguris überworfen hat, verkauft er mir sogar seine Särge.«

»Er hat sich mit Jaguris überworfen?«

»Sie wurde wohl furchtbar eifersüchtig, als er sich in eine dralle Brauerstochter verliebte und sie heiratete. Er würde der armen Jaása selig untreu werden! Sie keifte und zeterte so lange, bis auch er sie auszahlte, mit dem Geld seines Schwiegervaters heißt es. Jedenfalls trennte er sich von ihr. Kaum war er Jaguris los, tat er etwas sehr Vernünftiges: Was er ohnehin nicht verstand, nämlich die Kunst, die Verblichenen ein letztes Mal erblühen zu lassen, ließ er nun ganz sein. Er lässt seither die Hingeschiedenen von ihren Familien herrichten und aufbahren. Dafür baute er seine Schreinerei aus, verlegte sich ganz auf seine Stärke und fertigt seitdem hauptsächlich Särge. Der Rest seines Dienstes ist lediglich, für das Begräbnis zu sorgen und seinen prächtigen Leichenwagen zu kutschieren.«

Er stutzte auf einmal und sah mich einen Moment lang durchdringend an. »Verstehe ich dich richtig? Du meinst, dass die alte Jaguris mir das angetan hat, um sich zu rächen? Jetzt, nach so vielen Jahren?«

»Ich meine noch gar nichts. Ich stochere nur vorsichtig herum und halte nichts für unmöglich. Es wäre ja immerhin denkbar, dass sie es war. Bei uns zu Hause heißt es: ›Nichts ist gefährlicher als der Hass einer alten Frau und nichts giftiger als ihre Zunge.‹«

»Aber unser Streit ist schon uralt. Jaásas Hinscheiden liegt schon mehr als zwanzig Jahre zurück. Warum sollte sie es erst jetzt versuchen?«

»Zum einen, weil Ihr es ihr jetzt, nach so langer Zeit, nicht mehr zutraut, zum anderen, weil sie vielleicht vorher nie auf diese Idee gekommen ist. ›Auch alte Hennen legen Eier‹, wie man bei uns sagt.

Falls sie es aber getan haben sollte, wird sie als alte und schwache Frau vermutlich einen Helfer haben. Das Ausgraben eines Toten ist eine recht schwere Aufgabe, vom Verschleppen einmal ganz zu schweigen.«

»Ich glaube kaum, dass Jaguris dahinter steckt! Ich selbst bin ein frommer und götterfürchtiger Mann, doch die Inbrunst, mit der Jaguris Alvaris huldigt, grenzt schon an Bigotterie. Meine Mittel, all die Salben und Tinkturen, die ich auf meinen Reisen kennenlernte und seither verwende, hielt sie immer schon für frevelhaft und lästerlich. Wenn sie meine Kunst schon für sündhaftes Vergehen an Verblichenen hält, wie könnte sie dann die heilige Ruhe der Toten stören? Nein! Das kann ich nicht glauben.«

»Dennoch werdet Ihr sicher nichts dagegen haben, wenn ich sie noch nicht als Verdächtige ausschließe.«

Statt einer Antwort seufzte Dasal.

Ich erhob mich. »Meister Dasal, darf ich bitte sehen, wo die erste Leiche verschwand?«

»Meine Werkstatt? Wie du möchtest. Natürlich!«

Ich folgte ihm durch einen kurzen Flur in ein großes Zimmer. Inzwischen dämmerte es schon, doch zwei ziemlich große Fenster nach Osten und Süden sorgten tagsüber sicherlich für ein sehr gutes Arbeitslicht. Ich schob einen Stuhl unter ein Fenster, kletterte hoch und blickte hinaus. Vor dem Fenster lag ein Hof mit einer Wagenremise und einem Stall. Über einem kleinen Misthaufen summten eifrig Fliegen und bewiesen, dass Dasal eigene Pferde hatte. Eine breite Hintertür führte von der Werkstatt zum Hof und wurde durch ein großes, rostiges Schloss und einen gut gefetteten Riegel gesichert.

»Ihr habt den Riegel erst nach dem Diebstahl anbringen lassen?«

»Das ist richtig! Das Schloss allein erschien mir nicht mehr sicher genug.«

»Das war es offensichtlich nicht.« Ich öffnete die Tür und blickte in den Hof. Keine andere Tür führte hier hinaus.

»Dieses Schloss war kein ernstzunehmendes Hindernis«, stellte ich fest und schloss die Tür wieder. »Der Dieb konnte von der Straße aus nicht gesehen werden. Niemand würde auf den Hof kommen. Er hatte Zeit und konnte in Ruhe so lange im Schloss herumrühren, bis er es aufbekommen hatte. Das Schloss war vermutlich unbeschädigt, als Ihr den Raub bemerkt habt.«

»Ja, das stimmt. Ich habe mir nur keine Gedanken darüber gemacht. Ich war ja völlig entsetzt, dass der Südländer fort war.«

Dasal hatte inzwischen eine Lampe angezündet und ihr Licht erhellte den Arbeitsraum. In der Mitte stand ein großer Tisch mit einer steinernen Platte. Auf ihr lag bleich und fahl ein Trampelfuß mit langen, rotblonden Locken und einem jugendlichen Gesicht. Er wirkte mit seinen geschlossenen Augen entspannt und friedlich. Bis zur Brust bedeckte ihn ein dünnes Leintuch.

»Das ist die Hülle von Algar Lamur. Der Sohn von Rosko Lamur, dem Kaufmann. Gestern Abend stürzte er aus einem Nussbaum in der Färbergasse und brach sich den Hals.«

Den Steintisch umgab eine leicht erhabene Kante. Kaum merklich neigte er sich zum Fußende hin, wo unter einem runden Loch ein Eimer hing. Ich sah mich weiter um. An der Wand gegenüber der Hintertür stand ein sorgfältig aufgeräumter Arbeitstisch, über dem auf einem Regal eine ganze Reihe von Fläschchen, Tiegeln und Dosen in übersichtlicher Ordnung der Verwendung harrten. Auf dem Tisch standen in Reih' und Glied Mörser, Trichter, Messbecher und Mischgefäße in unterschiedlichen Größen. In einem Becher steckten verschiedene Stäbe und Holzleistchen. Daneben lag ein Stapel Stoffstreifen. Große Glasflaschen lagerten unter dem Tisch. Ich zog eine der Schubladen unter der Tischplatte auf. Es funkelte. Auf Zehenspitzen stehend erkannte ich eine Reihe von kostbaren Messern in verschiedensten Formen und andere, seltsam geformte Instrumente, nach deren Verwendungszweck ich lieber nicht fragen wollte.

An der anderen Wand hingen an Haken kostbare Gewänder, in denen jung Algar wohl seine letzte Reise antreten würde, und eine graue Arbeitsschürze. Eine breite Tür führte nach nebenan.

»Der Aufbahrungsraum.«

Dasal öffnete die Tür nach innen. Die andere Seite der Tür war von einem schweren Vorhang verdeckt. Als er ihn zurückschlug, konnte ich in ein großes Zimmer blicken. Überall hing schweres, rotes Tuch mit üppigen goldenen Schleifen an den Wänden und an der mir gegenüberliegenden Seite standen gepolsterte Stühle. In der Mitte aber befanden sich zwei leere Steinsockel, in die die Symbole von Alvaris eingemeißelt waren.

»Wenn ich mit meiner Kunst fertig bin, liegt der Dahingegangene festlich gekleidet und schön auf dem Bahrbrett. Nach der Feier wird er dann hier herüber gebracht und mit dem Bahrbrett in den Sarg gelegt. So können die Freunde und Verwandten noch ein oder zwei Tage, je nach Jahreszeit, die Totenwacht halten und von ihm Abschied nehmen.«

»Der Südländer, Karimba, wurde er hier aus dem Aufbahrungsraum gestohlen oder aus der Werkstatt?«

»Aus der Werkstatt. Er war fix und fertig. Am nächsten Tag hätte ich ihn herübergebracht und ausgestellt. Ich war auch recht stolz auf ihn. Bei Menschen mit dunklem Teint ist es außerordentlich schwer, den natürlichen Ton der lebendigen Haut zu treffen. Und der Südländer sah hervorragend aus: nicht zu rosig, kein bisschen grünlich. Am nächsten Morgen vielleicht noch einen Hauch frisches Rouge – einfach perfekt!«

»Wie hättet Ihr ihn denn nach drüben gebracht? Habt Ihr einen Gehilfen, der Euch tragen hilft?«

»Nein! Einen Helfer hatte ich noch nie! Ich brauche keinen und komme auch ohne Hilfe ganz gut zurecht. Es ist keine große Kunst, einen Toten zu bewegen, wenn man weiß, wie man es machen soll. Mit ein paar einfachen Hilfsmitteln …«, er deutete auf ein seltsames Rollgestell in der Ecke, »… ist es kinderleicht.«

»Aha! Ihr brauchtet also keine Hilfe. Ihr wart allein, als Ihr an dem Mann gearbeitet habt. Und am nächsten Morgen dann …«

»… war die Tür unverschlossen und der Südländer war fort, samt Bahrbrett. Der Tisch war komplett leer.«

»Sonst ist nichts gestohlen worden? Kein Geld, keine Materialien, keines Eurer wertvollen Instrumente?«

»Nein! Alles andere war unberührt.«

»War der Aufbahrungsraum leer?«

»Ja, er war leer und reserviert für Karimba am nächsten Morgen.«

»Wann sollte er beerdigt werden?«

Dasal nahm ein dickes Buch aus dem Regal, blätterte vor und wieder zurück und suchte ein wenig: »Da steht es ja: Zwei Tage später.«

Er zeigte mir die Eintragung. In schwarzer Tinte stand da:

*Karimba, Karawanenhelfer aus Lagara,*
*gest. 18 SWM / FH 23 SWM Teint!*

Doch nachträglich war mit roter Tinte *FH 23 SWM* durchgestrichen und *!!! 21 SWM. !!!* daneben geschrieben worden.

SWM war die allgemeine Abkürzung für den Sommerlichen Wechselmond, den sechsten Monat des Jahres. FH musste dann wohl Friedhof bedeuten. Auch wenn die Daten sehr abgekürzt waren, so waren sie doch exakt. Bei all den Verdächtigen musste ich über jede klare Tatsache froh und dankbar sein. Ich zückte also mein Notizbuch und schrieb die Daten ab, dann fragte ich:

»Sind in diesem Buch auch die Daten der anderen Vermissten verzeichnet?«

Dasal nahm das Buch an sich, blätterte kurz hin und her und legte an mehreren Stellen Stoffstreifen in das Buch. Dann reichte er es mir. Rasch notierte ich mir auch die Daten der anderen Verschwundenen. Sie waren alle mit drei roten Ausrufezeichen markiert. Soweit ich beim flüchtigen Durchblättern feststellen konnte, waren es die einzigen farbigen Markierungen in dem Buch.

Als ich fertig war, konnte ich ein Gähnen kaum noch unterdrücken. Ich dankte Dasal, und versprach, in zwei oder drei Tagen wieder vorbeizuschauen. Dann verabschiedete ich mich.

# KAPITEL 12

## *Fruchtloses Grübeln und ein Besuch bei einem bemerkenswerten Mann*

Ich saß vor einem mächtigen Frühstück, das Karal mir an meinem Stammkissen im »Alten Schild« serviert hatte. Es war eigentlich schon fast ein frühes Mittagessen. Als ich gestern endlich wieder nach Hause gekommen war, hatte ich meine Notizen ergänzt und bis spät in die Nacht versucht, das Problem von allen erdenklichen Seiten zu betrachten. Nun, nachdem ich reichlich spät aufgestanden war, ging die Grübelei weiter. Dasal hielt ich inzwischen für vertrauenswürdig und ehrlich. Zwar war seine Liebe zur Arbeit schon etwas schrullig, doch ich fragte mich, ob es mir nur deshalb so seltsam vorkam, weil er mit Toten arbeitete. Bei einem Schmied oder Bäcker, der seine Arbeit in derselben Weise schätzte, würde ich es vermutlich Hingabe nennen.

Ich war immerhin schon ein Stückchen weiter. Vorgestern hatte ich noch keinen Namen gehabt, mit dem ich die Liste unter der Überschrift »Verdächtig« beginnen konnte. Nun wusste ich auf einmal nicht mehr, wen von den vielen ich obenan setzen sollte.

Die Heiler! Viele waren ehrgeizig und alle waren eifersüchtig. Sicherlich waren sie jederzeit bereit, ihre Konkurrenten und Kollegen zu übervorteilen. Auch mit verbotenen, frevelhaften Untersuchungen an gestohlenen Leichen, um so Krankheiten besser zu verstehen? Das glaubte ich weniger. Nicht so sehr, weil es einem Priester nicht zuzutrauen wäre. Aber das Ausgraben, Verschleppen und Untersuchen einer Leiche kostete Zeit. Ich bezweifelte, dass ein Priester viermal die Gelegenheit haben würde, ein solches Unternehmen durchzuführen. Im Kloster schliefen, aßen und beteten die Priester zusammen. Es gab kaum Möglichkeiten, länger ungestört zu sein. Dazu kam die große Eifersucht, die unter ihnen herrschte. Ständig beobachteten sie einander voller Argwohn. Auf diese Weise kontrollierten sie sich gegenseitig. Es musste sehr schwierig sein, im Kloster solch eine Tat geheim zu halten. Und es fehlte im Kloster ein geeignetes Versteck! Ein Priester und Heiler hätte die Leichen an einen sicheren Ort bringen müssen. Aber wohin? Sein Leben war bestimmt von der Klostergemeinschaft und der Arbeit. In seinem Kloster konnte er sie vermutlich ebenso wenig verstecken wie im Hospital. Außerdem waren diese Heiler fast ausnahmslos sehr eitel. Eitelkeit war aber der Feind von Geheimnissen.

Dann war da noch dieser andere Arzt, Sorion, der außerhalb des Hospitals arbeitete. Er war, wenn ich Dasal recht verstanden hatte, kein Priester. Ihn musste ich mir einmal ansehen.

Auch die Kräuterweiber standen nun auf meiner Liste! Der Einwand Dasals, die Stadt müsste voll von Amuletten sein, wenn jemand alle vier Leichen zu diesem Zweck geplündert hätte, war stichhaltig. Dennoch sollte ich ruhig auch in dieser Richtung weiter nachforschen.

Amulette waren verboten und deshalb selten. Weil sie selten waren, waren sie teuer. Weil sie teuer waren, lohnte es sich, mit ihnen zu handeln. Doch was passierte, wenn man plötzlich viele Amulette herstellte? Der Preis würde fallen. Vielleicht waren sie gar nicht für den heimischen Markt. Vielleicht sollten sie ja ein Handelsgut werden. Aber das war absurd! Die Idee mit den Amuletten wollte keinen Sinn ergeben.

Was war schließlich mit Jaguris, Dasals Schwiegermutter? Sie hatte einen alten, lange gehegten Groll auf Dasal. Sie hätte also einen Grund gehabt. Doch nach dem, was Punto gesagt hatte, war sie höchstwahrscheinlich zu schwach. Der Täter war »stark wie ein Ochse«. Das hatte Punto gesagt. Stark, aber dumm! Mirwal war dumm! Und vermutlich auch kräftig. Wenn Jaguris dahintersteckte, dann brauchte sie einen

Helfer mit ordentlich Muskeln. Jemanden wie Mirwal vielleicht? Doch ich konnte nicht glauben, dass Mirwal nichts über Jaguris herausgerutscht wäre. Ich hatte ihn so weit mit Bier und Mostgeist abgefüllt, dass es jegliche Zurückhaltung und Vorsicht regelrecht fortgeschwemmt hatte. Wenn er irgendetwas gewusst hätte, hätte er sich sicher verplappert. Oder wollte ich ihn nur nicht verdächtigen, weil er mir leidtat?

Ich würde mir sicher auch Jaguris anschauen. Vielleicht sah ich dann etwas klarer, was Mirwal anging. Doch wegen ihrer Verbindung zu Dasal musste ich bei ihr besonders vorsichtig sein! Ich brauchte einen guten Vorwand, eine Geschichte, die ihr die Zunge löste.

Sarogo, der andere Bestatter. Kam er als Handlanger von Jaguris infrage? Er war der Rivale Dasals um die Hand Jaásas gewesen. Geschäftlich hatte Jaguris ihn aufgebaut, inzwischen war er aber wieder mehr Schreiner als Bestatter. Hatte er sich wirklich so endgültig mit Jaguris überworfen? Mirwal sagte, er schickte immer wieder Jaguris in die Trauerhäuser, um die Toten zu richten. Inzwischen war er verheiratet. Hatte er Familie? Hegte er vielleicht noch immer einen geheimen Groll gegen Dasal? Doch wieso sollte er ihm dann Särge verkaufen? Auch ihm musste ich unbedingt auf den Zahn fühlen.

Ich gab auf! Die Grübelei brachte mich nicht weiter. Es waren zu viele Fragen. Nur durch Nachdenken fand ich die Antworten leider nicht. Noch hatte ich zu wenig erfahren, um das Rätsel zu lösen. Oder war alles nur eine falsche Spur? Tappte ich am Ende noch völlig im Dunkeln?

Womit sollte ich nur anfangen? Ich schnitt mir noch eine Scheibe kalten Braten ab. Karal hatte mir dankenswerterweise hervorragend aufgetischt. Das Wetter vor den gelblichen Butzenscheiben war trist. Es hatte in der Nacht zu regnen begonnen. Nicht gerade das Wetter, um draußen Nachforschungen anzustellen. Es waren noch kaum Gäste in der Stube. Zwei Reisende in schmutzigen Mänteln, dem Akzent nach aus dem Osten, verzehrten ein reichhaltiges Mahl und ein junger, schlanker Mann mit weichen Gesichtszügen saß am Tisch bei der Küchentür. Keine besonders vielversprechende Gesellschaft. Ich beschloss, mir heute einmal Sorion anzusehen, den anderen Heiler. Ich konnte zwar kaum mehr als blindlings stochern, doch vielleicht stieß ich ja auf einen neuen Zusammenhang oder ein paar Gerüchte.

Knappe zwei Stunden später stieg ich am anderen Ufer von der Fähre an Land. Wieder hatte ich nur den halben Fährpreis bezahlt. Ich vermutete, dass der Arzt sich hier auf dem »besseren« Ufer niedergelassen hatte. Er nahm Geld für seine Dienste. Und das gab es auf dieser Flussseite in größeren Mengen.

Ich trug einen schweren Brief, den ich mir selbst geschrieben hatte. Dem Anschein nach stammte er von meinem hochverehrten Onkel Marlinus Stollgräber, Herr von Schloss Stollheim zu Hüggelstamm bei Morgenberg, dessen Erfindung mir gestern schon geholfen hatte. Mein Onkel bat in gesetzten Worten den hochgelehrten und weithin berühmten Arzt und heilkundigen Arzt Sorion von Garbath um Hilfe und Unterstützung. Beeindruckt von der segensreichen Einrichtung des Hauses der Heilung wolle er zu Hause ein ähnliches Institut stiften. Jedoch sei ihm bei seinem letzten Besuch die Struktur des Hospitals etwas zu groß und zu steif erschienen. Er denke eher an zwei oder drei Heilkundige, die unter einem Dach zu versammeln seien. Er bitte nun sehr herzlich, für mich einen kurzen Katalog aufzustellen, worin diese Ärzte gelehrt sein sollten, damit diese Ausbildung auch ein hohes Niveau habe. Er danke im Voraus aufs Ergebenste und sollte Herr Sorion jemals in den Rotsteinbergen Arbeit und Lohn suchen, wäre er jederzeit bereit …

Ich hoffte, in einem Gespräch über die Ausbildung zu erfahren, ob er auch Untersuchungen an Toten billigte und wie intensiv er diese Untersuchungen vorantreiben würde.

Den Brief hatte ich zu Hause mit einem Westenknopf aus Messing gesiegelt, der einen Greifen zeigte. Nun musste ich den Brief nur noch zustellen. Es hatte aufgehört zu regnen, doch noch immer zogen graue Wolken tief über die Stadt nach Osten. Am Kai neben der Fähre lungerten ein paar Arbeiter herum. Ich fragte sie nach Sorion, dem Arzt, und sie ließen sich freundlicherweise dazu herab, mir den Weg zu erklären. Nach einer Viertelstunde war ich am Ziel: einer knallrot gestrichenen Tür eines nicht sonderlich vornehmen Bordells! Ich war sicher, dass ich mich nicht verlaufen hatte. Vor dem Südtor sollte ich in die letzte Gasse nach rechts gehen und dann im gelb gestrichenen Haus nachfragen. Hier stand ich nun. Es war kein Zweifel möglich, dass ich genau hier hergeschickt worden war. Es war vermutlich die armseligste Gegend des Ostviertels. Ich sah mich genau um: Vielleicht hing irgendwo in dieser heruntergekommenen Sackgasse ein Hinweisschild. Doch ich bezweifelte, dass ein Arzt in solch einer Nachbarschaft zahlungskräftige Kunden finden würde.

Im ersten Stock, gleich über dem Schild »Rosengarten, Etablissement für freudige Stunden«, öffnete sich ein Fenster. In hohem Bogen segelte der Inhalt eines Nachttopfes nach unten. Ich musste zur Seite springen, um nichts abzubekommen. Als ich laut protestierte, schob sich der Krauskopf einer verschlafenen, fetten Frau aus dem Fenster und maulte: »Was hast du denn da unten auch rumzustehen!«

»Wohnt hier in der Gegend ein Arzt? Sorion?«

»Nee! Fehlt dir was? Dann geh' doch zum Haus der Heilung. Die sin' doch billiger und mich hammse immer noch hingebogen!«

»Ich soll was abgeben!«, rief ich nach oben und wedelte mit dem Brief.

»Dann biste hier falsch! Hier wohnt kein Heiler und kein Arzt nich! Ich hab aber gehört, dass am Wollmarkt einer sein soll. Vielleicht is er das ja. Bloß weiß ich nicht, wie dass der geheißen ham' soll.«

Ich dankte und trollte mich. Wieder einmal war ich einem schönen Beispiel für den Humor der großen Menschen aufgesessen. Ein Halbling fragt nach dem Weg und wird nicht nur in die Irre geschickt, sondern auch noch genötigt, in einem schäbigen Puff nachzufragen! Wahrscheinlich lachten sich die Scherzbolde vom Kai noch immer krumm. Der Wollmarkt aber war eindeutig eine bessere Adresse. Jeder in der Stadt kannte den Platz mit den großen und prächtigen Häusern, die ihn säumten. Für viele war er gut zu erreichen. Also machte ich mich auf den Weg.

Der plötzlich auffrischende Wind wehte mir an der nächsten Ecke einen grässlichen Gestank um die Nase, der mir genau verriet, wo ich mich nun befand. Man hatte mich zur Rückseite des Gerberviertels geschickt.

Die Gerber waren die Ersten, die sich, ein gutes Stück flussabwärts der Brücke, auf dieser Seite des Flusses niedergelassen hatten. Später wurde es dann unter den reichen Kaufleuten Mode, auf demselben Ufer die neuen, großen Häuser zu errichten. Etwa eine Generation lang gab es ein friedliches Nebeneinander von vornehmen Händlern und armen Gerbern. Dann aber wuchs das neue, noble Viertel so dicht an die Gerber heran, dass sich die herrschaftlichen Nasen gestört fühlten. Nur wenige Jahre, bevor ich in die Stadt gekommen war, kaufte ein »Verein für bessere Luft«, bestehend aus noblen Kaufleuten der Umgebung, einfach die Häuser der Gerber auf. Die Gerber, so hieß es, ließen sich damals ihre Häuser teuer bezahlen, doch die Kaufleute bezahlten gerne, solange sie nur die anrüchigen Nachbarn loswurden. Die Gerber waren nicht gram. Sie hatten die Taschen voller Geld und bauten einfach ein Stück weiter flussabwärts neue Werkstätten. Halb Garbath, die westliche Hälfte vor allem, lachte sich aber später schief und krumm, als man erfuhr, dass zwar die Gerber verschwunden waren, ihr Gestank jedoch geblieben war. Immer noch stieg aus dem Boden, in dem jahrzehntelang die Felle in Gruben gebeizt worden waren, bei feuchtem Wetter ein penetranter Geruch! Vereinzelte Versuche, auf diesem Grund neue Bauten zu errichten, wurden bald wieder aufgegeben. So blieben die restlichen alten Gerberhäuser unbewohnt stehen und verkamen allmählich zu Ruinen.

Nach einem kleinen Spaziergang war ich schließlich am Wollmarkt angekommen. Auf dem Platz selbst herrschten ein eifriges Gewühle und rege Betriebsamkeit. Hier boten Wollhändler ihre Vliese feil und Weber ihre Tuche, breitschultrige Knechte schleppten Ballen gekämmter Wolle hin und her und kreischende Mädchen warben für ihre Dienste als Auftragsspinnerin. Mittendrin in diesem Gewusel schlenderten mit bunten, bändergeschmückten Wämsern die reichen Kaufleute, prüften die Waren, feilschten um Preise und trafen ihre Auswahl.

Am Rande, auf der Straße, die um den Platz herum führte, war es ruhiger. Sorions Haus fand ich zunächst nicht.

Zweimal musste ich den Platz umrunden, bis ich die Tafel fand. Sie hing am bescheidensten Haus am Platz und war für diese Gegend ungewöhnlich schlicht. Auf weiß gestrichenem Holz stand sehr schön und klar in blauen Runen zu lesen:

*Sorion – Arzt*

Sorions Haus war schmalbrüstig. Zwischen dem stattlichen Palast von Boro, dem größten Wollhändler der Stadt, und dem prächtigen Zunfthaus der Weber wirkte es seltsam eingequetscht. Sorions Häuschen hatte gerade Platz für drei Fenster. Eines war neben der Tür im Erdgeschoss und zwei im ersten Stock. Das Haus wirkte winzig, aber freundlich und gepflegt. Es war frisch gestrichen. Auch die Tür und die Fensterrahmen waren, wie das Schild, in blauer und weißer Farbe bemalt, ebenso die schweren Fensterläden.

Ich stieg die zwei Stufen zur Tür hoch und reckte mich nach dem Klingelzug. Ein helles Läuten von Silberglocken erklang aus dem Inneren, dann hörte ich einige elastische Schritte. Als sich die Tür öffnete, sah ein blasser, schlanker Mann von mittleren Jahren auf mich herab. Seine langen, dunklen Haare wirkten fettig und waren nach hinten gekämmt. Er musterte mich mit eisgrauen Augen und entbot mir leicht überrascht ein »Willkommen«.

Er trat zur Seite und öffnete in einem dunklen Gang eine Tür zu einem Zimmer.

»Bitte tretet ein.«

Der Raum war schmal, aber recht lang. Er wurde beherrscht von einem wuchtigen Schreibtisch. Eine bequeme, gepolsterte Bank stand davor, ein hochlehniger, streng wirkender Lehnstuhl dahinter. Die Wand hinter dem Schreibtisch war mit dunklem Holz getäfelt. In diese Täfelung war eine ganze Anzahl Fächer eingelassen. Manche waren mit Türen versperrt, in anderen Fächern standen Bücher Rücken neben Rücken. Im selben dunklen Holz wie die Täfelung war neben den Fächern eine Tür unauffällig in die Wand eingepasst.

»Ich bin Sorion, der Arzt. Darf ich fragen, was Euch zu mir führt und wer Ihr seid?« Er bot mir die Bank an und nahm selbst hinter dem Schreibtisch Platz.

Seine Stimme war sanft und geschmeidig, doch sie hatte einen leichten Akzent, den ich nicht sofort einordnen konnte.

»Mein Name ist Lupina, ich bin die Nichte von Marlinus Stollgräber, Herzog der östlichen Höhen, Ihr werdet sicher von ihm gehört haben.«

»Bedauerlicherweise nicht, ich bin leider nicht allzu bewandert mit den Verhältnissen der Gebirgsbevölkerung«, entschuldigte er sich mit flüchtigem Lächeln. »Tatsächlich muss ich gestehen, dass ich bisher kaum mit Halblingen zu tun gehabt habe.«

Ich war beeindruckt. Die meisten Menschen würden sicher nicht zugeben, einen Provinzherzog der Halblinge nicht zu kennen, sei er nun erfunden oder echt. Seine grauen Augen sahen klar und freundlich auf mich herab. Als ich ihm den Brief reichte, wusste ich auch endlich den Akzent einzuordnen: Es war der Zungenschlag der Menschen aus Ranak, der Halbinsel, die die Milwinger vor einiger Zeit erobert hatten. Seine samtweiche Sprechweise unterschied sich jedoch deutlich von dem verwaschenen, nur halb artikulierten Gebrabbel, das die elenden Flüchtlingsgestalten auf den Gassen und in den Schenken von sich gaben.

Während er den Brief und das kleine Siegel musterte, erklärte ich: »Mein Onkel ist ein ruhiger Mann, dessen stilles Wirken keine großen Wellen schlägt. Er ist kaum bekannt jenseits seiner Grenzen. Doch hat er von Euch gehört. Von Sorion, dem großartigen Arzt aus Ranak, der nun in Garbath wirkt.«

Mit erhobenem Finger gebot er mir Schweigen und erbrach das Siegel. Rasch überflog er das Schreiben. Da ich den Brief sehr gut kannte, konnte ich verfolgen, wie sein Blick eilig über die langen Passagen leerer Höflichkeitsfloskeln hinwegglitt und sich nur an den Teilen des Briefes festhielt, die inhaltlich bedeutend waren. Binnen weniger Augenblicke war er mit dem Schreiben fertig. Er legte den Brief zusammen, verschränkte die Hände und schloss für einen Moment die Augen.

Als er wieder sprach, blickte er mich durchdringend an. »Ehrenwerte Jungfer Lupina. Diese Anfrage ehrt mich. Es wundert mich zwar, dass ausgerechnet ich, ein armer Flüchtling aus einem besetzten Land, unter Euch Halblingen Ruf und Ansehen genießen soll, aber ich will diesen ehrenwerten

Plan gerne unterstützen. Ich hoffe, ich kann etwas Sinnvolles beitragen. Doch bitte habt noch ein wenig Geduld. Ich habe viele Patienten und ihnen gebührt Vorrang. Auch meine sonstigen Obliegenheiten wollen erledigt werden. Darf ich Euch deshalb bitten, mich in drei Tagen nochmals aufzusuchen? Am besten vormittags, denn nachmittags versorge ich meist meine Kranken in ihren Häusern.«

Er erhob sich und nahm mir so jede Möglichkeit, ein Gespräch zu beginnen, indem er mich verabschiedete: »Wir sehen uns also in drei Tagen wieder. Bis dahin, mit dem Segen all Eurer Götter! Auf Wiedersehen.«

Was sollte ich also tun? Ich dankte ihm herzlich, auch im Namen meines Onkels, und verabschiedete mich. Dabei hatte ich ein flaues Gefühl. Dieser Mann schien mir schwerer zu täuschen als die meisten. Er war wacher, aufmerksamer, und er schluckte nicht so einfach die Köder der Schmeichelei. Im Gespräch hatte er die Initiative behalten. Ich war gespannt auf das zweite Gespräch. Vielleicht gelang es mir ja dann, ihn zum Plaudern zu verleiten.

Sorion war ein Flüchtling aus Ranak. Auf keinen Fall war er aber ein armer Flüchtling, auch wenn er sich bescheiden so bezeichnete. Er konnte nicht mittellos sein, denn er besaß Bücher. Bücher waren sehr kostbar. Fast jedes wurde von Mönchen in mühsamem Werkgebet abgeschrieben. Nur gegen überaus großzügige Spenden oder Stiftungen kam man an sie heran. Nur wenige weltliche Schreiber waren bereit, Bücher zu kopieren, die gewichtiger waren als ein Gedichtband. Die Schreibergilde kopierte keine Bücher. Sie mochten dort keine langen Schriftstücke.

Mit ihrer beständigen Forderung nach einer »konsequenten Verrunung der Beschlüsse« hatten sie es geschafft, sich für die Verwaltung unentbehrlich zu machen. Sie schrieben nun nur mehr Protokolle, Vertragswerke und Magistratsbeschlüsse. Diese Arbeit erledigten sie höchst kunstvoll. Fast immer fassten sie ihre Schriftstücke so unverständlich, dass man, um den Sinn dieser Dokumente zu verstehen, meist wieder einen Gildenschreiber brauchte, der es einem übersetzte. Mit Büchern hatten sie inzwischen nichts mehr zu schaffen.

Bücher waren kostbar. Der Gegenwert eines jeden von Sorions Büchern könnte sicher eine Flüchtlingsfamilie wochenlang kleiden und ernähren, wenn man es zu Geld machen könnte. Bei ihm standen diese Schätze aufgereiht im Regal. Ein armer Flüchtling war er sicherlich nicht.

Während ich so nachdachte, hatte ich nicht auf meinen Weg geachtet. So stellte ich fest, dass mich meine Füße fast bis zur Brücke getragen hatten. Die Schenken wurden allmählich immer schäbiger und durch ihre Türen drang immer öfter lautes Stimmengewirr. Ich konnte einen Seemann mit nordischem Akzent in höchst bildreichen Worten fluchen hören, vernahm orkisches Gegrunze und das schrille Quieken eines Flittchens. Plötzlich hörte ich im Lärm auch den schlampigen, silbenverschluckenden Tonfall eines Mannes, der aus Ranak stammen musste. Vielleicht konnte ein durstiger Ranakflüchtling mir etwas mehr über Sorion erzählen.

Das war womöglich gar nicht unwahrscheinlich. Gleich als Ranak gefallen war, hatte sich für kurze Zeit ein Sturzbach der Hilfsbereitschaft auf die armen Flüchtlinge ergossen, die in Elendsquartieren vor der Stadt mehr als dürftig lebten. Inzwischen waren Ranaks Eroberung und das Elend der Flüchtlinge längst nicht mehr ständig in aller Munde. So war der Strom der Mildtätigkeit bis auf ein kärgliches Rinnsal versickert. Wenn Flüchtlinge heute überhaupt noch Aussicht auf Unterstützung haben konnten, dann am ehesten bei ihren wohlhabenden Landsleuten. Und dazu war Sorion sicherlich zu rechnen.

Ich hatte Durst und die Gelegenheit war günstig. Ich beschloss, einen Ranaki zu befragen.

# KAPITEL 13

## *Ein Kneipengespräch, ein gutes Nachtmahl und Vorzeichen einer heißen Liebesnacht*

Dieses »Gasthaus« war eines der unteren Kategorie. Wer nicht schon angetrunken hereinkam, hatte Mühe, sich hier wohlzufühlen. Die Tische klebten und das mehr als trübe Licht hielt den größten Teil des Schmutzes in gnädiger Dunkelheit. Das Mobiliar war schwer und klobig, eher widerstandsfähig als bequem. Im Falle einer Prügelei war es zu unhandlich, um als Waffe missbraucht zu werden und gleichzeitig robust genug, die Saalschlacht heil zu überstehen.

Es mochte mir hier nicht gefallen, doch wählerisch durfte ich nicht sein. Aus zwei Schenken war ich schon herausgeflogen. In der ersten hatten sofort zwei verlebte Huren beim Wirt gegen meine Anwesenheit protestiert. In der zweiten Kneipe hatte mich der Schankkellner barsch angeblafft, Zwerge, Gnome und andere »hässliche, ungebildete Widernatürliche« würden bei ihm nicht bedient werden. Eine Gruppe Zecher aus Trampelfüßen und Orks hatte lebhaft ihre Zustimmung gegrölt.

Nun saß ich im dritten Gasthaus, aus dem ich Leute in ranakischem Dialekt hatte reden hören, im »König Beleg«. Der Wirt brachte mir mürrisch einen schmierigen Zinnkrug mit überraschend wohlschmeckendem, frischem Bier. Allmählich gewöhnten sich meine Augen an die Schummerbeleuchtung. Das Publikum dieser Kaschemme bestand aus der üblichen Mischung. Im Dunkel des hinteren

Schankraumes saßen ein paar Orks und steckten ihre klobigen Köpfe zusammen. Einige dürre, rotgesichtige Säufer mit grotesk großen Nasen umlagerten die Ecke des Schanktisches, die dem Abtritt am nächsten war. Arbeitsscheue Tagelöhner und Hilfsarbeiter hatten sich neben der Tür niedergelassen. Sie wirkten fest entschlossen, jede Arbeit und jeden Auftrag abzulehnen, solange sie noch Geld für ein weiteres Bier hatten. An einigen der übrigen Tische saßen lauschende Zecher um eine Gruppe Abenteurer und Vagabunden, die versuchten, sich gegenseitig in der Schilderung ihrer Heldentaten zu übertreffen. Ich hatte zu oft solchen heimatlosen Lügnern zugehört, um noch beeindruckt zu sein. Diese »Party«, wie sich dieser armselige Haufen nannte, berichtete, wie sie vor einem Jahr in einem Gasthaus wie diesem von einem vermummten Mann eine Schatzkarte und einen Schlüssel erhalten hatten, um daraufhin einen Drachenhort zu rauben.

Wenn man ihresgleichen lange genug zuhörte, stellte man irgendwann fest, dass es nur drei Arten von Abenteuern gab: All diese »Helden« zogen aus, um schatzhütende Drachen zu erschlagen, Jungfrauen oder Prinzessinnen zu retten oder den verschwundenen Kristall des Lichts, das Amulett der Macht oder ähnliche mystische Angebinde zu finden, bevor sie einem finsteren Obermagier in die machtlüsternen Hände fielen. Es war immer wieder das Gleiche. Man fragte sich, wie jemand ernsthaft annehmen konnte, ein vernünftiger Halbling oder Mensch würde solch versoffenen Vaganten eine wichtige Expedition finanzieren. Manche dieser Gestalten wirken mehr als unzuverlässig. Wie peinlich wäre es wohl, wenn sie aus Versehen den Drachen retten und stattdessen die Jungfrau erschlagen würden. Solch ein Irrtum wäre manchen dieser Vögel durchaus zuzutrauen.

Meist bleiben sie eine Zeit lang an einem Ort, um gegen freie Getränke von ihren vorgeblichen Abenteuern zu berichten. Von Zeit zu Zeit aber wurden sie von einer Unruhe befallen. Dann verschwanden sie »auf Queste«. Das hieß aber oft genug nichts anderes, als dass sie in eine andere Stadt zogen, um dann dort gegen freie Getränke ihre Heldentaten zu erzählen. Bestenfalls durften sie einen größeren Wagenzug begleiten. Aber nur, solange die Wagen nichts transportieren, was man unauffällig einstecken oder trinken konnte. Die meisten dieser Gestalten waren sogar für die Befreiungsarmee Ranaks uninteressant. Und deren Werber waren wahrhaftig nicht wählerisch.

Bei meinem Eintreten waren alle Unterhaltungen verstummt, bis auf die Schilderungen der Heldentaten der Drachentöter. Unverdrossen spannen sie ihr Garn weiter, während alle anderen mich stumm und argwöhnisch anstarrten. Als mein Bier kam, verflog der Zauber und die Unterhaltungen wurden wieder aufgenommen. Zwei der Tagelöhner, die sich nun neben der Tür unterhielten, kamen unüberhörbar aus Ranak. Ich sah mich noch im Lokal um, da verabschiedete sich einer der beiden Ranakis und ließ den anderen alleine am Tisch zurück. Mit meinem Bier setzte ich mich zu ihm.

Ich hatte den Zungenschlag des Rotsteingebirges in den zwei Jahren, die ich nun in Garbath war, fast völlig abgelegt. Ein wenig widerstrebend kramte ich ihn nun wieder hervor. Ich sprach übertrieben langsam, schob meine Unterlippe vor und zog die Vokale so breit und provinziell wie möglich auseinander. Dabei bewegte ich meinen Kiefer wie eine wiederkäuende Kuh, bemühte mich um eine feuchte Aussprache, als ich den verlassenen Zecher fragte:

»Ich suuche einen Mann aus Raanak. Du kommst doch daheer?«

Misstrauisch sah mich der Mann an. Er war älter, recht dürr und hatte fahle, ungesund wirkende Haut. Zu allem Überfluss roch er nach saurem Schweiß.

»Ja, ich komm 's Ranak«, raunzte er zungenfaul und undeutlich. »Wen suchs' denn?«

Sein Dialekt war nicht ganz einfach zu verstehen. Wie viele seiner Landsleute hatte er eine schlampige Aussprache, verschluckte ganze Silben und betonte den kümmerlichen Rest an unpassenden Stellen. Das würde sicher eine tolle Unterhaltung werden, dachte ich, als ich fortfuhr:

»Es soll hier einen Kerl geben, Suurion oder so.«

»Und was wills' von 'm, wenn du'n gefunden has'?«

»Er hat maal vor Zeiten meinem Papa einen Eber aus einer südlichen Zuchtlinie verkauft. Hat aber gesaagt, er hätte keine Ahnung, was rauskömmt, wenn wir den mit unseren kurzrückigen Rotsteinborstlern verkreuzen tuun.«

»Und?«

»Da kommen tolle Schweine raus! Etwas größer, aber braav im Geschirr. Auch in der Mast sind sie klasse! Bloß der Speck ist nicht so üppig. Nun wollte Papa aber fraagen, ob dieser Suurion auch Muttersauen besoorgen kann.«

Man sagt uns Halblingen aus dem Rotsteingebirge nach, wir würden uns auf nichts verstehen, mit Ausnahme von Schweinezucht. Eine ganze Gattung von nicht sehr komischen Witzen beginnt in der immer gleichen Formel mit »Ein Halbling und sein Schwein ...«. Mein Ranaki schluckte bereitwillig den Köder. Sein Misstrauen war beruhigt.

»Meins' du vielleich' Sorion, den Arz'?«

»Nee, der waar nuur Schweinehändler. Kein Tieraazt! So ein grooßer schlanker Mann!«

»Ich kenn 'nen Sorion. Der ist aber 'n Arz'.«

»Kommt der auch aus Raanak? Mit soo langen Haaren?«, fragte ich und deutete rückenlanges Haar an.

»Aus Ranak kommt er. Aber die Haare sin' normal lang.«

»So ein feiner Pinkel? Aarm war der nicht gewesen. Aber gefeilscht hat er, wie eine Küchenmagd am Maarkt. Ein echter Geizkragen! Kann er das wohl sein?«

»Sorion geizig? Spinns' du? Ich spreche von n'm EDELmann! Ein' nobleren Mann wirs' du nich' find'n! Er war immer schon gelehrt. Schon in 'er Heimat noch. Als dann 'as Unglück über uns kam, da hat auch er alles verlor'n. Hier hat er dann angefang', Kranke zu behandeln. Mit nich's ist er hergekomm' und hat viele Ranakis umsons' behandelt! *Umsons'!* Jetz' hat er viele reiche Patienten und verdient nich schlech'. Aber er ist trotzdem bescheiden geblieb'! *Bescheiden!* Wenn wem aus'r Heimat was fehlt oder es kommt wer in Not, wo nich's für kann, dann kann er sich an Sorion wend'n. Der hat noch jedem von seinen Landsleut'n geholf'n! Mit Behandlung und Medizin oder mit Gel' und weil er die richtig'n Leute kennt! *Also nenn den Mann nie nich wieder geizig!*«

»Er hat doch so eine grooße Narbe auf der Backe?«

»Unsinn! Der Sorion, den ich mein, der hat keine Narbe!«

»Der Sorion, den ich suuche, hatte eine: vom Ohr bis zum Kinn! Dann meinen wir vielleicht doch verschiedene Männer. Was du erzählt hast, klingt nicht nach dem Schweinehändler, den was ich suchen tuu. Der waar eigentlich kein Wohltäter.«

»Der Sorion, den ich mein, ist ein echter Menschenfreund!«

Während ich zweimal neues Bier für meinen Gesprächspartner und mich bestellte, erfuhr ich allerhand über das Elend der Flüchtlinge aus Ranak im Allgemeinen und allerhand über ihren selbstlosen Wohltäter im Besonderen. Ich hörte bewundernd und interessiert zu, während mein Gast voll Freude den Arzt und seine Freigebigkeit rühmte. Er berichtete eine Vielzahl von Geschichten und Anekdoten. Einiges seiner Erzählung beruhte zwar auf Hörensagen, doch immer wieder beteuerte er, einzelne Ereignisse selbst miterlebt zu haben. Sorion war mit den ersten Flüchtlingen gekommen. Weil er Geld hatte, durfte er in die Stadt hinein, doch ein Großteil der Vertriebenen lagerte in Zelten auf den Feldern vor der Stadt. Dort litten sie bittere Not. Sorion war es gewesen, der in den ersten Wochen des Flüchtlingselends sehr energisch beim Magistrat auf die katastrophalen Zustände in der provisorischen Zeltstadt vor den Mauern hingewiesen hatte. Dank seiner Überzeugungskraft und Beredsamkeit öffnete die Stadt den Flüchtlingen damals zunächst ihre Tore und später auch, wenn auch nur vorübergehend, ihre Herzen. Er selbst hatte wohl nicht alles verloren. Er kam immerhin mit Pferd und Wagen an. Sein Wagen wurde nun zu einer der wichtigsten Adressen für die Flüchtlinge. Viele Kranke und Verwundete, die den Heilern von Garbath nicht trauten, fanden dort Behandlung und vielen Verzweifelten gab er Trost. Was er an Geld hatte, nahm er und half damit Bedürftigen.

Schließlich zog er aber an den Wollmarkt und empfing dort Kranke, die schon bald zahlreich aus der ganzen Stadt kamen. Er blieb weiterhin freigebig mit dem Geld, das er verdiente. Die Kontakte zur besseren Gesellschaft der Stadt, die er dank seiner Tätigkeit knüpfen konnte, nutzte er, um seinen Leuten zu helfen. Im Winter vor zwei Jahren, als auf einmal der Brotpreis rapide angestiegen war und viele in der Zeltstadt hungerten, behandelte er einen wimmernden Kaufmann erst an seinen Nierensteinen, als der bei allen Göttern geschworen hatte, eine großzügige Getreidespende zu machen. So hieß es zumindest, als an die armen Ranakis in ihren Bretterbuden und Hütten, die inzwischen den Zelten der ersten Tage gewichen waren, unverhofft Brot verteilt wurde.

Als der erste, dilettantisch geführte Feldzug zur Befreiung Ranaks gescheitert war und der Magistrat sich schließlich nach langen Debatten weigerte, einen neuen Feldzug zu finanzieren, hatte Sorion gebeten, vor dem Rat sprechen zu dürfen. Mit flammenden Worten und heißem Herzen sprach er von den besetzten Hügeln seiner Heimat, von geschändeten Weinbergen und vom Elend seines Volkes. Er bat eindringlich um Hilfe für sein unterdrücktes Land und forderte nachdrücklich einen neuen Feldzug. Doch die Herzen der kühl rechnenden Ratsherrn konnte er nicht erweichen.

Ich hatte genug erfahren. Mit einem weiteren Bier ließ meinen auskunftsfreudigen Ranaki im »König Beleg« zurück und machte mich auf den Heimweg. Der Himmel war aufgeklart, doch es war noch immer recht windig. Die Schatten wurden nun schon etwas länger. Der Nachmittag neigte sich ganz allmählich dem Abend zu. Die Kneipe lag in unmittelbarer Nähe der Brücke. Zur Fähre zu gehen, war ein ziemlicher Umweg. Allzu viele Leute befanden sich nicht mehr auf der Straße. Alles wirkte friedlich. Ich beschloss, über die Brücke nach Hause zu gehen.

Etwas später im »Alten Schild« zog ich mich um, holte mir aus der Küche warmes Wasser und begann, Rock und Bluse und mich selbst auch gleich zu waschen. Ich hätte es wissen sollen.

Es war mir zwar gelungen, bis fast ans andere Ufer zu gelangen, ohne mehr als die üblichen unzüchtigen Einladungen abwehren zu müssen, doch dann geriet ich in ein Grüppchen gelangweilter und betrunkener Seeleute. Einer von ihnen meinte, er hätte irgendwo einmal einen Halbling auf Händen laufen sehen und nun verlangten alle, dass ich dieses typische Halblingskunststück vorführe. Ich sagte, dass ich das nicht könne. Ich wies auf meine völlig unpassende Kleidung hin. Ich bat, mich gehen zu lassen, und drohte sogar, ihnen im Sprung die Kniescheibe zu zertrümmern … alles umsonst. Raue und ungeschickte Hände packten mich, ließen mich kopfüber baumeln und freuten sich an meinem lächerlichen Anblick, wie ich mit meinen Beinen strampelte. Beim vierten Versuch war es den Tölpeln dann endlich gelungen, mich in die runde, weiche Hinterlassenschaft eines Zugochsen fallen zu lassen. So beschmiert und duftend, war ich ihnen zu unappetitlich und sie suchten sich einen neuen Zeitvertreib.

Ich hängte meine Sachen auf, brachte das Wasser hinunter, holte frisches und begann nun, mir die Haare zu waschen, die auch etwas abbekommen hatten. Es war eine Wohltat, wieder sauber zu sein. Mit dem Seifenschaum spülte ich auch meinen Zorn ab. Es hätte schlimmer ausgehen können. Letztlich war der süßliche Heugeruch des Kuhfladens weniger unappetitlich als die Ausdünstungen einiger Seeleute.

Nun, da ich mich wieder sauber fühlte, setzte ich mich auf das Bett, sortierte meine Aufzeichnungen und schrieb auf, was ich über Sorion erfahren hatte, solange es noch hell war.

Sorion … von besonderer Frömmigkeit hatte ich nichts vernommen. Aber allerhand von seinem Patriotismus, seiner Großzügigkeit und seiner Liebe zur »Heimat«. Wieso sollte ausgerechnet er es auf Dasals Leichen abgesehen haben?

Um seine Patienten, ob arm oder reich, kümmerte er sich angeblich sehr selbstlos. Es gab Geschichten, in denen er von feierlichen Ratsbanketten mit wehendem Mantel zu Unglücksfällen gelaufen kam, um einem armen Teufel die gebrochenen Glieder zu richten oder ein fieberkrankes Kind zu behandeln.

Von unten stieg ein höchst verlockender Küchenduft in meine Kammer. Mit knurrendem Magen ging ich hinunter und ließ mich von Karals Kochkünsten verwöhnen. Heute hatte er besonders gut gekocht. Es gab ein zartes Schmorfleisch mit reichlich Soße und dazu Rübengemüse und Brot. Ich schwelgte, bis mir auffiel, dass der schlanke Jüngling von heute Vormittag entweder immer noch oder schon wieder neben der Küchentür saß. Nun wusste ich, was mir blühte. Der Kleine neben der Küchentür, Karal, der am Kochtopf zu Höchstform auflief. Ich suchte nach weiteren Hinweisen: Der Knabe hatte eine der »guten« Tischdecken vor sich! Und war das nicht der beste Rotwein, den Karal im Keller hatte, der dort drüben im Glas funkelte? Das satte, dunkle Rubinrot bewies es. Unausweichlich drohte mir eine von Karals kleinen Affären, die er sich von Zeit zu Zeit gönnte.

Hin und wieder verliebte sich mein Freund und Zimmerwirt Karal. Sie sahen sich alle ein wenig ähnlich: schlanke, jugendliche Männer mit Welpenaugen und sinnlichen Mündern. Und fast immer keine großen Tempellichter, was ihre geistigen Fähigkeiten anging. Ihre Qualitäten lagen anderswo. In diesen Phasen der emotionalen Aufwallungen benahm sich Karal regelmäßig wie ein durchgeknallter Gockel: Er sprach lauter, rascher und oft nur wirres Zeug, schoss vormittags kopflos in der Gaststube herum, um hier ein wenig zu wischen und dort etwas zu ordnen, und entfaltete in der Küche ungewohnten, aber meist sehr erfreulichen Ehrgeiz.

Offensichtlich war ich in den letzten Tagen mit Dasals Problem zu beschäftigt gewesen. So hatte ich die ersten warnenden Anzeichen nicht bemerkt. Ich hatte nichts gegen Karals kleine Affären. Sie dauerten selten länger als zwei Nächte. Auch die regelmäßig folgende Zeit der schmachtenden Seufzer und sehnsuchtsvollen Niedergeschlagenheit war nicht allzu schwer zu ertragen, da er sich mit seiner Kochkunst in diesen Tagen regelmäßig selbst übertraf. Ich hatte schon überlegt, ob er hoffte, er könnte so den Verflossenen wieder herbeikochen.

Im Moment war aber die Nachtruhe dahin. Mein Zimmer war nur durch eine dünne Bretterwand von Karals Zimmer getrennt. Da er gewöhnlich abends recht lange arbeitete und überdies recht ruhig und verträglich war, fühlte ich mich nie belästigt. Bis auf diese Nächte. Das Gerumpel und Knacken seiner Bettstatt vermischt mit wollüstigem Grunzen, explosivem Schnaufen und brünstigem Stöhnen im Wechselgesang war unüberhörbar. Mochten Karals Liebhaber auch meist nicht viel Grips haben, so waren sie bisher immer ausdauernd gewesen. Meist dauerten diese akustischen Vorstellungen stundenlang, oft bis zum Morgen. Es war unmöglich, vor der Geräuschkulisse seiner Lustwerkstatt zu schlafen.

Mein Trost war immer, dass die Liebesabenteuer nur von kurzer Dauer waren.

Da es aber Karals Haus war und meine Mietzahlungen in der Vergangenheit eher unregelmäßig gewesen waren, wollte ich von ihm keine Rücksichtnahme fordern. Die ersten Male hatte ich diese Nächte in meiner Kammer oder auf der harten Bank der Gaststube ertragen. Doch hier unten war das Lustgejubel fast ebenso gut zu hören, wie hinter der dünnen Bretterwand meiner Kammer. Später hatte ich mir mit vielen Decken bewaffnet ein Ausweichquartier in einem Stall oder Obstgarten gesucht. Aus Erfahrung wusste ich inzwischen, dass man gut daran tat, rechtzeitig die Erlaubnis des Besitzers einzuholen, sonst konnte das Erwachen sehr schmerzhaft sein. Im Winter hatte ich sogar einmal das Glück, Nachtwache in einem Lagerhaus schieben zu dürfen. Doch all diese Möglichkeiten, Karals Triebleben zu entkommen, erforderten ein wenig Zeit und Vorbereitung. Heute war es dafür aber zu spät.

Nun also blieb mir keine Wahl. Wenn ich nicht leiden wollte, musste ich eine Kneipe finden, in der ich den größten Teil der Nacht bleiben konnte, ohne zu verarmen, und konnte nur hoffen, dass das Lustgewitter schon vorüber wäre, wenn ich heimkam.

# KAPITEL 14

## *Eine lange Nacht, Besuch mehrerer Kneipen und intensives Nachdenken über die Fakten*

Wenn man als ungebundene Halblingsdame ohne große Ausgaben abends in den Lokalen von Garbath verkehren möchte, gibt es viele Möglichkeiten. Wenn man aber dabei ein Mindestmaß an Würde behalten will, sind diese Möglichkeiten eingeschränkt. Noch schwieriger wird es, wenn man sich seine Gesellschaft aussuchen möchte und sich deshalb nicht von jedem dahergelaufenen Charmeur einladen lassen will.

Bis zum zweiten Nachtblasen hatte ich still in der Zwergenkneipe am Westtor gezecht und den unnachahmlichen, mehrstimmigen Zwergengesängen gelauscht. Doch dann begann der Wirt die Stühle hochzustellen und ich musste mir eine andere Bleibe suchen.

Ich hatte kurz in das Gasthaus »Zum Raben« hineingeschaut, war aber wegen der sehr hoch hergehenden Stimmung nicht geblieben. Noch an der Schwelle machte ich kehrt. Die Schenke war voll von aufgedrehten Trampelfüßen und ich war recht sicher, dort kaum länger als eine Viertelstunde in Ruhe sitzen zu können.

In Ermangelung einer besseren Idee trat ich bei Ragor ein. Es war eine billige Kneipe. Hier musste man die Ansprüche an das Ambiente schmerzhaft weit zurückschrauben. Die Möbel waren noch klebriger als in den meisten anderen Kneipen. Die Luft roch nach saurem Schweiß und saurem Bier und in den verrottenden Binsen auf dem

Boden raschelte es hier und da verdächtig. Das Einzige, was außer den bescheidenen Preisen für diese Kneipe sprach, war der Wirt. Ragor war eine Seltenheit: Ein Mensch, den ich noch nie ein Wort hatte sagen hören. Er stand immer hinter der Theke und verrichtete seine Arbeit wortlos und ruhig. Dabei sah er seine Gäste, egal woher oder wie groß sie waren, mit demselben tieftraurigen Blick an. In meinem ersten Jahr in Garbath hatte ich, geplagt von Weltschmerz und Heimweh, manchen Abend hier verbracht und Ragor mein Leid geklagt. Ich fühlte mich erleichtert, wenn ich mein Elend irgendeiner mitfühlenden Seele anvertrauen konnte.

Ob und inwieweit dieser schmuddelige Wirt eine mitfühlende Seele hatte, ist sein Geheimnis geblieben. Aber er strahlte eine lähmende Ruhe aus, die sich auf seine Gäste übertrug. Ein aufgedrehter Gast, der herkam, um eine lustige Geschichte zu erzählen, wurde so lange von Ragor traurig-stumm gemustert, bis er bemerkte, dass seine Pointen in dieser Gesellschaft nicht recht zünden wollten. Nach kurzer Zeit fand er seine Geschichte meist selbst nicht mehr so komisch und wurde in aller Regel immer einsilbiger, bis er endlich verstummte. So ging es hier in Ragors Kneipe meist beschaulich zu. Hier wollte ich weiterzechen, bis ich es wagen konnte, in die Nähe von Karals Schlachtfeld der Lüste zurückzukehren.

Das Bier war, wie gewöhnlich hier, eher dünn und fade. Vermutlich wurde es mit Brunnenwasser gestreckt. Heute war das vielleicht kein Nachteil. So stieg es mir nicht so schnell zu Kopfe. Außerdem konnte man bei dem geringen Preis kaum Besseres verlangen. Ich setzte mich an einen Tisch in einer Ecke des Schankraumes. In einer anderen Ecke unterhielten sich zwei Zwerge, und die wenigen übrigen Gäste saßen verstreut an den restlichen Tischen.

Einer von ihnen fiel mir auf. Er war groß, hatte breite Schultern und eine olivfarben schimmernde Haut. Ich brauchte einige Momente, um mich zu erinnern, wo ich ihn schon einmal gesehen hatte. Es war dieser Südländer mit der weichen Stimme und dem zischelnden Akzent, der neulich bei dem Buchbinder versucht hatte, Tuschsteine zu verkaufen. Er trug auch heute diese Tunika, die seine muskulösen

Schultern gut zur Geltung brachte. Doch seinen Gürtel mit den vielen Taschen hatte er abgelegt.

Das war es, was an dieser Kneipe sehr angenehm war: Hier konnten auch Exoten wie der Südländer oder ein Halbling unbehelligt bleiben.

Ich begann wieder über die verschwundenen Leichen nachzugrübeln. Was wusste ich inzwischen über den Täter? War der erste vom selben Täter entwendet worden wie die anderen? Oder waren es doch nur die geizigen Karawanentreiber, die ihren Kameraden unterwegs verscharren wollten, um so Dasal um seinen Lohn zu prellen? Diese Möglichkeit kam mir zwar unwahrscheinlich vor, aber nicht unmöglich. Wenn es aber derselbe Leichendieb war, wieso hatte er sich dann nach dem ersten Diebstahl so lange Zeit gelassen? Wurden nun die Abstände nach einer bestimmten Methode immer kürzer? Ich holte mein Notizbuch und die Fläschchen heraus und sah nach:

Karimba, der Südländer, verschwand vor 23 Monaten. Danach geschah fast ein Jahr lang nichts. Erst später begannen die Leichen vom Friedhof zu verschwinden. Ich rechnete nach: Zwischen dem Karawanentreiber und dem Matrosen, der ersten Friedhofsleiche, war fast ein ganzes Jahr vergangen. Nach dem Matrosen hielt der Täter für sieben Monate still, bis er wieder zuschlug. Dann raubte er den Orksöldner Gulbuk. Es folgte wieder eine Pause, diesmal von vier Monaten. Dann hatte er sich Tim geholt, den versoffenen Wächter. Und das war nun schon wieder fast eine Woche her.

Der Südländer lächelte zu mir herüber und zeigte dabei breite, weiße Zähne. Wenn er glaubte, ich würde auf so einen billigen Trick hereinfallen und ihn zu einem Bier einladen, hatte er sich getäuscht. So umwerfend sah er nun auch nicht aus. Und wenn er mich einladen würde? Ach was! Ich hatte Wichtigeres zu tun.

Ich rechnete weiter. Wenn sich der Abstand regelmäßig verkürzte, was hieß das? Die erste Pause währte zwölf Monate. Dann nur noch sieben. Also etwas mehr als die Hälfte. Dann war der Abstand vier Monate. Wieder etwas mehr als die Hälfte der vorherigen Wartezeit, doch nun war dieses »etwas mehr« im Verhältnis deutlich länger. Wenn der Täter so weitermachte, würde er in etwa zweieinhalb Monaten wieder zuschlagen.

Hatte mir eben dieser Südländer am anderen Tisch zugezwinkert? Ich beschloss, ihn zu ignorieren.

Zweieinhalb Monate. Vielleicht auch nur etwas mehr als acht Wochen. Falls meine Rechnung stimmte. Es war gar nicht sicher, dass der Dieb überhaupt rechnen konnte. Wenn er nur immer öfter eine Leiche brauchte, wofür auch immer ...? Vielleicht schaute er gar nicht auf den Kalender, bevor er auf den Friedhof ging. In dem Fall war meine schöne Rechnung für die Katz'!

Der Südländer trug heute sein Haar in einem Knoten. Er hatte es offenbar mit einigen schwarz glänzenden Stäben, etwas länger als die Spanne seiner Hand, hochgesteckt. Es sah gut aus. Ich könnte es vielleicht auch einmal so versuchen.

Ob der Täter nun genauso rechnete wie ich oder nicht, jedenfalls wurden die Abstände, in denen er zuschlug, immer kürzer. Vielleicht machte es ihm immer mehr Spaß. Was, bei allen Göttern, machte er nur mit den Leichen? Wenn ich hierauf eine Antwort fand, wäre ich einen entscheidenden Schritt weiter.

Mist! Gerade hatte ich unwillkürlich dem Südländer zugelächelt. Er hatte mir schon wieder zugezwinkert. Jetzt machte er sich vermutlich Hoffnungen und ich würde Mühe haben, ihn wieder loszuwerden.

Ich hockte mich anders hin, sodass ich dem Südländer nicht mehr genau gegenüber saß. Er sah eigentlich recht gut aus. Auch schien er ein ruhiger Mensch zu sein. Aber ich hatte im Moment wirklich Besseres zu tun, als mich für einen baumlangen Kerl zu interessieren.

Ich sollte die Daten einmal in alten Kalendern nachsehen. Vielleicht schlug der Dieb immer am selben Wochentag zu. Oder er kam immer nur zu Markttagen nach Garbath. So etwas sollte sich mit alten Kalendern herausfinden lassen. Doch wo sollte ich alte Kalender finden? Kalender waren hierzulande zwar bekannt, aber nicht unbedingt allgemein gebräuchlich. Die meisten Trampelfüße konnten mehr oder weniger genau die Wochentage aufzählen. Meist planten sie auch nicht viel weiter, um dann die Verabredungen nach

Belieben einzuhalten oder zu versäumen. An ihrer Unzuverlässigkeit würde ein Kalender vermutlich auch nicht viel ändern. Ich wagte zu bezweifeln, dass die meisten meiner Mitbürger einen Kalender besaßen. Doch im Stadtarchiv oder bei einem Gelehrten sollten sie zu finden sein. Dort war dann eher das Problem, als kleines, dummes Halblingsgänschen vorgelassen zu werden.

Obwohl er so groß war, hatte der Südländer sehr feingliedrige Hände. Inzwischen hatte er eine Münze gezückt und ließ sie mit geschickten Fingerbewegungen auf dem Handrücken tanzen. Sie rollte, blinkend und sich überschlagend, vor und zurück, verschwand dann plötzlich, um gleich darauf aus seiner Faust wieder aufzutauchen.

Ich riss ärgerlich meinen Blick von diesem Schauspiel los. Was war nur mit mir los? Wieso ließ ich mich von diesem frechen Kerl nur die ganze Zeit ablenken?

Gab es vielleicht Gemeinsamkeiten? Ich überlegte, was die Leichen verband, wenn man einmal von ihrem Verschwinden absah. Es waren vier Männer. Keine Frau war gestohlen worden. Das war ein Punkt. Und alle Toten hatten keine Familie. War es nur Vorsicht? Punto hatte so etwas angedeutet. Eine Witwe, die regelmäßig das Grab ihres Mannes besuchte, würde schnell die Veränderungen bemerken und Rabatz machen. So würde der Diebstahl rasch aufgedeckt werden.

Die Leichen waren alle Dasals Leichen. Sarogos Leichen wurden laut Punto nicht angetastet. Warum? Was hatten Dasals Leichen, was Sarogos nicht hatten? Dasals Spezialbehandlung! Ich notierte mir ins Buch, dass ich ihn unbedingt fragen musste, was er für Mittel beim Herrichten benutzte. Machten Dasals Anwendungen die Leiche wertvoll für den Dieb? Doch wieso klaute der Dieb dann die Leichen und nicht die Essenzen aus Dasals Werkstatt? Oder hatte er das auch getan? Ich musste Dasal das nächste Mal unbedingt danach fragen.

Was nur wollte der aufdringliche Kerl dort drüben? Er schaute schon eine ganze Weile zu mir herüber, zwinkerte mir immer wieder zu und ließ seine weißen Zähne bei jedem Lächeln aufblitzen. Er balzte wie ein Hahn. Ich hatte keinerlei Interesse an diesem brunftigen Südländer.

Als der Nachtwächter in der Ferne das fünfte Mal sein Horn blies, dämmerte mir eine weitere Frage, die ich Dasal stellen wollte. Dasal bediente die bessere Kundschaft der Stadt und Sarogo erledigte eher die nicht ganz so vermögenden Fälle. Aber die gestohlenen Leichen waren recht einfache Leute mit einfachen Ansprüchen. Ich hätte ihre Beerdigungen eher von Sarogo erledigen lassen als von Dasal. Ich notierte mir eine Frage: Wie kam Dasal an diese Aufträge?

Wie sollte ich mich am besten an Jaguris heranmachen? Diesem Problem hatte ich bisher auch zu wenig Aufmerksamkeit gewidmet. Sie wusch Leichen. Vielleicht brauchte sie Hilfe. Ich hatte zwar keinerlei Lust, ihr zur Hand zu gehen, auch wenn das vermutlich die unverfänglichste Art sein würde. Ich konnte mich trotz allem mit dem Gedanken nicht recht anfreunden, Leichen zu waschen, nur um ihr Vertrauen zu gewinnen. Vielleicht sollte ich mich bei ihr über Dasal beschweren. Ich könnte mich bei ihr wegen irgendeiner plausiblen Kränkung oder wegen überteuerter Preise ausweinen. So würde ich sie vermutlich rasch zum Schimpfen bekommen, doch wie sollte ich dann unauffällig das Gespräch steuern und gleichzeitig jeden Hinweis von Dasal ablenken? Dieses Vorgehen schien mir dann doch zu plump zu sein. Punto könnte mir vielleicht helfen. Vielleicht kannte er ein Schlüsselwort, mit dem ich sie zum Plaudern bekommen würde.

Ich löschte mit dem feuchten Läppchen meine Notizen und packte mein Buch ein. Allmählich hatte ich genug von Ragors Lokal, seinem unverdrossen Charme versprühenden Gast, dem dünnen Bier und der dicken Luft. Nur noch ein paar Stunden, dann würde schon wieder die Sonne aufgehen. So zäh schien mir der Bengel neben Karals Küchentür nicht gebaut zu sein. Ich winkte Ragor und bedeutete ihm, dass ich zahlen wollte.

# KAPITEL 15

*Ein Erwachen voller Überraschungen*
*eine Diskussion über Magie und unerwartete Hilfe*

Warme Sonnenstrahlen küssten die Haut meines Gesichts. Es war ein wunderbares Gefühl, ihre Wärme zu spüren. Ich räkelte mich und genoss diesen einzigartigen Zustand des Erwachens, in dem man halb bei Bewusstsein ist und doch noch schlummert. Ich wollte dieses letzte Ende des Schlafes möglichst lange festhalten und sog tief den leichten Moschusduft ein, den die Bettwäsche verströmte. Doch irgendetwas war nicht in Ordnung. Wieso schien die Sonne auf mein Kopfkissen? Wie konnte sie das? Mein Bett stand an der Nordwand meiner Kammer. Nie fiel ein Sonnenstrahl darauf. Auch roch mein Bettzeug anders. Und wo kam dieser Männerarm her, der zärtlich um mich geschlungen war und nun sachte meine Brust liebkoste?

Kira Iban Al da Rion. So hatte sich der Südländer gestern Nacht vorgestellt und nun stellte ich fest, dass ich nackt in seinem Arm aufwachte. Während allmählich die Erinnerung an den letzten Teil der Nacht zurückkehrte, lief ich rot an.

Als ich gestern mein Buch weggepackt hatte und zahlen wollte, war er an meinen Tisch herübergekommen. Er hatte sich artig vorgestellt und bei näherer Betrachtung entpuppte er sich als charmanter und geistreicher Unterhalter. Seine Gesellschaft hatte versprochen, amüsant zu werden, angenehmer, als die der allermeisten großen Menschen. So bestellte ich noch einen Krug Bier und wir plauderten.

Er war der Kapitän eines Handelsschiffs, das aber, wie er mir erzählte, leider gerade auf einer Sandbank im Hafen festsaß. Mit ein paar Geschäften hatte er zudem Pech gehabt, sodass ihm nun das Geld fehlte, sein Schiff freischleppen zu lassen. So saß er, zumindest bis zum nächsten Hochwasser, in Garbath fest und versuchte allerlei Kleinigkeiten aus fremden Ländern zu verkaufen. Er war weit gereist und verstand sich hervorragend darauf, spannende Geschichten von fremden Weltgegenden zu erzählen. Die Zeit verflog, ein weiterer Krug folgte und dann noch einer. Schließlich zeigte er mir sein Schiff. Das silberne Licht der Mondsichel tanzte auf den Wellen des Flusses. Die letzten Sterne funkelten am Himmel. Sanft rauschte unter uns das Wasser. Die ersten Vögel begrüßten den nahenden Tag. Eines führte zum andern und so …

Beim Gedanken daran, wie wir den Morgen gefeiert hatten, zogen vor meinem geistigen Auge schwüle Bilder von sich öffnenden Blüten und steigendem Wasser vorüber. Meine Brustwarzen begannen wieder hart zu werden und sich aufzurichten. Ich drehte mich um und stürzte mich auf meinen Südländer, um noch einmal mit ihm das Spiel zu spielen, das er »die süße Luztschaukel der Liebesgöttin Lambaghi« genannt hatte.

Eine halbe Stunde später ließen wir verschwitzt voneinander ab und ich zog mich an, während mein Gastgeber das Frühstück machte. Ein wenig war ich entsetzt, dass es mir passieren konnte, unversehens in einem fremden Bett aufzuwachen. Doch eigentlich war ich viel zu hungrig und viel zu gut gelaunt, als dass ich mich über meinen Leichtsinn ärgerte. Wieso auch? Ich war nur mir selbst verantwortlich.

Herzhaft schmausend fiel ich über das kräftige Brot, den Ziegenkäse und den Schinken her, der inzwischen aufgetischt war. Während ich es mir schmecken ließ, fragte ich ihn nach der Bedeutung seines langen Namens.

So begann er zu erklären: Kira hieß er nach seinem Großvater und Iban nach seinem Vater, wie es Sitte war in seiner Heimat. Seine Mutter hatte bei seiner Geburt auf den Namen Al da Rion bestanden. Das hieß in etwa »schöner Mann der See« oder »Held des Meeres«. Vergeblich versuchte ich, ein

Grinsen zu unterdrücken und lobte insgeheim die Weitsicht der Frau.

»Was bedeuten die Namen deines Vaters und deines Großvaters?«

»Kira heizt Kraft, Ztärke und Zuverlässigkeit, aber auch – wie nennt man hier die aufrechte Pappel? … Manneskraft! Iban bedeutet Freundlichkeit und ein gewinnendes Wesen.«

Nun wurde mir einiges klar. Bei diesen Namen musste ich ja zwangsläufig in seinem Bett landen.

»Was izt mit deinem Namen? Woher kommt das Wort Lu und was bedeutet es?«

Ich zögerte einen kurzen Moment. Diese Angelegenheit war mir ein wenig peinlich. Doch dann erklärte ich es ihm: »Bei uns zu Hause benennt man Mädchen meistens nach Blumen. Rose, Akelei, Iris und so weiter. Die Mädchen sollen so schön sein wie Blumen und so lieblich. Immer brav und nett und immer zu Hause, wie Blumen im Beet. Ein angenehmer Ziergegenstand, der praktischerweise auch noch den Haushalt macht. Mich nannten meine Eltern Lupinie, nach einer schön blühenden Blume. Sie blüht im Hochsommer. Über die grünen, gefingerten Blätter ragen dann bunte Kerzen empor, die über und über mit bunten Blüten geschmückt sind. Ich war wohl etwa zwölf Jahre alt, als ich herausfand, dass Lupinen giftig sind. Sie tragen zwar Schoten wie Erbsen, doch wer davon isst, wird gelähmt. Lupinie! So wollte ich nicht heißen! Ich wollte nicht den Namen eines hübschen, aber tödlichen Krautes tragen. So änderte ich meinen Namen und nannte mich von da an Lupina.«

Es war ein schwerer Kampf gewesen, besonders mit meiner Familie. Schließlich hatte ich aber doch gewonnen. Ich stellte mich hartnäckig taub, wenn man mich mit dem falschen Namen ansprach. Meine Mutter war sehr unglücklich, denn mein selbstgewählter Name war in ihren Ohren sehr unanständig.

»Mein Name heißt »junge Wölfin« und meine Mutter wurde nie müde, mir zu erklären, wie unpassend und liederlich solch ein Name für eine ordentliche Tochter unseres Stammes wäre.«

Seit ich nun in Garbath bin, ist aus Lupina ein kurzes Lu geworden. Für die meisten der großen Menschen muss mein Name abgekürzt werden. Eine kurze Person scheint einen kurzen Namen zu brauchen. Und selbst den merken sie sich meist nicht.

»Es liegt oft ein wenig Magie in den Namen. Namen begleiten ihre Träger durch ihr Leben. Es ist nicht leicht, sich diesem Zauber zu entziehen.«

»Sag so was nicht zu laut und sag es nirgendwo, wo es ein Priester hören könnte! Die Priester verfolgen jede Form der Magie in der Stadt und sie sind recht mächtig. Wer im Verdacht steht, verzaubert zu sein, muss sich bei ihnen schmerzhaften, langen und teuren Reinigungen unterziehen. Und wer als Zauberer gilt, kann ganz schnell auf dem Scheiterhaufen enden.«

»Was denkzt du? Was ist Magie?«

»Ich verstehe mich nicht auf Magie«, erwiderte ich. »Ich weiß aber, dass die Priester dafür sorgen, dass Magie hier in Garbath nicht aufkeimt.«

Er nahm eine Münze in die Hand und ließ sie wie gestern über seinen Handrücken tanzen. Dann warf er sie mit einer plötzlichen Bewegung in die Luft und fing sie mit seiner anderen Hand auf. Als er langsam die Hand öffnete, war die Münze verschwunden.

»Iszt das Magie? Habe ich die Münze verschwinden lassen? Oder bin ich nur geschickt mit den Händen?«

Keck griff er mir ins Dekolleté und holte die Münze daraus hervor.

»Das, was den Menschen wie Zauberei vorkommt, izt meizt nur Können und Geschicklichkeit und das Wissen darum, wie es funktioniert.«

Auf einmal stand er auf und goss Wasser in ein Schale. Dann band er etwas von seinem Hals los, was ich für ein Amulett gehalten hatte.

Es war ein Stück Kork, der ganzen Länge nach von einem dünnen Nagel durchbohrt. Er legte ihn in die Wasserschale und ließ ihn darin schwimmen.

»Du kannzt den Korken drehen, wie du willzt, die Zpitze des Nagels wendet sich ztets zum Nordztern hin. Bei Tag und Nacht, auch im dichteszten Nebel. Izt das Magie? Izt der Kork verzaubert? Oder der Nagel? Für mich izt er ein gutes Hilfsmittel, um auf dem Meer meinen Weg zu suchen, auch wenn keine Zterne leuchten.«

Ich gab dem schwimmenden Nagel einen Stups. Er tanzte erst, dann pendelte er sich auf dieselbe Richtung ein, die er zuvor angezeigt hatte, und wies nach Norden. Ich drehte die Schale, doch der Nagel wies immer noch unbeirrt nach Norden.

»Zauberei!«, murmelte ich.

»Hier izt solch ein Nagel unbekannt. Doch in anderen Gegenden fährt kein Fischer ohne so einen Nagel hinaus. Dort nennen sie ihn Zterneisen. Für diese Fischer izt er ganz gewöhnlich. Doch dieselben Fischer dort kennen weder Zunderbüchse, noch Feuerztein. Sie hielten sie für magische Feuerbringer. Als ich sie ihnen verkaufte, habe ich sehr gut verdient. Hättezt du wohl genauso geztaunt, wenn ich dir hier mit Ztein und Ztahl Feuer geschlagen hätte? Ich glaube kaum, dass du dann an Zauberei gedacht hättezt.«

Er schwieg einen Moment, dann fuhr er fort: »Wirkliche Magie ist sehr selten. Was die Menschen Magie nennen, ist meizt nur eine der seltsamen Eigenschaften der Dinge, die sie nicht kennen und verztehen. Die Priezter hier in der Ztadt wissen das sehr genau, auch wenn sie es natürlich nicht zugeben. Sie geben den geheimnisvollen Kräften das Antlitz und den Namen eines Gottes. Sie bauen ihm einen Tempel und verdienen schließlich an den Opfern. Es gibt natürlich auch wahre Magie. Wahre Magie beeinfluzt die Dinge selbzt, ihre Subztanz und die Eigenschaften. Sie verändert diese Eigenschaften sogar. Ein wirklicher Magier vollführt keine Taschenzpielertricks und braucht keine Requisiten. Ein Zauberer zwingt die Materie unter die Kontrolle seines Willens. Er kann Ztürme beschwören oder Wasser aus Felsen schlagen. Er kann über Wasser gehen oder plötzlich Türen zu weit entfernten Orten öffnen und so in Gedankenschnelle reisen. Ich sah einmal einen Mann, der konnte sich mit Blitzen verteidigen, die aus seinen Fingern schossen, und ein anderer ließ Wasser gefrieren, um über das Eis zu entfliehen.«

Er lächelte und schwieg einen Moment. »Aber ich bin sehr weit gereizt und war in vielen Ländern. Ich sah auf all meinen Reisen grade einmal zwei Zauberer. Wahre Magie izt sehr selten, denn man braucht einen sehr disziplinierten Geizt, um sie zu beherrschen.«

Al da Rions Lächeln wurde zu einem frechen Grinsen.

»Die Priezter verfolgen Magie, sagzt du? Sie können die Magie nicht verfolgen! Sie können sie ja noch nicht einmal erkennen! Wahre Magie ist ein langwieriges und ernzthaftes Geschäft. Sie hat nichts zu tun mit Gauklerei und Jahrmarktsunterhaltung. Was sie Magie nennen und bekämpfen, sind nur die geheimnisvollen Kräfte der Dinge selbzt. Sie verfolgen all diejenigen, die versuchen, etwas über diese Kräfte herauszufinden. In dem Maße, in dem die geheimnisvollen Kräfte dem Volk bekannt werden, schwindet die Macht der Priezter. Wenn bekannt würde, dass die fleißige Himmelsgöttin Axalis nicht jede Nacht denselben Himmelsmantel mit all den Zternen an der rechten Ztelle aufs Neue webt, wird der Priezter der Axalis zum Bettler. Keiner würde mehr zu ihr beten und ihr opfern, damit sie gewissenhaft und fehlerfrei weiterwebt, sodass die Seeleute den Weg nach Hause finden.«

»Bist du ein Zauberer?«

Er lächelte: »Ich kann mit einigen Kräften der Dinge ein wenig besser umgehen als manche andere. Ich kenne mich aus mit Gezeiten, Kalendern und dem Wetter. Ich kann mithilfe von ein paar Taschenzpielereien Zuschauer verblüffen. Ich kenne sogar einige Stoffe, denen große Kräfte innewohnen. Von manchen weiß ich sogar, wie man diese Kräfte freisetzt. Doch echte, starke Magie, die die Eigenschaften der Dinge selbzt verändert und nicht nur die Eigenschaften ausnutzt, die die Dinge schon besitzen – diese Magie beherrsche ich nicht! Doch in Wahrheit bin ich nur ein geztrandeter Fremdling, den eine wilde, kleine Wölfin, die einzt ein giftiges Kraut war, verzaubert hat.«

Bei der Erwähnung von Kalendern funkte eine Idee durch meinen Geist. Wenn er sich mit Kalendern auskannte, konnte er mir doch gewiss helfen. Einen Moment lang schämte ich mich, ihn so schamlos auszunutzen. Aber nur einen Moment. Dann lächelte ich ihn an: »Sag mal, Al da Rion, mein schöner Mann des Meeres, wie viel Zauberkraft müsste ich wohl aufbringen, damit du mir bei einem kleinen Problem hilfst? Ich habe vier Daten, an denen einer Freundin jeweils ein unglaubliches und seltsames Missgeschick passiert ist. Nun fragt sie sich nach dem Zusammenhang. Kannst du ergründen, was die vier Tage gemeinsam haben? Gibt es irgendwelche obskuren, verborgenen Kräfte, die den vier Tagen zugrunde liegen?

»Was für ein Missgeschick geschah denn deiner Freundin?«

»Es ist eines, aus dem wir Frauen ein schrecklich dunkles Geheimnis ganz eigener Art machen. Ich darf es dir nicht sagen!«, sagte ich verschmitzt und geheimnisvoll und gab ihm einen Schmatz auf die Backe.

Er grinste frech. »Ich glaube nicht, dass ich dir bei deinem Problem dienen kann …«

»Ooooch! Bitte! Bittebittebitte! Du bist mein Retter, meine letzte Hoffnung!«

»… es sei denn, ich dürfte zur höheren Ehre von Lambaghi in deinem zauberhaften Brunnen für meine Pappel Wasser schöpfen.«

»Möchtest du schon vorher das Wasser schöpfen oder erst, nachdem du die dunklen Geheimnisse der seltsamen Tage erforscht hast?«

Er zog mich an sich heran und sprach in sehr feierlichem Tonfall: »Ich werde dein heiliges Wasser vorher schöpfen als Ztärkung für die Mühsal und nochmals, wenn ich dir die tiefen Geheimnisse, die ich finde, offenbaren werde, dann aber als Erholung von meinen Mühen.«

Unter seiner Tunika fand ich die der Lambaghi geweihte Pappel und wir begannen erneut, seiner Liebesgöttin zu huldigen.

# KAPITEL 16

*Erneutes Befragen von Dasal, ein lästiger Auftrag und ein erleichterter Punto*

Es war früher Nachmittag, als ich bei Dasal eintrat. Zu Hause hatte ich mir frische Wäsche angezogen und mich ein wenig frisch gemacht. Viel wollte ich heute nicht mehr unternehmen. Wie schön und beflügelnd die letzte Nacht auch gewesen sein mochte, sie konnte nicht über die Tatsache hinwegtäuschen, dass ich zu wenig geschlafen hatte. Morgen wollte ich Sorion auf den Zahn fühlen. So wie ich diesen Arzt einschätzte, konnte man für ihn gar nicht ausgeschlafen genug sein.

Dasal war ein wenig erstaunt, mich schon wieder zu sehen. Er bat mich, kurz in der Werkstatt zu warten, bis sein Gespräch mit einem Hinterbliebenen beendet wäre. Also setzte ich mich in seiner Werkstatt auf einen Stuhl und wartete.

Jung Algar lag nicht mehr auf dem Tisch. Inzwischen ruhte er vermutlich im Ausstellungsraum oder er war vielleicht sogar schon beerdigt worden. Warum nur konnte nicht auch mein Rätsel so einfach zu lösen sein wie der traurige Unfalltod von Algar Lamur? Soweit ich wusste, gab es nur einen einzigen Baum in der Färbergasse. Und zurzeit, im späten Frühjahr, fanden sich gewiss keine Früchte an seinen Ästen. Ich glaubte zu wissen, wieso Algar auf den Baum gestiegen war und hatte sogar eine Idee, warum er heruntergefallen war.

Dasal trat ein. Offensichtlich war er heute in Eile. Er entbot mir zwar höflich ein »Willkommen«, doch es war ihm anzumerken, dass mein Kommen ihm im Moment ungelegen war.

»Verzeihung, Meister Dasal, wenn ich Euch stören muss, doch mir ist doch noch einiges eingefallen, was ich Euch fragen möchte.«

Er blickte kurz aus dem Fenster, um sicherzugehen, dass uns nicht jemand im Hof belauschte. Dann trat er leise an die Tür zum Gang, riss sie auf. Keiner war zu sehen. Vorsichtig schloss er die Tür wieder und fragte: »Ich habe gerade nicht viel Zeit! Was willst du wissen?«

»Meister, ich habe darüber nachgedacht, was die drei oder vier Toten gemeinsam hatten. Und dabei ist mir aufgefallen, dass sie alle recht einfache Leute waren. Nach allem, was Ihr sagtet, hätte ich vermutet, dass sie eher von Sarogo bestattet worden wären. Gab es irgendwelche besonderen Umstände, durch die ihr an diese einfache Kundschaft geraten seid?«

»Ein guter Gedanke, aber es tut mir leid, es waren recht normale Fälle. Der Erste wurde vom Führer seiner Karawane gebracht. Ein fetter Kaufmann mit schweren Goldringen und Ketten voller Amulette und Gemmen. Er sagte, der Verblichene wäre der Sohn eines Vetters. Er wusste, dass die Behandlung durch mich teuer würde, und war mit dem Preis einverstanden. Der Vater des Armen würde es sicher zu schätzen wissen. Auch die anderen Toten waren nicht wirklich ungewöhnliche Aufträge. Wenn in der Stadt jemand abscheidet, der keine Angehörigen hat, übernimmt die Stadt die Kosten des Überganges. Seit etlichen Jahren gibt es eine feste Abmachung mit dem Rat der Stadt. Die Verblichenen auf dem Ostufer und der Nordseite der Brücke werden von mir bestattet, die vom Westufer und der Brückensüdseite von Sarogo. Der Rat der Stadt zahlt uns beiden dasselbe, einen für meine Dienste natürlich völlig unangemessen geringen Betrag. Aber ich kann leider nichts machen: Die Stadt diktiert die Preise.

Tim von der Wache wohnte und starb in einer Kammer über dem Südtor, also auf meiner Flussseite. Mardilo, der Matrose, wurde in einer Kaschemme auf der Brücke getötet, die auch zu meiner Hälfte gehört.«

»Und der Ork? Gilt da das Ufer, auf dem er angeschwemmt wird, oder die Brückenseite, von der er herabgefallen ist?«

»Bei Gulbuk bekam ich den Auftrag von seinen Leuten. Man sollte es bei diesen widerlichen Kreaturen nicht annehmen, aber Orks können auch sentimental sein. Selbst wenn sie ihn die ganze Zeit beschimpfen und verfluchen, so verehren sie doch ihren Anführer in ganz ungewöhnlichem Maße. Es soll Fälle gegeben haben, in denen Orkhäuptlinge getötet wurden und die ganze Meute stürzte tagelang blindwütig und rasend hinter den Tätern her, um Rache zu nehmen. Ich glaube, ein paar der großen Zwergenschlachten haben so begonnen. Diese blindwütige Rachsucht macht sie vermutlich auch zu solch gefragten Söldnern. Eine Orkeinheit in Rage, die ein paar Verluste gehabt hat, ist kaum zu bremsen.

Gulbuk war immerhin ein Unterhauptmann und angeblich ein sehr guter. Was immer das nach Orkmaßstäben auch heißen mag. Seine Leute waren jedenfalls untröstlich und beklagten lautstark seinen Tod. Am liebsten hätten sie blutige Rache genommen, doch an wem? Sogar dem dümmsten Orkschläger war klar, dass sie niemanden für die Trunksucht und Ungeschicklichkeit ihres Offiziers verantwortlich machen konnten.

Um in ihrer Wut, Enttäuschung und Trauer wenigstens irgendetwas machen zu können, veranstalteten sie eine Sammlung. Man betrachtet allmählich die Orks mit anderen Augen, wenn man sieht, dass keine zwei Dutzend von ihnen durch freiwilliges Spenden genug Geld für einen feierlichen Übergang zweiter Klasse aufbringen konnten – mit kompletter Ausstattung.«

»Wie viel kostet so eine Beerdigung zweiter Klasse?«

»Das hängt natürlich vom Aufwand ab. Es ist aber fast immer etwas mehr als eine Krone, meist eineinhalb. Die Orks brachten 23 Silberpfennige zusammen. Damit ließ sich schon etwas machen.«

Wer hätte das gedacht? Der einzige reguläre Kunde war der Ork. Die anderen waren Pflichtdienste gegenüber der Stadt gewesen.

»Eine andere Frage ist mir noch in den Sinn gekommen. Ihr verwendet allerlei kostbare Mittel aus fremden Ländern.

Was macht Ihr genau mit den Toten? Macht Ihr sie zu einer Kostbarkeit, die vielleicht jemand stehlen möchte?«

»Was soll diese Frage? Jeder meiner Entatmeten ist eine Kostbarkeit!« Er wies auf die Tür zum Ausstellungsraum. »Dort drüben lag bis heute früh ein sechzehnjähriger Knabe. Er sah friedlich und rosig aus, wie ein frischer Apfel. Nichts erinnerte an den blutigen, kotigen Leichnam mit verdrehten Gliedern, als der er hier ankam. Als seine Mutter ihn bei mir wiedersah, war sie zu Tränen gerührt. Natürlich verfertige ich Kostbarkeiten! Bei jedem Verblichenen gebe ich mein Bestes und wenn meine Arbeit gelingt, bin ich nicht weniger stolz auf mein Werk, als ein Maler auf sein Bild.«

Dasal hatte sich richtig in Rage geredet.

»Ihr habt mich falsch verstanden, Meister. Bitte versteht mich richtig:

Wenn wir Punto glauben dürfen, sind nur Eure »Kunden« verschwunden, nicht die Sarogos. Ich habe mich gefragt, was Eure Leichen von den anderen unterscheidet. Nur Eure Leichen werden mit allerlei geheimnisvollen Mitteln aus fremden Gegenden behandelt. Ich kann wohl annehmen, dass die Mittel, die Ihr verwendet, sehr kostbar sind.«

»Das stimmt. Doch wenn sie benutzt sind, sind sie verbraucht. Sie sind sozusagen weg, sie helfen mir nur, die Hülle festlich erscheinen zu lassen.«

»Es gibt keinen Weg, die Mittel zurückzugewinnen?«

»Man könnte wohl etwas Schminke von der Haut schaben, doch wer, bei allen Göttern, könnte das noch haben wollen? Es hätte doch keinerlei Marktwert. Nein, das halte ich für völlig ausgeschlossen.«

»Sind irgendwann einmal Materialien gestohlen worden? Verschwand einmal etwas von den Vorräten?«

»Nein! Niemals! Das wäre mir sicher aufgefallen.«

»Und die ›Hülle‹ hat auch keinen besonderen Wert mehr für Leute, denen der Verblichene nicht nahestand? Amulette oder frevelhafte Heilmittel fallen vermutlich aus. Eine größere Menge davon wäre sicher nicht unentdeckt geblieben. Doch gibt es nicht auch andere Anwendungen, für die man größere Teile von Toten braucht?«

Dasal wurde blass. »Du meinst – Magie?«

»Ja! Warum nicht?«

»Ich habe schon von üblen Praktiken gehört, zu denen man Leichen brauchte. So soll einst König Beleg ein verfluchtes Schwert gehabt haben, das schwarze Grasul. Es heißt, der Schmied habe das fertige Schwert noch heiß vom Schmieden als Erstes an einem Leichnam erprobt. Dabei sei es schwarz angelaufen und brächte seither seinen Trägern Unglück. Doch das schwarze Grasul ist mit König Beleg begraben. Und seit Generationen hat man in Garbath nichts mehr von verfluchten Waffen gehört! Wozu sonst sollte ein Magier Leichen benutzen?«

»Ich weiß es auch nicht! Macht Ihr mit den Leichen vielleicht irgendetwas, was die Leichen für einen Magier zu etwas Besonderem macht?«

»Nein!«, sagte er schließlich. »Ich schmücke die Verwelkten, ich verleihe ihnen ein letztes Mal ein festliches Erscheinungsbild. Das mache ich mit verschiedenen seltenen Erden und kostbaren Wachsen und Fetten. Ich sorge dafür, dass die Entwicklung gewisser Säfte möglichst lange aufgeschoben wird. Dazu benutze ich verschiedene Salze aus fernen Gegenden. Ich banne mit Harzen und duftenden Kräutern schmarotzendes Krabbelgetier und verbreite Wohlgeruch. Doch nichts von dem, was ich verwende, kann sinnvoll wiedergewonnen werden, und letztlich bleibt es doch nur eine Hülle wie die anderen. Sie könnte für niemanden einen besonderen Wert besitzen, der den Dahingegangenen nicht betrauert.«

Er blickte mir in die Augen. »Lupina, dein Geist wandert auf seltsamen Pfaden!«

»Nicht seltsamer als die des Diebes, der Eure Leichen stiehlt. Ich habe noch keinen wirklichen Anhaltspunkt, den ich verfolgen könnte, und versuche den Grund für die Diebstähle zu finden.«

»Vielleicht kann ich dir helfen. Vielleicht kommen wir heute weiter. Der junge Algar Lamur wurde heute Morgen bestattet. Ich möchte, dass du heute Nacht seine Ruhestätte bewachst. Wenn er verschwände, gäbe es ganz sicher einen riesigen Skandal. Das könnte ich vermutlich nicht mehr verheimlichen. Seine Mutter ist eine bewundernswerte und über jeden Tadel erhabene Frau. Zweimal in der Woche schmückt sie das Grab ihrer Eltern auf dem Friedhof. Sicherlich wird sie fast täglich ihren Sohn besuchen. Sie würde jede Veränderung sofort bemerken, egal, wie viel Mühe sich Punto mit der Verschleierung auch geben mag.«

»Wieso denkt Ihr, dass Algar gestohlen werden könnte?«

Mit einer hilflosen Geste warf Dasal seine Hände in die Luft und rief: »Ich habe keine Ahnung, wieso er verschwinden sollte. Doch das hatte ich bei den anderen auch nie! Wieso sollten überhaupt Hingeschiedene verschwinden? Ich denke aber, ich zahle dir genug, um von dir verlangen zu können, dass du dir für mich auch einmal eine Nacht um die Ohren schlägst, selbst wenn es sich als vergebliche Bemühung erweisen sollte. Und nun entschuldige bitte, ich habe noch einiges zu tun.«

Mit diesen Worten öffnete er die Tür zum Hof und schon war ich draußen. Dasals Nerven lagen offensichtlich allmählich blank.

Es war kurz vor der Abenddämmerung, als ich schwer bepackt durch das Tor in Richtung Friedhof ging. Ich hatte mir von Karal eine feste Wolldecke borgen wollen, angeblich für eine Nachtwache in einem Obstgarten. Karal schwebte noch so auf rosa Wölkchen der Glückseligkeit, dass er gar nicht auf den Gedanken kam, dass Gärten zu dieser Jahreszeit keine Bewachung nötig hatten. Er gab keine Ruhe, bis er mir zwei Decken, eine gewachste Plane und einen wohl gefüllten Picknickkorb aufgedrängt hatte.

Ich war nicht recht glücklich mit dem Auftrag. Zu meinem Unglück hatte der Wind gedreht und es sah nach Regen aus. Ich hatte erwogen, Dasals Ansinnen abzulehnen. Es war zu früh, der Dieb würde nicht jetzt schon wieder zuschlagen. Falls meine Rechnung richtig war. Doch Dasal hatte überdeutlich darauf hingewiesen, dass er etwas für sein Geld sehen wollte.

Ich fand Punto auf der Bank vor seinem Haus, wo er ein Pfeifchen rauchte. Ein breites Grinsen überflog sein Greisengesicht, als er mich erkannte.

»Die kleine Dame besucht mich. Welche Ehre. Und welche Freude für mein altes Herz.«

Seine Freude schwand rasch aus seinem Gesicht, als ich ihm sagte, was Dasal von mir verlangte.

»Du sollst dich hier auf die Lauer legen? Nachts? Auf dem Friedhof?« Als ich alles bejahen musste, schwieg er und sein Gesicht verdüsterte sich.

»Punto, sag mal, ich habe da ein paar seltsame Gerüchte gehört. Über seltsame Geräusche und angebliche Geisterlichter auf dem Friedhof.«

Der Alte kicherte: »Ich habe selbst vor ein paar Jahren für diese Gerüchte gesorgt! Ein paar Bengel hielten sich für besonders mutig und schlichen sich nachts auf den Friedhof. Das geht natürlich nicht! Ich bin ja hier immerhin der Wächter. Solch dreistes unbefugtes Eindringen konnte ich natürlich nicht dulden. Ein paar Lampen hier und da auf und abgeblendet, ein paar seltsame Rufe in eine alte Gießkanne und die Helden waren restlos bedient! Schlotternd vor Angst und mit randvollen Hosen sind sie stiften gegangen und sie kamen nie wieder!«

Er kicherte und fuhr fort:

»Seither geistern die Gerüchte herum und ich habe mich stets dabei still gefreut! Doch nun, wo Leichen ausgegraben werden, ist das etwas anderes. Früher war ich auch nachts gerne noch draußen und genoss die Sterne. Heute sehe ich zu, dass ich schnell unter Dach und Fach komme. Nicht aus Angst, verstehst du? Nur so, zur Sicherheit! Aber wie ich dir ja schon sagte, in den Nächten, in denen die Toten verschwanden, habe ich nie etwas gehört oder gesehen. Die leeren Gräber fand ich immer erst am Morgen danach.«

Wir gingen zu Algars letzter Ruhestätte. Es war ein regelrechtes Mausoleum. Kleiner als manche dieser Totenhäuser, doch immerhin auch größer als manches Armeleutehäuschen, das man in der Stadt finden konnte. Die Mehrzahl dieser prächtigen Grabmäler stand direkt an der Friedhofsmauer. Doch dieses erhob sich den anderen gegenüberliegend, auf der inneren Seite des Weges, der an der Mauer entlangführte. Punto schloss auf und stieß die beiden prächtig geschnitzten Türflügel auf. Darin standen wie wuchtige Tische drei Steinsarkophage, doch nur der linke war über und über mit Blumen geschmückt.

»Willst du hier in diesem Totenhaus wachen?« Puntos Stimme klang hart und hatte einen scharfen, peitschenden Nachhall zwischen den kalten Steinwänden.

»Nein!«, sagte ich. »Wenn der Dieb heute doch auftauchen sollte und hierher kommt, sitze ich in der Falle. Ich brauche einen Platz, von dem aus ich dieses Grab beobachten kann.«

Punto ging nach draußen und ich folgte ihm. Er öffnete ein anderes Totenhaus, schräg gegenüber. Es war älter und wirkte etwas heruntergekommen. Durch die Tür wehte ein muffiger Geruch. Im Inneren erkannte ich zwei Bronzesärge, die in der Mitte des Raumes nebeneinanderstanden, und etliche Steinsarkophage, die an den Seitenwänden, einer über dem anderen, auf gemauerten Konsolen ruhten. Es sah fast aus, als wären sie gestapelt.

Punto räusperte sich. »Willkommen bei Familie Rasgol. Eines der ältesten und angesehensten Häuser in ganz Belgaria, bis Jogof Rasgol als Letzter dieses edlen Stammes kinderlos vor etwa 30 Jahren starb.« Er tätschelte einen der Steinsärge mit auffallenden Wellenornamenten.

»Wenn du diese Nacht hier verbringst, wird es kaum eine Beschwerde geben. Außerdem hat dieser Raum kein Fenster. Wenn ich dir für die Nacht eine Laterne leihe, kann kein Licht nach draußen dringen und dich verraten. Du wirst doch …« Punto wirkte plötzlich sehr betreten. Er begann zu stottern: »Du erwartest doch nicht …

Ich meine, ich habe morgen wieder einen schweren Tag vor mir, da kann doch Dasal von mir nicht erwarten … Ich soll doch nicht etwa auch hier …«

»Nein, nein, lieber Punto! Nett, dass du mir Gesellschaft leisten möchtest, aber ich wache lieber alleine. Es ist doch klar, was passieren würde, wenn wir zusammen hier Wache halten würden. Wir würden stundenlang reden und das andere Grab vergessen. Außerdem könnte man unsere Stimmen hören. Wir wollen doch den Dieb nicht verscheuchen, falls er kommt.«

Punto strahlte mich an. Er war glücklich und dankbar, weder mit mir wachen zu müssen noch als Feigling dazustehen. »Was brauchst du noch? Wie kann ich dir deine Nachtwache angenehm machen?«

# KAPITEL 17

*Eine einsame Nachtwache, ein Licht und eine lange Verfolgung*

Mitternacht musste schon lange vorüber sein. Ich saß in eine Decke gehüllt in der Tür des alten Totenhauses und blickte in die blauen Schatten der Nacht. Es war nicht sehr kalt, obwohl vor ein paar Stunden noch ein dünner, leichter Regen gefallen war. Doch die Wolken hatten sich nun wieder verzogen und der Friedhof war in das schwache Silberlicht der Sterne und einer schmalen Mondsichel getaucht.

Viel war nicht zu sehen. Unter den Bäumen hüllte die Nacht alles in ein stilles Gewebe schattiger Schemen und deckte darüber das ruhige Rauschen der Blätter. Dort, wo die Schatten massiver wirkten, lag still und friedlich das andere Mausoleum. Doch keiner kam, um Algar zu rauben.

Mir war der Gedanke gekommen, dass Dasal vielleicht doch mehr wusste, als er mir sagte und seine Sorge vielleicht doch begründet war. Ich wollte es jedoch nicht recht glauben. Der vorwitzige Knabe, der nun dort drüben in seinem steinernen Sarg lag, passte nicht in das Schema der verschwundenen Toten. Es war zu früh! Der Dieb hatte eben erst zugeschlagen. Und Algar hatte Angehörige. Die anderen nicht. Bis auf Karimba, den Südländer. Wenn Karimba überhaupt etwas mit den anderen Diebstählen zu tun hatte … Nicht schon wieder dieses Gedankenkarussell!

Ich seufzte. Drei ähnliche Diebstähle und ein vierter, der etwas anders lag, das war nicht gerade eine solide Grundlage für Vorhersagen. Ich brauchte dringend mehr Ergebnisse.

Es musste ja nicht gleich der Täter sein. Ich brauchte stichhaltige, nachprüfbare Tatsachen, handfeste Fakten, schon allein, um Dasal zu beruhigen.

Dasal wurde ungeduldig. Das war ein schlechtes Zeichen. Ich hatte nicht den Eindruck, dass ich untätig war. Aber bisher hatte ich nichts weiter vorzuweisen, als dürre Gedankengebäude, gebaut aus Möglichkeiten, schlecht geratenen Motiven und vagen Verdächtigungen. Das war aus Dasals Sicht natürlich zu wenig. Er wollte für sein Geld endlich etwas Greifbares sehen. Deshalb saß ich nun auf seinen Befehl hier sinnlos in der Friedhofsstille. Ich drückte mir meinen kleinen Hintern platt und konnte inzwischen nichts Sinnvolles tun. Wie gerne hätte ich mir heute einmal Jaguris angeschaut oder mich im »Raben« ein wenig über Sarogo umgehört. Aber zu meinem Unglück saß ich nun in einer muffigen Gruft und starrte in die Finsternis.

Ich war todmüde. Doch wenn ich mich nun schlafen legte und der Dieb kam doch? Es war unwahrscheinlich, doch ganz ausschließen mochte ich es nicht. Hier, in der stillen Dunkelheit des nächtlichen Friedhofs, schienen mir meine Überlegungen nicht mehr ganz so stichhaltig zu sein, wie sie es noch am Feuerschein einer warmen und sicheren Gaststube gewesen waren. Besaß Dasal irgendeinen konkreten Hinweis? Hatte ich irgendetwas übersehen? Ich konnte es leider nicht ausschließen. Ich konnte nur abwarten, ob der Dieb heute nicht vielleicht doch wieder zuschlug. So schwer es mir auch fiel, ich musste wach bleiben. Ich würde mich dazu zwingen, die Augen offen zu halten.

Von Zeit zu Zeit sank ich in eine Art Halbschlaf. Jedes Mal, wenn ein Nachttier irgendwo im Laub raschelte, fuhr ich zusammen und erwachte. Wenn ich dann angestrengt in die Dunkelheit lauschte, hatte ich aber nie etwas Gefährlicheres entdecken können als ein paar Nagetiere. Wieder schrak ich zusammen, doch diesmal war es ein anderes Geräusch. Es war das scharfe, laute Knacken eines zerbrechenden Astes! Ich hob den Kopf und stutzte: Da war ein Licht! Schlagartig war ich hellwach.

Rasch ging ich in das Totenhaus und löschte meine Lampe. Auch wenn sie nur schwach leuchtete, ich wollte unbedingt vermeiden, dass mich ihr Schein verriet. Dann schlich ich leise wieder zur Tür hinaus. Tatsächlich! Draußen näherte sich jemand mit einer schwach schimmernden Leuchte. Er schien etwa aus der Richtung zu kommen, in der das Tor und die Straße lagen. Er kam auf mich zu. Ich kauerte mich in den tiefen Schatten neben die Gruft. Hier musste ich so gut wie unsichtbar sein. Knirschend näherten sich Schritte auf dem Kies des Weges. Schon konnte ich den Schemen eines Menschen erkennen, der eine Laterne trug. Gleich würde er da sein. Mir gegenüber erhob sich stumm und schwarz das Totenhaus der Familie Lamur.

Doch was war das? Was geschah nun? Der Laternenträger bog in einen der Speichenwege ab! Hatte er mich gesehen? Nein! Das konnte ich mir kaum vorstellen. Durch die Zweige eines schütteren Busches sah ich, wie sich das Licht wieder allmählich von mir fortbewegte, zur Mitte des Friedhofs hin. Rasch zog ich meine Stiefel aus, um dem Eindringling nachzuschleichen. So praktisch Schuhwerk auch in der Stadt sein mochte, bloße Füße waren deutlich überlegen, wenn es darum ging, sich lautlos durch ein Gebüsch zu bewegen.

Ein Schauder durchlief mich, als ich in das feuchte Gras trat, und mischte sich mit dem Prickeln der Aufregung. Ich konnte spüren, wie mein Herz schlug. Alle Geräusche – das Rauschen meines Blutes, mein Atem oder das sachte Aufsetzen meiner Füße auf den Boden – alles kam mir mit einem Mal geradezu verräterisch laut vor.

Ich wartete noch fünf Atemzüge, um meine Erregung in den Griff zu bekommen. Nun schlich ich, so leise wie möglich, kreuz und quer durch die Gräberreihen huschend, auf das Licht zu. Wenn ich es richtig machte, war ich für einen Menschen unhörbar. Das hoffte ich zumindest. Der Fremde hatte inzwischen ein wenig Vorsprung, war aber dank seines schimmernden Lichtes gut zu erkennen. Er ging nun vor mir, den Rücken mir zugekehrt. Über ein Wiesenstückchen zwischen zwei Wegen konnte ich ein Stück abkürzen und lautlos zu ihm aufschließen.

Nicht zu früh! Denn kaum war ich im Schatten hinter einem Sarkophag wieder verborgen, nur ein paar Schritte von ihm entfernt, da hielt er an und stellte die Laterne auf eine Totenstele ab. Einen Moment lang hielt er inne und schien zu lauschen. Ich verharrte völlig bewegungslos. Als er sich zu seiner Lampe umdrehte, kroch ich blitzschnell und so leise, wie ich konnte, hinter und halb unter einen voluminösen Wacholderbusch, gleich neben dem Sarkophag. Sein Schatten verbarg mich, und unter seinen ausladenden Zweigen konnte ich trotzdem gut herausblicken. Es schien ein guter Platz zu sein.

Die Gestalt öffnete ein Blechtürchen an der Laterne: Jetzt zeigte sich, dass es keine einfache Funzel war, sondern eine gute Laterne, die nun, da sie nicht mehr künstlich verdunkelt war, einen hellen Lichtschein auf die Umgebung warf. Den tiefen Schatten unter dem dichten Wacholderbusch durchdrang das Licht aber nicht.

Endlich konnte ich einen Blick auf den verstohlenen Friedhofsbesucher werfen: Es war ein Mensch, ein Mann, nicht sehr alt, mit roten Locken. Irgendwie kam er mir bekannt vor. Ich konnte sein Gesicht nicht recht einordnen, doch ich war mir sicher, dass er mir schon einmal über den Weg gelaufen sein musste.

Nun machte er sich an einem Sack zu schaffen, den er wohl mitgebracht hatte, und holte ein großes Stemmeisen heraus. Damit trat plötzlich auf mich zu. Mir blieb beinahe das Herz stehen. Eine Eisenstange von knapp zwei Ellen war eine durchaus tödliche Waffe und ich lag wehrlos am Boden!

Einige Augenblick geschah gar nichts. Ich wagte nicht zu atmen und starrte auf seine Stiefel nur drei oder vier Handbreit vor meiner Nase. Dann hörte ich ein schabendes Knirschen von Metall auf Stein. Mir wurde ganz flau vor Erleichterung, als ich begriff, dass es ihm gar nicht um mich ging. Er hatte mich nicht entdeckt! Stattdessen machte er sich an dem Sarkophag neben mir zu schaffen. Ich spürte, wie mir der Schweiß ausbrach, und versuchte ein Zittern zu unterdrücken.

Was er genau tat, konnte ich aus meiner Position nicht erkennen. Ich musste mich auf meine Ohren verlassen. Dem hellen, metallischen Geräusch nach, schien er eine Stelle an dem flachen steinernen Deckel zu suchen, wo er sein Brecheisen ansetzen konnte. Ich hörte, wie er mehrmals abrutschte. Dann erklang endlich das mahlende Geräusch von Stein auf

Stein. Er hatte den Deckel aufgeschoben. Endlich konnte ich ihn plötzlich wieder sehen. Er ging zu seinem Sack zurück und entnahm ihm eine zerschlissene Wolldecke. Mit ihr trat er wieder an den Sarkophag heran, diesmal aber ein wenig weiter von mir entfernt. Er beugte sich weit vor und schien in dem Steinsarg zu hantieren. Ich hörte gedämpfte Geräusche über mir. Dann trat er plötzlich zurück. Mit einem Deckenbündel, knapp zwei Ellen, lang ging er zum Sack, verstaute es und holte eine weitere Decke heraus. Mit ihr trat er erneut an den Sarkophag. Nicht viel später umhüllte auch sie ein Bündel, etwa ebenso lang wie das erste, und wurde in dem Sack verstaut.

Ein weiteres Mal kam er zurück und zu meinem Entsetzen drängte er sich diesmal zwischen dem steinernen Sarkophag und meinem Wacholderbusch hindurch. Nur um Daumenbreite verfehlte er meine Hand. Wie durch ein Wunder blieb ich noch immer unentdeckt. So lautlos, wie ich nur konnte, rückte ich an den Stamm des Busches heran und machte mich so schmal wie möglich.

Von hinten begann er nun den Deckel des Sarkophages wieder zuzuschieben. Der schabende Laut sprach Bände. Ein letztes Mal drängte er sich an meinem Versteck vorbei, dann blendete er wieder seine Laterne ab und band seinen Sack zu, nahm ihn auf und ging davon.

Ich atmete auf! Nur um Borstenbreite war ich der Entdeckung entgangen. Wer war der Mann? Was hatte er aus dem Steinsarkophag genommen? Und wo wollte er nun damit hin?

Zumindest diese letzte Frage sollte sich beantworten lassen. Ich stand auf und schlich, noch immer etwas zittrig, dem Licht nach, das sich allmählich wieder auf den Ausgang zubewegte. Wie ein kleiner Schatten huschte ich lautlos hinter dem Unbekannten her, hielt aber zur Sicherheit nun einen großzügigen Abstand.

Allmählich wurde mir klar, was ich da eben gesehen hatte: Ich war Augenzeuge geworden, wie jemand nachts heimlich auf den Friedhof schlich und Leichenteile aus einem Grab stahl. Diesmal war der Tote jedoch nicht frisch. Es war vielleicht nicht einmal Dasals »Anvertrauter«. Ich musste morgen unbedingt nachsehen, wer da beerdigt lag.

Ging es am Ende gar nicht um Dasals Verblichene allein? Möglicherweise war die Sache wesentlich größer.

Ich hielt an und verbarg mich hinter dem Stamm einer Weide. Der Dieb war inzwischen an der Friedhofsmauer angelangt und kletterte ohne Zögern auf einen Baum. Einen Moment später schon saß er rittlings auf der Friedhofsmauer. An der Schnur, mit der er ihn zugebunden hatte, zog er den Sack zu sich hinauf, blickte sich noch einmal nach allen Seiten um, dann schwang er sein anderes Bein nach außen und war verschwunden.

Ich flitzte hinüber zur Friedhofsmauer, erkletterte ebenfalls einen Baum, allerdings nicht ganz so flink wie mein Vorbild und spähte vorsichtig über die Mauer. Es war zu dunkel. Sehen konnte ich ihn nicht, doch ich hörte, wie seine Schritte rechts von mir auf der Straße verhallten. Er ging gemütlich die Straße am Friedhof entlang zur Stadt zurück! Kaum war er von einer Wegbiegung verborgen, kletterte auch ich nach draußen und eilte ihm nach. Bald sah ich seinen schattenhaften Umriss wieder vor mir.

Ich folgte ihm vorsichtig und so lautlos ich es vermochte. Der Friedhof lag inzwischen schon ein Stück hinter uns und ich begann mich zu fragen, wie der heimliche Friedhofsbesucher nachts in die Stadt hineinkommen wollte. Plötzlich bog er auf einen Feldweg nach Norden ab. Der Feldweg führte nun ein wenig bergauf und endete nach einer Weile. Der Unbekannte behielt aber unbeirrt die eingeschlagene Richtung bei und folgte nun, als der Weg geendet hatte, einem Feldrain weiter nach Norden. Allmählich begann hinter dem Horizont ein erstes Tagesgrau zu dämmern. Ich ließ den Abstand so groß werden, dass ich das schwache Licht seiner Lampe vor mir gerade noch erkennen konnte.

So ging es eine ganze Weile weiter. Gebückt und mich hinter Feldblumen und hohen Gräsern oder Gebüschen duckend, huschte ich leise von Deckung zu Deckung und schlich dem Fremden nach. Immer weiter ging er nun im Zickzack die Feldraine entlang durch die Äcker. Doch allmählich erkannte ich die allgemeine Richtung: Er strebte zunächst nach Nordwesten, dann genau nördlich und nun immer mehr nach Osten. So würde er sicher bald auf einen

Feldweg treffen, der zur Nordstraße führte. Er umging die Stadt.

Schließlich erreichte er wieder eine dürftige Karrenspur der Erntewagen. Dort löschte er seine Laterne und beschleunigte seine Schritte. Im Nu war er mit dem Zwielicht verschmolzen und schien verschwunden zu sein. Ich hastete voran, um ihn nicht zu lange aus den Augen zu verlieren. Bald sah ich ihn wieder. Er hatte sich dort, wo der Feldweg auf die Straße nach Norden mündete, unter ein paar Pappeln niedergelassen. Ich duckte mich hinter hohe Gräser am Wegrand und kroch auf dem Boden ganz vorsichtig noch ein Stückchen näher. Dann hatte ich ein schönes Fleckchen gefunden: eine kleine Kuhle, umstanden von dichten Grasbüscheln. Sie boten Deckung. Gut versteckt konnte ich von hier aus den Schurken und auch ein Stück weit die Straße beobachten.

Wieso hielt er an? Wartete er auf jemanden? Wer war er? Und wohin brachte er die Leichenteile? Fragen über Fragen, die mir im Kopf kreisten. Plötzlich begann ich zu zittern. Ich hatte geschwitzt vor Angst, Erregung und Anstrengung. Meine Füße waren eiskalt und nun lag ich auch noch bewegungslos im nassen Gras. Ich konnte fühlen, wie die Kälte förmlich in mich hineinkroch. Trotzdem war ich mir sicher, dass nicht nur die Kälte mein Zittern verursachte.

Endlich ging wenigstens die Sonne auf. Auch wenn sie noch wenig wärmten, so waren mir ihre Strahlen höchst willkommen. Dem Dieb aber offenbar nicht. Er zog sich weiter in den Schatten eines Gebüsches zurück. Da erkannte ich ihn mit einem Mal! Die Art, wie er sich in den Schatten zurückzog, hatte ich schon einmal gesehen und nun wusste ich endlich auch, wo! Es war im Gasthaus »zur Fähre« gewesen, an dem Tag, als Dasal mir den Auftrag gegeben hat. Zusammen mit den anderen Tagedieben hatte er dort gesessen und sich auch dort ganz in den Schatten zurückgezogen. Er war der Schattenfreund gewesen, einer der geschickteren Glücksritter. Das war ja schon mal ein erster Erfolg.

Die Vögel begannen ihr morgendliches Konzert und wir warteten. Allmählich sollte auch die Welt der rechtschaffen arbeitenden Menschen erwacht sein. Die Stadttore waren wohl geöffnet worden, denn die ersten Fuhrwerke waren inzwischen unterwegs. Sie rumpelten meist langsam und schwerfällig aus der Stadt hinaus. Ihnen kamen von Zeit zu Zeit Bauernmädchen mit Körben voller Eier oder Gemüse an der Straße entgegen, die der Stadt zustrebten.

Plötzlich entstand Bewegung im Gebüsch unter der Pappel. Das Objekt meiner Begierde hatte sich auf die Knie erhoben und lugte durch die Zweige zur Straße. Dort kam mit munterem Hufgeklapper ein Fuhrwerk heran, gezogen von vier großen Pferden. Auf dem Bock saß ein vierschrötiger Mann mit rotem Gesicht. Während das Gespann näher kam, lugte der Schattenfreund zu beiden Seiten an seiner Pappel vorbei, als wolle er die Straße genau in Augenschein nehmen. Von meiner Position war außer dem Fuhrwerk niemand zu entdecken. Auf Höhe des Feldwegs zog der Kutscher plötzlich die Zügel an und der Wagen hielt. Flink wie ein Wiesel sprang der Schattenfreund zur Straße, auf den Wagen zu, hob rasch die Plane an und verstaute seinen Sack darin. Der Kutscher beobachtete dies mit einem Grinsen. Halblaut grüßten sich die beiden knapp. Ich glaubte ein »Bis bald!« verstanden zu haben, dann fuhr die Kutsche weiter und der nun erleichterte Friedhofsdieb schlenderte gemächlich in entgegengesetzter Richtung auf die Stadt zu.

Das Fuhrwerk war zu schnell, um es zu Fuß zu verfolgen. Also gab ich dem Schattenfreund einen Vorsprung und ging ihm dann nach. Wir näherten uns nun von Norden der Stadt. Am Nordtor gab es ein kleines Gedränge, da die Wächter für alle Waren, die die Landbevölkerung nach Garbath zum Verkauf bringen wollte, einen Obolus forderten. Ich wurde wieder einmal für ein Kind gehalten und durchgewunken. Mein verfolgter Unbekannter aber wurde aufgehalten und musste einem feisten Wächter Rede und Antwort stehen.

Dann ging es weiter durch die Straßen des Westviertels. Es war nicht ganz einfach, ihn im geschäftigen Morgengeschiebe im Auge zu behalten, doch es gelang mir leidlich. Der Schattenfreund führte mich schließlich bis zu einer Gasse unweit des Westtors, ein Stück hinter dem Wimlotempel. Kaum war er in der Gasse verschwunden, spurtete ich ihm nach und lugte vorsichtig um die Hausecke. Er verschwand in einem kleinen Haus am Ende der kurzen Gasse. Hier also wohnte er wohl.

Ich war nicht unzufrieden. Ich hatte den Schattenfreund auf dem Friedhof ertappt, wusste nun auch, wie er mithilfe eines Fuhrmanns seine Beute fortbrachte. Wer der Fuhrmann war und wohin er fuhr, würde ich schon herausfinden, genau wie den Namen des Schattenfreundes. Das Letzte war vermutlich ganz einfach, nun, da ich ja wusste, wohin er nach einer langen Nacht ging. Mit dem geplünderten Sarkophag konnte ich es sogar beweisen! Noch ein oder zwei Tage Arbeit, ein paar Erkundigungen, ein paar Details über den Dieb und seine Hintergründe, dann würde ich Dasal seinen Dieb auf dem Silbertablett servieren!

Doch zuerst … meine Gedanken gingen gerade in Richtung Frühstück, da blickte ich an mir herunter. Zuerst sollte ich mich säubern und die Kletten aus meinen Haaren pulen. Die Verfolgung war nicht spurlos an mir vorübergegangen. Mein Lederkleid war zum Glück nicht sonderlich empfindlich und sah noch ganz gut aus. Aber meine Hände waren dreckig, die Fingernägel hatten schwarze Trauerränder, ein Knie war aufgeschürft, am anderen Bein war die Wade blutverkrustet, weil ich mich beim Verstecken im Gebüsch an einer Brombeerranke gerissen hatte. Und meine Füße … Die Stadt sollte nun deutlich sauberer sein, da ich ja einen Großteil ihres Schmutzes an meinen Füßen trug. Das meiste aber war nichts, was nicht mit etwas Wasser wieder in Ordnung gebracht werden konnte. Ich schlenderte gemütlich zu einem Brunnen. Halbwegs sauber, aber noch immer barfuß, machte ich mich wieder auf zum Friedhof.

# KAPITEL 18

*Zwei kleine Mädchen, zwei gelungene Befragungen und eine erfreuliche Begegnung*

Punto harkte in der Morgensonne den Kiesweg unweit des Friedhofstors. Als er mich kommen sah, wirkte er sehr erleichtert: »Da ist ja meine kleine Freundin! Ich dachte schon, du wärst gefressen worden, mit Stumpf und Stiel, bis auf die Stiefel!«

»Gefressen? Von wem denn?«

»Von nächtlichen Dieben oder Geistern, Unholden, was weiß ich denn?«

»An Geister glaube ich nicht, aber an Diebe! Doch die fressen keine Halblinge, soweit ich weiß.« Ich wurde ernst: »Ich habe ihn gesehen!«

»Den Dieb?«

»Ja! Er hat heute Nacht wieder zugeschlagen!«

»Aber Algars Grab ist unberührt! Ich habe nachgesehen!«

»Er hat nicht Algar Lamurs Körper geraubt, sondern jemand anderen.«

Punto erblasste. »Wo?«

»Er hat sich an einem Sarkophag zu schaffen gemacht und Gebeine oder Leichenteile herausgeholt, gut verpackt und weggebracht.«

»Wo war das?«

Wir gingen zu dem Sarkophag. Es dauerte eine Weile, bis ich ihn im Tageslicht wiedererkannte, doch dann standen wir davor.

»Hier war es?«

»Ja! Hier war es!«

Ich war mir ganz sicher. Die Größe stimmte und auch sonst war alles da, wo es sein sollte: Der Wacholderbusch, die kleine Wiese hinter dem Sarkophag und die Grabstele schräg gegenüber, wo der Dieb seine Lampe abgestellt hatte.

»Das kann nicht sein! Das ist doch das Grab von den kleinen Mädchen.«

Ich sah Punto fragend an.

»Es ist ein altes Grab. Die Inschrift ist inzwischen verwittert. Als ich hier meinen Dienst antrat, da war sie noch besser zu lesen. Das ist das Grab von Olmis und Sira. Sieh her.«

Er bückte sich und wies mich auf ein flaches Relief hin, das die Frontplatte des Steintroges zierte. Alvaris hielt zwei kleine Mädchen an der Hand, die dem Betrachter zuwinkten. Darunter war eine verwitterte Inschrift: »Den Glanz verlor die Sonne. Bitter weint Frigo um Sira und Olmis, seine Töchter, die im vierten und siebenten Sommer ihres Lebens dem Fieber erlagen im Jahr 493.«

Ich rechnete: »Die Mädchen sind 122 Jahre tot!«

»Ja! So in etwa. Das Jahr 493 ist kein gutes Jahr gewesen für die Kinder. Es muss damals eine schlimme Krankheit gewütet haben. Es gibt noch einige Kinder mehr, die in diesem Jahr starben. Mehr als in anderen Jahren.«

»Und der Sarkophag wurde, seitdem die Mädchen starben, nicht mehr benutzt?«

»Nein! Der Sarkophag wäre wohl auch für einen ausgewachsenen Menschen zu klein! Es ist ein Kindersarkophag. Frigo selbst liegt ein Stück weiter. Er hat da hinten …«, er deutete mit dem Finger nach Osten, »… seine Grabstelle. Es ist ein hübsches Denkmal für sich selbst, seine Frau und seine drei anderen Kinder mit deren Familien.«

Punto runzelte die Stirn und meinte: »Wie hat der Dieb den Deckel eigentlich aufbekommen? Diese Deckel sind nämlich ziemlich schwer!«

»Mit einem Stemmeisen hat er ihn aufgehebelt und dann wohl ein Stück zur Seite geschoben.«

Ich trat an die Stelle, an der der Schattenfreund vor ein paar Stunden erst gestanden hatte und fand, wie ich es erwartet hatte, frische Kratzspuren am Rand.

»Hast du in deinem Schuppen etwas, um das Grab zu öffnen? Ich möchte nachsehen, ob er alles mitgenommen hat oder ob noch etwas darin ist.«

»Aber doch nicht jetzt! Es sind schon die ersten Besucher auf dem Friedhof. Das wäre Dasal sicher nicht recht, wenn wir riskieren, das Grab zu öffnen, jetzt, wo jeder zusehen und dumme Fragen stellen kann!«

»Du hast recht! Das hat noch Zeit! Der geplünderte Sarkophag wird mir kaum weglaufen. Zuerst werde ich versuchen, mehr über den Dieb herauszufinden.«

Es war nun beinahe schon Mittag. Ich hatte endlich wieder Stiefel an meinen notdürftig gesäuberten Füßen und war wieder in der Stadt. Als Erstes brachte ich die Decken und die übrige Ausrüstung für meine nächtliche Expedition in den »Alten Schild« zurück. Lange blieb ich nicht in meinem Quartier. Wenig später brach ich auf, diesmal zum Nordtor. Mit etwas Glück war die Wachmannschaft von heute Morgen noch nicht abgelöst worden und ich konnte erfahren, wer der Fuhrmann war. So viele vierspännige Wagen waren ja wohl am frühen Morgen nicht unterwegs.

Die Wächter am Tor waren inzwischen leider andere. Als ich gerade mit einem saftigen Fluch mein Missgeschick beklagen wollte, wurde ich unsanft zur Seite gedrängt. Ein feister Kerl war hinter mir aus einer Gasthaustür getreten. Ich hatte ihn nicht gesehen und nun machte er sich dreist und rücksichtslos Platz, indem er mich einfach aus seiner Bahn schob. Er trug die Uniform eines Wächters und seinen Helm unter dem Arm. Ich erkannte ihn wieder. Er hatte heute Morgen Dienst geschoben und sich nun, nach seiner Wacht, einen Humpen oder zwei gegönnt.

Wo ein Wächter war, da war meist noch mindestens ein weiterer. Das galt auch beim Zechen, denn alleine trinken machte wenig Spaß, und Wächter, das wusste ich, blieben in Lokalen meist unter sich. Kaum einer setzte sich freiwillig mit ihnen an einen Tisch. Möglicherweise saß also noch ein weiterer Wächter im Lokal. Auf gut Glück trat ich ein.

Laut ging es her. Es war ein großer Schankraum mit etlichen Tischen. Zwar war nur etwa die Hälfte besetzt, doch die anwesenden Zecher lärmten umso lauter. Es roch nach schalem Bier und altem Fett. Aus einer Tür, vermutlich zur Küche, drang erst Topfgeklapper und dann herzhaftes Fluchen. Im nächsten Moment schob sich ein stoppelbärtiger Mann mit speckiger Schürze mit einem Teller Eintopf durch die Tür. Mit der Anmut eines fallenden Backsteins servierte er ihn einem rotnasigen Gast und wischte die dabei entstandene Überschwemmung mit einem ekligen Lappen unbestimmter Farbe auf.

»Was willst du denn?«, fuhr er mich nicht gerade freundlich an, als er sich wieder hinter den Schanktisch verzogen hatte und begann, mit dem gleichen Lappen seine Krüge zu putzen.

»Ich möchte ein Bier«, sagte ich mutig und warf ihm auch gleich ein paar Münzen hin, ausreichend für ein Bier und ein Trinkgeld, um die möglicherweise folgende Diskussion schon im Keim zu ersticken, ob ich bedient würde oder nicht.

Das Bier entsprach geschmacklich der übrigen Qualität der Schenke. Über den rasch zerfallenden Schaum meines Tonkruges blickte ich mich um. Ich hatte richtig vermutet. Tatsächlich saß einer der Wächter von heute Morgen noch am Tisch. Es kam noch besser für meine Absichten: Er saß allein da und stierte mit wässrigen Augen trübsinnig vor sich hin. Er wirkte müde und angetrunken. Unaufgefordert setzte ich mich zu ihm an den Tisch.

»Was Pestilenz und böse Geister noch mal fällt dir denn ein?«

Ein besonders gastfreundlicher Geselle!

»Kannst du verdammt noch eins nicht fragen, ob du dich hier hinsetzen kannst, du Rattenbalg?«

Ich ignorierte die Beleidigung. Aber so fing das Gespräch gar nicht gut an. Es war besser, ich lenkte ihn rasch ab und fesselte seine Aufmerksamkeit mit etwas ganz anderem. Schnell legte ich meine Geldbörse auf den Tisch, entnahm ihr stumm einen Silberpfennig, stellte ihn auf seine Kante und schnippte mit dem Finger dagegen. Als heller, durchscheinender Schemen zog er kreiselnd seine Bahn über die Tischplatte. Wie ich es erwartet hatte, folgte der Wächter gebannt mit den Augen dem Weg der Münze. Je länger er sie betrachtete, umso mehr wandelte sich seine Grobheit in argwöhnische Neugier.

»Was willst du von mir?«

Die Münze drehte sich inzwischen langsamer. Ich ließ mir Zeit und hob erst einmal meinen Becher. Ich trank – aufreizend langsam. Bedächtig stellte ich den Krug wieder hin und nahm die Münze, die nur mehr träge torkelte, wieder in die Hand.

»Eine Auskunft.«

Schnipp. Wieder zog der Pfennig tanzend seine Bahn.

»Was will denn eine wie du wissen?«

Er sah mich scheel von oben herab an. Argwohn und Verachtung lagen in seiner Stimme, doch in seinen Augen glomm schon der Funke der Begehrlichkeit. Nun trank er einen Schluck, ließ die Münze aber nicht aus den Augen. Als er den Krug absetzte, verfolgte er weiter den Tanz der Münze. Ihr Wirbeln wurde langsamer. Nun trudelte sie und taumelte, dann endlich lag sie still zwischen uns.

»Heute Morgen, kurz nach Tagesanbruch, kam ein vierspänniges Fuhrwerk durch das Tor. Ich möchte zu gerne wissen, wem es gehört und wer der Kutscher ist.«

Nun dachte mein Gegenüber eine Weile nach, während ich die Münze erneut über den Tisch surren ließ.

»Warum willst du das wissen?« Der Wächter blickte mir nun scharf in die Augen. Ich roch seine Fahne und seinen säuerlichen Schweiß.

Warum? Eine gute Frage. Ich nippte am Bier.

»Dem Fuhrmann ist, kurz bevor er die Stadt verließ, ein kleines Unglück passiert. Er wird es vielleicht gar nicht gemerkt haben. Aber es war leider ein teures Missgeschick. Meinem Meister ist dabei etwas Wertvolles zu Schaden gekommen. Er hat den Wagen noch gesehen und ist ihm gefolgt, bis er durch das Nordtor fuhr. Mein Meister will die Angelegenheit ruhig und vernünftig klären und den Besitzer des Fuhrwerks um eine für alle Seiten annehmbare Form der Wiedergutmachung bitten. Darum hat er mich gebeten herauszufinden, wem die Kutsche gehört. Es war ein großer Wagen, vierspännig, grün gestrichen mit einer beigen Plane.«

»Wer ist denn dein Meister?«

Ich nahm die inzwischen zur Ruhe gekommene Münze wieder auf und ließ sie erneut tanzen.

»Mein Meister hat mich ausgeschickt, damit um die Sache nicht mehr Aufhebens gemacht wird als nötig. Es ist sicher nicht nötig, dass sein Name erwähnt wird, da man doch auch alles im Stillen regeln kann.«

Die glasigen Augen des Wächters stierten inzwischen unentwegt auf die Münze, während er zögernd entgegnete: »Nun, eigentlich willst du ja gleich zwei Auskünfte. Den Besitzer des Gespanns und den Fuhrmann.«

Das Gespräch kam erstaunlich gut voran. Wir verhandelten nun also schon über den Preis. Ich nahm einen weiteren Silberpfennig aus der Geldbörse und ließ auch ihn über den Tisch wirbeln.

»Es war kurz nach Öffnung der Tore?«

»Ja.«

»Eine grüne Kutsche, vierspännig, mit einer beigen Plane?«

»Genau«

»Da gibt es nur einen, der infrage kommt: Ghasol!«

»Ghasol ist der Fuhrmann?«

»Genau. Er ist Fuhrmann bei Wobal, den Wollhändler. Heute Morgen fuhr er zu den Schaffarmen nach Marschen und wird wohl in drei oder vier Tagen wiederkommen.«

»Dankeschön.«

Ich trank nicht aus und ließ den Wächter mit den Silbermünzen sitzen. Das hatte ja geklappt wie am Schnürchen. Zwei Silberpfennige, fand ich, waren ein akzeptabler Preis für die Information, die ich nun erhalten hatte. Fürs Erste hatte ich alles, was ich über den Fuhrmann wissen musste. Dann blieb mir nur noch der Schattenfreund auszukundschaften. Wenn mein Glück nun noch ein wenig anhielt, dann konnte Dasal mit mir zufrieden sein.

Gemütlich schlenderte ich in Richtung Westtor. Ich wollte mich umsehen und versuchen, etwas über den Schurken in Erfahrung zu bringen. An einer Straßenecke etwa auf halber Strecke sah ich ein Mädchen, der Tracht nach vom Lande. Sie hielt in einem großen Korb vor sich Pataffeln feil. Es waren junge Knollen, die ersten, die ich in diesem Jahr gesehen hatte, und diese hier sahen sehr appetitlich aus.

Mir kam eine Idee, wie ich halbwegs unauffällig die Nachbarschaft des Schattenfreundes auskundschaften konnte. Kurz entschlossen kaufte ich bei dem Mädchen den ganzen Korb mit Inhalt. Sie feilschte wie ein Schweinehändler und hatte am Ende ein ganz gutes Geschäft gemacht.

Der Korb war schwer und ich musste mich ziemlich plagen, doch dann war ich mit ihm endlich am Ziel. Vor der Tür, in der der Dieb verschwunden war, stand nun eine dickliche Frau, schon etwas älter, und fegte mit einem Besen die kurze Treppe. Ich trat näher.

»Was hast du denn da, meine Kleine?«

»Pataffeln, gnädige Frau! Die ersten im Jahr!«

»Die sehen aber lecker aus! Willst du sie verkaufen?«

Eine ausgesprochen blöde Frage. Doch ich verbiss mir eine freche Antwort.

»Aber natürlich! Gerne sogar!«

»Dann komm mal herein. Willkommen bei Ugulis, mein Kind!«, rief sie heiter. Sogleich hatte sie mich hinter der Haustür in die Küche hineinbugsiert.

»Weißt du, ich bin Ugulis und ich kaufe gerne netten und höflichen Kindern etwas ab. Nun lass deine Schätze einmal sehen.«

Sie hob eine Knolle aus dem Korb und hielt sie so dicht vor ihre Augen, dass sie fast ihre Nase dran rieb. Offensichtlich war sie stark kurzsichtig. Ich entschloss mich, das nette Kind weiterzuspielen. Um die Unterhaltung in Gang zu bekommen, blickte ich mich demonstrativ in der Küche um.

»Hübsch haben Sie es hier, Frau Ugulis!«

»Dankeschön!«

Die Küche wirkte tatsächlich freundlich und anheimelnd: Blumen vor den Fenstern, ein gescheuerter Tisch, blanke Kupfertöpfe, Borde mit Reihen irdener Vorratsdosen und ein großer gemauerter Herd unter dem Rauchfang in der Ecke. Über einem kleinen Feuer hing ein Topf und verströmte den Duft nach Hühnereintopf. Alles wirkte sauber und aufgeräumt. Doch hier und da in den Winkeln sah man, dass es mit der Sauberkeit doch nicht so weit her war. Mäuseköttel in einem Winkel unter dem Herd, Brotkrümel neben einem sauber abgewischten Schneidebrett, Speisereste auf einem der gespülten Teller auf dem Wandbord. Sie putzte wohl nur mehr mechanisch ihre Küche, wie sie es seit Jahren getan hatte, doch den Schmutz erkannten ihre schwachen Augen nicht mehr.

»Schön, dass es dir gefällt. Du hast da aber wirklich ganz feine Pataffeln! Sie sehen sehr lecker aus. Oh, mein guter Mann, Alvaris behüte ihn, mochte die jungen Pataffeln immer so gerne. Am liebsten mit Kräuterquark!«

»Ihr Mann ist gestorben? Oh, das tut mir aber leid!«

»Ach, Kindchen!«, seufzte sie und strich mir mit den Fingern über das Haar.

»Das ist schon schrecklich lange her! Er liegt jetzt schon über zwölf Jahre auf dem Friedhof!«

*Hoffentlich liegt er da noch immer,* dachte ich unwillkürlich. Laut fragte ich aber stattdessen:

»Ist es nicht furchtbar einsam und traurig, wenn man so allein ist, in einem so großen und schönen Haus?«

Ugulis lachte hell und sympathisch.

»Ach nein, mein liebes Kind! Ganz und gar nicht! Einsam ist man nur, wenn man seine Tür versperrt. Es gibt da draußen so viele nette Menschen.«

Das entsprach nicht gerade meiner Erfahrung, doch ich schwieg.

»Du musst nur deine Tür und dein Herz öffnen. Ich bin nicht einsam. Ich habe oft Besuch von meinen Töchtern und meinen Enkeln. Ich bin nämlich schon dreifache Großmutter, musst du wissen. Und auch Freunde und Bekannte meines Mannes treffe ich immer wieder. Erst neulich war ich bei einem eingeladen. Außerdem habe ich ein Zimmer vermietet. Früher schliefen dort meine beiden Töchter, aber jetzt wohnt dort ein netter junger Mann. Du siehst, ich habe jede Menge Gesellschaft.«

Sie begann, wie ich befürchtet hatte, mir mehr über ihre Enkel zu erzählen. Sie waren alle drei »… so herzig! Richtig zum Knuddeln. Und schon so tüchtig! Asgal kann schon laufen! Und er ist doch erst zehneinhalb Monate alt!«

Ich versuchte die begeisterten Großmutterhymnen zu drosseln und behauptete: »Wenn ich groß bin, dann möchte ich ganz viele Kinder!«

»Ach! Du bist ein goldiges Kind!«, lachte die glückliche Großmutter, »Das ist eine tolle Idee! Aber erst, wenn du einmal groß bist, ja?«

Ich lachte fröhlich, denn im Gegensatz zu Ugulis war mir völlig klar, dass ich nicht mehr größer werden würde. Das war mir auch recht so, denn um einen Nähkorb voll krähender Windelpupser hatte ich mich noch nie kümmern wollen.

Sie wog sich von meinen Pataffeln etwa vier Pfund ab und feilschte anschließend so durchsichtig schlecht, dass sie sich fast selbst betrog. Um mein schlechtes Gewissen zu beruhigen, legte ich ihr noch ein paar Knollen dazu. Dann meinte ich mit einer Mischung aus Besorgnis und Bewunderung:

»Trotzdem muss es sehr schwer sein. Ich meine, so ohne Mann im Haus. All die schweren Dinge, wie Holz hacken, schwere Sachen heben …« Ich suchte nach weiteren »Belastungen«, die die Männer uns nicht recht zutrauten, auch wenn sie uns dabei meist kaum tatkräftig zur Hand gingen.

»Aber liebes Kindchen!«, wieder lachte sie heiter, Ich habe doch einen Mann im Haus! Bilgram ist ein so netter junger Mann, höflich und sehr hilfsbereit. Er hat mir letztes Jahr das Holz für den Winter gesägt und wenn ich einmal etwas Schweres zu tragen habe, kommt er immer gelaufen und sagt, ich solle mir nicht meinen zarten Rücken verbiegen! Als ob mein breites Kreuz ein zarter Rücken wäre!« Sie lachte fröhlich.

Mein Schattenfreund hieß also Bilgram. Mal sehen, ob ich da nicht noch etwas herausfinden konnte.

»Aber er ist doch tagsüber sicher zur Arbeit unterwegs. Meine Mutter sagte stets, wenn man die Männer am nötigsten braucht, tags, beim Schaffen, da sind sie auf dem Feld oder sonst wo bei der Arbeit. Erst wenn die Arbeit getan ist und das Essen auf dem Tisch steht, dann kommen sie wieder!«

Ugulis kicherte: »Das sagt deine Mutter? Nun, sie hat vielleicht nicht ganz unrecht. Aber bei Bilgram ist das etwas anderes. Der arme Junge muss meistens nachts arbeiten. Da ist er dann tagsüber hier und kann mir schon mal zur Hand gehen. Aber das muss er nicht oft tun! Ich komme ganz gut alleine zurecht.«

»Wieso arbeitet er denn nachts? Ist er Nachtwächter?«

»Nein! Ich weiß auch nicht ganz genau, was er macht. Er hat es mir einmal erklärt. Soweit ich das verstanden habe, berät er einen Kaufmann beim Einkauf von diesen ganz wertvollen fremdländischen Garnen, mit denen man Stoffe veredelt. Sie sind so empfindlich, hat er gesagt, dass sie nur nachts entladen werden können. Weil sie im Licht verderben, weißt du? Er ist einer der ganz, ganz wenigen Fachleute, die diese Garne beurteilen können. Im Dunkeln, ohne Licht. Und deshalb muss der Arme oft ganze Nächte durcharbeiten. Heute auch wieder einmal. Aber zum Glück hat er dann meistens eine ganze Weile frei! Sehr oft bringen Schiffe diese Garne nämlich nicht mit! «

»Dann haben Sie ja doch einen Mann im Haus! Das ist ein Glück für Sie!«

»Ja, das kannst du laut sagen!«

Plötzlich erschrak sie: »Oh je! Wie spät es wieder geworden ist! Ich muss mich noch um die Hühner kümmern und das Bett frisch beziehen! Aber warte noch kurz ...«

Sie suchte von einem der Borde einen Apfel aus und legte ihn in den Korb.

»Hier, mein Kindchen. Er ist noch vom letzten Jahr und etwas runzelig, gerade so, wie ich es bin, aber er ist so süß wie du. Lass ihn dir schmecken. Und wenn du einmal wieder schöne Pataffeln hast oder etwas anderes Feines aus eurem Garten, dann besuch mich doch wieder einmal!«

Die nächsten zwei Stunden saß ich auf meinem Stammkissen im »Alten Schild«. Die Gaststube war ziemlich still und ich ergänzte mein Notizbuch.

Ich füllte Seite um Seite. Wie viel hatte ich seit gestern Nacht herausgefunden! Es war erstaunlich!

Bilgram hatte offenbar seine Zimmerwirtin komplett um den Finger gewickelt. Bei ihrer Gutgläubigkeit war das nicht weiter schwierig. Und kurzsichtig war sie ja obendrein! Von Garnen, die bei Licht verdarben, hatte ich noch nie gehört. Es war eine nette, pfiffige Lüge, das musste ich anerkennen.

Ein paar andere Nachbarinnen waren allerdings weit weniger angetan von Ugulis' Hausgast. »Ach, der faule Wirtshaushocker!« war noch einer der freundlicheren Kommentare. Bilgram wurde als verschlagen und verkommen beschrieben, als ein Schmarotzer, der es sich dank der Gutmütigkeit von Ugulis wohlsein ließ. Doch auch das Bild von Ugulis wurde in grellen Farben mit dem Pinsel der nachbarlichen Missgunst gemalt: Sie sei so verbohrt doof, wie sie blind sei. Das sei sie aber schon immer gewesen. Ihr Mann sei ein grässlicher Kerl gewesen, tüchtig und vermögend zwar, aber grob, unhöflich und stets ein Rüpel. Seit er tot war, verkläre Ugulis sein Andenken und halte ihn für einen Heiligen! Ihre Töchter kämen auch ganz nach dem Vater, ein Mundwerk, scharf wie Schwerter und boshaft. Auch von denen lasse Ugulis sich immer wieder ausnutzen, ohne auch nur einmal an sich zu denken. Sie sei nun mal so herzensgut und vernagelt gutmütig. Irgendwann werde sie sicherlich ohne einen Heller dastehen!

Ich überlegte mir, was wohl übrig bliebe, wenn ich von allem, was ich gehört hatte, die Missgunst und den Neid von ein paar schrecklichen Nachbarinnen abzog. Viel war es nicht: Ugulis war ein freundliche Frau, die fast nichts mehr sah. Sie hatte einen Tunichtgut als Untermieter, der sie belog und ihre Gutherzigkeit ausnutzte. Das waren nicht gerade sensationelle Informationen. Doch sie passten ins Bild.

Was Ugulis wohl von dem netten jungen Mann halten würde, wenn sie wie ich gesehen hätte, wie er nachts heimlich Gräber schändete und sogar plünderte? Die Leichenteile schaffte er mit der Hilfe seines Komplizen Ghasol fort. Nach Norden.

Waren dort auch Dasals Tote? Ging es von dort noch weiter? Gab es dort im Norden jemanden, der Fluchschwerter herstellte oder sonst ein unheiliges Zeug? Aber wieso klaute er die Toten nicht gleich im Norden? Und wie viele Tote waren es nun wirklich? Dasal waren vier Leichen verschwunden, die beiden Mädchen dazugerechnet, betrug die Summe sechs. Wie viele kamen noch dazu? Ein paar, ein paar Dutzend? Wie sollte ich das nur feststellen?

Ich löschte die Schrift, steckte mein Büchlein ein und gähnte. Seit zwei Nächten hatte ich aus dem einen oder anderen Grund nicht mehr geschlafen. Ich wollte nur mehr ein Abendessen, ein oder zwei Bierchen und dann ins Bett gehen. Karal und sein junger Freund mochten nebenan später im Bett toben, wie sie wollten, ich war so müde, dass es mich vermutlich kaum stören würde.

Es wurde Abend und der Gastraum füllte sich allmählich. Der verführerische Duft nach Schweinebraten mit Kümmel und Rosmarin, der aus der Küche in den Gastraum und sicherlich auch auf die Straße drang, trug sicher nicht wenig dazu bei. Dieser Duft versprach einen Abendschmaus, auf den es sich auch ein Weilchen zu warten lohnte.

Zu meiner Überraschung öffnete sich die Tür und Al da Rion trat ein. Er lächelte und setzte sich zu mir.

»Ich hoffe sehr, du denkzt nicht schlecht von mir, weil ich dir nun nachlaufe«, sagte er mit breitem Grinsen, »aber ich wollte dich wiedersehen!«

Ich war auch froh, ihn wiederzusehen. Es war ein schönes Gefühl, dass jemand mich vermisste. Ich hatte dieses Gefühl schon lange nicht mehr gehabt. Bald saßen wir scherzend beim Essen und erzählten uns von Schiffen und Schweinen, von absonderlichen Dingen und heiteren Erlebnissen. Mit dem dritten Bier wurde ich immer einsilbiger und verlegte mich mehr aufs Zuhören. Al da Rion erzählte munter weiter von seinen Fahrten zu exotischen Völkern in anderen Weltgegenden. Um mir die exotischen Häfen und Strände besser ausmalen zu können, schloss ich für einen Moment die Augen.

Nach einer Weile rüttelte mich Al da Rion sanft wieder wach.

»Verzeih mir! Ich habe dich offensichtlich ermüdet. Du gehörzt, glaube ich, in dein Bett!«

Gähnend gestand ich meine Müdigkeit.

»Das Leben muss man nehmen, wie es izt! Das bezte izt, du schläfzt dich richtig aus. Aber willzt du mich morgen vielleicht zum Frühztück besuchen?«

Ich stimmte, erneut gähnend, zu und versprach, das Brot zu besorgen. Dann nahmen wir Abschied. Al da Rion ging zu seinem Schiff und ich schlich die Treppe zu meiner Kammer hinauf.

# KAPITEL 19

*Ein angenehmer Morgen, vergebliches Warten und eine herbe Niederlage*

Der Morgen war heiter, windig und nicht mehr ganz jung, als ich halbwegs frisch und ausgeschlafen bei Al da Rion eintraf. Der Korb, den ich gestern gekauft hatte, war nun gefüllt mit warmen Faustwecken und Knüppelweißbrot. Über die Pataffeln hatte sich Karal gefreut. Al da Rion erwartete mich mit einem reichhaltigen Frühstück. Es gab Schinken, Käse, Quark und etwas, was ich für Hirseküchlein hielt. Am bemerkenswertesten aber war ein dunkler Trank, den er mir braute und mit Honig süßte.

»Hier! Trink das. Es wird dir guttun. Das izt ein Getränk aus den getrockneten Beeren eines Ztrauches weit im Süden. Es heizt, er vertreibt die Müdigkeit und ztärkt den Geizt!«

Der Trank schmeckte seltsam. Er war heiß und aromatisch, leicht scharf wie eine Bratenkruste und doch ganz anders, etwas säuerlich, süß und bitter zugleich. Ich trank ihn anfangs mit leichtem Widerwillen, doch mit der Zeit schmeckte er immer besser. Tatsächlich verflog bald der Rest meiner Müdigkeit. Nach einem ordentlichen Frühstück huldigten wir erneut seiner Liebesgöttin.

»Was die Termine deiner Freundin angeht …«, meinte Al da Rion später. Ich lag entspannt auf dem Bauch und ließ mir von meinem Seemann den Rücken mit duftendem Öl massieren.

»Ich habe mich geztern ein wenig im Archiv in alten Kalendern und Almanachen umgesehen. Da du mir nicht gesagt hazt, worauf ich achten soll, habe ich die Daten nach den verschiedenzten Übereinztimmungen überprüft.«

Ich antwortete nur mit einem wohligen Schnurren. Er fuhr fort: »Ich konnte aber nichts Besonderes feztztellen. Keiner der Tage zeigte irgendeine besondere aztrologische Konztellation. An zwei Tagen war Markt. Und zwar an einem Tag Wollmarkt und am anderen Gemüsemarkt. An den beiden anderen Tagen war aber kein Markt. Bei etwa drei Märkten, die jede Woche in der Ztadt abgehalten werden, izt das eher gewöhnlich. In einem besonders frommen Almanach der Mönche von Lanavis werden allen Tagen Götter zugeordnet, doch auch hier gibt es keine Übereinztimmung. Zpäter war ich beim Hafenmeizter und habe nachgesehen, ob an diesen Tagen zufällig dieselben Schiffe feztgemacht hatten. Doch auch das war leider nicht der Fall. Es war auch ganz unterschiedliches Wetter. Der Hafenmeizter führt auch darüber Buch.«

Unter seinen Fingern schmolzen die Verspannungen im Nacken und ich brummte vor Wohlbehagen leise. Dass Al da Rion bei der Überprüfung der Termine nichts herausbekommen hatte, war angesichts der neusten Entwicklungen nicht weiter schlimm. Es war aber immerhin einen Versuch wert gewesen. Ich musste jedoch freudig anerkennen, dass seine Recherche gründlicher gewesen war, als ich zu hoffen gewagt hatte.

»Es waren ganz normale Tage«, murmelte ich behaglich.

»Genau: ein Spinntag, ein Hacktag und zwei Waschtage.«

»Zwei Waschtage? Ist das nicht seltsam? Die Hälfte der Termine fällt auf Waschtage?«

»Nein! Das izt, denke ich, gar nicht so ungewöhnlich: Auf einen der sieben Wochentage muss ja einer der Tage fallen. Wären es mehr Termine, zum Beizpiel acht, und vier würden auf den Waschtag fallen, das wäre etwas anderes. Aber ein doppelter Tag bei vier fraglichen Tagen … das ist nicht ungewöhnlich.«

Er reichte mir einen ledernen Becher, in dem es leise klapperte.

»Hier hazt du einen Würfel. Er hat nur sechs Seiten, keine sieben, doch es wird genügen: Würfle!«

Ich setzte mich auf und würfelte eine Vier.

»Noch einmal, bitte!«

Es war eine Zwei, gefolgt von einer Fünf.

Als ich den Würfelbecher zum vierten Mal abheben wollte, hielt Al da Rion meine Hand fest.

»Du hazt nun drei verschiedene Augenzahlen gewürfelt: Vier, Zwei und Fünf. Und der Würfel kann nun entweder die drei noch nicht gewürfelten Augenzahlen zeigen, oder die drei schon gezeigten. Ob nun beim vierten Wurf eine Zahl doppelt vorkommt oder nicht, die Chancen hierfür stehen nun genau gleich! Es ist reiner Zufall.«

Ich dachte nach. Würfel haben sechs Seiten, eine Seite muss es treffen, eine Woche hat sieben Tage und auch hier muss es irgendeinen Wochentag treffen.

»Du meinst, doppelte Waschtage sind kaum weniger wahrscheinlich, als bei vier Würfen …«

»… zweimal dieselbe Zahl zu werfen! Ztimmt genau!«

Ich war beeindruckt, dankte ihm für die Mühe, die er sich gemacht hatte, und ergab mich wieder ganz seinen Händen.

Irgendwann aber tauchte ich aus dem warmen Meer zeitvergessener Entspannung wieder in die Wirklichkeit auf. Wie spät mochte es inzwischen sein? Mit Widerwillen hob ich meine Augenlider und blickte nach draußen, wo der Morgen inzwischen schon längst in den späten Vormittag übergegangen war. Nun erkannte ich, wie mir die Zeit unter Al da Rions Fingern verronnen war. Ich sollte nun unbedingt aufbrechen und Dasal berichten. Endlich hatte ich etwas vorzuweisen. Vielleicht war er mit diesen Ergebnissen schon zufrieden und ich war in nur einer Stunde schon reich! Ich erhob mich und dankte Al da Rion für die Wohltaten, die er mir erwiesen hatte. Dann verabschiedete ich mich und brach auf.

Dasal war nicht in seiner Werkstatt. Ich wartete wohl eine halbe Stunde. Als er immer noch nicht kam, überlegte ich mir, was ich wohl noch tun konnte. Richtigen Hunger hatte ich zwar noch nicht, doch der Ordnung halber stellte ich fest, dass es nun auf Mittag zuging. Ein kleiner Happen, nun ja, da würde ich wohl nicht Nein sagen.

Sorion kam mir wieder in den Sinn. Der Arzt und Wohltäter aus Ranak. Vor drei Tagen hatte ich mit ihm einen

Termin vereinbart, für genau heute Vormittag. Wie viel war in der Zwischenzeit geschehen! Mittagessen oder der Arzt? Dass er mir etwas mitzuteilen haben würde, was mich weiterbrachte, war mehr als unwahrscheinlich. Ein Besuch war also eigentlich nicht mehr notwendig. Aber meine schöne Legende vom Halblingshospital würde, wenn ich nicht auftauchte, zusammenbrechen. Ein Sorion, der sich über meinen Verbleib Gedanken machte, konnte sicher nicht im Sinne Dasals sein. Außerdem sprachen auch einige praktische Gründe dafür, ihn aufzusuchen: Ich war schon auf der richtigen Seite des Flusses, es war nicht weit, ich konnte gerade noch rechtzeitig kommen, zumindest mehr oder weniger, und ich hatte im Moment nichts Besseres vor. Hinterher konnte ich gleich noch einmal mein Glück bei Dasal versuchen. Auch um Dasal gegenüber den Anschein der Sorgfalt und Gründlichkeit zu wahren, beschloss ich, diese nicht gerade vielversprechende Spur zu Ende zu verfolgen. Seufzend zwang ich meinen Bauch, sich dem Verstand unterzuordnen.

Kurz darauf stand ich wieder vor Sorions weiß-blauer Tür. Ich schellte und ein paar Augenblicke später ließ mich der Arzt ein. Er bot mir, wie schon das letzte Mal, auf der gepolsterten Bank Platz an und setzte sich selbst hinter den Schreibtisch. Während er mich mit ausdruckslosem Gesicht aufmerksam musterte, entstand ein unbehaglicher Moment der Stille. Eine seltsame Spannung, die ich nicht erwartet hatte, breitete sich aus. Was stand mir nun bevor? Ich verfluchte innerlich die letzten zwei Nächte und meinen Schlafmangel. Ich fühlte mich unvorbereitet. Leise Angst kroch meinen Rücken empor. Ich musste aufpassen, dass ich nicht, wie schon einmal, die Initiative über das Gespräch verlor. Dieser Mann war keiner der üblichen Tölpel.

Sanft und ruhig begann er das Gespräch: »Ich habe dich schon erwartet, Fräulein Lupina, Nichte von Marlinus Stollgräber. Jemand wie du ist mir bisher noch nie begegnet. Es kommt schon gelegentlich vor, dass man mich um eine Gefälligkeit bittet. Doch ein Anliegen, wie du es geäußert hast, ist mir bisher nicht untergekommen.«

»Mein Onkel Marlinus …« Sorion hob einen Finger und ich verstummte.

»Er muss ein Mann mit seltsamen Marotten sein, nicht wahr?«

»Nun ja …« Ich lächelte unsicher.

»Oder ist es ein allgemeiner Brauch bei eurem Volk, Briefe mit Jackenknöpfen zu siegeln?«

Ich versuchte, nicht zu erblassen. Sorion schmunzelte und fuhr fort: »Aber was soll's. Reiche Leute haben nun mal seltsame Gepflogenheiten. Es ist sicherlich nicht sein einziger Spleen. Ich selbst habe einige seltsame Angewohnheiten. Doch bitte sage mir, was soll ich von jemandem halten, der sich mit Titeln schmückt, die er gar nicht besitzen kann?«

Seine Stimme klang plötzlich kalt und klar, als er weitersprach: »Ich habe Bekannte mit Verbindungen in die Rotsteinberge. Stollheim ist ein Dorf unweit von Stollhang. Doch dort gibt es kein Schloss. Gibt es am Ende gar keinen reichen Halblingsfürsten, der dich geschickt haben kann?«

Noch immer war seine Stimme kühl und ruhig. Noch immer blickten seine Augen mich beunruhigend aufmerksam an. Dann ergriff er ein zusammengerolltes Pergament und gab es mir.

»Das hier ist ein flüchtiger Entwurf einer Ausbildungsstätte für Heilkundige. So weit war ich gekommen, bevor ich über deinen verehrten Onkel Nachricht erhielt.« Die Andeutung eines schmallippigen Lächelns zeichnete sich in seinem Gesicht ab, doch seine Augen lächelten nicht mit. »Da! Nimm es, es ist für mich wertlos. Nimm es als Preis für deine dreiste Täuschung.«

»Danke Herr, Ihr seid sehr großzügig und gütig, Herr! Ich hatte ja nur geschwindelt, um von Euch ernst genommen zu werden. Wer lässt denn schon ein armes Halblingsmädchen mit einem Anliegen ausreden?«

»Was wolltest du wirklich? Da du ja offensichtlich keinen reichen Onkel hast, der ein Hospital finanzieren könnte, wirst du verstehen, dass ich dein Interesse an der Ausbildung von Heilern recht seltsam finde. Du schuldest mir eine Erklärung.«

Schnell, eine Idee! Rasch! Notfalls ein Stück der Wahrheit! Aufs Geratewohl begann ich: »Herr! Erinnert Ihr Euch an den Winter vor sechs Jahren? Erinnert Ihr Euch, Meister Sorion? Der Sommer davor war zu nass gewesen, die Ernte faulte auf den Feldern und dann kam der Winter. Dieser Winter war lang und schrecklich. Hunger schwächte mein Volk und überall wurden wir von Fiebern, Husten und Rotz dahingerafft. Die Kranken wurden immer dünner und schwanden schließlich einfach dahin, zu kraftlos, um weiterzuleben. Wer gesund war oder zumindest noch stehen konnte, versuchte den Kranken zu helfen, mit allerlei Hausmitteln und Kräutern. Doch es gab viel zu wenige, die wirklich wussten, wie man den Armen helfen konnte und die Gesunden schützte. Wir hatten keine Heiler. Ein Heiler hätte meine Familie retten können.«

Den strengen Winter hatte es damals gegeben, und tatsächlich waren viele unseres Volkes in diesen Wochen gestorben. Doch gar so schlimm war es nicht gewesen. Dennoch war es eine solide Basis für ein Lügengebäude, dachte ich.

»Es ist wahr! Ich habe keinen Onkel Marlinus. Ich bin arm. Mein Vater war ein Bauer. Er hatte drei starke Söhne. Der Tod raffte ihn, meine zwei ältesten Brüder und schließlich meine Mutter dahin, und auch unsere Schweine überlebten den Winter nicht. Hätte es Heilkunst gegeben, statt wirkungsloser Kräuterumschläge, könnten sie noch leben. Der Rest ist dann rasch erzählt. Mein kleiner Bruder konnte mit mir den Hof nicht bewirtschaften und so verkauften wir ihn und zogen fort. Wir suchten unser Glück hier im Tal des Illman. Doch weil wir so klein und zierlich waren, fanden wir lange keine Arbeit. Wir mussten um unser Essen betteln. Endlich gab uns ein Maurer Lohn und Brot. Für ihn krochen und kletterten wir in Schornsteine und besserten sie von innen aus. Eines Tages dann wurde mein Bruder von einem herabfallenden Ziegel erschlagen, als er in einem baufälligen Schlot eines Backhauses arbeitete. Seit diesem Tag bin ich ganz allein auf der Welt. Ich könnte noch heute zu Hause im Schoße meiner Familie leben, hätte es bei uns Heiler gegeben oder Ärzte wie Euch. Vor einigen Wochen, da hatte ich einen Traum. Meine Mutter erschien mir. Sie sprach zu mir und befahl mir, mich zu erkundigen, was Heiler lernen müssen. Dann sollte ich nach Hause zurückkehren. Dort wolle sie mir helfen, Leute zu finden, die eine Schule für Heiler mit Geld unterstützen können. Die Not des schlimmen Winters ist noch vielen ins Gedächtnis eingebrannt. Kaum eine Familie hatte keine Toten zu beklagen gehabt. Doch ich bin nur ein armes, dummes Halblingsmädchen, das nicht hoffen kann, von Euch Unterstützung zu erhalten. Darum erfand ich einen einflussreichen Onkel. Ich bin nur einem Traum und einem hohen Ziel gefolgt. Es geschah nicht in böser Absicht.«

»Warum hast du dich denn nicht über mich erkundigt? Wer mich kennt, weiß, dass ich für die Nöte anderer ein offenes Ohr habe. Du hättest mit deinem Wunsch zu mir kommen können.«

Seine Stimme wurde wieder warm und geradezu milde. Ich hatte es zum Glück doch noch geschafft, ihm mein Märchen zu verkaufen.

»Ich hörte nur von Eurem Ruhm, Eurem herausragenden Erfolg und Eurer vornehmen Kundschaft, da wagte ich es nicht …«

Ruhig und wieder eisig schnitt er mir das Wort ab:

»Erzähl mir keinen Unsinn! Du hast dich sehr genau über mich erkundigt. Aber erst, nachdem du mit mir gesprochen hast. Du bist es doch gewesen? In einem Gasthaus! Oder war es ein anderes Halblingsmädchen, auch arm und verwaist, das wie du ein blaues Lederkleid trug und das sich rein zufällig nach *Sooorion, dem Schweinehändlaaaa aus Raanaak* erkundigt hat?«

Gehässig zog er in Nachahmung unseres Dialektes die Worte grotesk in die Länge.

Ich spürte, wie ich blass wurde, und sagte nichts. Ich hatte verloren. Ich war gefangen in meinem Lügengespinst und er wusste es. Was sollte ich ihm nun noch als Erklärung geben, ohne Dasal zu verraten? Übelkeit stieg in mir auf, während er noch immer entnervend ruhig hinter seinem Schreibtisch saß. Ich holte Luft und wollte schon versuchen zu erklären, warum ich mich über ihn so indirekt erkundigt hatte, aber er hob wieder den Finger und gebot mir Schweigen.

»Bemühe dich nicht weiter. Erfinde nicht weitere Geschichten, die mir nur die Zeit stehlen.«

Noch immer hatte er, hinter seinem Schreibtisch sitzend, ganz ruhig gesprochen. Nun richtete er sich im Sessel auf, beugte sich vor und stützte sich mit einer Faust auf den

Schreibtisch. Seine Stimme blieb leise, doch sie klang nun kalt, scharf und klar:

»Du solltest ganz schnell dein Interesse an meiner Person verlieren. Wenn ich mich noch einmal von dir belästigt fühle oder wenn ich erfahre, dass du dich noch einmal unangemessen neugierig nach mir erkundigst, sorge ich dafür, dass du in Schwierigkeiten kommst. Ich denke dabei an Schwierigkeiten, aus denen du dich mit all deiner Erfindungsgabe nicht mehr herauswinden kannst.

Ich möchte, dass du eines klar erkennst: Das ist durchaus keine leere Drohung. In meiner Praxis verkehren Richter und Räte, reiche Kaufleute und ihre verschlagenen Advokaten. Lauter reiche Menschen, einflussreiche Leute, die sich mir zu Dank verpflichtet fühlen, weil ich für ihr Wohlergehen sorge. Wenn du also nicht für unbestimmte Zeit bis zu deiner endgültigen Verbannung aus der Stadt im Kerker landen willst, sollten deine Wege die meinen nicht wieder kreuzen.«

Er lehnte sich wieder zurück und entspannte sich. Er lächelte, als er mich betont liebenswürdig fragte: »Hast du mich verstanden?«

»Ja, Meister.«

»Hast du mich ganz sicher richtig verstanden?«

»Ja, Meister, ich habe Euch verstanden.«

»Dann mögen deine Götter deine Wege begleiten, solange sie die meinen nicht kreuzen. Du kannst gehen.«

# KAPITEL 20

*Ein Anfall von Übelkeit, ein böser Schock und Tränen der Erleichterung*

Mir war schlecht. Mit zitternden Knien stand ich wieder auf dem Wollmarkt. Ich fühlte mich so elend, ich wollte nicht einmal mehr etwas essen!

Er hatte mich geschlagen. Lupina, die Großartige, Lupina, die Schlaue, die listenreiche Lupina war besiegt. Ich war nicht nur durchschaut worden, Sorion hatte mich regelrecht vorgeführt und mich in flagranti beim Lügen ertappt. Das war mir noch nie passiert. Dieser Arzt war ein ungewöhnlich kluger und gerissener Mensch. Doch das war kein Trost. Ich hatte verloren. Schlimmer noch! Ich war gedemütigt worden. Ich schämte mich und fühlte mich elend.

Langsam lenkte ich meine Schritte in Richtung Fähre. Dasal musste warten. Dieses Erlebnis musste ich erst einmal verdauen. Es war kalt geworden und der Wind hatte weiter zugenommen. Er trieb tief hängende, graublaue Wolken über die Stadt. Doch mir war es lieber so. Eine freundliche Stadt, die mir im heiteren Sonnenschein ihren Hohn entgegenlachte, würde ich so, wie ich mich gerade fühlte, nur schwer ertragen. Als ich ankam, war das Fährboot schon ziemlich voll besetzt. Der Schiffer nahm meine Münze und stieß wenige Augenblicke später ab.

Der Wind war an Land schon unangenehm und kalt gewesen, doch hier, auf dem Wasser, sorgte er für beunruhigende Bewegungen. Er warf kurze, kabbelige Wellen in schneller Folge immer wieder hart an die Bordwand und ließ das Boot heftig schwanken. Böen eilten mit grauen Schleiern rasch über den Fluss und taten ein Übriges. Wir Halblinge haben Booten gegenüber zumeist eine gewisse Scheu und nun wusste ich wieder genau, warum. Schon vorher fühlte ich mich elend, doch nun wurde mir richtig übel.

Am anderen Ufer versuchte ich meinen aufgewühlten Bauch mit einem Becher heißen Würzweins zu beruhigen und ging in eine Taverne. Der Wein wärmte mich zwar, doch meinem Bauch ging es nicht wesentlich besser. Im Gegenteil. Auf einmal fühlte ich einen wohlbekannten Krampf meinen Unterleib durchfahren und wusste Bescheid. Es war wieder Zeit. Der Fluch aller Weiber hatte mich gepackt. Alle achtundzwanzig Tage werden wir heimgesucht. Der Fluch verwandelt uns in blutende Opfer. Opfer für einen rachsüchtigen Gott, als Strafe, weil wir Frauen die dummen, triebhaften Männer mit Klugheit und List zu führen wissen. Ich ließ den restlichen Wein stehen und ging nach Hause. Dort wartete frische Wäsche auf mich, saubere Leinentücher und weiche, flaumige Samen der Wolldistel. Und mein Bett! Ich wollte schlafen, nur noch schlafen!

Als ich spät am Nachmittag erwachte, fühlte ich mich etwas besser und vor allen Dingen hungrig. Ich machte mich frisch und zog mich an. Dann ging ich hinunter. Karals junger Freund saß wieder an dem Tisch neben der Küchentür, aus der es höchst anregend roch. War das ein Duft von Sauerkraut, Zwiebeln und und scharf angebratenem Schweinefleisch? Ich kletterte auf mein Stammkissen und war guter Hoffnung.

Ich hatte Sorion unterschätzt. Der Knopf, der als Siegel schon so oft bei ähnlichen Täuschungsmanövern gute Dienste geleistet hatte, war mir zum Verhängnis geworden. Dieser Arzt war ein sehr aufmerksamer Beobachter. Und er hatte sehr gute Kontakte. In nicht ganz zwei Tagen hatte er meinen Onkel Marlinus als Legende entlarvt. Es gab nur wenige Menschen, die die Rotsteinberge mehr als nur sehr oberflächlich kannten.

Karal brachte mir heißen Würzwein mit Honig und versprach, mir eine schöne Portion von Rouladen nach Milwinger Art zu bringen, sobald er fertig wäre.

Wie konnte Sorion von meinem Gespräch mit dem Ranaki erfahren haben? Nur durch den Ranaki selbst. Er musste es gewesen sein. Es war ja auch nur natürlich. Für die Ranakis war der Arzt eine Art Patron. Wenn sich jemand bei ihnen über Sorion erkundigte, trugen sie es ihm zu. Ich hatte gedacht, ich sei gerissen. Offenbar war ich längst nicht gerissen genug für diesen Mann.

Seine Drohung war ernst zu nehmen. Er war der Arzt der Reichen und hatte sicher Beziehungen und die Macht, mich nicht nur aus der Stadt ausweisen zu lassen, wenn er es wollte, würde man mich sicher auch für unbestimmte Zeit in den Kerker werfen. In seinen Augen hatte ich seine Willensstärke sehen können. Er würde wohl kaum zögern, es zu tun.

Vom Kerker hatte ich Geschichten gehört, die einem den Magen umdrehen konnten. Wenn ich dort landete, war ich so gut wie tot! Dort wurden die Gefangenen wahllos in feuchten Gewölben zusammengepfercht. Das Essen war zu knapp bemessen, nach normalen Maßstäben meist ungenießbar und wurde nach dem brutalen Gesetz des Faustrechtes verteilt. Ein Leben galt dort nicht viel. Frauen, die das Unglück hatten, dort zu landen, konnten nur hoffen, den ständigen Vergewaltigungen durch ihre Mitgefangenen zu entgehen, indem sie sich den Gefängniswächtern hingaben. Doch ob das angesichts der verrohten, schmierigen Wächter ein großer Vorteil war, blieb fraglich.

Warum? Warum bedrohte er mich, noch dazu so unverhohlen und drastisch? Ich verstand es nicht. Und schlimmer noch: Es verwirrte mich. Gestern war alles noch so wunderbar klar gewesen: Bilgram war der schurkische Leichendieb. Sein Spießgeselle war Ghasol, der Fuhrmann. Die beiden hatten die Leichen nach Norden gebracht. Aber nun? Nun bedrohte mich auf einmal Sorion mit dem Tod, wenn ich ihn nicht in Ruhe ließ! Nur um seine Privatsphäre zu schützen? Das war völlig übertrieben, auch wenn ich mich an ihn mit einer Lügengeschichte herangemacht hatte. Diese überzogene Drohung machte nun auch ihn verdächtig!

Was verbarg er? Hatte er doch mit den beiden anderen zu tun? Arbeiteten sie für ihn und schafften die Leichen für ihn aus der Stadt, zu einem Versteck im Norden, wo er sie untersuchen konnte? Das klang plausibel, aber ich hatte noch keinerlei Beweis für eine Verbindung. Noch nicht einmal einen Hinweis hatte ich.

Es gab natürlich auch noch die Möglichkeit, dass er gar nichts mit den verschwundenen Leichen zu tun hatte. Wenn das zutraf, wieso versuchte er mich aber dann abzuschrecken? Dann musste er etwas anderes zu verbergen haben. Etwas, für das er mich töten würde? Es war sicher keine Bagatelle, die er verbarg. Nicht, dass ich annahm, dass er mein Leben für sonderlich wertvoll halten würde, doch für einen einfachen Ferkeldiebstahl würde er bei den Mächtigen der Stadt wohl kaum seinen Einfluss geltend machen.

Vielleicht war das Ganze nur der sehr bedrohlich inszenierte Bluff eines Ehrenmannes, der unbehelligt sein wollte. Lachte er sich gerade schief, weil er mir überaus erfolgreich Angst eingejagt hatte? Das war natürlich eine weitere Möglichkeit. Eine allerdings, die zu überprüfen mich das Leben kosten konnte.

Meine Niederlage hatte mir also einen neuen Verdächtigen eingebracht und ein ganzes Bündel voller Fragen. Das waren schlechte Aussichten. Unter diesen Voraussetzungen hatte ich keine Lust, Sorion noch einmal zu nahe zu treten. Weil er aber womöglich mit Bilgram und Ghasol unter einer Decke steckte, konnte ich mich nun auch diesen beiden nur sehr vorsichtig nähern. Doch nähern musste ich mich ihnen, wie sonst wollte ich herausfinden, ob sie für Sorion arbeiteten oder ob sonst eine Verbindung bestand? Zum Glück konnte Sorion nichts von Dasal wissen. Er hatte keine Ahnung, was ich wirklich suchte. Aber war das überhaupt richtig? Wusste er vielleicht doch etwas?

Wenn er nichts mit Dasals Problem zu tun hatte, dann tappte er sicher noch völlig im Dunkeln. Was aber, wenn er mit drinsteckte? Dann würde ihn sein schlechtes Gewissen leiten. Er würde sehr bald genau das Richtige annehmen. Ich durfte ihn auf keinen Fall unterschätzen. Er war argwöhnisch, schlau und verlor keine Zeit! Das hatte ich bitter lernen müssen. Und er hatte, von Ghasol und Bilgram einmal ganz abgesehen, seine Ranakis, die für ihn Augen und Ohren waren. Womöglich ließ er mich von ihnen beobachten.

Von nun an musste ich also besonders aufpassen und sollte besser nicht mehr Dasal oder Punto besuchen. Doch wenn ich alles vermied, was irgendeinen Kontakt zu den verschwundenen Leichen andeuten konnte, dann hatte er es am Ende geschafft, mir die Hände zu binden. So gesehen war die Gefängnisdrohung unter Umständen ein sehr kluger Kassibiszug. Ich zückte den Silberstift, um in meinem Buch eine Notiz über Sorion einzutragen.

Es war weg! Meine Hand tastete ins Leere! Weg! Mir wurde schwarz vor Augen. Die Tasche, in der das Büchlein immer gewesen war, war leer. Fieberhaft dachte ich nach. Ich hatte es zuletzt gestern hier in der Gaststube des »Alten Schild« benutzt. Nun war es fort! Ich war mir leider sehr sicher: Seither hatte ich nichts mehr eingetragen oder nachgeschlagen. Es war unwahrscheinlich, dass es oben in meiner Kammer lag, denn ich hatte meine Kleider, wie sonst auch, ordentlich an meinen Kleiderhaken gehängt. Wahrscheinlicher war, dass ich es verloren hatte. Entweder irgendwo unterwegs, möglicherweise bei Al da Rion, oder … und bei diesem Gedanken wurde mir ganz heiß und kalt … bei Sorion!

Es wäre nur dummes Wunschdenken, anzunehmen, dieser scharfsichtige Teufel käme nicht binnen kürzester Zeit dahinter, wie es zu lesen war. Und was für eine Katastrophe, wenn er es las: Dann wüsste er alles. Alle Tarnung wäre aufgeflogen. Womöglich war er der Leichendieb oder der Auftraggeber. Dann wären Dasal und ich gleichermaßen in höchster Lebensgefahr!

Ich schoss an Karal vorbei, als er mir gerade meinen Braten bringen wollte, und stürzte ohne ein Wort der Erklärung die Treppe hoch in meine Kammer. Schnell war klar: Dort war mein Büchlein nicht. Wieder hinunter, am kopfschüttelnden Karal vorbei, zur Tür hinaus und als Nächstes zu … Al da Rion! Das konnte ich am leichtesten überprüfen.

Halt! Langsam! Vor der Gasthaustür hatte mein Verstand endlich die Panik eingeholt. Es konnte sein, dass ich beschattet wurde. In diesem Fall musste ich den Verfolger unbedingt abschütteln. Bloß wie? Wie sollte ich das tun? Ich atmete tief durch und zwang mich zur Ruhe. Ich musste zuerst feststellen, ob ich verfolgt würde. Falls ich einen Verfolger hatte, würde ich mir etwas einfallen lassen, um ihn abzuschütteln. Wenn ich aber verfolgt wurde, dann vermutlich von Bilgram oder von Ranakis. In jedem Fall aber vermutlich nicht von Sorion selbst, sondern von gewöhnlichen Trampelfüßen. Die, da war ich zuversichtlich, würde ich schon mit etwas Glück und Geschick abschütteln können.

Wie konnte ich feststellen, ob mir jemand folgte? Ich musste beobachten, wer hinter mir ging. Und zwar ohne mich ständig umzudrehen. So würde ich nur auffallen und Verdacht erregen. Ich hatte schon eine Idee, wie ich das bewerkstelligen konnte, und lenkte meine Schritte in eine etwas belebtere Straße. Dort kam auch schon ratternd angerumpelt, was ich brauchte: ein Wagen, der etwa in meine Richtung fuhr. Ich ließ ihn vorbei und sprang von hinten auf die Ladefläche. Der Kutscher hatte nichts gemerkt und ich konnte in aller Ruhe mit baumelnden Beinen die Menge hinter mir betrachten. Sogar von einem leicht erhöhten Blickpunkt aus.

Viele der Gesichter verschwanden bald links, bald rechts in den Gassen, Läden und Hauseingängen, andere kamen hinzu. Einige blieben aber dieselben und begleiteten mich. Sie mochten einfach nur denselben Weg haben. Oder wollten sie mich beschatten? Nach einer Weile hatte der Wagen etwa die Höhe meines Zieles erreicht. Näher würde er mich Al da Rion nicht mehr bringen können. Ich sprang ab. An einem Stand in der Nähe tat ich so, als interessierten mich gegrillte Fleischspießchen. Ohne mich zu beachten, gingen die Passanten weiter, auch die, die den Wagen begleitet hatten.

Ich wartete eine Weile, dann drückte ich mich um eine Ecke und ging durch eine leere Gasse auf den Flusskai zu. Noch einmal um ein Eck, dann verbarg ich mich hinter einem Kistenstapel. Ich lauschte in die Gasse hinter mir. Niemand folgte mir. Ich wartete weiter ab und beobachtete. Der Kai lag menschenleer in der Dämmerung. Es waren nur ein paar Schritte bis zu der schmalen Planke, die auf das Schiff Al da Rions führte. Niemand war zu sehen. Der Flusskai lag verlassen und still da. Ich holte tief Atem. Los! Pfeilschnell und leise wie eine Katze flitzte ich hinüber. Rasch über die Planke hinaufgehuscht. Geschafft! Ich duckte mich hinter die Bordwand und spähte an einem Tau vorbei durch eine Öffnung nach draußen.

Noch immer war niemand zu sehen. Nichts rührte sich. Der Uferkai lag so still und verlassen da wie zuvor. Ich atmete auf. Mir war niemand gefolgt. Dann bemerkte ich den warmen goldenen Lichtschein, der durch das kleine Skylight schimmerte, durch das verglaste Fenster im Kabinendach. Dort unten saß Al da Rion im freundlichen Schein einer Lampe. Er saß am Tisch und las ein Buch. Ich brach in Tränen aus. Es war mein Büchlein.

# KAPITEL 21

*Neue Hoffnung, ein nützliches Geschenk und allerlei zu bedenken*

Als ich wieder aufhören konnte zu schluchzen, zeichnete sich ein großer, dunkler Fleck aus Rotz und Tränen auf Al da Rions Tunika ab. Er führte mich unter Deck und goss mir einen Becher Wein ein. Als ich ihn aus meinen verheulten Augen anblickte, sah ich, wie er schmunzelte.

»Du bizt eine kleine, raffinierte Lügnerin. Ich vermute, deine Freundin heißt Dasal und izt ein Bestatter, der seine Kunden verloren hat. Keine Angzt, Lupina! Dein Geheimnis ist bei mir sicher! Ich werd' dich nicht verraten.«

»Das habe ich auch nicht angenommen. Entschuldige bitte! Ich habe dich angelogen. Es war aber eine Notlüge, denn Dasal hat von mir absolutes Stillschweigen verlangt. Und dann waren plötzlich meine Notizen weg. Ich bin ja so froh, dass ich mein Büchlein bei dir verloren habe und nicht anderswo. Aber sag mal, wieso kannst du meine Runen lesen?«

Er grinste. »Das izt nur wieder ein wenig Wissen um die Eigenschaften der Dinge. Wenn du die Seiten durch diesen Kriztall betrachtest, treten die Zpuren deines Silberztiftes deutlich hervor.«

Er reichte mir ein hauchdünnes, hartes Plättchen, etwa drei Finger breit und doppelt so lang. Es sah aus wie eine Scherbe aus milchig trübem, rosafarbigem Glas. Ich hielt mir den »Kristall« vor ein Auge, kniff das andere zu und sah die Kabineneinrichtung zu unscharfen Schlieren und Schemen zerfließen. Dann legte ich das Plättchen auf eine Seite meines Buches. Die vorher beinahe unsichtbaren Runen des Stiftes wurden sofort deutlich. Sie schimmerten in feinem, rotgoldenem Glanz und verschwanden sofort, wenn ich die Scherbe wegzog.

»Man nennt diesen Kriztall *Silberquarz* oder *Wahrglas*. Du kannzt es behalten. Der Kriztall ist sehr hart und deshalb spröde. Gib also acht, dass er dir nicht zerbricht. Nimm dies dazu.«

Er reichte mir ein passendes Futteral aus sehr steifem Leder. Ich bedankte mich. »Hierin kannzt du ihn sicher aufbewahren.«

»Jetzt, da du dein Büchlein wiederhazt, solltezt du doch wieder lächeln können. Oder gibt es noch mehr, was dich bedrückt?«

Ich holte tief Luft. Nachdem er das Buch gelesen hatte, kannte er Dasals Geheimnis in groben Zügen. Ich konnte also nichts mehr verlieren, wenn ich ihn nun vollends ins Vertrauen zog. Vielleicht gewann ich so sogar einen wertvollen Helfer. In meiner verzweifelten Situation war ein Helfer unschätzbar. Wie tüchtig er war, hatte Al da Rion mir ja schon heute Morgen mit den überprüften Daten bewiesen.

Ich nahm einen großen Schluck Wein und begann zu erzählen. Von Dasals Toten, von Bilgrams Friedhofsraub und meinen Erkundigungen. Dann berichtete ich ihm von meinem Gespräch bei Sorion. Ich gestand in allen Einzelheiten meine Niederlage und verhehlte weder meine Befürchtungen noch meine Angst. Al da Rion hörte geduldig und aufmerksam zu. Er teilte meine Besorgnis, was Sorions Einfluss anging.

»Zumindest lässt er aber nicht jeden deiner Schritte überwachen!«

»Noch nicht! Vielleicht konnte er es nur noch nicht in die Wege leiten«, klagte ich. »Ich würde mich an seiner Stelle beschatten. Wenn er irgendetwas mit den verschwundenen Toten zu tun hat, dann werde ich ihm und seinen Ranakis auffallen, wenn ich jemanden besuche oder anspreche, der etwas mit dem Friedhof zu tun hat. Ich kann nicht zu Dasal oder Sarogo, nicht zu Punto und vermutlich noch nicht einmal zu Jaguris.«

»Ganz so schlimm izt es nicht!«, meinte Al da Rion. »Ich glaube kaum, dass Sorion dich dauernd von seinen Landsleuten beschatten läzt. Er würde einen guten Grund dafür erfinden müssen und er könnte kaum verhindern, dass darüber geredet wird. Nachdem er so sehr darauf bezteht, unbehelligt zu bleiben, wird er wohl kaum gerne Anlass zu Gerüchten geben. Etwas anderes aber sind Bilgram und Ghasol. Doch ihnen gegenüber bizt du im Vorteil, denn du kannzt sie erkennen. Das aber weiß Sorion nicht. Dennoch hazt du recht! Du wirzt von nun an sehr vorsichtig sein müssen, wenn du irgendwen auf Tote, Beztatter oder den Friedhof anzprichzt.«

Al da Rion schwieg eine Weile nachdenklich. Dann fragte er:»Jaguris und Sarogo hazt du inzwischen nicht mehr im Verdacht? Kann es nicht sein, dass Bilgram und Ghasol für die beiden arbeiten?«

»Das ergibt keinen rechten Sinn! Wenn sie Dasal schaden wollen, indem sie seine Toten klauen, dann lassen sie sich sehr viel Zeit! Und die beiden Mädchen passen überhaupt nicht mehr zu diesen Racheplänen!«

»Was Jaguris angeht, wäre ich mir gar nicht so sicher. Wenn es nicht mehr als eine Jaguris in Garbath gibt, izt sie nicht nur Leichenwäscherin. Soweit ich weiß, zteht sie armen Mädchen bei.«

Ich verstand. In einer Hafenstadt, in der Seeleute nach Vergnügen suchen, gibt es immer auch Missgeschicke, die junge Frauen einige Monate später in arge Nöte bringen können. Unter der Hand wurden Namen von verrufenen »Hebammen« und »Kräuterweibern« weitergereicht, die dafür sorgten, dass diese Missgeschicke ohne Folgen blieben. Gegen Bezahlung, das verstand sich. Und der Preis war hoch, denn natürlich verfolgten die Priester diese Praxis. Auf Abtreibung stand die Todesstrafe. Viele verkauften erfolgreich alberne Amulette oder eklige Salben aus den absonderlichsten Zutaten. Aber ein paar verstanden ihr Handwerk wohl tatsächlich.

»Woher weißt du, dass Jaguris eine dieser Helferinnen ist? Die Namen dieser Frauen gehen üblicherweise nur von Frauenmund zu Frauenohr. Das ist etwas, was keine Frau einem Mann erzählen würde!«

»Ich habe versucht, in dieser Ztadt mit einigen Salzen, Kräutern und Drogen zu handeln. Es izt aber sehr schwer. Es gibt eine lange Liste von Kräutern, die die Priezter verboten haben. Die Apotheker dürfen sie nicht führen. Man kann sie nur am Tempelgarten von Janavis oder in der Klozterapotheke erbitten. Hinter vorgehaltener Hand war ein Apotheker an einigen meiner Kräuter sehr interessiert. Andere waren ihm als Handelsgut zu gefährlich. Doch er nannte mir Jaguris und ein paar andere Kräuterweiber, die vielleicht Interesse hätten. Er meinte, ich könnte dort mein Glück versuchen. Eines der Salze hat, soweit ich es weiß, nur einen einzigen Verwendungszweck. Es wird …«

»… von Helferinnen benutzt«, vollendete ich den Gedankengang.

Wenn Jaguris eine dieser Kräuterfrauen war, konnte ich mich tatsächlich mit meinem vorgeschützten Interesse an allen Spielarten der Heilkunst nähern. Ich sah einen Hoffnungsstrahl schimmern.

»Ich denke, Jaguris kannzt du dich nähern, ohne dass es Sorion auffällt. Während du dieser Zpur nachgehst, schläfern wir Sorions Verdacht ein. Doch das allein izt nicht genug. Du brauchzt natürlich mehr Zpielraum. Du muzt dich wieder bewegen können, ohne dass Sorion dich die ganze Zeit argwöhnisch beobachtet. Wir sollten dafür sorgen, dass Sorion beschäftigt ist. Viel zu beschäftigt, sich um einen neugierigen Halbling zu kümmern. Und am bezten seine ganzen Ranakis auch!«

»Wie willst du das anstellen?

»Ich habe da eine Idee! Wenn es klappt, wird Sorion in drei oder vier Tagen so viel zu tun haben, dass er an dich keinen Gedanken verschwenden wird, wenn du ihm nicht gerade auf die Zehen trittzt. Komm morgen Nachmittag wieder. Dann sehen wir vielleicht schon die erzten Erfolge! Und sei vorsichtig.«

Für den Rückweg ließ ich mir Zeit und überzeugte mich davon, dass ich noch immer keinen Beschatter hatte. Als ich wieder im »Alten Schild« ankam, sah ich durch die Küchentür Karal emsig hantieren. In der Gaststube waren viele Tische besetzt. Es ging hoch her. Von Karals jungem

Seemann war nichts zu sehen. Mein erster Weg führte mich nach oben, wo ich mich frisch machte.

Als ich wieder nach unten kam, war mein Stammplatz belegt. Also nahm ich Platz am Tisch neben der Küchentür. Zu meiner Überraschung stand Karals Schatz hinter der Theke, zapfte fröhlich Bier und trug es zu den durstigen Gästen. Auf dem Rückweg kam er bei mir vorbei und stellte sich vor: »Hallo, ich bin Spirek. Du musst wohl Lu sein. Karal hat mir von dir erzählt. Ich arbeite nun hier. Da werden wir uns wohl öfter sehen.«

Seine Stimme war warm und freundlich. Er schien ein netter Bursche zu sein. Ich reichte ihm die Hand. »Ich bin Lupina, aber sag ruhig Lu. Schön, dich kennenzulernen, Spirek.«

Irgendwo in der Gaststube wurde laut nach Bier gerufen und Spirek eilte fort. Ich sah, dass er flink war, jedoch nicht hektisch. Er bewegte sich mit ruhiger Geschmeidigkeit zügig zwischen den Zechern. Von seinen anderen Vorzügen abgesehen, war er als fixe und freundliche Bedienung sicher ein Gewinn für Karal und sein Lokal.

Ein paar Minuten später saß ich vor einem Becher mit dampfendem Würzwein und einem großen Teller mit Rouladen aus Schweinefleisch. Sie waren lecker, gefüllt mit gedörrten Pflaumen und Sauerkraut. Dazu gab es reichlich feine Soße und leckeres Brot. Zum ersten Mal seit vielen Stunden begann sich wieder so etwas wie Wohlbehagen in mir auszubreiten. Einen weiteren Becher dieses Zaubertranks nahm ich mit auf mein Zimmer. Dort trug ich im Schein einer Kerze die Neuigkeiten über Jaguris in mein Notizbuch ein.

Sorion erhielt in meinem Büchlein eine völlig neue Seite. Ich notierte meine Eindrücke und zerbrach mir den Kopf, wie Al da Rion ihn täuschen und beschäftigen wollte. Wie ich nun an Al da Rion dachte, beschlich mich ein ungutes Gefühl. Ich war nicht wirklich unzufrieden. Al da Rions Hilfe war mir wahrhaft willkommen. Doch es war meine Nachforschung, mein Auftrag. Meiner! Ich hatte ihn eingeweiht und zugelassen, dass er mir half. Doch nun unternahm er irgendetwas und ich hatte nicht die geringste Ahnung, was er vorhatte.

So durfte unsere Zusammenarbeit nicht aussehen. Dieser Auftrag war mein Auftrag und das musste er auch bleiben. Ich war nicht von zu Hause geflohen, um mich hier in der Fremde wieder bevormunden und gängeln zu lassen. Ich brauchte keinen Mann, der für mich Entscheidungen traf. Das durften schon damals weder mein Vater noch mein Bruder und meinem Liebhaber würde ich es schon gar nicht gestatten. Auch nicht aus Gefälligkeit oder Fürsorge. Aus Fürsorge schon gar nicht. Ich musste rasch klarstellen, dass ich es war, die in dieser Unternehmung die Entscheidungen traf.

Ich hatte mich heute von den Ereignissen einfach überfahren lassen. Das sollte mir nicht noch einmal geschehen. Ich würde morgen seinen Unternehmungsgeist etwas bremsen müssen. Al da Rion hatte es sicher gut gemeint. Es war aber auch für mich durchaus nicht ungefährlich, wenn er irgendetwas Unbedachtes unternahm, was Sorion beunruhigen könnte. Ich konnte nur zu meinen Göttern beten, dass er diesen Mann nicht unterschätzen würde. Immerhin hatte sein Alleingang Ergebnisse gebracht:

Jaguris war eines *dieser* Kräuterweiber? Das war eine sehr interessante Neuigkeit. Sie klang nicht unwahrscheinlich.

Alte Frauen, die von keiner Familie unterstützt wurden, hatten nur wenig Möglichkeiten, ihr Brot zu verdienen. Viele traten als Kupplerin auf, sofern sie noch eine Tochter hatten oder zumindest ein Mädchen beherbergten, das ihnen nicht entfliehen konnte. Einige betätigten sich als Hebammen, im Vertrauen darauf, dass der natürliche Ablauf des Geschehens ihnen in die meist ungewaschenen Hände spielte. Doch wer würde Jaguris wohl von einer Leichenwaschung ans Kindbett rufen? Leichenwaschen war eine weitere Möglichkeit, Geld zu verdienen. Doch der Lohn war sicher höher, wenn man verzweifelten Mädchen seine Dienste anbot. Das Mischen von ein paar Tees und der Verkauf von Küchenkräutern dienten einigen Vetteln als Deckmantel für die Dienste, mit denen sie das Unglück derer minderten, die mit einem Kind nicht nur Schande, sondern Not, Hunger und Tod zu erwarten hatten.

Die Not der Mädchen und jungen Frauen, die vor der Wahl zwischen Abtreibung und Tod in Elend und Schande standen, musste auch die Kräuterweiber berühren. Vermutlich gingen bei ihnen Gewinnsucht und Mitleid Hand in Hand. Über das Mitleid mit den armen Mädchen und vielleicht mit einer Anspielung auf Jaása, die im Kindbett gestorben war, sollte ich mit Jaguris ins Gespräch kommen können. Schließlich war ich eine Frau, wenn auch eine kleine. Ich hoffte, dass es bei allem, was uns trennte, doch ein Band zwischen uns gab. Als Frauen – egal wie lang oder kurz wir auch sein mochten.

Mit diesen Gedanken ging ich schließlich zu Bett. Ich wollte ein gutes Weilchen schlafen, bevor Karal hinter der dünnen Bretterwand wieder begann, lautstark mit Spirek die Haltbarkeit seiner Bettstatt zu prüfen.

# KAPITEL 22

*Eine akkurate Fleißaufgabe, Bericht bisheriger Taten und feste Spielregeln*

Ausgeruht und frisch erwachte ich erst spät am nächsten Morgen. Als ich nach unten kam, war Karal auf dem Markt, um einzukaufen. Statt seiner versorgte mich Spirek mit einem Frühstück aus Brot, Quark, kaltem Braten, grünen Zwiebeln und Milch. Da er sonst nichts weiter zu tun fand, setzte er sich zu mir und wir plauderten ein wenig.

Ich konnte Karal verstehen, dass er einen Narren an diesem Bengel gefressen hatte. Er verstand es ausgezeichnet, spannend von seinen Seereisen zu erzählen. Dabei wirkte er aber nie prahlerisch. Er war einfach liebenswürdig, aufgeweckt und charmant, und er hatte einen wahnsinnig knackigen Po.

So verging allmählich der Vormittag. Als ich wieder in meinem Zimmer war, um mich für meinen Besuch bei Al da Rion fertigzumachen, fiel mein Blick auf das Pergament, das Sorion mir gestern gegeben hatte. Bisher war ich nicht dazu gekommen, auch nur einen Blick darauf zu werfen. Das wollte ich nun nachholen.

Ich war überrascht, welche Mühe Sorion sich gemacht hatte. Er schrieb sehr klein mit regelmäßigen, steilen Runen, glasklar und sehr leserlich. Er hatte offensichtlich einige Mühe und Zeit auf dieses Schriftstück verwandt, denn es war übersichtlich gegliedert, wirkte wohldurchdacht und füllte immerhin fünf sehr lange Spalten.

Zunächst stellte er fest, dass man zum Aufbau eines organisierten Arztwesens anfangs wohl mit Geld einige gute und erfahrene Heiler kommen lassen müsse. Von ihnen sollte dann jeder mindestens einen weiteren Heiler, drei oder vier Pfleger und einen Apotheker in die Lehre nehmen und ausbilden.

Die jungen Heiler sollten den erfahrenen Ärzten assistieren und erste eigene Erfahrungen unter den Augen des Meisters sammeln. Die Pfleger sollten bei allem helfen. Doch könnten sie auch bei Seuchen ausgesandt werden, um ganze Familien oder gar Gemeinden nach den Anweisungen der Heiler zu versorgen, wo immer diese nicht selbst sein könnten. Die Apotheker sollten dafür Sorge tragen, dass überall stets genügend Heilkräuter bevorratet waren.

Nun führte er in einer Art Ausbildungskatalog auf, was seiner Meinung nach den jungen Heilern beizubringen sei. Es war eine außerordentlich umfangreiche Auflistung, die mehr als drei Spalten umfasste. Ich las diesen sehr langen Abschnitt sehr aufmerksam und mehrmals durch. Doch nichts wies darauf hin, dass Leichen untersucht werden sollten. Hierüber fand sich kein einziges Wort, noch nicht einmal eine Andeutung.

Der nächste Abschnitt führte auf, was man die Pfleger alles lehren sollte. Doch diese Ausführungen brachen unvermittelt ab. An diesem Punkt der Arbeit war Sorion anscheinend meinem Täuschungsmanöver auf die Schliche gekommen.

Es gab keinen Hinweis auf ein besonderes Interesse an Toten, auch nicht zu Studienzwecken. Andererseits: Wie wahrscheinlich war es wohl, dass dieser scharfsichtige Bastard eine lästerliche Untersuchung an Leichen empfehlen würde, noch dazu schriftlich? Wenn das den Priesterheilern unter die Augen käme, wäre ihm eine Anklage sicher. Die Heiler warteten doch sicher schon darauf, ihm, einem Konkurrenten, so etwas anhängen zu können. Ich musste zugeben, dass ein solcher Fehler angesichts Sorions Scharfsinn mehr als unwahrscheinlich gewesen wäre.

Ich zog mich um. Da mein blaues Lederkleid Sorion und den Ranakis bekannt war, wählte ich einen langen, grünen

Rock und eine graue Jacke. Dann steckte ich mein Haar hoch und band mir ein Kopftuch um. Zur Sicherheit packte ich noch einige Streifen Leinen und zwei Handvoll Distelwolle in meine Tasche, dann brach ich auf.

Draußen regnete es und nur wenige Leute waren auf den Straßen unterwegs. Ich war recht sicher, dass niemand mir folgte. Um trotzdem sicherzugehen, kehrte ich in der Nähe des Hafens in einer Kaschemme ein. Es war kaum Betrieb und ich wählte einen Platz an einem der trüben Fenster. Ein paar rotnasige Trampelfüße sprachen an der Theke über die neuen Pläne zur Befreiung Ranaks. Angeblich wollten einige der Ratsherren insgeheim den Aufbau einer starken Befreiungsarmee finanzieren. Ich hörte kaum zu, sondern achtete auf die Tür und die Straße davor. Niemand kam mir nach. Kaum, dass ich mein Bier bezahlt hatte, verließ ich das Lokal durch den hinteren Ausgang. Nachdem ich in einem leeren Lagerschuppen am Kai erneut auf einen Verfolger gelauert hatte, zum Glück vergeblich, ging ich auf Al da Rions Schiff.

Mir war kalt und ich war durchnässt. Als Al da Rion mir etwas zum Aufwärmen anbot, nahm ich dankbar an. Ein paar Minuten später, während wir einen heißen Tee schlürften, erklärte er mir, dass das Ablenkungsmanöver für Sorion wohl schon ins Rollen gekommen war.

Keineswegs ungern berichte er, dass er gestern noch Sirikal aufgesucht hatte. Sirikal war ein Kaufmann, der mit Geschirren und Lederzeug handelte. Das wusste ich, doch darüber hinaus war mir der Mann unbekannt.

»Ich habe ihm vor einiger Zeit einige sehr schöne Sammelztücke verkauft. Objekte, die die Priezter wohl kaum so sehr entzücken würden wie Sirikal. Es waren Bronzeztatuetten der Göttin Lambaghi und ihres Elefanten, die er sehr …«, er grinste anzüglich und zwinkerte, »… exotisch fand. Als ich ihn geztern aufsuchte, war er sehr freundlich und hörte mich an. Ich schlug ihm vor, exklusiv für ihn das zähe Büffelleder aus Galagua zu holen, das er brauchen wird, um die geplante Befreiungsarmee für Ranak ausrüzten zu können. Er müsse mir nur einen Kredit geben, um mein Schiff wieder flottzumachen und eine neue Mannschaft anzuheuern. Er wunderte sich und sagte, dass er von einer Befreiungsarmee noch gar nichts wüzte. Ich schürte vorsichtig seinen Argwohn und brachte ihn so dahin, dass er nun felsenfezt annimmt, die anderen Handelshäuser wollten ihn bei diesem Geschäft herausdrängen.«

Er grinste von Ohr zu Ohr wie ein Lausbub. »Im Süden sagt man: ›Willzt du Nachrichten schnell verbreiten, nenne sie Geheimnis.‹ Ich halte Sirikals Indizkretion für absolut zuverlässig. Bis zu meinem Gezpräch mit Sirikal gab es keinen Plan für eine neue Armee zur Rückeroberung Ranaks. Doch da Sirikal glaubt, jemand wolle verhindern, dass er an der Ausrüztung der Armee mitverdient, wird er nicht ruhen, bis er weiß, wer die geheimen Pläne zu dieser Armee schmiedet. So wird er bald die ganze Ztadt davon benachrichtigen. Mit etwas Glück wird er sogar beginnen, dafür Geld zu sammeln, wenn er nur hoffen kann, ein fettes Geschäft zu machen.

Danach habe ich noch einen geschwätzigen Wirt und einen betrunkenen Schmied mit dem Gerücht beunruhigt. Der Schmied fürchtet jetzt zteigende Eisenpreise und hofft auf gute Aufträge. Hin- und hergerissen zwischen Sorge und Hoffnung beläztigte er gestern jeden mit seinem Problem. Und der Wirt wird es ohnehin jedermann berichten. So wird Sirikals Verdacht auch genügend Nährboden haben.«

»Erst heute Morgen habe ich mit halbem Ohr etwas von einer neuen Armee für Ranak aufgeschnappt. Das war also dein Werk?«

»So scheint es. Und nun läuft das Gerücht in der Stadt um. Es wird sicherlich für Aufregung und Hoffnung unter den Ranakis sorgen. Wenn Sorion davon hört, wird er wohl versuchen, darauf hinzuwirken, dass diese Armee mehr bewirken kann, als nur die Taschen der Kaufleute zu füllen. Die letzten beiden Aushebungen waren, nach allem, was man hört, nur ein Vorwand für eine Sonderzteuer und ein gutes Geschäft. Die Möglichkeit, solch ein Fiazko diesmal zu verhindern, sollte Sorion beschäftigt halten und von dir ablenken.«

Ich war begeistert. Al da Rions Plan würde diesen Patrioten bestimmt auf Trab bringen. Schon bald würde ich mich wieder deutlich freier bewegen können. Mir fiel ein Stein vom Herzen. Ich dankte Al da Rion überschwänglich.

»Was wollen wir nun unternehmen?«, fragte Al da Rion.

»Zunächst klären wir am besten, wie wir zusammenarbeiten werden. Ich habe von Dasal diesen Auftrag erhalten. Es ist meine Untersuchung. Ich bin natürlich für deine Hilfe sehr dankbar und werde meine Belohnung sicherlich mit dir teilen. Aber es ist mein Auftrag und darum bestimme ich die Spielregeln!«

Mir klopfte das Herz wild in der Brust. Das heikle Thema war angeschnitten, es gab nun kein Zurück mehr. Al da Rion sah mich erstaunt an. Offensichtlich wusste er nicht genau, worauf ich hinauswollte. Ich wurde deutlicher.

»Als du gestern losgestürmt bist, um Sorion abzulenken, hatte ich keine Ahnung, was du unternehmen wolltest. So etwas sollte nicht noch mal geschehen. Dein Plan war hervorragend, ich bin begeistert! Nur hätte ich gerne vorher etwas davon erfahren. In Zukunft gibt es keine solchen Alleingänge mehr. Ich werde dir sagen, was ich vorhabe, und du wirst mir sagen, was du vorhast. Noch etwas: Dasal wird von deiner Mithilfe besser nichts erfahren. Zumindest jetzt noch nicht. Ich glaube kaum, dass er möchte, dass ich mit irgendjemandem sein Geheimnis teile.«

»Wie ztellzt du dir die Zusammenarbeit vor? Soll ich dich jedes Mal fragen, wenn ich eine Idee habe? Bin ich von nun an so etwas wie dein Laufbursche?«

»Nein! Ich will keinen Laufburschen. Ich will einen Partner! Diese Nachforschung ist ein Geschäft. Wenn es uns gelingt herauszufinden, wer der Dieb ist, winkt uns eine Belohnung von drei Goldkronen.«

Er war verblüfft über die Höhe der Belohnung und pfiff leise durch die Zähne.

Erleichtert, dass das Gespräch bis hierher so gut gelaufen war, holte ich tief Atem und fuhr fort: »Es ist ein Geschäft und ich habe es an Land gezogen. Ich habe Dasal dazu gebracht, mir zu vertrauen. Das war gar nicht so einfach! Ich habe die ganze Vorarbeit geleistet. Es war mein Geschäft und es bleibt mein Geschäft. Ich will deshalb zwei der drei Goldkronen.

Ich möchte dich gerne an diesem Geschäft beteiligen. Als einen Partner mit einem drittel Anteil! Als einen Partner, der eigene Ideen hat und sie selbstständig verfolgt. Als einen gleichwertigen Partner, der seine Gedanken mit mir teilt und sich mit mir berät. Wir müssen uns gegenseitig auf dem Laufenden halten und uns aufeinander abstimmen. Sonst behindern wir uns, wo wir einander helfen könnten. Wenn wir Entscheidungen treffen müssen, sollten wir sie gemeinsam treffen.«

»Und wenn wir verschiedener Meinung sind?«

»Dann werden wir uns streiten, bis einer überzeugt ist. Doch letztendlich ist es mein Fall.«

»Gut! Es izt dein Fall. Du bizt der Kapitän!« Er grinste. Und ich war froh, dass er die Regelung unseres Zusammenarbeitens so gut aufgenommen hatte. Ich hatte schon Angst gehabt, er würde den Beleidigten spielen und sich zurückziehen.

»Mein Kapitän, wenn es dir recht izt, werde ich in der Ztadt einige Kinkerlitzchen verkaufen und schauen, ob ich herausbekomme, wo Jaguris wohnt. Vielleicht kann ich ihr sogar einige Kräuter verkaufen.«

Ich war einverstanden. Wir verabredeten uns für den Abend im »Alten Schild«. Während ich nach Hause ging, fragte ich mich, womit ich Al da Rions Hilfe bei der Suche nach den verschwundenen Leichen gewonnen hatte. War es der Reiz des Rätsellösens oder waren es meine Reize?

Vielleicht auch nur der Anreiz der Goldkrone?

# KAPITEL 23

*Eine Adresse, fruchtloses Grübeln und eine bemerkenswerte Frau*

Die Vormittagssonne schien auf die alten, in verwinkelter Unordnung stehenden Fachwerkhäuser, die die Straße zum Nordtor säumten. Nur zwei Ecken weiter wohnte die alte Jaguris. Die Adresse hatte Al da Rion herausgefunden, wie er mir noch gestern Abend erzählt hatte, doch mehr hatte er nicht in Erfahrung bringen können. Er hatte sich bei seinem Versuch, ihr Kräuter zu verkaufen, eine harte Abfuhr eingehandelt. Seinem Bericht zufolge war er sehr kurz und barsch abgewiesen worden, noch ehe er sein Anliegen ganz vorgetragen hatte. Er schilderte Jaguris als eine kleine, bösartige Frau mit giftiger Zunge und Oberlippenbart. Ich hoffte, etwas mehr Glück bei ihr zu haben. Von Frau zu Frau sollte man doch irgendwie ins Gespräch kommen können.

Ich selbst war gestern Nachmittag mehr oder weniger untätig gewesen. Dasal, Punto, Sarogo, Bilgram … was immer mir Sinnvolles einfiel, ich hatte stets Angst, Sorions Misstrauen zu erregen, solange ich nicht wusste, welche Verbindungen bestanden.

Stattdessen saß ich den ganzen Nachmittag vor meinem Fenster. Wieder und wieder las ich meine Aufzeichnungen. Je länger ich darüber nachdachte, umso verwirrter wurde ich. Es wollte nicht recht zusammenpassen:

Da waren Dasals Tote auf der einen Seite: Männer, erwachsen und erst kürzlich verstorben. Auf der anderen Seite standen die beiden Mädchen, die schon so lange tot waren. Frische Erdgräber einerseits, ein alter Sarkophag andererseits. Der Täter sollte ein Mann sein, laut Punto so stark wie ein Ochse, und dann ertappte ich auf frischer Tat Bilgram, der nicht gerade hünenhaft wirkte. Ghasol, der Fuhrmann, war Bilgrams Komplize. Der zumindest hatte ein breites Kreuz. Es war wie ein Legespiel, das kleine Kinder spielten. Noch wollte das ganze Bild sich so nicht recht zusammenfügen. Mir fehlten noch die Verbindungen und, so vermutete ich, auch das eine oder andere Teil.

Später aß ich mit Al da Rion im »Alten Schild« zu Abend. Die Adresse von Jaguris war alles, was wir an diesem Tag herausgefunden hatten. Ein wenig mutiger mussten wir bei aller Vorsicht schon werden. Wir beschlossen, dass ich mein Glück bei Jaguris versuchen sollte, während er einmal Sarogo vorsichtig auf den Zahn fühlen würde.

Nun also saß ich in der Vormittagssonne auf einer niedrigen Brunnenmauer nahe am Nordtor. Während ich mir aufs Angenehmste den Buckel wärmen ließ, verzehrte ich einen Faustweck, den ich mir an einem Stand besorgt hatte, und beobachtete die Menge. Die Trampelfüße eilten vorbei. Sie kamen und gingen ihres Weges. Keiner schien Zeit zu haben oder zollte mir Aufmerksamkeit. Zu meiner Überraschung hielt Sorion es tatsächlich nicht für nötig, mich verfolgen lassen. Mir konnte das nur recht sein.

Als ich mit meinem Imbiss fertig war, klopfte ich die Krümel vom Rock. Dann bog ich in die Gasse, in der Jaguris' Haus sein musste. Al da Rion hatte es mir so gut beschrieben, ich konnte mich kaum irren. Hinter der Ecke lag eine kurze Sackgasse. Ich folgte ihr bis zum Ende und blickte mich um. Niemand war hinter mir zu sehen. Ich war unbeobachtet. Dennoch tat ich so, als müsse ich mich erst zurechtfinden. Als der Zugang zur Gasse aber unverändert ruhig dalag, trat ich an das heruntergekommene Haus mit den grünen Fensterläden. Es brauchte dringend einen neuen Anstrich. Ich klopfte.

Es war ein altes Fachwerkhaus, schmalbrüstig und schon mehr als nur ein wenig vernachlässigt. An einigen Stellen war der Putz zwischen den Balken abgefallen und zeigte die geflochtenen Weidenzweige, die zusammen mit Lehm die Wände bildeten.

Die Tür öffnete sich und eine alte, mürrische Frau blickte auf mich herab: »Ja?«

»Bist du Jaguris?«

»Was willst du?«

Die Stimme klang unangenehm schneidend und hatte etwas Schnarrendes.

»Ich habe gehört, du handelst mit Kräutern. Ich brauche Wolldistelsamen und noch das eine oder andere.«

Ihr Kopf ruckte vor und ich wurde scharf gemustert. »Komm rein!«

Die Tür öffnete sich und ich wurde eingelassen. Jaguris war hager und ging gebückt. So wirkte sie kleiner, als sie tatsächlich war. Doch einst musste sie eine hoch aufragende Frau gewesen sein. Sie roch nach Schweiß, muffigem Bett und gedünstetem Kohl. Ihre Kleider waren irgendwann einmal von guter Qualität gewesen. Doch nun waren sie zu einem Altersgrau verwaschen, fadenscheinig und nicht viel mehr als Lumpen, an mehr als nur einer Stelle lieblos geflickt. Man musste Angst haben, sie erneut zu waschen, denn jede weitere Behandlung mit dem Waschbrett könnte nicht nur dem Schmutz den Garaus machen, sondern auch dem Gewebe.

Die Alte öffnete in dem dunklen Flur eine weitere Tür und führte mich in eine stickige Stube. In der Ecke neben dem einzigen Fenster stand eine Eckbank mit einem quadratischen Tisch, auf dem einige Tonkrüge und drei Teekannen standen, alle schmuddelig und fleckig von angetrockneten Tropfen und Rinnsalen. Überall in der Stube waren Zeugnisse der Frömmigkeit Jaguris' zu finden: an der Wand ein vertrocknetes Veris-Sträußchen aus den ersten Frühlingsblumen, umwunden mit einem farbigen Band, eine kleine Tonstatuette von Wimlo auf einer Kommode, das Segen spendende, verschnörkelte Bravismonogramm über der Tür und noch allerlei mehr. An den Wänden standen drei große Truhen, von denen Jaguris inzwischen eine öffnete und durchwühlte.

»Distelwolle, hast du gesagt?«, klang es dumpf aus der Tiefe des Möbels, das mit allerlei Tuchbeuteln und Bündeln gefüllt zu sein schien. »Wie hast du mich eigentlich gefunden? Ich verkaufe nicht auf dem Markt, sondern nur an einige Frauen, die ich kenne. Und dich kenne ich nicht!«

»Ich habe an einem Gemüsestand unweit vom Bärenturm nach Wolldistelsamen gefragt. Die Frau muss dich wohl gekannt haben. So eine nette Dicke.«

»Mit einer Warze?«

Ja oder nein? Das konnte eine Falle sein! Keinen Fehler machen! Bloß nicht schon wieder entlarvt werden! Die Blamage vor Sorion hat mir genügt. Warze – ja oder nein?

»Ist mir nicht aufgefallen! Aber sie hatte wunderbare Wurzeln und Rüben.«

»Das war wahrscheinlich Risis. Die ist in Ordnung. Und ihre Wurzeln sind wirklich gut. – Ah, da ist der Beutel.«

Sie tauchte wieder auf, schlurfte zum Tisch und kramte in einer Schublade nach einer Balkenwaage. Es war Zeit, etwas zu unternehmen, sonst war das Geschäft zu schnell beendet und ich hatte nichts Bedeutsames erfahren. Der immer noch geöffneten Truhe entstieg ein die Sinne benebelnder Duft, der sich wohl aus den verschiedensten Heil- und Küchenkräutern zusammensetzte.

Ich seufzte: »So roch es immer bei meiner Großmutter!«

Ein scharfer Blick flog zu mir herüber.

»Sie sammelte Kräuter, früher ..., bei uns zu Hause ..., in den Rotsteinbergen. Oft kamen Halblinge aus der Umgebung, um sich bei Krankheiten Rat von ihr zu holen. Sie hat vielen geholfen. Doch ihr konnte keiner helfen. Sie starb an der Pest, vor ein paar Jahren.«

»Soso. Wie viel brauchst du denn?«

»Etwa drei oder vier Lot, bitte.« Es war offensichtlich: Sie wollte nicht plaudern. Verzweifelt fuhr ich fort: »Ich wusch sie und richtete sie her. Zur Beerdigung. Sie hatte so vielen geholfen, in Krankheiten und Not, aber auch bei der Zurichtung nach dem Tode, doch ihr half niemand, nur ich, und ich war damals noch so jung.«

Ruckartig wandte sich Jaguris mir zu und sah mich wieder scharf an. »Brauchst du noch etwas? Du wolltest doch noch was haben.«

»Etwas gegen Frauenschmerzen.«

»Einen Tee?«

»Hast du nichts zum Umhängen? Es heißt doch, eine Wurzel von …«

»So ein Quatsch!«, unterbrach sie mich barsch. »Du solltest nicht so viel auf dummes Gerede hören! Diese ganzen Anhänger und was es noch alles geben mag – alles Unfug! Die helfen nicht mehr als ein Elfenschiss! Ich gebe dir einen Tee. Der ist zwar kein Wundermittel, aber er hilft.«

Sie reckte sich ächzend und nahm von einem Wandbord eine irdene Schüssel, die sie auf den Tisch stellte. Dann öffnete sie eine weitere Truhe und nahm nach kurzem Stöbern fünf Beutel heraus. Sie warf von den Zutaten je ein oder zwei Hände voll in die Schüssel, dann holte sie noch ein kleines Kästchen, fügte daraus mit einem schmutzigen Löffel eine abgemessene Portion weißen Pulvers hinzu und mengte alles durch. Während sie alle Zutaten abmaß und mischte, summte und brummte sie die ganze Zeit eine unverständliche Beschwörungsformel, die jegliche Unterhaltung unmöglich machte. Dann gab sie mir einen neuen Leinenbeutel und raunzte: »Da kannst du den Tee reintun«, während sie die Zutaten wieder verstaute.

Ich hatte noch keine drei Hände voll in den Beutel gestopft, da nahm sie ihn mir aus der Hand.

»So doch nicht! Da fällt ja alles daneben.«

Geschickt füllte sie nun den Beutel, indem sie ihn halb über die Schüssel zog und diese hinein leerte. Dann gab sie ihn mir, zusammen mit der Distelwolle.

»Fünf Löffel in einem kleinen Topf eine halbe Stunde sieden. Es ergibt etwa eine Tasse.«

»Danke. Es ist gut, sich an eine Frau zu wenden mit so was. Früher bin ich immer zu meiner Großmutter gegangen.«

Jaguris grummelte leise. Konnte ich hier durch vorsichtiges Weiterbohren etwas erfahren? Ich wollte es zumindest versuchen. Mal sehen, wie sie zu den Heilern stand. Oder zu Sorion.

»Meine Großmutter sagte immer, sie wolle mir eines Tages alles beibringen. Später einmal, wenn ich größer wäre. Doch dann starb sie. Es kam nie mehr dazu. Als ich dann diese Krämpfe bekam, dort unten, du weißt schon …«, jammerte ich und wurde von einem verstehenden Blick der

Alten getroffen, »... da hat man mich in das Haus der Heiler geschickt. Aber ich habe Angst vor ihnen. Diese Heiler sind ja alle Männer und noch dazu Priester. Die wollte ich nicht fragen ... und dieser andere Arzt, dieser Sorion, der soll ja so teuer sein!«

»Pffft! Dieser neumodische gelackte Kerl! Es heißt zwar, er soll sein Geschäft verstehen, aber er ist ein Sünder! Er ehrt nicht die Götter und ohne ihren Segen gibt es keine Heilung! Außerdem soll er saumäßig teuer sein! Lass ruhig die Reichen ihr schweres Geld zu ihm tragen! Sie haben genug davon und es verführt sie nur zu sündhaftem und eitlem Leben! Zu den Heilern kannst du ruhig gehen. Sie verstehen nicht nur ihr Handwerk, sie beten auch für deine Genesung. Was davon mehr hilft, wissen die seligen Götter allein! Allerdings, da hast du schon recht: Auch sie sind nur Männer und was wissen die schon von unsren Plagen! Kräuter, Samen und Tees, die uns helfen, kannst du auch von mir bekommen. – Willst du noch was? Ich hab nicht ewig Zeit.«

Mir wollte auf Anhieb nichts Sinnvolles mehr einfallen, was ich noch bei ihr erstehen konnte. Der Blick, der auf mir ruhte, ließ keinen Zweifel daran aufkommen, wie wenig willkommen ihr ein Pläuschchen mit mir war. Jaguris war so spröde und unzugänglich, dass ich es für heute gut sein lassen wollte. Ich lehnte artig ab.

Sie kniff die Augen zu und rechnete leise unter Zuhilfenahme der Finger. Aus halb geschlossenen Lidern sah sie mich scharf an und meinte: »Sieben Heller.«

»Vier Heller! Das ist mehr als angemessen!«

»Das weiße Pulver war Gallsalz! Weißt du, was Gallsalz heutzutage kostet? Sechs Heller.«

»Die Brombeerblätter im Tee waren überaltert! Fünf Heller ist genug!«

»Im Tee sind keine Brombeerblätter. Es sind Himbeerblätter! Die sind zwar vom letzten Jahr, aber sie sind noch völlig in Ordnung. Fünf Heller, drei Kreuzer.«

Ich akzeptierte und ein kleines, warmes Lächeln huschte um den harten, dünnlippigen Mund der Alten. Was meine rührselige Geschichte nicht geschafft hatte, war mir anscheinend durch das Feilschen geglückt. Offenbar hatte ich ihre Anerkennung gewonnen. Sie zwinkerte mir zu und geleitete mich zur Tür. Bevor sie sie öffnete, hielt sie mich an der Schulter fest.

»Ich weiß schon, was du bei mir wolltest. Weshalb du mir all den Schmus von deiner Großmutter erzählt hast. Wolltest wohl mein altes Herz erweichen. Du suchst wohl Arbeit und willst, dass ich dich in die Lehre nehme. Ich habe aber nichts zu verschenken. Ich bin eine alte, hart arbeitende Frau und nicht mit Reichtum gesegnet. Bei den Kräutern ist im Moment nicht viel zu tun. Außerdem: Was fange ich wohl an mit einer Hilfe, die ein albernes Amulett einem vernünftigen Tee vorzieht und die teure Distelwolle kauft, statt Weibsschwamm. Entweder hast du mehr Angst um dein zartes Döschen als eine Prinzessin oder du hast wohl nicht viel Ahnung von Kräutern. Weibsschwamm, wenn er richtig getrocknet und zerpflückt ist, ist genauso gut wie Wolldistelsamen, aber er kostet nur ein Drittel. Im Kräutergeschäft kann ich dich also nicht brauchen. Aber wenn du nicht zimperlich bist, mir nicht zu oft widersprichst und zupacken kannst, könnte ich dich vielleicht beim Leichenrichten brauchen. Ich habe nur im Augenblick keinen Auftrag. Aber ich kenne Häuser, wo Leute auf den Tod liegen. Da könnte sich etwas ergeben. Frag in ein paar Tagen noch einmal nach!«

Mit diesen Worten öffnete sie die Tür und ich stand auf der Straße. Ich ging langsam und Umwege machend zu Al da Rions Schiff. Während ich mich davon überzeugte, dass sich niemand an meine Fersen geheftet hatte, dachte ich nach.

Das Gespräch war letzten Endes besser gelaufen als befürchtet. Jaguris war hart und kaum liebenswürdig. Dennoch mochte ich ihre spröde Art irgendwie, auch wenn geschehen war, was ich schon lange insgeheim befürchtet hatte: Die Alte hatte mir angeboten, ihr bei ihren Diensten an den Toten zu helfen. Das war zwar eine hervorragende Möglichkeit, sie auszuhorchen, doch es grauste mir ein wenig davor. Aber selbst wenn ich die Arbeit ablehnte, konnte ich zumindest noch einmal wiederkommen und ein Gespräch mit ihr führen.

Was würde ich wohl machen, wenn ich Dasals Problem gelöst hatte? Jaguris hatte mir ein Angebot gemacht – eine ehrliche Arbeit. Noch letzte Woche wäre ich wohl kaum so wählerisch gewesen und dankbar wiedergekommen. Aber das war damals.

Jaguris war sicherlich gut informiert. Sie war alt, aber keineswegs dumm. Sie bewegte sich in einer Frauenwelt, einer eigenen Gesellschaft in dieser Stadt. Sie trieb Handel mit anderen Kräuterweibern, Frauen waren ihre Kundinnen bei den Heilmitteln und auch bei den Diensten an den Toten, und vielleicht sogar bei den sogenannten »Hilfsdiensten an unglücklichen Mädchen«, falls sie sie tatsächlich anbot. Männer waren bei all diesen Geschäften Außenstehende, Fremdkörper. Kein Wunder, dass Al da Rion kurz und unfreundlich abgefertigt worden war. Mir gegenüber hatte sie am Ende so etwas wie raue Mütterlichkeit an den Tag gelegt. Doch ihre Preise offenbarten, dass sie genau wusste, wo das Schwein die Eicheln findet. Ihre erste Forderung war unverschämt hoch gewesen und der ausgehandelte Preis war bestimmt nicht als besonders billig zu bezeichnen. Für etwa fünf Heller konnte man diese Waren fast überall in der Stadt erstehen. Was mich aber viel mehr interessierte: Hatte sie etwas mit den verschwundenen Leichen zu tun? Von Amuletten hielt sie sicherlich nichts, das hatte ich herausgefunden. Doch bei ihr mochte noch manches zu erfahren sein, wenn man sie nur zum Reden brachte. Während ich zum Hafen ging, trat ich mit leichtem Schaudern dem Gedanken näher, mich bei Jaguris als Helferin zu verdingen.

Eines aber ließ mich stutzen: Dasal hatte nicht erwähnt, dass sie als Kräuterweib arbeitete und offenbar auch einiges davon verstand. Ich würde wohl noch einmal nachfragen müssen.

# KAPITEL 24

*Mittagessen an Bord, ein aufschlussreiches Gespräch und eine Hand auf Reisen*

Ich hatte mich wieder, so gut es ging, abgesichert. Keiner hatte mich verfolgt. Zumindest niemand, den ich entdecken konnte. Unbeobachtet überquerte ich den Kai und schlich mich an Bord von Al da Rions »Seeschwalbe«. Ich fand meinen Südländer unter Deck am Herd, wo er etwas in einer großen, schwarzen Eisenpfanne brutzelte. Zwar konnte ich nicht erkennen, was es war, doch es stieg ein sehr verlockender Duft daraus auf. Bald saßen wir schmausend an seinem Tisch und aßen etwas, was er Gallasir nannte. Es bestand aus Bohnen, gekochten Körnern, Kraut und einigen Dingen, die ich noch nie zuvor probiert hatte. Es war sehr lecker. Noch mit vollem Mund berichtete ich von meinem Zusammentreffen mit Jaguris. Insgeheim hoffte ich, dass Al da Rion mir abraten würde, Jaguris' Angebot anzunehmen. Dieser Wunsch erfüllte sich leider nicht. Auch Al da Rion meinte, dass ich sicher keine bessere Möglichkeit bekommen konnte, Jaguris auf den Zahn zu fühlen. Er selbst hatte sich heute Morgen Dasals Konkurrenten, Sarogo, im Gasthaus »Zum Raben« ein wenig näher angesehen.

»Er izt ein elendes Ekel und ein Dummschwätzer. Große Reden führt er und verbreitet sich großzpurig über die neue Befreiungsarmee für Ranak. Er posaunt hinaus, dass er schon vor zwei Wochen davon wusste! Ein elender Zpruchbeutel. Als er gegangen war, konnte ich noch mit der Kellnerin etwas plauschen. Ihr tat vor allen Dingen seine Frau leid.

Sie soll eine herzensgute Frau sein, die diesen Dummkopf ertragen muss. Es heizt, er schlägt sie und rechnet ihr jeden Kreuzer vor, trägt aber selbzt sein Geld zuhauf ins Wirtshaus.«

»Also ein echtes Schätzchen? Aber immerhin ist er wohl redselig. Ich glaube, den will ich mal zu Jaguris befragen. Man kann ja wohl Erkundigungen einziehen, wenn man eine Stelle angeboten bekommt.«

»Dann könnte ich schauen, ob ich bei einem anderen Kräuterweib etwas über sie herausfinden kann. Ich hab ja noch immer nicht meine Ware verkaufen können.«

Die Sonne stand ein gutes Stück tiefer, als ich zum »Raben« aufbrach. Im Hof gegenüber des Gasthauses sah ich den armen Mirwal Bretter hobeln. Er stand mit seinem breiten Rücken zu mir und konnte mich nicht sehen. Ob er vor seinem Meister mit seinem Liebesabenteuer angegeben hatte? Ich konnte es mir kaum vorstellen.

Ich trat in den »Raben« ein. Das Gasthaus war trotz der frühen Stunde recht voll. Vielstimmiges Dröhnen und ein zäher, warmer Mief schlugen mir beim Eintreten entgegen. Gleich gegenüber der Tür sah ich an einer dunklen Bretterwand ein rotes Plakat prangen, das eine große Hinrichtung ankündigte. Bestimmt gab das wieder einen riesigen Menschenauflauf. Aus Hinrichtungen machten sie hier in der Stadt stets eine Art Volksfest. Ich seufzte und warf mich ins Gewühl.

Bis ich mich endlich zur Theke durchgekämpft hatte, wurde ich in der drangvollen Enge der Gaststube gerempelt, geschoben und herumgeschubst. Als ich mich endlich zu meinem Ziel durchgewühlt hatte, stand ich dort dann einige Zeit, während der dicke Wirt mit seiner schmierigen Schürze mich so geflissentlich übersah, dass in mir langsam Zorn hochkochte. Als der Fettwanst einsah, dass er mich mit Ignorieren nicht loswerden konnte, bequemte er sich endlich, mich wahrzunehmen, und fragte sehr herablassend: »Und du? Was möchtest du?«

»Ein Bier in einem sauberen Krug!«

Sein Blick drückte so viel Verachtung aus, dass er sich jeglichen Kommentar ersparen konnte. Wortlos und mit der

Lässigkeit herablassender Geringschätzung schob er mir einen Zinnhumpen zu.

Ich sah mich um. Die Gaststube war nicht sonderlich groß und zu eng bestuhlt. Dennoch war sie voll. Die Möbel waren klebrig und die Binsen auf dem Boden schienen schon eine Weile vor sich hin zu rotten. Die Luft wurde offenbar nur zu hohen Feiertagen gewechselt. Sie teilte die Anwesenheit zu vieler ungewaschener Menschen mit, die mieses, blähendes Essen verzehrt hatten. Bemerkenswerterweise war am Bier nichts auszusetzen. Es war kellerfrisch, kräftig und herb. Möglicherweise erklärte der leckere Gerstensaft, wieso der Wirt ein so gut besuchtes Haus führte. Denn vom Bier einmal abgesehen, lud hier kaum etwas zum Verweilen ein und noch weniger zum Wohlfühlen.

An einem großen Ecktisch unweit der Theke sah ich Meister Sarogo sitzen. Sein fleischiger Quadratschädel war unverwechselbar. Er saß vor einem großen Becher, der ebenso kunstvoll wie geschmacklos aus versilbertem Blech getrieben war und auf dem eine große »S«-Rune prangte. Über seinem feisten Wanst trug er eine geckenhaft bunte Joppe. Er sprach mit wichtigtuerischen Gesten zu zwei dürren Gestalten an seinem Tisch. Diese Trabanten wirkten in Kleidung und Statur weit weniger imposant. Sie standen gesellschaftlich wohl nur wenig höher, als der übliche Bodensatz in Garbaths Kneipen, der meist erst dann nach Hause wankte, wenn die Stühle hochgestellt wurden.

Ich lauschte intensiv in das Stimmengewirr, doch nirgendwo konnte ich den ranakischen Dialekt wahrnehmen. Auch schienen alle im Raum zu sehr mit sich selbst beschäftigt zu sein, um einem Halbling Beachtung schenken zu können. Ich zahlte dem Wirt mein Bier und nutzte dann eine Lücke im Geschiebe, um an den runden Tisch zu gelangen, an dem Sarogo saß. Offenbar hatte jemand am Tisch einen Witz gemacht, denn Sarogo lachte laut und kehlig und schlug sich dabei auf die Schenkel.

»Verzeihung. Meister Sarogo? Ihr seid doch Meister Sarogo?«

Tief in seiner aufgedunsenen Säufervisage saßen helle, wasserblaue Schweinsäuglein, die mich sofort sehr misstrauisch anblickten.

»Wer bist du denn?«, polterte er mit gespielter Leutseligkeit, doch sein Blick blieb hart und forschend.

»Ich heiße Lu. Ich habe gehört, Ihr könntet mir eine Auskunft über jemanden geben.«

»Hast du gehört, ja? So, so. Und von wem hast du das gehört?«

Wen sollte ich nun vorschieben? Rasch!

»Punto!«, sagte ich, stellte mein Bier auf den Tisch und setzte mich neben Sarogo auf ein freies Stück Bank. Ich konnte gerade mal über die Tischplatte sehen. »Ein alter Mann, den ich gestern in einem Gasthaus traf.«

»Der alte Schaufelschwinger!« Seine Augen blickten etwas entspannter. »Und wer ist es, über den ich nach Puntos schwachsinnigem Urteil Bescheid wissen könnte?«

Anerkennendes Gekicher der beiden Beisitzer verriet, dass sie sich weit über Punto erhaben fühlten. Außerdem wirkten sie begierig wie junge Hunde, ihrem Herrchen Sarogo Beifall und Bestätigung zollen zu dürfen. Mir war klar, wer ihre Zeche zahlte. Sie waren ein zu billiges und bereitwilliges Publikum, vor dem Sarogo den Helden spielte.

»Mir ist eine Arbeit angeboten worden. Von einer Frau namens Jaguris und Punto meinte, Ihr kennt sie.«

»Diese alte Hexe kenne ich tatsächlich.«

»Sie betreibt Magie?«

Sarogo lachte kollernd und antwortete: »Natürlich nicht, du dummes Ding! Die bestimmt nicht! Sie ist die götterfürchtigste Frau, die ich je gesehen habe. Sie betet zu jeder Stunde zu einer anderen Gottheit und kennt wohl mehr Psalmen als mancher Priester. Doch trotz ihrer ewigen Beterei findet sie Zeit für Streit und Hader. Sie ist so besserwisserisch und zänkisch, so boshaft und nachtragend, dass es eine Last ist. Eines Tages wird sie sich noch selbst vergiften. Wenn sie sich in die Zunge beißt!«

Die drei Männer lachten ausgiebig über den lauen Scherz. Dann fuhr der Bestatter fort: »Sie ist ein wirklicher Giftzahn! Sie kann minutenlang schimpfen, ohne Luft zu holen oder sich zu wiederholen. Was sollst du denn bei ihr machen?«

»Ich weiß nicht so recht. Ihr bei der Arbeit helfen. Ich nehme an, mit den Kräutern und so. Sie sagte etwas von kranken Leuten.«

»Ah ja! Für die Kranken wirst du wohl nur noch etwas Rosmarin brauchen. Du sollst ihr wahrscheinlich helfen, die Toten zu waschen und zu richten. Ein wenig Rosmarin überdeckt dann die Gerüche, die am Ende der Bahrfrist entstehen können.«

Er nahm einen Schluck und beobachtete mich über den Rand seines Humpens hinweg, auf eine Reaktion des Ekels oder Entsetzens lauernd. Zu seiner Enttäuschung blieb ich gelassen. Er setzte den Krug ab und fuhr fort: »Die alte Jaguris kann Aas besser riechen als ein Fuchs. Sie weiß nicht nur genau, in welchen Häusern jemand krank ist, sie weiß auch, wer von den Kranken stirbt und wer sich wieder erholen wird. Man könnte fast denken, dass sie hier und da ein wenig nachhilft, wenn sich das bei einer so widerlich götterfürchtigen Betschwester nicht verbieten würde.«

Er nahm noch einen guten Schluck und fuhr dann fort: »Sie hat wirklich einen glänzenden Riecher für ihr Geschäft! Wo immer ein Todesfall droht und sie einen Auftrag wittert, da ist sie zur Stelle. Sie leistet der Familie allerlei Hilfsdienste, wanzt sich an die armen Leute heran und schleimt sich ein. Wenn sie sie dann überredet hat, macht sie, was zu tun ist, wacht und betet und kassiert einen ordentlichen Batzen.«

Er nahm einen weiteren großen Zug aus seinen Becher, bevor er weitersprach:

»Die meisten Hinterbliebenen sind noch überwältigt von ihrem Schmerz und kommen gar nicht auf die Idee, mit dem zänkischen Drachen zu handeln. So lebt sie ganz gut von der Trauer der Leute.«

Wenn ich Mirwal neulich recht verstanden hatte, machte es Sarogo ähnlich. Auch er nutzte die Wehrlosigkeit der Angehörigen schamlos aus, indem er ihnen noch am Totenbett die teuersten Särge besonders ans Herz legte, oft genug erfolgreich. Da schalt wohl eine Sau die andere Matschwühler. Ich versuchte, nicht zu schmunzeln. Inzwischen hatte Sarogos Hand den silbernen Krug losgelassen und war vom Tisch neben mich auf die Bank gesunken.

»Dabei ist sie gar nicht billig!«, fuhr er fort, »Das kann ich dir sagen! Sie langt ganz schön zu! Es ist jetzt wohl etwas mehr als eine Woche her, so neun oder zehn Tage, da hab ich auf einer Beerdigung zufällig erfahren, wie viel sie den armen Witwen und Waisen abknöpft.«

Neun oder zehn Tage! Ich bekam Gänsehaut! Das war etwa der Zeitraum, als … Ich wollte gerade still nachzurechnen beginnen, als Sarogo auch schon fortfuhr und ich mit gespannter Aufmerksamkeit versuchte, mir nichts entgehen zu lassen:

»Jaguris hat die Leiche gewaschen, gerichtet und die Totenwache mitgehalten. Mehr als zwei Silberpfennige hat sie bekommen. Da war meine Rechnung für den Sarg und die ganze Beerdigung ja fast noch billiger! Mehr als zwei Pfennige! Dafür, dass sie den Toten wäscht, ankleidet und eine Nacht betet. Das Beten ist für sie ohnehin keine Arbeit! Beten tut sie ja sowieso die ganze Zeit! Ich hätte sie am liebsten zur Rede gestellt, dass sie die armen Menschen so übervorteilt. Doch an diesem Tag fühlte ich mich nicht recht wohl. Wir hatten in der Nacht zuvor nämlich gehörig gefeiert!«

Mit dreckig-breitem Grinsen rammte er seinen Ellbogen der mageren Figur neben sich in die Seite, worauf diese begann, fröhlich loszulallen: »War das etwa der Abend, als du die Wette um Liras Brusttuch verloren hast? Bei Bravis' fettem Arsch! Das war eine Nacht!«

»Genau!« Sarogo umarmte mich und zog mich an seinen fetten Wanst. Dabei ließ er seinen weitreichenden Arm wie zufällig bis unter meine Brust gleiten. Ich ließ ihn gewähren, denn hier konnte ich etwas erfahren, was wichtiger war, als seine ekligen Finger. Ich wollte ihm keinen Vorwand liefern, das Thema zu wechseln. Mich interessierten brennend der Tag dieser Beerdigung und die Nacht davor. Solange er nur fröhlich weiterplapperte, gönnte ich ihm das Vergnügen meiner körperlichen Nähe.

»Ich hatte nämlich mit meinen Freunden hier gewettet, dass ich bis zum dritten Nachtblasen das Brusttuch der Bedienung erobern kann«, prahlte er und gleich darauf prustete sein rotnasiger Kumpan fröhlich los: »Und du hast schmählich verloren. Lira hat dich schön abblitzen lassen.«

Während Sarogo mit den anderen mitlachte, knetete er verstohlen meinen Busen und versuchte, unter dem Tuch meine Brustwarze zu finden.

»Das stimmt! Ich habe verloren. Aber ich habe mich nicht lumpen lassen! Bis zum ersten Frühblasen gingen alle Getränke an diesem Tisch hier auf mich. Diese Kerls da sind bodenlose Brunnen! Das darfst du mir glauben. Der Abend hat mich eine ganze Stange Geld gekostet. Schließlich konnten wir alle kaum noch stehen. Am nächsten Tag war ich heilfroh, dass die Pferde den Weg zum Friedhof allein fanden!«

Als er mit der freien Hand polternd auf den Tisch schlug, um seinem lahmen Scherz mehr Heiterkeit zu verleihen, hatte die andere Hand endlich gefunden, was sie gesucht hatte. Als alle schallend lachten, kniff er herzhaft zu, dann wandte er sein Gesicht wieder mir zu. »Wie kamen wir eigentlich darauf? Ach ja, die alte Zankschachtel!«

Gelächter – Kneifen. Mehr war aus ihm offensichtlich nicht herauszubekommen. Inzwischen wurden mir seine Sympathiebezeugungen allzu zudringlich. Er hatte es geschafft, mich fest an sich zu drücken. »Zufällig« konnte ich mich inzwischen nicht mehr aus seiner Umarmung befreien.

»Bei Jaguris musst du achtgeben, die zieht notfalls sogar einem Bravispriester das Fell über die Ohren. Sie wird sicher versuchen, dich beim Geld zu bescheißen. Und erwarte nicht, dass du ihr irgendetwas recht machen kannst! Sie kann an der Arbeit anderer Leute nicht vorbeigehen. Alles bekrittelt sie oder sie nimmt dir die Arbeit gleich aus der Hand. Dann macht sie es selber und stimmt eine Litanei an, was du noch alles zu lernen hast. Aber warum willst du nicht bei mir arbeiten? Ich könnte eine nette Werkstatthilfe gut brauchen. Ich zahle anständig. Außerdem fällt hauptsächlich Schreinerarbeit an. Da hättest du auch nichts mit den Toten zu tun. Was meinst du? Willst du morgen nicht bei mir anfangen?«

Seit dem letzten Gelächter war seine Hand von meiner Brust auf meine Hüfte gesunken und glitt nun über den Oberschenkel unaufhörlich und sehr zielbewusst auf den Mittelpunkt seiner Sehnsucht zu. Mein Oberschenkel ist nicht sehr lang, doch noch bevor Sarogo sein Ziel erreicht hatte, packte ich zu, hob seine Hand auf den Tisch und lachte ihn an.

»Du frecher Schelm! Das lassen wir doch lieber. Ich bin nämlich ganz ungeschickt beim Hobeln. Da kannst du dir leicht einen Splitter einziehen. Ich denke, ich probiere es doch lieber zuerst mit Jaguris und ihren Toten. Die sind nämlich nicht so unartig!«

Einen Augenblick lief Sarogo scharlachrot an, dann zwang ihn das schallende Gelächter seiner Zechkumpane mitzugrölen. Ich nutzte die Gelegenheit und verabschiedete mich mit einem freundlichen »Dankeschön!«, einer Kusshand für den fetten Mistkerl und strebte dem Ausgang zu. An der Tür sah ich zurück. Als unsere Blicke einander trafen, erkannte ich in seinen kalten Schweinsaugen, dass ich mir mit meiner Ablehnung keinen Freund gemacht hatte.

# KAPITEL 25

*Ein heimlicher Besuch, ein Streit und neue Pläne*

Endlich stand ich wieder auf der Straße und versuchte, das Ekelgefühl abzuschütteln. Wie ein Durstiger genoss ich gierig die frische Luft in tiefen Atemzügen. Dennoch: Trotz der Fummelei dieses Widerlings war ich nicht unzufrieden. Mit etwas Glück war doch noch etwas herausgekommen, was mir weiterhelfen konnte. Ich musste es nur noch überprüfen. Aber wie? Punto!

Punto würde mir sicher Gewissheit verschaffen können. Sollte ich versuchen, ihn sofort zu besuchen? Das war recht riskant. Ich wandte mich stattdessen der Fähre zu. Zuerst wollte ich zusehen, ob ich unauffällig Dasal besuchen konnte. Auch das war zwar nicht ganz ungefährlich, aber es war ohnehin nötig. Es hatten sich inzwischen zu viele Fragen angesammelt, die ich ihm stellen wollte. Ich war im Moment eher bereit, mich der Gefahr eines Besuches bei Dasal auszusetzen, denn inzwischen war ich mir recht sicher, dass Sorion mich von den Ranakis nicht verfolgen ließ. Es schien mir außerdem weniger auffällig, mich im Gewühl der Stadt zu bewegen, als Punto auf dem einsamen Friedhof aufzusuchen.

Als ich ein paar Straßenecken weiter an der Werkstatt eines Küfers vorbeikam, wurde ich von einem Fuhrwerk fast an die gegenüberliegende Hauswand gedrückt, als es mit einer hoch gestapelten Ladung leerer Tonnen versuchte, eine enge Hofeinfahrt zu verlassen. Gerade als der Kutscher die Peitsche knallen lassen wollte, um seine Pferde anzutreiben, erkannte ich die eingebrannten Marken auf den Fassdauben. Sie trugen alle das Zeichen von Basomal, einem reichen Kaufmann auf der anderen Flussseite. Vermutlich fuhr der Wagen zu seinem Kontor. Sogleich sprang ich von hinten auf das Fuhrwerk auf und verbarg mich im dunklen Inneren einer Tonne. Auf diese Weise konnte ich so gut wie unsichtbar und sicher auf die andere Seite gelangen.

Die Pferde schritten gut aus und keiner folgte dem Fuhrwerk. So gelangte ich sicher über die Brücke auf die andere Flussseite. Basomals Kontor war meines Wissens irgendwo in einer Gasse am Uferkai unweit des Wollmarktes. Um *den* wollte ich aber vorsichtshalber lieber einen Bogen machen. Noch einige Zeit, bevor der Wagen sein Ziel erreichte, sprang ich ab und lenkte meine Schritte zu Dasals Werkstatt.

Ein gutes Weilchen später stand ich an seiner Hintertür. Geduldig hatte ich in der Nähe im Schatten eines Holunderbusches an einem Brunnen gesessen, bis ich sicher sein konnte, unbeobachtet auf Dasals Hof zu gelangen.

Ich klopfte an die Scheibe von Dasals Werkstattfenster und hatte Glück. Sein Gesicht erschien und er ließ mich rasch ein. Offenbar hatte er im Moment keinen Klienten auf die letzte Reise vorzubereiten, denn sein großer Arbeitstisch war leer. Am Nebentisch war er gerade dabei, eine trübe Flüssigkeit aus einem großen Glasballon durch kompliziert aussehende Filter laufen zu lassen. Am Ende der Prozedur tropfte eine klare, leicht gelbliche Flüssigkeit in kleinere Glasflaschen, von denen sich schon eine ganze Kolonne sauber verkorkt, verschnürt und versiegelt in einem Kistchen auf dem Boden aufreihte.

Dasal begrüßte mich freundlich: »Lu, sei gegrüßt! Gibt es endlich etwas Neues?«

»Ja, Meister! Ich habe viel zu erzählen! Zuerst einmal: Ich weiß, wer der Leichendieb ist! Ich konnte ihn bei einem weiteren Diebstahl beobachten. Doch diesmal hat er sich an einem alten Grab vergangen.«

Ich sah, wie Dasal erleichtert aufatmete, und fing an, genau zu berichten, was ich alles in der Nacht auf dem Friedhof erlebt hatte. Dasal lauschte gespannt.

»Ich konnte sogar seinen Namen feststellen. Es ist ein gewisser Bilgram. Einer festen Arbeit scheint er nicht nachzugehen.«

»Bilgram, der verstoßene Priester?«

»Das weiß ich nicht. Möglicherweise. Gibt es denn einen verstoßenen Priester namens Bilgram?«

»Vor ein paar Jahren gab es im Tempel von Foghos eine ziemliche Aufregung. Ein junger Priester, er war wohl erst Adept, soll eine hübsche Stange Geld veruntreut haben. Daraufhin hat ihn der Priesterrat aus dem Kloster geworfen. Soweit ich mich erinnere, war der Name des jungen Mannes Bilgram.«

»Ich werde das überprüfen«, sagte ich. »Ich vermute, dass die Leichen nach Norden gebracht wurden, zu welchem Zweck auch immer. Und es gibt noch jemanden, der vielleicht damit zu tun hat. Möglicherweise als Auftraggeber. Kennt Ihr einen Arzt namens Sorion?«

»Sorion? Natürlich kenne ich Sorion. Wer kennt ihn wohl nicht? Er ist ein Arzt und soll am Wollmarkt wohnen. Er behandelt viele Kranke und genießt einen ausgezeichneten Ruf. Er ist gewiss ein Edelmann. Zu seinen Patienten gehören viele hoch angesehene Leute.

Ich kann mir kaum vorstellen, dass er mit einem verstoßenen Priester gemeinsame Sache machen soll.«

»Sind Patienten von Sorion auch bei Euch in der Werkstatt gelandet?«

»Ja. Natürlich! Jeder Arzt, auch der beste, stößt natürlich in seiner Kunst irgendwann an Grenzen. Gegen das Letzte hilft kein Kraut und keine Salbe. Viele, die trotz seiner Mühe verblichen, wurden mir anvertraut.«

Das hatte ich mir schon gedacht. Sie hatten die gleiche Kundschaft: die Reichen der Stadt.

»Ist Euch an den Verschiedenen irgendetwas aufgefallen?«

»Wie meinst du das?«

»Spuren einer intensiven Untersuchung zum Beispiel ...«

»Nein! Die Körper waren völlig intakt und unversehrt, falls du das meinen solltest. Was hätte auch ein Arzt noch einen Toten zu untersuchen? Sein Auftrag endet doch, wo meiner beginnt. Solch eine Untersuchung wäre auch sicherlich den Angehörigen nicht verborgen geblieben.«

»Kennt Ihr Sorion persönlich?«

»Wir sind uns natürlich schon gelegentlich begegnet, doch wir verkehren nicht direkt miteinander. Wir erkennen uns, grüßen uns, doch wir sind nicht näher bekannt, wie man so sagt. Aber was hat dieser Arzt mit der Sache zu tun? Warum sollte er meine Verblichenen rauben?«

»Warum, bei all Euren Göttern, sollte jemand überhaupt Leichen stehlen? Diese Frage beschäftigt mich fortwährend. Wenn ich sie beantworten könnte, wären wir einen guten Schritt weiter. Ich denke mir aber, ein Arzt, scharfsinnig, ehrgeizig und skrupellos, könnte Tote untersuchen wollen, um in seiner Kunst zu weiteren Kenntnissen zu gelangen. Vielleicht könnte er sie sogar zerschneiden wollen, um ein drängendes Rätsel zu lösen.«

»Das wäre unglaublich! Das wäre … frevelhaft, ungeheuerlich, ganz schrecklich …«

»… aber es wäre möglich! Ich habe Sorion kennengelernt und habe dabei festgestellt, dass er scharfsinnig ist. Und skrupellos! Als ich ihn unter einem Vorwand vorsichtig ausfragen wollte, fühlte er sich belästigt und drohte mir mit Gefängnis und Tod, falls ich ihm nochmals zu nahe treten sollte. Ihr wart nicht dabei, Meister Dasal. Ihr habt ihn nicht erlebt. Das war keine leere Drohung. Glaubt mir: Er ist kalt, schlau und scharfsinnig. Er scheint keinerlei Skrupel zu haben. Er ist Arzt. Wäre es so undenkbar, dass er heimlich Untersuchungen an Euren Verblichenen anstellt?«

Langsam und mit sichtlichem Unwohlsein räumte Dasal ein: »Ja. Es wäre denkbar. Theoretisch … Aber bei allen Göttern, Lu! Ein Mann wie Sorion! Nein, das ist unglaublich. Und Untersuchungen an frischen Leichen sind ja vielleicht noch sinnvoll, doch du sagtest, dass sich Bilgram auch an alten Gräbern vergangen hat! Das kann nicht zusammenpassen! Du musst dich irren!«

Er war aufgestanden und begann auf und ab zu gehen.

»Sorion ist wohl angesehen in der Stadt. Er steht mit den führenden Familien auf sehr freundschaftlichem Fuße. Er hat mächtige Freunde. Er ist ein geachteter Bürger …«

»Nein! Er ist kein Bürger! Er ist ein Flüchtling aus Ranak! Reich, geachtet, einflussreich, vielleicht sogar mächtig, aber er ist kein Bürger!«

»Na schön, er ist kein Bürger! Aber was macht das schon. Ein Edelmann ist er in jedem Fall. Es fällt mir schwer zu glauben, dass er so etwas tun sollte.«

»Mir fällt es schwer zu glauben, dass irgendjemand *so etwas* machen sollte. Dennoch, es gibt da draußen jemanden, der *genau das* tut! Lasst uns doch einfach eine Probe machen. Ist irgendwann kurz vor oder nach den Diebstählen ein ehemaliger Patient Sorions auf Eurem Tisch gelandet? Jemand, bei dem Sorion hätte meinen können, es läge an seiner mangelnden Kunst? Patienten, die zu jung starben? Menschen, die plötzlich nach kurzer Krankheit verschieden? Leute, die einen ehrgeizigen Arzt an seinem Können zweifeln lassen könnten?«

Ein wenig widerwillig stimmte Dasal einer Überprüfung zu. Als wir seine Unterlagen durchgesehen hatten, fanden wir nur einen Unfalltoten am Tag vor dem Verschwinden des Seemanns. Doch der wurde zwischen einem Schiff und der Kaimauer zu Tode gedrückt. Ansonsten lagen um die Exhumierungen nur wenige andere Todesfälle und die waren zumeist alte, gebrechliche Menschen, deren Uhr abgelaufen war. Und natürlich Algar Lamur mit seinem gebrochenen Genick! Dieser Versuch hatte zu gar nichts geführt.

Dasal schloss sein Buch: »Ich glaube wirklich, du bist mit Sorion auf dem Holzweg. Ist es möglich, dass du ihn nur deshalb verdächtigst, weil er dir ein wenig Angst gemacht hat?«

»Ein wenig Angst? Es war mehr als nur ein wenig Angst, Meister Dasal!«, entgegnete ich und berichtete ihm in knappen Worten von meinen zwei Begegnungen.

»Niemals zuvor bin ich so vorgeführt worden. Er hat mich aufs Glatteis geführt und aufs Kreuz gelegt. Noch nie, seit ich als Mädchen die Speisekammer meiner Mutter geplündert habe, habe ich mich so ertappt und durchschaut gefühlt. Dieser Mann ist scharfsichtig und gefährlich! Ich bitte Euch sehr, mit keiner Silbe Sorion oder sonst jemanden wissen zu lassen, dass wir in Verbindung stehen. Falls Sorion wider Erwarten doch dahintersteckt, ist jeder Kontakt zu Euch oder Punto und allem, was mit Friedhof und Toten zu tun hat, verräterisch.«

»Keine Angst! Ich habe niemandem erzählt, dass ich eine Halblingsdame kenne, und ich habe es auch nicht vor.

Ich selbst habe ja gewiss das größte Interesse am Stillschweigen.«

»Ich habe eine weitere Bitte, Meister Dasal.«

»Welche?«

»Es kann sein, dass ich von Sorion beobachtet werde. Um keinen Verdacht zu erregen, möchte ich möglichst nicht selbst zu Punto gehen. Ich habe aber eine Frage, die Punto sicher beantworten könnte.«

»Was für eine Frage?«

»Erinnert Ihr Euch an unsere ersten Überlegungen? Dass Sarogo oder Jaguris aus irgendeinem alten Groll gegen Euch die Leichen genommen haben könnten? Um später einen Skandal zu inszenieren, der Euch und Euer Geschäft ruinieren könnte?«

»Ich erinnere mich!«

»Vielleicht hat Bilgram ja für Sarogo oder für Jaguris gearbeitet. Ich habe auch diesen Gedanken unauffällig weiterverfolgt. Und möglicherweise habe ich jetzt endlich den Beweis, dass es weder Jaguris noch Sarogo gewesen sind. Sarogo hatte vor neun oder zehn Tagen eine Beerdigung, auf der er ungewöhnlich verkatert war. In der Nacht davor hat er bis zum Morgengrauen gezecht und Jaguris war in derselben Nacht an einer Totenwache beteiligt.«

»Ja. Und? Was ist damit?«

»Es war vor 9 oder 10 Tagen! Es könnte die Nacht gewesen sein, in der Tim gestohlen wurde, Meister Dasal!

Wenn es dieselbe Nacht war, waren weder Sarogo noch Jaguris an dem Diebstahl der Leichen direkt beteiligt! Und ich habe inzwischen beide kennengelernt. Sarogo ist faul und bequem. Er verdient gut damit, dass er Euch seine Särge verkauft. Er hat eigentlich keinen Grund, Euch ruinieren zu wollen. Und wenn er einen hätte, würde er es anders machen. Er ist nämlich auch noch dumm und laut. Ein Racheplan, der größte Heimlichkeit und mehrere Jahre Geduld erfordert, passt nicht zu diesem Mann.

Anders ist es bei Jaguris. Ihr traue ich Geduld zu und auch Heimlichkeit. Aber sie ist eine misstrauische Seele. Sie will alles kontrollieren oder am besten gleich selber machen. Ich glaube kaum, dass sie bei dem Leichenraub nicht dabeigestanden hätte, um acht zu geben, dass ihr Helfer alles richtig macht. Punto müsste uns sagen können, ob die Beerdigung, bei der Sarogo so verkatert war, am selben Tag war, an dem er Tims Verschwinden bemerkte. Wenn es der Tag war, dann war Jaguris in dieser Nacht nicht auf dem Friedhof. In dieser Nacht war sie auf einer Leichenwacht. Wenn sie aber nicht auf dem Friedhof war … ist sie ziemlich sicher unschuldig.«

Ich hatte gehofft, ein wenig Lob zu ernten für meine Arbeit, die mit etwas Glück gleich zwei Verdächtige ausschloss oder doch zumindest weitgehend entlastete. Ich hatte mich geirrt.

»Was hilft uns das denn weiter? Damit haben wir immer noch nicht die Leichen und den Beweis, dass Bilgram hinter der Angelegenheit steckt! Ich brauche keine Unschuldigen, ich brauche den Beweis für die Schuld und möglichst auch die Leichen, Lupina!«

»Aber versteht Ihr denn nicht? Wenn wir zwei Verdächtige ausschließen können, sind wir einen guten Schritt weitergekommen. Dann verschwende ich nicht meine Zeit und Euer Geld für falsche Fährten. Dann brauche ich mich nicht länger von ekligen Idioten an den unmöglichsten Stellen betatschen zu lassen, nur um sie auszuhorchen. Wenn ich weiß, dass sie nichts wissen können, brauche ich nicht versuchen, sie zum Plaudern zu bringen, und kann, anstatt mich unsittlich befingern zu lassen, den anderen Spuren nachgehen!«

Ich war aufgebracht! Dasal war verbohrt und kurzsichtig. Nun hatte er auch noch den Auftrag geändert. Er wollte nun nicht mehr nur den Dieb seiner Leichen, er wollte nun noch Beweise und die Leichen. Zu allem Überfluss wollte er all das auch noch schnell. Immerhin sah er nun, nach meinem kleinen Ausbruch, einigermaßen betreten drein und ging plötzlich zur viel respektvolleren Anrede »Ihr« über.

»Ihr habt recht, Lupina, bitte entschuldigt! Auf diese Art habe ich es nicht betrachtet. Ich weiß, Ihr geht sehr vorsichtig und sehr diskret vor! Ihr leistet gute Arbeit! Ich hatte ja keine Ahnung, was Ihr alles auf Euch nehmen musstet, um mein Geheimnis zu wahren. Glaubt mir bitte: Ich bin Euch sehr dankbar. Ich hatte nur gedacht, es ginge schneller, die Hüllen meiner Anvertrauten zu finden.«

»Meister Dasal, ursprünglich sollte ich nur den Dieb finden und nicht die Leichen oder die Hintermänner. Ich denke, mit Bilgram habe ich Euch den Dieb benannt und meinen Teil der Abmachung runengetreu erfüllt. Doch ich verstehe, dass Euch mit einem Namen ohne Beweise noch nicht gedient ist. Umso wichtiger ist es, jetzt rasch über möglichst viel Gewissheit zu bekommen: In wessen Auftrag handelt Bilgram? Wohin schafft er die Toten? Vor allem aber: wozu? Am schnellsten finden wir es heraus, wenn ich meine Zeit nicht auf unschuldige Verdächtige verschwende. Und die Theorie, Sarogo oder Jaguris könnten Euer Geschäft ruinieren wollen, stammte ja immerhin von Euch!«

Das war zwar so nicht ganz richtig, doch sein schlechtes Gewissen würde seine Hilfsbereitschaft beflügeln, und genau die brauchte ich nun.

»Bitte, Meister Dasal, geht morgen früh mit irgendeinem Vorwand zu Punto auf den Friedhof und fragt ihn, ob am Tag nach Tims Verschwinden Sarogo eine Beerdigung hatte und dabei verkatert war. Gebt mir bitte baldmöglichst Bescheid. Am besten mit einem Briefchen. Es ist nicht gut, wenn wir zusammen gesehen werden. Schickt einen kurzen Brief in meine Herberge, den »Alten Schild«.

»Morgen früh ist nicht so gut, da habe ich einen wichtigen Termin im Tempel der Alvaris. Doch wie ist es mit morgen Abend? Da kann ich, wenn der Friedhof geschlossen ist, mit Punto auch gleich nachsehen, ob die Gebeine der beiden Mädchen wirklich geschändet sind.«

»Ich hab es doch selbst gesehen, Meister, mit meinen eigenen Augen!«

»Dann werden wir den Sarkophag leer vorfinden. Auf dem Rückweg kann ich Euch dann die Antwort zukommen lassen.«

So würde ich die Information leider nicht ganz so schnell erhalten, wie ich erhofft hatte, doch ich würde sie noch rechtzeitig bekommen. Und bis dahin war noch genügend zu tun. War es nun noch nötig, Dasal nach Jaguris' Kräuterhandel zu befragen? Mit etwas Glück war Jaguris schon morgen Abend entlastet. Ich wollte den Bestatter jetzt lieber nicht schon wieder in eine Diskussion verwickeln. Als ich seine Werkstatt gerade verlassen wollte, fragte mich Dasal:

»Ihr hattet sicherlich Auslagen, kommt Ihr noch mit dem Geld aus, das ich Euch gegeben habe?«

»Nett, dass Ihr fragt, doch bisher komme ich noch damit aus. Herzlichen Dank! Ich melde mich, wenn ich mehr brauche.«

Auf dem Heimweg kam mir der Gedanke, dass es vielleicht in Zukunft schwer werden könnte, Dasal aufzusuchen, falls ich später doch Geld brauchen würde. Ich hatte eben eine günstige Gelegenheit verpasst. Inzwischen schuldete ich Karal wieder eine Woche Miete und Essen. Andererseits sah Dasal, dass ich nicht gierig war. Es war sicherlich nicht verkehrt, einen guten Eindruck zu hinterlassen.

# KAPITEL 26

*Besuch in Tempel des Wassergottes, eine Massage und allerhand Neues*

Abends saß ich wieder mit Al da Rion im »Alten Schild« zusammen. Bei Bier und feinem Eintopf tauschten wir unsere Ergebnisse und Erlebnisse aus. Die Dreistigkeit Sarogos und besonders die unverblümte Abfuhr, die er bei mir erfahren musste, lösten bei Al da Rion große Heiterkeit aus. Dann aber meinte er ernster: »Auch ich habe einiges herausgefunden. Dieser Bilgram izt durchaus nicht so ein Lämmchen, wie seine Vermieterin meint.«

»Nun ja, das wissen wir schon. Ich habe ihn ja auf dem Friedhof beim Leichenklauen ertappt.«

»Ich habe mich in einigen Gazthäusern umgehört. In einer ganzen Reihe von Lokalen rund um das Wezttor izt er bekannt und hat dort einen gewissen ... Ruf. Ein paar ztandhafte Wirtshaussitzer nannten ihn einen Narren und Maulhelden. Er scheint oft und gerne große aufrührerische Reden zu führen. Am Wirtshauztisch schmiedet er dann tolle Pläne, um die Welt zu verändern. Besonders auf die Priezter scheint er es abgesehen zu haben. An denen soll er kein gutes Haar lassen. Ein Schankmädchen in einer der Wirtschaften erwähnte, er habe Ärger mit der Wache gehabt. Sie haben ihn angeblich vor etwa einer Woche im Gazthaus abgeholt und nach Hause begleitet. Sie sollen wohl seine Kammer durchsucht haben. Aber schon eine Ztunde zpäter sei er wieder zurück gewesen und habe laut und jammervoll die verfolgte Unschuld gezpielt. Er sei das Opfer einer gemeinen Intrige der Priezter. Er soll dabei so dick aufgetragen haben, dass es dem Mädchen recht sonderbar vorkam. Sie deutete nämlich an, dass er nicht unbedingt ein Muzterbeizpiel an Tugend und Rechtschaffenheit sei. Angeblich hat er seine Finger tief in finzteren Machenschaften. Und auch Ghasol sei ein … Wie sagte sie? Ein ganz frecher Lump und gemeiner Ganove.«

»Von Dasal habe ich erfahren, dass Bilgram Priester werden wollte oder sogar war. Doch dann hat der Priesterrat ihn davongejagt. Er soll Geld gestohlen haben.«

»Das pazt ja ganz gut ins Bild. Ein verztoßener Priezter und Leichendieb arbeitet mit einem schmuggelnden Fuhrmann und Ganoven zusammen. Zwei hübsche Täubchen.«

Anderntags ließ ich mich von einem Karren langsam durch das lebhafte Vormittagsgeschiebe der Straßen schaukeln. Mein Ziel war der Tempel von Foghos. Hier, so hatten Al da Rion und ich gestern überlegt, war es vielleicht möglich, ganz unauffällig etwas über Sorion in Erfahrung zu bringen. Sorion fischte im selben Teich, in dem zuvor nur die priesterlichen Heiler geangelt hatten. Hier fand sich sicher jemand, der neidisch war oder ihm sonst wie nicht gewogen. Doch auch über Bilgram wollte ich mich noch einmal schlaumachen. Für beide Ziele war der Tempel von Foghos ideal, denn einerseits sollte Bilgram von diesem Orden gefeuert worden sein und andererseits arbeiteten die Foghospriester in einigen Bereichen eng mit dem Haus der Heiler zusammen: Das lag daran, dass der Tempel des Foghos auch gleichzeitig das Bad war. Hier wollte ich es versuchen und mich vorsichtig umhören. Um die Vorteile abzurunden, war ein ausgiebiges warmes Bad zur Entspannung genau das, was sich mein Körper nach der Rebellion des Unterleibes und den schmierigen Händen Sarogos wünschte.

Der Tempel war über einer heißen Quelle erbaut worden, die aus dem Hügel am östlichen Stadtrand entsprang, ein Stück unterhalb vom Haus der Heiler. Als einzigem Tempel der Stadt waren ihm gleich zwei Klöster beigeordnet: Ein etwas größeres für Männer ragte rechts vom Tempel auf und links stand, kleiner und bescheidener, eines für Nonnen. Dass dort noch immer ein Frauenkloster bestand, war vielen Priestern lange ein Dorn im Auge gewesen, doch die Nonnen waren nun mal zuerst dagewesen. Schon bevor die Stadt sich über den Fluss ausgedehnt hatte und der Tempel erbaut worden war, bestand an dieser Stelle ein Quellheiligtum, vor undenklichen Zeiten schon betreut von den Priesterinnen des lebendigen Wassers. Inzwischen war der Streit beigelegt – im Sinne der männlichen Priesterschaft. Statt der Priesterinnen gab es nun seit etlichen Generationen dieses Nonnenkloster. Mönche und Nonnen verwalteten nun einvernehmlich abwechselnd den Badebetrieb, je nachdem ob Männer- oder Frauenbadetag war. Wenn die Heiler eine Wasseranwendung für angebracht hielten, brachten sie ihre Patienten herüber und überließen sie den fähigen Händen der Mönche oder Nonnen.

Der rumpelnde Karren hatte mich über die Brücke und sogar bis zum Südtor gefahren. Trotz intensiven Spähens war mir noch immer kein Verfolger aufgefallen. Sorion schien sich auf die Kraft seiner Drohung zu verlassen. Kurz vor dem Südtor sprang ich ab und lief an einem munter murmelnden Bach den Berg hinauf bis zu einem kleinen See direkt vor dem Tempel.

Heute war Frauentag. Ich trat ein und wurde von einer mageren, verhärmten Nonne empfangen, die mir für die obligatorische Spende von drei Hellern zwei Handtücher und eine Schürze aushändigte. Durch eine weitere Tür ging ich in einen dämmrigen, warmen Raum nebenan. Ein schwacher Geruch nach Schwefel, getragen von Wasserdampf, wehte aus der gegenüberliegenden Tür. Ich zog mich aus und hängte meine Kleider an das lange Hakenbrett über einer Bank, wo schon etliche andere Kleiderbündel baumelten. Mit der Schürze verhüllte ich, wie es vorgeschrieben war, meine Blöße und einiges mehr, denn sie war mir natürlich viel zu groß.

Durch eine andere Tür trat ich dann hinein in den großen Saal des Tempels. Hier war es noch wärmer und die Luft wirkte dichter. Durch schmale Fenster weit oben fielen scharfe Streifen des Sonnenscheins, die im Dunst, der den Raum durchwehte, als helle Blöcke von massivem Tageslicht im Raum aufragten. Es war dampfig. Im Gegensatz zu anderen Tempeln stank es hier nicht nach Weihrauch. Auch wurden keine Opfer gebracht oder lange Gottesdienste gefeiert. Falls doch jemand betete, dann war es kaum zu vernehmen, denn hier war es sehr laut.

Unter der großen Kuppel über dem zentralen Raum erhob sich in der Mitte aus einem achteckigen Wasserbecken ein riesiger, steinerner Brunnen im Sonnenlicht. Aus ihm ergoss sich in einem fort rauschend und plätschernd Wasser und die vielfarbige Aura eines Regenbogens umgab ihn. Wasser plätscherte auch in die kleineren Bassins, die an den Wänden standen. Jedes Becken hatte eine andere Temperatur, von heiß bis lauwarm, und überall badeten Frauen. Besonders lautes Platschen in einer Ecke kündete von heilsamen kalten und warmen Eimergüssen, die die Nonnen Kranken angedeihen ließen. Überall gluckste, plätscherte und platschte es unter der Kuppel und verwob sich zu einem lauten Konzert des Wassers. Das ständig rauschende Wasser galt den Frommen als die lebendige Stimme ihres Gottes. Sie mit Gesängen oder Litaneien zu übertönen, hätte den Gott womöglich beleidigt. Doch offenbar tolerierte der Gott die Gespräche der Badenden. Denn über all dem Klang des Wassers schwebte noch ein weiteres Rauschen: das Gemurmel Dutzender Gespräche, die von der Kuppel als Echos nachhallend hin- und hergeworfen wurden. Überall in den Wannen und Becken oder auf den Bänken führten die Frauen im Raum eifrig Gespräche. Auch die Nonnen, die auf den Tischen die Badenden mit einer Massage verwöhnten, hatten keineswegs ein Schweigegelübde abgelegt.

Eine Weile stieg ich von einer Wanne in die andere, genoss das Wasser und hielt meine Ohren offen. Doch von den Gesprächen, die ich mitbekam, war eines über einen geschmorten Hasen das mit Abstand interessanteste. Getrocknete Pflaumen mit in den Topf zu geben, klang sehr lecker.

Ich wollte die Suche nach belauschenswerten Gesprächen schon fast aufgeben, da stiegen zwei alte Vetteln zu mir in eines der kleineren Warmwasserbecken. Sie diskutierten lautstark, was schlimmer wäre, die schmerzenden Knie der ächzenden einen oder die beharrlichen Kreuzschmerzen der jammernden anderen. Ich blieb sitzen, schloss die Augen und hörte zu.

»Also ich vertraue ja ganz den Heilern! Sie sind sehr fromm und konnten mir bisher immer helfen.«

»Bis auf deine schmerzenden Gelenke!«

»Ja, schon, aber was sollen die Heiler da schon machen? Das Alter ist nun mal keine Krankheit, sondern eine Prüfung für Demut und Geduld.«

Eine bequeme Ausrede für die Heiler, dachte ich still bei mir. Wenn ich dir nicht helfen kann, erkläre ich meine Unfähigkeit zu einer Prüfung.

»Also ich hatte ja schon jahrelang solche Probleme mit meinem Rücken. Auch wenn ich ihn im Bad richtig durchgewärmt hatte, war er gleich wieder ganz verspannt und tat mir weh! Es war eine Qual, das kann man sich gar nicht vorstellen! Die Heiler haben mich gestreckt, gedehnt, gerollt und gebadet und nichts hat geholfen. Schließlich haben sie mir dann auch diesen Unsinn erzählt: Es sei eine Prüfung, die ich mit Geduld ertragen solle! Hätten sie mal lieber gleich gesagt, dass sie mit ihrer Kunst am Ende sind. Aber so was würde ein Heiler ja nie zugeben. Ich befolgte damals treu und folgsam wie ein dummes Mädchen all ihre Anweisungen. Ich übte mich in Demut, ich betete, ich fastete und ich betete wieder, aber geholfen hat es nichts. Aber dieser Sorion, der hat mir geholfen!«

»Wie denn?«

»Er legte mir warme Kieselsteine auf den Rücken und gab mir ein Mittel zum Einreiben. Und er riet mir, ein Brett unter die Matratze zu legen. Das mit den Kieselsteinen lasse ich inzwischen von meinem Mädchen machen. Und es hilft mir.«

Kieselsteine und ein Brett. Es klang genial einfach.

»Aber dieser Sorion ist doch so teuer!«

»Papperlapapp! Teuer! Als ob du auf den Heller achten müsstest. Er ist auch nicht teurer als unser Schneider!«

Beide brachen in ein hässliches, keckerndes Gelächter aus.

»Aber man hört doch so beunruhigende Sachen von ihm. Er soll ja so stechend schauen können, dass er einen versengen kann. Außerdem ist er vom Unglück anderer fasziniert, heißt es. Zu jedem Unfall soll er laufen, je schlimmer, umso schneller, und keine Hinrichtung lässt er aus!«

Das, fand ich, klang sehr interessant.

»Das ist doch nur dummes Geschwätz! Woher hast du denn diesen Unsinn?«

»Ach, man hört doch so manches. Im Haus der Heiler habe ich mit jemandem gesprochen, der meint ...«

»Natürlich! Im Haus der Heiler! Da erzählt man sich so etwas natürlich gern. Solche dummen Gerüchte werden von diesen geschwätzigen Pflegern in die Welt gesetzt, um Sorion schlechtzumachen. Sorion passt den Heilern nicht, weil er ihnen das Geschäft versaut!«

Ich dachte mir doch schon, dass die Heiler nicht gut auf Sorion zu sprechen waren.

»Also hör mal! Die Heiler machen doch kein Geschäft aus ihrer Kunst! Wie kannst du so etwas sagen!«

»Weil es wahr ist, meine Liebe! Weil es wahr ist. Mein Mann musste erst kürzlich die Liste mit den Steuern aus Stiftungen ergänzen und weißt du, was? Weißt du, was er herausgefunden hat?«

»Nein. Was denn?«

Auch ich wollte es nur zu gern wissen.

»Seit sich Sorion niedergelassen hat und Leute behandelt, hat das Haus der Heiler etwa ein Drittel weniger Stiftungssteuer zu bezahlen gehabt!«

»Wirklich? Ein Drittel? Das ist ein hübscher Batzen, den sie dann sparen!«

»Unsinn! Verstehst du denn nicht? Sie zahlen ein Drittel weniger Stiftungssteuer, weil sie inzwischen viel weniger gestiftet bekommen! Es muss ein kleines Vermögen sein, das ihnen wegen Sorion so entgeht. Er bekommt das, was die Leute sonst Wimlo und Veris gespendet hätten.«

Vermutlich war es mehr als nur ein kleines Vermögen! Angeblich waren die Heiler zwar nicht auf neue Stiftungen angewiesen. Aber Spenden und Stiftungen lehnten sie natürlich nicht ab. Es war daher üblich, den Heilern etwas für die Wiederherstellung zu spenden, ein jeder nach seinem Vermögen. Es gehörte zum guten Ton. Wenn die Priester nun aber so viel weniger Steuern für Spenden und Stiftungen zu zahlen hatten, dann mussten ihnen gewaltige Summen entgehen. Dass Sorion ausgerechnet die Reichen behandelte, traf sie in diesem Zusammenhang umso härter.

»Das ist eine schöne Stange Geld, die ihnen so entgeht!«, meinte die Rückenkranke. »Und das Jahr für Jahr! Und jedes Jahr wird der Verlust größer! Sie verlieren immer mehr Geld an Sorion. Deshalb wundert es mich gar nicht, dass gerade die Heiler ihn schlecht machen!«

Das klang sehr vernünftig.

«Soll das denn alles nur üble Nachrede sein?«

»All diese ganzen Gerüchte sind völliger Unsinn! Natürlich rennt er schnell zu einem Unfall hin, wenn er gerufen wird!

Das ist doch selbstverständlich. Das machen doch die Heiler auch!«

»Schön ... aber die Hinrichtungen?«

»Na und? Warum soll er keinen Spaß haben? Wir gehen ja auch hin, wenn wir können! Alle Welt besucht die Hinrichtungen.«

»Er soll aber doch keine einzige auslassen. Das ist schon sehr seltsam! Findest du nicht?«

Ich fand es – bemerkenswert.

»Seltsam? Unfug! So sind die Männer nun mal! Mein Schwager hat auch seit 14 Jahren keine Hinrichtung mehr verpasst. Deshalb ist er doch kein schlechterer Mensch! Du kennst ihn doch! Sag selbst, ist er dir je unheimlich oder seltsam vorgekommen?«

»Na ja ...«

»Glaub mir, dieser Sorion ist in Ordnung. Er kann dir helfen, besser als die Heiler es können! Und was ist schon das bisschen Geld, wenn du dafür wieder besser Treppen steigen kannst?«

Die Alten wechselten das Thema und schimpften nun über unzuverlässige Dienstboten. Ich blieb noch ein paar Momente liegen und freute mich über diese Neuigkeiten über Sorion. Als ich merkte, dass meine Fingerkuppen vom langen Aufenthalt im warmen Wasser zu runzeln begannen, stieg ich aus der Wanne und legte mich auf eine steinerne Bank, die etwas abseits stand, um in Ruhe nachzudenken.

»Möchtest du eine Massage?«

Eine Nonne, noch jung, mit einer kecken Stupsnase in einem freundlichen Mondgesicht war an mich herangetreten.

Gute Gelegenheiten muss man nutzen, sagte mein Großvater immer, und so willigte ich gerne ein.

Bald darauf knetete die Nonne meinen Rücken so kräftig und geschickt, dass ich vor Wohlbehagen zu schnurren anfing. Zum Nachdenken kam ich indessen nicht. Die Wohltäterin meiner verspannten Rückenmuskeln plauderte unablässig und fröhlich auf mich ein. Ob es wohl einen neuen Feldzug zur Befreiung Ranaks geben werde? Wie lang und kalt der Winter gewesen wäre und wie schön, dass nun alles wieder grüne und blühe.

Ich überlegte, wie ich diesen munteren Redefluss so kanalisieren konnte, dass er mir nützte.

»Nicht nur in der Natur blüht alles! Auch die Herzen bleiben von der warmen Frühlingsluft nicht unberührt«, warf ich aufs Geratewohl ein, um irgendeinen Anfang für ein Gespräch zu finden. Die Nonne kicherte: »Ich bin natürlich eine Foghosbraut und schon allein durch mein Gelübde über solch weltliche Gefühle erhaben. Aber ich kann es schon nachfühlen. Der Frühling hat seine eigenen Gesetze. Es liegt was in der Luft, nicht wahr? In wen seid Ihr denn verliebt?«

Plötzlich wusste ich, wie ich einhaken konnte!

»Oh! Ich selbst bin gar nicht betroffen, aber eine liebe Freundin von mir.«

»Wie schön!« Sie kicherte wieder, um dann übertrieben ernst und mit grotesk tiefer Stimme hinzuzufügen: »Natürlich nur, wenn alles züchtig ist und auf den gesegneten Stand der Ehe hinausläuft.« Dann aber erklang schon wieder hell ihr perlendes Lachen.

»Ach je«, fuhr ich fort. »Ich habe da so meine Bedenken! Ich fürchte, dass meine Freundin sich in den falschen Mann verguckt hat.«

»Wieso? Warum mögt Ihr denn den Verehrer Eurer Freundin nicht?«

»Ich traue diesem Bilgram einfach nicht über den Weg.«

»Bilgram sagt Ihr? Oh, ich kenne einen Bilgram, so einen rothaarigen Kerl! Verschlagen und leisetreterisch!«

»Genau! Das ist er!«

»Oh, die Götter mögen ihn schlagen mit neun Gebrechen und neun Plagen! Ihr dürft auf keinen Fall zulassen, dass

Eure Freundin sich mit sooo einem Kerl einlässt! Ihr müsst nämlich wissen …«

Ich war auf eine Goldader gestoßen. Während sie munter meinen Rücken durchwalkte, erzählte sie höchst bereitwillig, wie er vor knapp zwei Jahren bei einer Unterschlagung ertappt worden war.

»Man hat dann alle Bücher nachgerechnet und ist darauf gekommen, dass er mehr als dreißig Goldkronen unterschlagen hat. Und denkt Euch nur, er muss damit schon im ersten Jahr seines Noviziats angefangen haben! Über zwölf Jahre hat er diesen schrecklichen Frevel betrieben. Es ist ja nicht nur ein materieller Schaden entstanden! Er hat ja praktisch unseren Gott bestohlen! Wer bestiehlt denn einen Gott? Wie verkommen muss jemand sein, der so etwas wagt? Aber der Gipfel der Frechheit war, dass er dann die Schuld auch noch dem Präzeptor, seinem Vorgesetzten, in die Schuhe schieben wollte. Dabei war er ja praktisch mit den Fingern im Honigtopf erwischt worden. Bildlich gesprochen, sozusagen! Natürlich hat ihm niemand geglaubt und so ist er nach wochenlangem Straffasten und sehr strenger Meditation aus dem Orden entlassen worden.«

Die Strafe der »strengen Meditation« hatte ich schon verschiedentlich beobachten können. Meist junge Mönche mussten auf harten, dreieckigen Latten knien und stundenlang murmelnd Mantras beten, wobei sie sich regelmäßig mit einer kurzen Peitsche selbst geißelten. Sie kamen mir, so oft ich sie sah, eher unglücklich vor, als erleuchtet oder verklärt. Und was unter Straffasten zu verstehen war, konnte ich mir nur zu gut ausmalen. Wenn sie Bilgram ausgiebig auf diese Art gequält hatten, Unterschlagung hin oder her, war es zumindest nachvollziehbar, wenn er inzwischen nicht mehr gut auf seine ehemaligen Mitbrüder zu sprechen war. Doch davon schwieg ich natürlich. Stattdessen fragte ich interessiert:

»Ist das Geld denn wenigstens wieder aufgetaucht?«

»Nein! Denkt Euch bloß! Das ist ja das Seltsame: Bilgram hat immer behauptet, er hätte das Geld nicht genommen. Und seither soll er sehr bescheiden in der Stadt leben. Als wäre er ein Habenichts. Auch zu Verwandten kann er das Geld nicht gebracht haben, denn er hat ja keine. Er war eine

Waise, als Säugling auf den Stufen des Klosters abgelegt. Die Mönche haben ihn im Kloster erzogen. Umso schlimmer ist deshalb ja auch sein Frevel!«

Die Massage war fertig. Um sie in Redelaune zu halten, ließ ich mich von meiner plappernden Nonne zu kalt-warmen Wechselgüssen überreden und folgte ihr in eine gekachelte Nische.

»Was sagen denn die Wächter … pffff … dazu? Wurde der Fall vor … pfff … Gericht gebracht?«, stieß ich hervor, während mich meine Nonne gut gelaunt mit den Eimergüssen zu ersäufen versuchte.

»Aber nein! Der Orden hat das Gericht nicht eingeschaltet. Wenn er in der Kapelle auf Knien vor dem Bild unseres Gottes nichts über den Verbleib des Goldes sagt, ist er so verstockt, dass ein weltliches Gericht sein Gewissen gewiss auch nicht erweichen kann! Aber immerhin hat der ehrwürdige Herr Abt die Wache informiert, dass man ihn wegen schwerster moralischer Verkommenheit und Götterhass verstoßen musste und dass sie befürchteten, dass sein unheilbar krankhafter Geist weitere Freveltaten ausbrüten würde. Er riet dringend, ihn als Urheber künftiger Verbrechen scharf zu beobachten. Und jetzt die Rückseite bitte!«

Eine Weile begoss sie noch meinen Rücken und zog über Bilgram her, dann war auch das Eimerbad beendet.

»Erzählt all das nur Eurer Freundin, dann wird sie ja hoffentlich einsehen, dass dieser ganz und gar verdorbene Schuft niemand ist, dem ein anständiges Mädchen sein Herz schenken sollte!«

Mit diesen Worten wickelte mich die Nonne nun fest in drei Schichten Laken ein, legte mich auf eine Ruhebank und ordnete eine halbe Stunde »Schwitzen und Ruhen« an, um dann ihre Dienste einer anderen anzubieten.

Ich lag wie ein Paket verschnürt auf einer Holzliege in einer hübsch langen Reihe von ebenfalls zu Schwitzruhe verurteilten Frauen. Ich versuchte, über das eben Gehörte nachzudenken, doch bald war ich eingeschlafen und träumte allerlei wirres und beunruhigendes Zeug.

# KAPITEL 27

*Ein Revolutionär im Gasthaus, ein riskanter Bluff und ein überraschendes Geständnis*

Links neben dem Nordtor erstreckte sich nach Westen hin der grasbewachsene Wall. Eine hölzerne Palisade krönte ihn und schützte die Stadt. Der Wall selbst war etwa drei Klafter hoch und knapp doppelt so tief. Nun, am späten Nachmittag, war der Wall ein wunderschöner, sonniger Rastplatz, ein wenig abseits und über der Straße gelegen. Hier saß ich mit Al da Rion. Wir saßen in der Sonne, vergnügten uns mit Knüppelweißbrot und Rauchfleisch und erörterten die Neuigkeiten. Auch hegten wir leise die Hoffnung, die Rückkehr von Ghasol beobachten zu können.

»Da hazt du ja einiges herausgefunden. Sorion läzt also keine Hinrichtung aus. Das izt ja höchzt interessant. Izt er vielleicht doch fasziniert vom Tod?«

»Vielleicht können wir das schon morgen herausfinden. Soll nicht morgen jemand hingerichtet werden?«

»Ja! Ich glaube, ich habe ein Plakat gesehen, das darauf hinwies. Warum läzt sich wohl jemand keine Hinrichtung entgehen?«

»Im besten Fall ist er nur ebenso sensationslüstern, wie der Rest der Stadt. Aber wir sollten unbedingt dort hingehen. Mal sehen, was wir beobachten können. Vielleicht finden wir ja einen Hinweis darauf, was ihn zu jeder Hinrichtung treibt. Ist er dabei immer noch so ruhig und kontrolliert oder gerät er in eine Art Ekstase?«

»Wir sollten auch darauf achten, wen er anzpricht. Trifft er dort vielleicht Bilgram oder Jaguris?«

»Ja! Die Verbindung zu Bilgram ist wichtig! Aber wir müssen auch genau aufpassen, dass Sorion mich nicht in seiner Nähe sieht. Ein Glück, dass er dich nicht kennt. Oder glaubst du, er kann wissen, dass wir ihn zu zweit ausforschen?«

»Nein! Das halte ich für unwahrscheinlich. Ich denke aber an etwas anderes. Vielleicht kommt Sorion ja gar nicht. Was izt, wenn er kein echtes Interesse an Hinrichtungen hat? Vielleicht izt das alles auch nur böse Nachrede der Priezter! Wenn sie ein Drittel an Ztiftungen verloren haben, haben sie einen guten Grund, böse Gerüchte über Sorion in die Welt zu setzen.

Was meinzt du? Hat Sorion vielleicht Angst vor den Heilern und hat dich deshalb bedroht? Vielleicht ztreuen sie ja nicht nur Gerüchte aus? Vielleicht wollen sie ihm noch auf ganz andere Art schaden?«

»Mit gestohlenen Leichen? Das ist nicht sehr wahrscheinlich.«

»Immerhin scheinen die Gerüchte über Bilgram Hand und Fuß zu haben. Ein verztoßener Priezter, der eine große Summe unterschlagen hat!«, wechselte Al da Rion unvermittelt das Thema.

Ich war von der Schuld Bilgrams, zumindest was die Unterschlagung anging, nicht ganz überzeugt: »Es ist schon irgendwie seltsam: Da hat er ein Vermögen geklaut. Doch wo ist das Geld? Wieso ist er mit dem Geld nicht geflohen? Wieso hat er es nicht für einen Neuanfang in einer anderen Gegend genutzt? Warum ist er in dieser Stadt geblieben und tritt immer noch als armer Schlucker auf?«

»Er izt ja vielleicht einer von denen, die mit Geld nicht umgehen können.«

»Ja. Die soll es geben. Ich denke, ich werde mich heute Abend einmal genauer in den Gasthäusern um das Westtor umhören. Vielleicht kann ich ja noch etwas erfahren. Was mir nur so gar nicht in den Kopf will, ist, wie die beiden Mädchen jetzt zu den anderen Toten passen.«

»Du meinzt, sie sind zu lange tot?«

»Sie sind zu lange tot, sie sind noch nicht erwachsen, sie sind Mädchen, sie passen irgendwie gar nicht zu den übrigen Leichen.«

»Vielleicht fehlen noch viel mehr Leichen, alte, junge, Männer, Frauen, Kinder …«

»Wie sollen wir das aber feststellen?«

»Wir könnten jedes Grab auf dem Friedhof öffnen.«

»Das geht wohl kaum, ohne Aufsehen zu erregen. Nein, wir müssen uns um Bilgram kümmern. Da liegt die Antwort!«

Wir diskutierten noch bis zum Torschluss. Ghasol war nicht gekommen.

Es war Abend. Inzwischen hatte ich erfolglos drei Gasthäuser in der Nähe des Westtors besucht. Aus einem hatte man mich ohne weiteren Kommentar wieder hinauskomplimentiert. In den anderen war Bilgram nicht gewesen. Nach ihm zu fragen, wagte ich nicht. Solange ich nicht wusste, ob Sorion mit Bilgram unter einer Decke steckte, schien mir das doch zu gefährlich zu sein. So weit wollte ich mich nicht in den Schweinepferch beugen.

Im Fackelschein sah ich ein Wirtshausschild mit einem dicken Fisch an einem gemütlich wirkenden Haus. Ich trat ein und befand mich diesmal in einer kleinen, einfachen Gaststube mit dunkler Wandtäfelung unter einer altersschwarzen Holzdecke. Gut ein Dutzend Tonschalen mit Talgdochten auf den Tischen funzelten etwas Licht in die Gaststube. Ich hatte Glück. An einem Tisch in der Ecke saß Bilgram bei zwei rotnasigen Männern, die aussahen, als gehörten sie zum Inventar.

Ich blickte mich rasch um und wählte einen Tisch im Rücken von Bilgram, so dass ich ihm unauffällig zuhören konnte, ohne dass er mich sah.

Im Moment war er auch viel zu beschäftigt. Er schwang nämlich gerade eine der großen Reden, von denen Al da Rion schon gehört hatte:

»Wenn ihr immer alles glaubt, was euch die Priester sagen, dann werdet ihr es nie schaffen, das Joch abzuschütteln, das sie euch auferlegt haben. Und sie werden es schwerer machen und schwerer machen Jahr für Jahr!«

»Ich fühle mich ja eigentlich gar nicht so sehr unterdrückt.«

»Weil du schon längst nicht mehr kritisch denken kannst! Du denkst nur noch das, was erlaubt ist, und nicht das, was möglich wäre. Merkst du denn wirklich nicht, wie sie dir schon in deinem Kopf Fesseln angelegt haben?«

»Also ich bin ziemlich sicher, dass sich kein Priester an meinem Kopf zu schaffen gemacht hat!«

Ich bestellte leise ein Bier, während Bilgram seine Zuhörer mit einem anderen Argument zu überzeugen versuchte:

»Schaut doch mal! Es ist doch so: Für jede kleine Verfehlung muss man nicht nur einen Bußritus ableisten, sondern obendrein noch eine Geldbuße leisten! Eine saftige Geldbuße!«

»Ja, und?«

»Fällt dir nichts auf? Die Priester kassieren diese Geldbuße. Wofür? Was machen sie mit dem Geld? Lassen sie es den Opfern der Sünde zukommen? Nein! Sie behalten das Geld! Die Priester leben von den Sünden der Stadt. Je mehr gesündigt wird, umso besser geht es ihnen. Deshalb unternehmen sie ja auch nichts gegen das Unrecht. Sie predigen nur dagegen, aber sie unternehmen nichts, was wirklich helfen würde. Sie tun nichts, um die Sünder wieder auf den Pfad der Tugend zu führen. Warum denn auch, wenn sie an der Sünde verdienen? Die Tugend tatsächlich zu fördern, mit helfenden Händen und nicht nur mit leeren Worten, würde nur ihren Kassen schaden.

Sie lassen, um nur ein Beispiel zu nennen, tatenlos die Ausbeutung und die Unterdrückung der Armen durch die Reichen zu. Sie predigen zwar Mildtätigkeit und Güte, aber sie beschützen nicht die Armen und Schwachen. Und warum nicht? Weil die Ausbeutung der Armen die Sünde der Reichen ist. Für diese Sünde müssen sie zahlen.

Doch stellt euch nun das einmal vor: Die Priester beschützen die Armen vor der Ausbeutung. Sie schaffen einen Ausgleich, sodass sie die Armen reicher und die Reichen ärmer machen. Stellt euch vor, wie das wäre! Dann hätte diese Form der Sünde ein Ende. Aber das wird nicht geschehen! Für die Priester zahlt sich das nicht aus! Dann wäre ihr Geschäft vorbei! Was wäre am Ende, wenn in der Stadt bei Arm und Reich die Tugend ausbräche? Wenn keiner mehr sündigt, gäbe es keine Geldbußen mehr, die sonst immer in die Taschen der Priester wandern, und in den Klöstern müsste man darben. Das aber ist ganz und gar nicht in ihrem Sinne. Ihr seht also: Die Priester brauchen die Sünde, um sie zu besteuern! Das ist es, was sie tun!«

»Die Priester dienen den Göttern!«

»Unfug!«, rief er. »Das machen sie euch nur weis! Aber sie dienen nur sich selbst. Wir sind den Göttern doch ebenso egal, wie die Götter den Priestern.«

»Schluss jetzt! Das ist ja götterlästerliches Zeug, was du da redest!«, warf der Wirt vom Schanktisch aus ein.

»Es ist die Wahrheit! Es ist nur die lautere Wahrheit!«

»Also, ich finde die Tempel gut!«, meinte grinsend einer der rotnasigen Alten: »Dann ist meine Alte nicht den ganzen Tag zu Hause und jammert auch mal anderen Leuten die Ohren voll! Von mir aus kann sie ruhig noch öfter in die Tempel laufen.«

Allgemeines Gelächter ertönte. Dann stand Bilgram auf.

»Ihr seid Knechte! Schafe seid ihr! Eure Faulheit und Ergebenheit ist schuld, dass das Volk niemals die Unterdrückung durch die Priester oder die Pfeffersäcke ablegen wird! Eure Dummheit ist das gemauerte Fundament dieser verkommenen Gesellschaft! Ihr müsst doch endlich einmal aufwachen!«

Er rannte zum Schanktisch und warf dem Wirt ein paar Zinnstücke hin. Dann stürmte er zur Tür, rempelte mich auf meiner Bank an und war draußen.

Ich nahm mein Bier und setzte mich zu den verlassenen Zechern. »Was war denn das für ein komischer Heiliger?«

»Oh, das war Bilgram! Er ist ein Schwafelkopf«, antwortete einer der Alten. »Meistens ist er ja ganz in Ordnung. Aber die Priester sind sein ganz besonderes Steckenpferd. Man braucht die Priester nur erwähnen und er geht auf wie ein Hefeteig. Na ja, und manchmal ist uns halt einfach ein bisschen langweilig!« Die beiden Rotnasigen lachten.

»Irgendwann mal habe ich hier Ärger, nur weil ihr alten Narren ihn immer wieder aufstachelt, götterlästerliche Reden zu halten«, brummte der Wirt im Vorbeigehen.

»Wisst ihr, warum er so einen Hass auf die Priester hat?«, fragte ich.

»Er war schon immer auf die Priester so schlecht zu sprechen, solange wir ihn kennen. Aber er hat mal was angedeutet, sie hätten ihm ganz übel mitgespielt und seine

Existenz zerstört. Er wäre von ihnen ganz übel hereingelegt worden.«

Ich plauderte noch ein wenig mit den Alten, trank in Ruhe mein Bier aus, dann zahlte ich und ging. Viel mehr war von den beiden Rotnasen nicht zu erfahren gewesen. Sie wussten nicht, wie er sein Geld verdiente, nur, dass er meistens nicht sehr viel hatte. Sie hielten ihn für einen arbeitsscheuen, aber harmlosen Spinner mit sehr wirren Ansichten.

Ich wollte gerade den Weg zum »Alten Schild« einschlagen, als sich von hinten eine Hand über meinen Mund legte und ich unversehens und rasch in einen lichtlosen Winkel gezerrt wurde.

»Du hast wohl gedacht, ich wäre blöde, wie?«, zischte es.

Brutal wurde ich herumgerissen und hart gegen die Wand gestoßen. Der Aufprall nahm mir für einen Augenblick die Luft. Kalt spürte ich die Ziegel in meinem Rücken. Eine kräftige Hand drückte mich am Hals an die rohe Ziegelmauer. Ich stand im Dunkel einer Hofdurchfahrt. Vor mir ragte ein großer Schatten auf und ich ahnte in seiner Hand den kalten Glanz einer Messerklinge.

»Hast wohl gedacht, ich seh' dich nicht, wenn du hinter mir sitzt! Du hältst dich wohl für sehr schlau.«

Es war Bilgrams Stimme, leise und drohend. Er fuhr fort:

»Ich habe durchs Fenster geschaut und gesehen, wie du die beiden Idioten ausgefragt hast. Und du hast auch meine Wirtin ausgehorcht. Nettes kleines Mädchen mit langen, blonden Haaren! Haaa, wie reizend! Hast gedacht, ich bin nicht auf Draht, wie? Die alte Ugulis mag ja blind sein, aber ich bin es nicht!«

Ich versuchte, meine Panik in den Griff zu bekommen. Was wollte er? Schon wieder war ich ertappt worden. Was wusste er von mir? Wie kam ich hier wieder heraus? Noch bevor ich einen klaren Gedanken fassen konnte, fuhr er raunend fort:

»Wer schickt dich? Los, sag schon! Haben dich die Priester auf mich angesetzt?«

Mir brach der kalte Schweiß aus und meine Beine fühlten sich an wie Gelee. Ich war in seiner Gewalt, völlig wehrlos und sah mich schon in sehr naher Zukunft leblos flussabwärts treiben. Doch ein Fünkchen Hoffnung glomm in meinen Gedanken. Vielleicht hatte nicht nur ich Angst. Bilgram schien die Priester zu fürchten. Ich konnte mich vielleicht herausschwindeln. Mit Dreistigkeit und Vorsicht. Wenn ich nur meine Karten gut ausspielte.

Ich zwang ein wenig Festigkeit in meine Beine, pumpte mich luftholend auf und versuchte, jede Unsicherheit aus meiner Stimme zu verbannen. Dann schnauzte ich ihn an, viel mutiger, als ich mich fühlte.

»Nimm das dumme Käsemesser weg! Du kannst mir keine Angst machen! Ich weiß alles über deine schmutzigen Geschäfte.«

»Gar nichts weißt du! Und wenn schon! Glaubst du, du wirst noch einmal eine Gelegenheit haben, es jemandem zu erzählen?«

»Das brauche ich gar nicht! Ich habe alles aufgeschrieben. Wenn du mich umbringst, wird morgen der komplette Priesterrat alles über dich nachlesen können! In säuberlichen Runen, schwarz auf weiß!«

»Unsinn! Du bluffst! Nichts weißt du! Gar nichts!«

Seine Worte sollten selbstsicher klingen, doch es schwang Angst in seiner Stimme mit. Ich fühlte, wie ich die Kontrolle über das Gespräch erlangte. Kühn riss ich mich mit einem Ruck los. Mit sägender Ironie in meiner Stimme antwortete ich und ließ mir Zeit dabei, die einzelnen Bruchstücke meines Wissens tief in sein Bewusstsein sinken zu lassen:

»Nein, natürlich weiß ich gar nichts … nichts von dir und dem heimlichen Treffen im Morgengrauen, draußen vor der Stadt. Nichts von deinem Komplizen Ghasol! Niemand bricht nachts auf dem Friedhof ein. Keiner stört die Totenruhe von zwei Mädchen in ihrem Sarkophag … Niemand klettert heimlich mit zwei Bündeln in einem Sack über die Friedhofsmauer! Glaub mir, ich weiß alles!«

Bilgram erstarrte für einige Augenblicke, dann wandte er sich schlagartig um und lief in den Hof hinein. Er floh vor mir! Er hatte die Hosen voll und rannte davon!

Ohne lang zu überlegen, stürzte ich ihm nach und sah noch, wie er durch ein zweites Hoftor zu entkommen versuchte. Schnell wie ein verrücktes Ferkel setzte ich ihm nach, verfolgte ihn quer über die Straße, wo er nun blindlings nach rechts in eine Gasse flüchtete. Dort war er in eine Falle gelaufen! Ich kannte diese Gasse: Hier würde er nur verriegelte Türen finden, aber keinen zweiten Ausgang. Es war eine Sackgasse. Ich lief etwas langsamer. Da sah ich ihn, vielmehr seinen Schatten, neben einer wackeligen Abortbude, wie er gerade versuchte, sich von einem Stapel Kisten auf das niedrigere Dach eines Anbaus hochzuziehen. Ich rannte hinüber und kletterte ihm nach. Als ich ihn zu packen versuchte, stieß er sich ab und war oben auf dem Dach. Sein Absprung brachte mich mitsamt dem Kistenstapel aus dem Gleichgewicht. Polternd krachte alles zusammen.

Rasch stand ich auf. Noch war alles an mir dran, stellte ich beruhigt fest. Eine der Kisten war zu dem Notdurfthäuschen gekullert. Wenn nicht so, dann eben anders, dachte ich und öffnete die Tür des Abtritts. Dann ging es ruck-zuck: Ich stieg von der Kiste auf den Riegel der Tür, vom Riegel höher in das herzchenförmige Loch der Tür und von dort weiter auf das ächzende Dach des Häuschens. Ich durfte gar nicht daran denken, wie umwerfend ich riechen würde, wenn ich ausgerechnet jetzt durch die morschen Bretter brach!

Über mir hörte ich Bilgram. Ich eilte weiter und zog mich auf das Dach des Anbaus hinauf, über das ein paar Klafter weiter der Schuft nach oben hastete. Ein kleiner Absatz trennte das Dach des Anbaus vom großen, weitläufigen Hang des Hausdachs. Bilgram kletterte hinauf. Ich eilte ihm nach. An der Kante des großen Hausdachs angekommen, lugte ich vorsichtig hinüber. Sofort ließ ich mich auf alle viere fallen.

Bilgram hatte nach mir getreten. Nur um Haaresbreite hatte mich sein Absatz verfehlt. Einen Moment kauerte ich auf Händen und Knien, um seinem Stiefel kein Ziel zu bieten. Dann versuchte ich es erneut, aber nun eine Elle weiter links. Wieder schoss mir sein Fuß entgegen, doch nun viel schlechter gezielt. Ich packte sein Hosenbein und zog ihn daran nach unten. Er verlor die Balance, rutschte ein Stuck nach unten, dann warf er sich herum und legte sich platt auf den Bauch. In panischer Hast krabbelte er bäuchlings nach oben, auf den First, wo er hinter den Kaminen Schutz suchte.

Das Dach wirkte groß und kahl unter dem dunklen Himmel. Unter uns glänzten die abendlichen Lichter. Sie wirkten hier oben seltsam fern. Ich kletterte nun zum First, doch nicht direkt auf sein Versteck zu. Noch lagen ein Bündel Schornsteine und etwa sechs Klafter zwischen uns.

Ich blickte über das nach beiden Seiten hin abfallende Dach. Dort war er! Ich sah ihn, wie er hinter einem Schornstein hervorlugte. Offenbar hatte er gehofft, ich würde ihm nicht hier herauf folgen. *Jetzt nur nicht nachlassen*, dachte ich, *nur nicht die Initiative verlieren*! Demonstrativ zog ich meinen Dolch und ging auf ihn zu. Ich wollte ihn nicht aus den Augen lassen und so ging ich nur langsam, denn das Dach war steil und der First schmal. Um das Beste aus meiner Vorsicht zu machen, sprach ich ihn an:

»Gib auf! Dein Spiel ist aus! Du kannst nicht mehr gewinnen.«

Er kauerte sich hinter dem Schornstein zusammen und stürzte dann plötzlich dahinter hervor. Er floh vor mir das Dach hinunter, hastete von mir weg und machte kurz vor der Kante einen Satz. Als er krachend auf dem benachbarten Dach landete, war auch ich ihm nachgestürzt. Nur eine enge Gasse trennte die Häuser, schmal, aber tief! Ich sprang so hoch und so weit ich konnte und landete auf den hölzernen Schindeln.

Bilgram eilte in fliegender Hast nach oben, nur weg von mir. Ich rappelte mich auf und hastete ihm nach. Zwischen zwei Gauben kletterte ich hinauf zum First. Über mir sah ich ein schattenhaftes Zucken. Ich warf mich zwischen die Gauben und glitt ein paar Fuß hinunter. Grade noch rechtzeitig! Er hatte sein Messer nach mir geworfen. Mit einem dumpfen Pochen hatte es sich ein paar Fuß über mir in die Schindeln gebohrt. Ich atmete zweimal tief durch, steckte meinen Dolch wieder ein und nahm stattdessen Bilgrams Messer in die Hand. Nun war der Schuft unbewaffnet, hoffte ich.

Als ich am First angekommen war, war das Dach leer. Glatt und gaubenlos fiel die andere Seite zur Straße hin ab, einer Straße, die zu breit war, um sie zu überspringen. Und auf meine Seite des Daches, auf die mit den Gauben, war er auch nicht zurückgekehrt. Rechts ragte der Giebel des Nachbarhauses als unerklimmbare Wand in die Höhe. Auch aufs Nachbardach konnte er nicht entkommen sein. Ich schlitterte vorsichtig nach unten, an den Rand des Daches, und blickte über die Dachkante in die Tiefe. Drei hohe Stockwerke trennten mich vom harten Pflaster. Ich glaubte kaum, dass er so einen Sprung unverletzt überstanden hätte. Da kein Bilgram am Boden lag oder humpelnd das Weite suchte, gab es nur eine Möglichkeit, wohin er verschwunden sein konnte: die andere Giebelseite. Vorsichtig schlich ich nach oben und auf dem First zur Stirnseite des Hauses. Dort lugte ich vorsichtig hinunter. Da saß er, gefangen in schwindelnder Höhe auf dem schmalen Dach eines Erkers unter mir. Ich hatte ihn in der Falle!

Ich kniete mich hin und sagte mit wohlberechneter Häme in der Stimme: »So, mein Freundchen! Das war's wohl! Ich denke, nun hast du drei Möglichkeiten. Entweder du kletterst zurück aufs Dach. Aber hier oben bin ich. Ich habe einen Dolch und dein Messer. Ich bin im Moment wirklich nicht gut gelaunt. Aber vielleicht springst du ja lieber nach unten. Dann bist du genauso mausetot, wie wenn du hochkletterst. Oder wir unterhalten uns ein wenig, bis ich bessere Laune habe. Was meinst du? Wollen wir uns unterhalten?«

Er schwieg. Womit sollte ich anfangen? Ich begann aufs Geratewohl:

»Wer ist dein Hintermann?«

Er schwieg noch immer.

»Ein Wirrkopf wie du kann so eine Sache doch nicht allein ausgebrütet haben. Wer steckt dahinter?«

»Ghasol kennt da jemanden, der Silber kauft, ohne viele Fragen zu stellen.«

Ich war verwirrt. Er redete nun endlich. Doch seine Antwort schien nicht auf meine Frage zu passen. Was sollte das?

»Und weiter?«, fragte ich ungeduldig und möglichst vage, um mir keine Blöße zu geben.

Abgehackt tönte es von unten:

»Ghasol hat sie nach Marschen gefahren, zu seinem Bruder. Da werden sie eingeschmolzen.«

Einschmelzen, Silber? Das konnte sich kaum um Dasals Leichen handeln oder um die Gebeine der Mädchen. Mir dämmerte, dass ich hier einem ganz anderen Verbrechen auf die Spur gekommen war.

»Und der Sarkophag von Olmis und Sira? Wieso die beiden Mädchen?«

»Ich ... ich brauchte ein sicheres Versteck. Bei mir konnte ich sie nicht lassen. Also habe ich sie gleich in derselben Nacht hinaus auf den Friedhof geschafft und im Sarkophag versteckt. Da würde sicherlich niemand nachsehen.«

»Und wie bist du nachts heimlich aus der Stadt gekommen?«

»Ich weiß, wo einer der Wallwächter seinen Weinkrug versteckt. Ein wenig Schlafpulver, ein kurzes Seil und schon war ich unbeobachtet draußen. Als dann die Priester die Wache aufgefordert hatten, alles bei mir zu durchsuchen, konnten sie natürlich die Leuchter nicht finden.«

Die Leuchter! Natürlich! Die zwei großen Bündel enthielten nicht die Gebeine der Mädchen, sondern zwei große silberne Leuchter! Endlich fiel es mir wie Schuppen von den Augen: Bilgram hatte die Leuchter aus dem Tempel der Bravis gestohlen. Er hatte nichts mit den verschwundenen Toten zu tun. Ich war die ganze Zeit einer völlig falschen Fährte gefolgt. Und das bedeutete ... dass all meine Überlegungen völlig falsch waren. Wahrscheinlich stand jetzt gerade Dasal mit Punto verwundert vor dem geöffnetem Grab der Mädchen, deren Gebeine noch immer dort ruhten.

Während mir all das durch den Kopf schoss, klang kläglich Bilgrams Stimme aus der Tiefe. »Und was wird jetzt mit mir?«

»Was meinst du wohl?«

»Du wirst mich den Priestern verraten?«

»Sollte ich das tun?«

»Ich teile meinen Anteil mit dir! Halbe-halbe?«

Das Angebot war verlockend. Doch es war gestohlenes Geld, das er mir da anbot. So tief war ich noch nie gesunken.

»Du kannst auch zwei Drittel haben ... oder auch alles von mir aus!«

Er war verzweifelt. Ich begann Mitleid mit ihm zu empfinden.

»Behalte dein Geld. Ich will es nicht. Und so gern habe ich die Priester nun auch nicht, dass ich dich ihnen zum Fraß vorwerfe. Mein Preis für deine Freiheit ist etwas ganz anderes. Wenn ich dich laufen lasse, schuldest du mir eine

Gefälligkeit. Du schuldest sie mir! Da stimmst du mir doch zu, nicht wahr?«

»Jaja! Ja, natürlich! Aber ganz klar! Sicher doch!«

In diesem Moment hätte ich alles von ihm haben können.

»Es kann sein, dass ich irgendwann einmal deine Hilfe brauche. Es mag eine Weile dauern. Aber du wirst sie mir gewähren. Ohne Wenn und Aber! Ohne Zögern und ohne Fragen!«

»Jaja! Aber gerne! Selbstverständlich. Das ist nur fair.«

»Gut! Und nun erzähl mir noch einmal in Ruhe, wie das mit der Unterschlagung im Tempel von Foghos wirklich war. Aber die Wahrheit! Keine dummen Märchen!«

Er seufzte und begann seine Geschichte zu erzählen. Während er unter mir auf dem Erkerdach wortreich berichtete, schlich ich mich heimlich zurück und glitt sacht zwischen den Gauben nach unten. Möglichst leise sprang ich zurück auf das Ziegeldach eines Stalls.

Etwas später blickte ich von der Straße aus nach oben und sah auf dem Dach des Erkers eine Gestalt kauern. Dort saß noch immer Bilgram. Er hatte mein Verschwinden nicht bemerkt. Irgendwann würde es ihm sicher auffallen, dass er wieder hochklettern konnte. Ich überließ ihn seinem Schicksal und schlug den Weg zu Al da Rion ein. Nun hatten wir viel zu besprechen.

# KAPITEL 28

*Vergebliche Suche nach einem guten Standpunkt, eine glückliche Einladung und eine Hinrichtung*

Am Morgen hatte ich kurz im »Alten Schild« vorbeigesehen. Dasal hatte mir keine Nachricht hinterlassen. Entweder hatte er es vergessen oder er war zu wütend, weil er das Grab der Mädchen doch nicht geplündert vorgefunden hatte.

Ich stand an der südöstlichen Ecke des Marktplatzes. Es würde wohl noch etwa eine Stunde bis zur Hinrichtung dauern. Zumindest eilte dieses Gerücht durch die versammelte Menschenmasse, die sich in erwartungsvoller Erregung versammelt hatte.

Hinrichtungen waren mir schon immer zuwider. Dass ausgerechnet ich mir schon vorher einen guten Platz für dieses grässliche Spektakel suchte, war wohl die Ironie des Lebens. Ich fand es überflüssig und ekelhaft, als ein weiterer Gaffer den Henker bei der Arbeit zu beobachten. Dieses Töten oder Verstümmeln war für die geifernde und johlende Menge nur eine blutrünstige Sensation, der Kitzel einer perversen Geilheit und eine willkommene Belustigung. In der ganzen Stadt sperrten Trampelfüße mitten am Tag ihre Läden ab und verriegelten ihre Werkstätten. Sie verließen ihre Häuser, um unter dem Schafott zusammenzuströmen, und brachten sogar ihre Kinder mit.

Das war nun gar nicht das, was ich unter Vergnügen verstand. Ich mied diese Menschenaufläufe, wenn ich nur konnte. Doch Sorion besuchte die Hinrichtungen angeblich regelmäßig. Ich hoffte, dass er heute ein gesteigertes Interesse am Sterben oder an Toten offenbarte. Nun, wo Bilgram als Täter nicht mehr infrage kam, blieben mir außer Sorion nicht mehr viele Verdächtige. Ich würde mich zwingen, dem grausigen Spektakel beizuwohnen.

Auf drei Seiten war der Platz von schmucken Bürgerhäusern gesäumt. In ihren wimpelgeschmückten Fachwerkgiebeln schien es kein Fenster zu geben, aus dem nicht eine Traube Gesichter interessiert auf das lebhafte Treiben darunter herabschaute. Die graue, steinerne Fassade des Magistratsgebäudes, das die dritte Seite des Marktes abschloss, wirkte abweisend und streng. Unter seiner Front zog sich, von dicken Säulen gestützt, ein schattiger Bogengang über die ganze Breite hin, der ein paar Treppenstufen höher lag. Mit etwas Durchsetzungsvermögen könnte ich wohl dort etwas erhöht stehen und so über die Köpfe der Menge sehen. Andererseits war es aber auch kaum möglich, die Hinrichtung von einem weiter entfernten Ort aus zu betrachten. Die von Holz eingefasste Plattform aus aufgeworfener Erde, der eigentliche Schauplatz des Spektakels, lag in der dem Magistratsgebäude genau gegenüberliegenden Ecke des leicht abfallenden Marktes, an seinem tiefsten Punkt. Drei hohe Stufen führten die Plattform hinauf. Sie war rund und maß etwa fünf oder sechs Schritt im Durchmesser. Dort standen der Richtblock, der Pranger und einige Halterungen für die anderen, einfallsreicheren Vorrichtungen, mit denen der Henker die Delinquenten verstümmelte oder zu Tode brachte.

Von hier aus würde ich nichts sehen können. Ich brauchte einen besseren Standort. In den feinen Bürgerhäusern um Einlass zu bitten, war ein aussichtsloses Unterfangen. Den Aussichtsplatz, den ich mir gestern Abend noch gemerkt hatte, ein mehr als mannshoher Stapel aus Strohballen, der vor einem Mietstall gleich um die Ecke lagerte, hatte irgendjemand weggeräumt. Vielleicht konnte ich noch einen Platz auf dem Mäuerchen ergattern, das dort ein paar Schritt weiter den Misthaufen einfasste.

Das Mäuerchen erwies sich als nicht besonders geeignet. Es stank und war so schmal, dass ich zwar darauf sitzen, jedoch kaum darauf länger stehen konnte. Auch der vertikale Vorsprung, den es mir so verschaffen konnte, war kaum ausreichend. Doch etwas anderes war noch schlimmer: Von hier aus hatte ich einen so ungünstigen Blickwinkel, dass ich nur etwa ein Drittel der Plattform und des Platzes einsehen konnte.

Ich saß mit baumelnden Beinen auf der Mauer und suchte mit den Augen nach einer besseren Position, als mich ein Bengel ansprach, der wohl zehn oder elf Winter jung sein mochte: »Du musst wohl neu hier sein! Komm mit, ich zeig dir 'ne andere Stelle. Von da aus können wir viel besser sehen!« Offenbar hielt er mich für eine Altersgefährtin, denn er flitzte unbekümmert los, ohne auf mich zu warten. Ich lief ihm nach, so rasch ich konnte, und schloss im Laufen meine oberen Blusenknöpfe. Wenn es der Zufall so wollte, dann gab ich mich eben als Kind aus und wollte dafür sorgen, dass meine Kurven nicht zu sehr ins Auge stachen.

Der Junge lugte inzwischen durch eine halb geöffnete Stalltür, wartete einen Moment und huschte dann hinein. Auf leisen Sohlen flitzte er durch den Gang zwischen den Pferdeboxen, um eine Ecke herum und kletterte dann wieselflink eine steile Leiter zum Heuboden hinauf. Ich eilte ihm nach.

»Wir müssen leise sein!«, raunte der Junge mir zu. »Wenn uns der Stallknecht erwischt, fliegen wir raus und zwar mit poliertem Hosenboden. Aber hab keine Angst, solange wir still sind, passiert nichts. Sobald die Hinrichtung losgeht, wird er in der Stalltür stehen und zuschauen. Du hast doch keine Angst, oder?«

Im Dämmerlicht, das hier im Heulager herrschte, mochte ich wohl als Kind durchgehen. Ich beeilte mich zu antworten: »Nein-nein! Überhaupt nicht!«

»Und du fängst auch nicht an zu flennen oder zu kotzen, wenn es dann losgeht? Hast du schon einmal eine Hinrichtung gesehen?«

»Ja, natürlich!«, beruhigte ich ihn. »Ein paar Male konnte ich schon zusehen.«

Leise führte er mich zu einer weiteren Leiter, über die wir auf eine improvisierte Plattform aus ein paar Brettern stiegen, die auf den Balken des Dachstuhles auflagen. Hier saßen schon zwei weitere Buben im Dämmerlicht hinter einer kleinen Luke im Dachgiebel.

Die Vorstellung erfolgte rasch und leise: Die drei Knaben hießen Baril, Jogo und Omal. Alle drei versicherten mir, von hier aus sähe man alles ganz prächtig.

Meine jungen Gastgeber bewiesen nun ihre Fachkenntnis, indem sie detailreich und anschaulich die Hinrichtungen beschrieben, denen sie schon beigewohnt hatten. Es war ein Thema, das sie alle wohl sehr stark beschäftigte, denn sie redeten sich richtig in Fahrt. Ich heuchelte Bewunderung, doch hielt ich mich bescheiden im Hintergrund. Ich dachte an Al da Rion und hoffte, dass sein Plan gelingen würde. Er hatte angeboten, Sorion beim Verlassen seines Hauses zu beobachten, das ich ihm beschrieben hatte. Das war vermutlich nicht weiter schwer. Ihn im Gewühl des Marktplatzes nicht zu verlieren, war da schon schwerer. Doch andererseits war Al da Rion fast doppelt so lang wie ich. Er konnte die Menge leichter überblicken. Er würde es schon schaffen.

Dumpfes Trommelschlagen ertönte von draußen.

»Es geht los!«, flüsterte Jogo heiser und öffnete die Luke. Sie bot genügend Platz, dass wir alle hinaussehen konnten, und ich dankte meinen Ahnen für die glückliche Fügung, denn der Platz, zu dem Baril mich geführt hatte, war hervorragend. Ich konnte problemlos die ganze Menge überblicken und sah direkt auf den Richtplatz.

Ganz vorne am Podest erkannte ich ein paar zerlumpte Gnome. Etwas abseits, aber doch recht dicht am Geschehen, standen ein paar Zwerge und schienen sich angeregt zu unterhalten. Wie Inseln im Meer der Menschen erkannte ich immer wieder kleine Grüppchen von Orks. Ihre schmuddeligen Fell- und Ledermonturen fielen unter all den schillernden Geckenjacken der Trampelfüße als Flecken stumpf-farbiger Ruhe auf. Vereinzelt drang von dort kehliges Gelächter bis hinauf an unser Fenster.

Als ich gerade, nicht ganz ohne Stolz, feststellen wollte, dass Halblinge diesem Spektakel ferngeblieben waren, entdeckte ich sie. Meine Stammesgenossen waren auf einen Baum am Rande des Platzes geklettert. Dort saßen sie dicht gedrängt auf den unteren Ästen.

Auch Bilgram erkannte ich in der Menge. Er schob sich an einen schmerbäuchigen Mann mit einer dicken Börse am Gürtel heran. Ich vermutete, er wartete auf eine passende Gelegenheit, ihm diese schwere Last abzunehmen.

Ich suchte die Schar der Köpfe nach Al da Rion oder Sorion ab, während zwei stämmige Trommlerknaben am Tor des Magistratsgebäudes unablässig ihre Kalbsfelle bearbeiteten. Fast alle Köpfe wandten sich ihnen zu und der Tür, die sie flankierten. Nur ein Kopf blickte in eine andere Richtung. Das war Al da Rion! Ich hatte ihn zunächst übersehen, weil er mit dem Rücken zu mir stand. Auch er blickte zur Arkade unter dem Magistratsgebäude, aber nicht zum Tor, sondern zur linken Ecke. Dort stand Sorion und sprach mit einem stattlichen Mann mit Backenbart. Sorion wirkte ebenso ruhig, ernst und konzentriert, wie ich ihn kennengelernt hatte. Sein Gesprächspartner wirkte hingegen gereizt und gestikulierte wild, als wolle er etwas vehement abstreiten. Sorion erwiderte etwas, was er mit einer lebhaften Handbewegung unterstrich. In diesem Moment öffnete sich das Tor des Magistrates und ein Brausen wogte über den Platz. Auch Sorions Gesprächspartner hatte nun nur noch Augen für das angekündigte Schauspiel. Auch er reckte sich, hob in seiner Begeisterung beide Arme und bekam über seinem prächtigen Backenbart ganz rote Ohren. An eine Fortführung dieses Gesprächs war im Moment nicht zu denken. Aus der Tür zog nun eine Prozession und die Menge öffnete sich zu einer Gasse, um sie durchzulassen. Ein scharlachrot gekleideter Henkersgehilfe trug auf einem Samtkissen das Richtschwert voran. Ihm folgten die vier offiziellen Zeugen: der Richter in seiner Robe, ein Vertreter des Magistrates, ausgezeichnet mit seiner prächtigen Ratskette, und die Hohepriester der Tempel von Lanavis, der Göttin der Wahrheit und von Grisal, dem strafenden Gott der Rache mit allen Insignien ihrer Würde.

Sorion sprach nun wieder auf den Backenbärtigen ein, heftiger und drängender. So genötigt, das Gespräch wieder aufzunehmen, sprach der ein paar knappe Worte mit der Miene eines sehr genervten Menschen.

Inzwischen hatte ein weiterer Henkersknecht den Eselskarren aus dem Tor des Magistratsgebäudes geführt. Auf dem Karren lag der Sarg und darauf saß gebunden der Delinquent. Ein ohrenbetäubendes Kreischen, Schreien und Rufen erhob sich und auch meine drei Buben krähten begeistert aus unserer Luke. Unter Johlen und Plärren zog die Prozession langsam durch die Menge über den Marktplatz. Wer von den Besuchern altes Obst oder Gemüse dabeihatte, warf es unter Beschimpfungen und Schmährufen dem Todgeweihten an den Kopf.

Sorion war nun von dem Mann mit dem Backenbart abgerückt und trat zu einem prächtig gekleideten Glatzkopf mit rotem Gesicht. Der schien ihn aber zunächst nicht zu bemerken, denn er war, wie die anderen auch, mit Rufen und Johlen beschäftigt. Sorion musste ihn am Rock zupfen, um auf sich aufmerksam zu machen.

Als Letzter trat unter den dumpfen Trommelschlägen der Henker aus dem Magistratsgebäude. Er war ein großer Mann, breitschultrig und mit einem vierschrötigen Gesicht. Er trug eine bunte, gestreifte Hose und ein mit grünen und roten Bändern geschmücktes Wams. Mit seinen grellen Farben sah er aus wie ein Gockel. Als er den Platz betrat, verstummte der Lärm der Menge. Auch meine Jungs verstummten ehrfurchtsvoll. Nur einer flüsterte ein bewunderndes »Da kommt er!«

Sorion hatte inzwischen den Glatzkopf angesprochen. Den heftig abweisenden Gesten nach zu urteilen, wollte der aber nichts von Sorions Anliegen wissen. Sorion begann mehrmals, doch wurde er immer wieder unterbrochen und offensichtlich in seinem Mitteilungsbedürfnis abgewürgt.

Die versammelte Menge war nun auf die Plattform konzentriert. Inzwischen hatten die Henkersgehilfen den Delinquenten mit seinem Sarg hochgezerrt. Der Arme kauerte vor den beiden Priestern, dem Richter und dem Vertreter des Rates der Stadt. Nur der Henker stand noch unten, am Fuße der Treppe.

Der Richter trat vor und verlas mit schnarrender Stimme das Urteil, das er über den Sünder gefällt hatte. Es war in umständlichen Worten und verquaster Sprache verfasst. Die Jungs waren ungeduldig und ohnehin gut informiert. Sie gaben mir eine Kurzfassung:

»Es geht Pital an den Kragen« – »Pital, der Graue« – »Er hat einem betrunkenen Kapitän die Gurgel durchgeschnitten!« – »Von hinten, einfach so!« – »Und das auch noch vor Zeugen!« – »Für nur fünf läppische Silberpfennige!« – »Ein ganz feiger und gemeiner Mord!« – »Für nur fünf Pfennige!« – »So ein gemeiner Kerl!«

Auch der Richter hatte inzwischen sein Salbadern beendet. Nun trat der Vertreter des Magistrats vor und rief laut in die Menge: »Ihr habt das Urteil vernommen, Volk von Garbath! Das Urteil war weise und gerecht. Soll der Mann nun gerichtet werden?«

Ein vielstimmiges »Ja!«, erscholl als Antwort, auch aus unserer Luke.

Der Magistratsabgeordnete brachte die Menge mit einem Wink seiner Hand zur Ruhe. Dann rief er erneut: »Soll ich nun nach dem Henker schicken?«

Wieder erhob sich ein hundertfaches »Ja!«. Nun betrat endlich der Henker die Plattform. Er stellte sich breitbeinig hin und deutete auf sein Opfer, das immer noch elend auf seinem Sarg kauerte. Das Zeremoniell verlangte nun, dass auch der Henker noch einmal das Volk befragte:

»Soll ich im Namen der Götter und im Namen der Stadt nun diesen armen Sünder zu Tode bringen mit der Schärfe des Schwertes?«

Erneut scholl ihm ein »Ja« entgegen. Die Menge war so aufgeregt und begierig, Blut zu sehen, dass niemand zu bemerken schien, dass der Henker nicht nur eine piepsig hohe Stimme hatte, sondern auch noch furchtbar lispelte. So sprach er von »der Ssärfe des Sswertess.« Dadurch verlor die festgeschriebene Formel deutlich an Sprachkraft.

Offenbar war ich die Einzige, die daran Anstoß nahm. Der Menge jedenfalls war es gleich. Plötzlich wurde es nun ruhig auf dem Platz. Eine gespannte Stille legte sich über die Menge. Auch die Jungs verstummten und starrten mit stierem Blick nach unten. Sie blickten gebannt auf den Henker, der sich nun das Wams auszog. Die beiden Priester begannen Psalmen zu singen und traten mit dem Richter und dem Magistratsmitglied an die hintere Kante des Podestes. Mit gierigem Blick und offenen Mündern verfolgten die Buben jedes Recken und Dehnen, mit dem sich der Henker für sein

Werk locker machte. Einzig ein gehauchtes »Gleich …« entrang sich ihnen.

Sorion stand immer noch unter der Arkade des Magistratsgebäudes. Finster blickend lehnte er an einer Säule. Ein besonderes Interesse an der Hinrichtung konnte ich nicht feststellen. Al da Rion stand nicht weit von ihm entfernt.

Inzwischen hatten die Henkersknechte den Verurteilten auf einem hohen Stuhl mit niedriger Lehne festgebunden. Sie setzten ihn richtig in Positur und schärften ihm ein letztes Mal ein, ja den Kopf nicht einzuziehen, wenn er seinen ohnehin unausweichlichen Tod nicht zu einer langen und quälenden Scheußlichkeit mit etlichen Schlägen ausdehnen wolle. Schließlich traten auch sie beiseite.

Die Kinder schluckten und wagten kaum zu atmen, als nun der Henker seitlich hinter den Stuhl trat und das Schwert packte. Ihre Finger krampften sich ins Holz des Rahmens der Luke, ihre kleinen Körper zitterten in gespannter Erwartung. Auch auf dem Marktplatz wirkte alles wie eingefroren, bis auf eine Taube, die mit klatschenden Flügelschlägen von einem der Dächer auf- und über die Menge davonflog.

Dann war in einem Atemzug alles vorbei. Der Henker drehte sich fast beiläufig zur Seite, holte aus und schlug zu. Das Schwert sang kaum sichtbar durch die Luft. Ein Geräusch erklang kurz, ähnlich wie brechendes Holz oder reißender Stoff und doch ganz anders. Der Kopf des Unglücklichen nickte zur Seite auf die Schulter. Das Nicken hörte nicht auf, wurde ein Rollen und aus dem Hals spritzte Blut bis in die ersten Reihen der Schaulustigen. Kullernd rollte der Kopf über die Schulter in den Schoß des Gerichteten und weiter zu Boden. Mit entsetzt aufgerissenen Augen starrte er zu uns hoch, während sein Rumpf sich zuckend gegen die Stricke warf. Ein paar Male noch schoss ein hellroter Strahl Blutes aus der Halswunde, dann versiegte er und der krampfende Körper erschlaffte.

Als der Blutstrom verebbte, trat der Henker vor, packte den Kopf an den Haaren und präsentierte ihn der Menge. In diesem Moment erst löste sich die Starre der Zuschauer. Alle jubelten dem Henker zu. Nur ich nicht und auch nicht Sorion, der unverändert finster blickend wie gelangweilt an der Säule lehnte.

# KAPITEL 29

*Ein Ablenkungsmanöver, Nachdenken über den Sinn von Strafen und ein neues Rätsel*

»Klasse!« – »Tadellos!« – »Perfekt!« – »Er kann es halt wirklich!« – »So muss das sein!«

Schon eine kleine Weile waren die drei Jungs ganz aufgeregt und überschlugen sich in fachkundigem Lob für den Henker und Bewunderung für die gelungene Enthauptung. Nur Jogo, der jüngste der drei, meinte schließlich mit leichtem Bibbern in der Stimme: »... wie das Blut gespritzt ist!«

Noch hatte keiner der anderen gewagt, ein Gefühl von Grausen oder Ekel zuzugeben. Doch mit Jogos Bemerkung verschob sich den Schwerpunkt der Unterhaltung vom euphorischen Lob des gelungenen Schauspiels hin zu den anschaulichen Beschreibungen der unappetitlichen Details. Nun änderte sich auch rasch der Ton. Waren die Ausrufe zunächst noch laut und begeistert gewesen, wurden sie nun allmählich leiser und verlegener:

»Er hat sich in die Hose gepisst!« – »Hast du gesehen, wie der Kopf gerollt ist!« – »Bis in die dritte Reihe ist das Blut geschossen!« – »Wie sich der Körper geschüttelt hat!« – »Und das Geräusch! Wie sich das angehört hat ...« – »... seine Augen, als sein abgeschlagener Kopf zu uns hochgeschaut hat ...« In ihre eben noch vom Eifer geröteten Gesichter trat nun eine etwas fahlere Schattierung.

Inzwischen begann die Menge auseinanderzustreben. Auf dem Gerüst banden die Henkersknechte den Rumpf des

Toten vom Stuhl los und legten ihn in den Sarg. Nun trat der Henker dazu und bettete seltsam sanft und vorsichtig das Haupt seines Opfers auf dessen Füße und schlug das Zeichen des Alvarissegens. Dann wurde der Sarg verschlossen und zugenagelt. Unter dem Bogengang hatte Sorion sich einigen prächtig gekleideten Herren angeschlossen, die nun in das Magistratsgebäude gingen, darunter auch der Backenbart und der Glatzkopf. Offenbar interessierte er sich nicht weiter für den Leichnam. Ich war ein wenig enttäuscht. Ich hatte von Sorion erheblich mehr Begeisterung oder zumindest deutliches Interesse erwartet. Mitten auf dem sich nun rasch leerenden Platz blieb bald nur mehr der Schmerbauch zurück. Er blickte verwirrt um sich herum auf den Boden und tastete immer wieder vergeblich nach seiner Börse.

Die Knaben hechelten allmählich leiser werdend immer wieder dieselben Details durch und begannen, sich nun auszumalen, wie man sich auf dem Richtstuhl in Erwartung des Schlages fühlen musste. Omal warf die Frage auf, ob der abgeschlagene Kopf noch etwas sehen könne, dann aber wurden sie immer einsilbiger und das Gespräch versickerte. Schließlich warteten sie alle auf ein Signal zum Aufbruch. Natürlich verbot es ihnen ihre Gassenbubenehre, schwach zu werden und selbst dieses Signal zu geben. Als ich knapp und kühl meinte, es wäre für mich allmählich Zeit zu gehen, antwortete dann aber jeder von ihnen erleichtert: »Für mich auch!«

Wir schlossen die Luke, stiegen wieder hinunter und schlichen durch die kühle, dunkle Stallgasse auf das Tor zu. Dort in der Öffnung, die uns vom lebendigen, warmen Sonnenlicht trennte, stand, noch immer den Hals reckend, der Stallknecht auf einem umgedrehten Eimer. Ein dicklicher Kerl mit hängenden Schultern und stumpfem Blick. Eine zweite Stalltür gab es nicht.

Durch die Tür zu rennen war riskant. Einen würde der Stallknecht wohl erwischen. Betreten standen die drei Jungs nun da, gefangen, ohne die Chance, so bald unbemerkt hinauszugelangen. Sie sahen unglücklich aus und wischten sich ihre feuchten Hände an den Hosen ab. Aus den stolzen und selbstbewussten Hinrichtungsexperten, die sie eben noch gewesen waren, waren wieder Kinder geworden. Kinder, denen es graute und die nur noch fortwollten. Ich hatte Mitleid und beendete meine Scharade. Rasch schob ich sie in eine leere Pferdebox.

»Seid still, ihr Bengel, und passt einen Augenblick auf!«, raunte ich ihnen zu. »Ich gehe jetzt da hinaus. Während ich den Stallknecht ablenke, könnt ihr hinauslaufen!«

Noch bevor sie etwas entgegnen konnten, trat ich auf die Stallgasse und rief laut:

»He! Stallknecht! Hallo! Wo bist du, du elender Faulpelz?«

Während sie mich noch mit offenen Mündern anstaunten, drehte ich mich um und ging zur Stalltür. Amüsiert stellte ich fest, dass die Trampelfüße, offenbar kleine ebenso wie große, nur das wahrnehmen, was sie sehen wollen. Die Lausejungs hatten in der ganzen Zeit, wohl fast eine Stunde lang, eng mit mir zusammengehockt und nicht begriffen, dass ich kein Kind war. Sie hatten den größten Teil der Unterhaltung selbst bestritten und weil ich sie nicht überragte, waren sie gar nicht auf den Gedanken gekommen, dass ich kein Kind war. Wie ich nun großspurig nach dem Stallknecht rief, erkannten sie endlich ihren Irrtum und waren fassungslos.

Inzwischen kam mir der Stallknecht entgegen und brummte, was ich denn hier drinnen zu suchen hätte. Während er mich mit sichtbarer geistiger Anstrengung als Halbling erkannte, fuhr ich ihn in nicht besonders freundlichem Ton an: »Ich suche ein Pony und jemanden, der es mir vermietet. Was ich sicher nicht suche, ist ein unhöflicher und fauler Kerl, den ich erst nach einer halben Stunde Sucherei finde! Wo, bei allen Göttern, hast du gesteckt?«

»Ich stand draußen und habe mir die Hinrichtung angesehen. Hier gleich ums Eck stand ich.«

»Du hast wohl Besseres zu tun als deine Arbeit? Hast du mich denn nicht rufen gehört? Seit einer kleinen Ewigkeit bin ich schon da! Hast du ein Reitpony, das ich mir übermorgen leihen kann?«

»Ein Pony haben wir, bitte folgt mir, Herrin!«

Der gescholtene Dummkopf verbeugte sich sogar vor mir, als er mich zum Weitergehen bat. Am anderen Ende der Stallgasse öffnete er einen Bretterverschlag und trat hinein.

Während ich hinter mir drei Schemen ins Freie huschen sah, zeigte mir der Stallknecht beflissen ein struppiges Pony mit munterem Ohrenspiel.

»Hast du auch einen passenden Sattel? Ich will nicht auf dem nackten Fell sitzen.«

»Natürlich, Herrin! Sehr wohl! Einen Sattel haben wir auch. Auch Satteldecke und Zaumzeug! Steht alles bereit! Ihr werdet einen Damensattel bevorzugen?«

»Was denkst du denn wohl? Natürlich reite ich auf einem Damensattel! Wie sähe ich denn sonst wohl aus? Übermorgen bei Tagesanbruch brauche ich das Tier, geputzt und gesattelt! Ich bringe es am Abend desselben Tages noch zurück!«

»Übermorgen früh, bei Tagesanbruch! Jawoll, Herrin! Spinntag früh! Es wird alles fertig sein! Das Tier heißt Rödi. Ihr werdet zufrieden sein. Es ist ausdauernd, fromm und trittsicher. Es wird Euch den ganzen Tag tragen, wenn Ihr das wünscht. Für nur 8 Bronzeschillinge!«

Ich langte in meine Geldbörse und warf ihm einen Schilling zu, den er erstaunlich geschickt auffing. »Nimm das als Anzahlung und wehe dir, wenn du Faulpelz nicht rechtzeitig das Pferd fertig hast!«

Seine Entschuldigungen und Beteuerungen klangen mir bis zum Stalltor nach.

Ich strebte der »Seeschwalbe« zu, wo ich mich mit Al da Rion treffen wollte. Gleich hinter der Hausecke des Stalls musste ich einen Schritt zur Seite machen, um nicht in einen Haufen Erbrochenes zu treten. Ich fragte mich, ob er wohl von einem meiner drei Jungs stammte.

Es tat mir fast etwas leid um den Bronzeschilling, den mich die Bestellung des Ponys gekostet hatte. Doch wenn man eine herrische Kundin spielt, tut man gut daran, eine reiche herrische Kundin zu spielen. Der Platz, den mir die Jungs gezeigt hatten, war sicher einen Schilling wert gewesen. Möglicherweise fand ich morgen sogar noch Zeit, dem Stallburschen mitzuteilen, dass ich meine Pläne geändert hätte, und konnte das Geld zurückfordern. Doch meine Aussichten darauf waren vermutlich nicht sehr günstig.

Noch immer wunderte ich mich über Sorion. Er hatte kein besonderes Interesse an der Enthauptung und dem Toten gezeigt! War ich nur der üblen Nachrede missgünstiger Priester aufgesessen? Und mit wem hatte er sich zu unterhalten versucht? Über was? Über den Feldzug zur Befreiung von Ranak? Die beiden Gestalten hatten reich und wichtig ausgesehen. Auch sie waren im Magistratsgebäude verschwunden. Sorion hatte sehr engagiert gewirkt und schien den beiden lästig gewesen zu sein.

Ich war sehr gespannt auf Al da Rions Bericht. Sein Schiff war nur einen Katzensprung entfernt. Kurz überlegte ich, ob ich zuvor im »Alten Schild« vorbeischauen sollte. Vielleicht hatte Dasal mir inzwischen geschrieben. Doch es war möglicherweise noch zu früh und ein ziemlicher Umweg war es außerdem. Nachdem ich mich vergewissert hatte, dass mich niemand beobachtete, huschte ich über die Planke an Bord. Al da Rion war noch nicht da. Er würde aber sicher bald kommen.

Ich setzte mich auf das Deck, lehnte meinen Rücken an den Mast und genoss die wärmenden Sonnenstrahlen. Im Sonnenschein fühlte ich mich auf einmal wunderbar lebendig. Gerade hatte ich recht ruhigen Blutes der grausamen Tötung eines Menschen beigewohnt. Pital der Graue war hingerichtet worden. Er hatte getötet und war dafür bestraft worden. Ich fand die Todesstrafe selbst weniger entsetzlich, als die johlende Menschenmasse und das inszenierte Theater, das man darum machte. Der eigentliche Akt war schnell, gekonnt und präzise vollzogen worden. Diesmal. Doch die Jungs hatten mir von anderen Hinrichtungen erzählt, bei denen der Henker nicht so gut traf. Es gab auch noch andere Hinrichtungsmethoden, die das Sterben kunstvoll in die Länge zogen. Grundsätzlich aber hielt ich diese Art der Bestrafung für unsinnig.

Bei uns zu Hause gab es ein ausgeklügeltes System von Strafen und Ersatzleistungen. Wer einen anderen durch Leichtfertigkeit oder im Zorn zu Tode brachte, wurde nicht getötet, weil das weder den Waisen noch der Witwe half. Stattdessen hatten die Hinterbliebenen Anspruch auf drei Viertel allen Einkommens des Schuldigen, und zwar zeit seines Lebens. Einem überführten Dieb wurde nicht, wie hier, die Hand abgehackt, sondern er musste den dreifachen Wert des Gestohlenen ersetzen oder so lange für den

Eigentümer Frondienst leisten, bis dieser Wert ersetzt war. Wer ein naives Mädchen mit einem falschen Eheversprechen in sein Bett lockte, steuerte durch das dafür fällige Kranzgeld nicht unerheblich zu ihrer Mitgift bei. Manch armes Mädchen wurde so eine attraktive Partie, denn wenn die Liebesbemühungen Folgen hatten, kam zum Kranzgeld auch noch das Wiegengeld hinzu. Hier in der Stadt standen die armen Dinger, wenn sie zu dumm waren oder Pech hatten, am Pranger und wurden von der Gesellschaft verstoßen. Sie fanden weder Ehemann noch ordentliche Anstellung.

Die Planke knarzte, als Al da Rion das Schiff betrat, und er riss mich damit aus den Gedanken. Kaum waren wir unter Deck, da erkundigte er sich, ob ich einen guten Platz gefunden hätte.

»Den besten Platz!«, erwiderte ich und berichtete ihm von meinem Glück mit den Lausejungs und ihrer Loge.

»Etwas war seltsam, Al da Rion. Sorion hat gar kein rechtes Interesse an der Hinrichtung gehabt. Er schien viel eher mit wichtigen Leuten sprechen zu wollen.«

»Doch die wollten nicht mit ihm zprechen! Es waren, wie ich im Gezpräch erfuhr, Furisek und Rinigo. Beide wollten sich nicht mit ihm unterhalten. Von beiden bekam er sehr deutlich gesagt, dass sie kein weiteres Geld aus der Ztadtkasse zur Befreiung Ranaks befürworten würden. Kennzt du die beiden?«

Ihre Namen waren mir nicht unbekannt. Furisek war der Stadtkämmerer und bekannt für seinen sprichwörtlichen Geiz. Von Ringo wusste ich nur, dass er Vorsteher der Glasbläsergilde war, einer der Gilden, die wohl an einem Feldzug am wenigsten verdienen würden. Beide hatten eine gewichtige Stimme im Magistrat.

»Doch etwas izt sehr bemerkenswert. Du wirzt nicht erraten, wer noch kurz vor der Hinrichtung an Sorion herangetreten izt.«

»Wer?«

»Der Henker! Er kam zu Sorion unter den Säulengang, nur ganz kurz. Es war eine Weile vor der Hinrichtung. Er trug einen Mantel, doch ich habe ihn erkannt! Sorion gab ihm etwas. Dann verschwand der Henker wieder im

Magiztratsgebäude und ein paar Minuten zpäter begann die Prozession!«

»Er gab dem Henker etwas? Was könnte es wohl gewesen sein?«

»Ich glaube, es war ein gefaltetes Stück Pergament, so klein, dass es in der Fauzt des Henkers verschwand. Ich habe leider keine Ahnung, was auf dem Pergament ztehen könnte. Es tut mir leid.«

Statt ein Rätsel zu lösen, waren wir auf ein neues gestoßen. Es war zum Verzweifeln. Ich konnte nur hoffen, dass Dasals Brief wenigstens Sarogo und Jaguris aus dem Spiel nahm. Überall gab es lose Enden, nichts ergab einen Sinn. Das Rätsel wurde nur immer verwirrender. Es war zum Heulen.

# KAPITEL 30

*Ein Ablenkungsmanöver, Nachdenken über den Sinn von Strafen und ein neues Rätsel*

Auch nach längerer Diskussion waren Al da Rion und ich zu keiner Lösung dieses neuen Rätsels gekommen. Offenbar gab es eine Beziehung zwischen dem Henker und Sorion. Leider half uns dieses Wissen nicht im Geringsten weiter. Doch es eröffnete eine unübersehbare Anzahl neuer Möglichkeiten, die wir in immer wieder denselben Gesprächsschleifen bis zum Überdruss erörterten.

Nachdem sich herausgestellt hatte, das Bilgram nur ein Dieb war und mit unseren verschwundenen Toten nichts zu tun hatte, rückte Sorion ins Zentrum der Verdächtigungen. Sarogo hielt ich als Täter für kaum wahrscheinlich, auch wenn Al da Rion ihn weiter für zumindest verdächtig hielt. Jaguris kam aber durchaus noch infrage, zumindest solange der Tag ihrer Totenwacht nicht geklärt war. Doch alleine konnte sie die Tat wohl kaum ausgeführt haben.

Gab es vielleicht noch jemanden? Hatten wir jemanden bei unseren Nachforschungen bisher übersehen? Den großen Unbekannten? Unsere Diskussion drehte sich wieder einmal im Kreise.

Die Nachmittagssonne stand schon schräg und machte die Schatten lang, als ich endlich zum »Alten Schild« zurückging. Inzwischen sollte ich von Dasal Nachricht haben. Hoffentlich brachte uns diese Nachricht etwas weiter. Als ich Karals Gasthaus näher kam, stutzte ich. Eine aufgeregt wuselnde Menschentraube stand vor dem »Alten Schild« versammelt. Manche der Leute kannte ich. Viele wohnten in der Nachbarschaft. Andere dagegen hatte ich noch nie gesehen. Mit den Ellbogen bahnte ich mir meinen Weg durch die Leiber, wobei ich allerlei Satzfetzen aufschnappte.

»Wie schrecklich!« – »Was ist denn geschehen?« – »Wer war denn das?« – »Lebt er noch?« – »Ein Ranaki hat sich nach dem ›Schild‹ erkundigt.« – »In seinem eigenen Blut!« – »Der Arme!«

Mit einem sehr bangen Gefühl in der Magengegend trat ich über die Schwelle. Auch in der Gaststube standen etliche Leute schweigend versammelt. Der Raum sah aus wie sonst auch. Die Tische standen da wie immer, die Theke war sauber gescheuert, die Sonne malte mit den runden Gläsern der Butzenscheiben grüne und gelbe Muster darauf und die Krüge standen in reih und Glied auf dem Brett dahinter. Doch auf dem Boden vor der Theke lag, von den stummen Gaffern umgeben, in einer großen, dunkel glänzenden Lache, ein Mann. Er lag auf dem Bauch und hatte den Kopf zur Seite gedreht: Es war Spirek, der kleine Kellner und Liebhaber von Karal. Er rührte sich nicht. Mit zwei Schritten war ich bei ihm und kniete mich neben ihn auf den Boden.

»Einen Zinnhumpen her! Schnell!«, rief ich.

Einer der Gaffer gab mir einen. Ich hielt das kühle, blank geputzte Metall vor Spireks Mund. Ein ganz zarter Hauch schlug sich darauf nieder.

Er lebte noch! Seinen Göttern sei Dank und Preis! »Er atmet!«, rief ich, »Wir müssen ihn zu den Heilern bringen! Rasch! Wir brauchen etwas, um ihn tragen zu können. Und eine Decke! Haltet draußen ein Fuhrwerk an, das ihn fahren kann! Beeilt euch!«

Ein Mann hob geistesgegenwärtig die Küchentür aus den Angeln und legte sie auf zwei Tische. Auch vor der Tür entstand Bewegung, als einige Anweisungen nach draußen gerufen wurden. Drei starke Männer hoben den Verletzten auf und legten ihn auf den Tisch. Nun, da er auf dem Rücken zu liegen kam, sah ich seine Wunde: Aus einem tiefen Stich unter dem Schlüsselbein sickerte frisches, rotes Blut, beängstigend schnell und beängstigend viel. Unter der Theke waren Karals saubere Geschirrtücher. Ich nahm den ganzen

Stoß und presste eines fest auf die Wunde. Binnen weniger Augenblicke war es warm, rot und klebrig. Ich drückte es noch fester auf die Wunde. Von draußen klang aufgeregtes Rufen herein und Bewegung entstand.

»Der Wagen! Wir haben einen Wagen!«

Vier Mann trugen Spirek auf der Tür hinaus, auf der ich einfach sitzen blieb und weiter versuchte, Spireks Blutung zu stoppen. Ein paar Rucke und ein wenig Geschaukel, dann lag die Tür auf einem zweirädrigen Karren mit strengem Geruch. Ein eilig errichteter Stapel von Hühnerkäfigen, die sich nun an der Wand vom »Alten Schild« auftürmten, verriet mir seine Ursache. Dann ruckelte der Karren langsam davon. Viele der Zuschauer wünschten Spirek Glück und mitleidige Blicke folgten uns, bis der Karren außer Sicht rumpelte.

Die Wunde sah gefährlich aus. Mehr als einmal hatte ich mitansehen müssen, wie viel Schaden ein Messerstich anrichtete. Spirek hatte viel Blut verloren. Er wirkte blass und elend. Das Rütteln des zockelnden Karrens bereitete ihm offenbar Schmerzen, denn er stöhnte.

»Spirek! Spirek! Erkennst du mich? Kannst du mich hören? Hörst du mich, Spirek? Hallo!«

»Lupina …«

Matt hatte er eine Antwort gehaucht!

»Spirek! Wir fahren dich ins Haus der Heiler! Es wird alles gut werden! Bleib wach! Ja? Bleib bei mir! Spirek! Hörst du mich? Ich bring dich zu den Heilern. Hab keine Angst! Sie werden dich wieder zusammenflicken!« Ich versuchte zuversichtlich zu klingen, so schwer es mir auch fiel.

»Was ist passiert? Wo sind wir?«

»Wir sind auf einem Karren und fahren dich zu den Heilern. Du bist angegriffen worden! Weißt du das nicht mehr?«

»Ja … ein Angriff … ein Mann … er war hoch in dein Zimmer geschlichen … ich habe ihn gehört … habe ihn gefragt, was er da macht … dann kam er die Treppe runtergestürzt … wie ein Dämon ging er auf mich los … dann weiß ich nichts mehr …«

»Sprich nicht so viel! Es wird alles gut! Siehst du, wir sind schon an der Brücke! Es dauert nicht mehr lange!«

Nach vorne rief ich dem Kutscher zu, er möge sich bitte beeilen. Die Fahrt kam mir entsetzlich langsam vor und je länger sie dauerte, umso größer war die Wahrscheinlichkeit, dass Spirek verblutete. Verzweifelt presste ich das Tuch mit aller Kraft auf Spireks Wunde und sehnte das Ende der Fahrt und die Heiler herbei.

Endlich, nach einer kleinen Ewigkeit, waren wir angekommen. Die Pfleger in ihren braunen Kutten kümmerten sich sofort um Spirek und trugen ihn hinein. Inzwischen lud der Fuhrmann die Tür wieder auf und fuhr zurück. Er forderte mich auf, mitzufahren, doch ich wollte Spirek nicht verlassen. Er zuckte die Schultern und rumpelte davon, zurück zu seinen Hühnern. Einsam und verlassen stand ich nun an der Tür. Da trat ein verisgrüner Pfleger an mich heran und fragte, ob ich mich waschen und umziehen wolle.

Ich sah an mir herunter und erschrak. Ich sah aus, als hätte ich mich in Blut gesuhlt oder sei einem Massaker entkommen! Dankbar nahm ich sein Angebot an. In einem kleinen, kargen Raum fand ich eine Schüssel warmes Wasser und Tücher. Auch eine Garnitur verisgüner Mönchsroben lag bereit, als Ersatz für meine Kleider. Mit aufrichtiger Stimme, ohne zweideutige Untertöne, drückte der Priester sein Bedauern aus, mir keine andere Kleidung zur Verfügung stellen zu können. Dann schloss er leise die Tür hinter sich.

Ich zog mich aus. Meine Kleider waren an vielen Stellen völlig blutdurchtränkt und begannen schon zu erstarren. Ich rollte sie zu einem Bündel zusammen. Dann begann ich mich zu waschen. Mir war elend zumute.

Als ich mich halbwegs sauber fühlte, war mir kalt. Nun galt es, mit der seltsamen Tracht zu kämpfen, die man mir zugedacht hatte. Der Pfleger hatte mir wohl die kleinste Größe, die sie hatten, bereitgelegt. Aber dennoch war alles viel zu groß für mich. Ich zog meinen Gürtel aus dem Bündel und wusch auch ihn ab. Mit seiner Hilfe gelang es mir endlich, das schlauchartige Untergewand zu bändigen. Als ich das Tuch, das die Priester als Überwurf trugen, einige Male um mich geschlungen und irgendwie so verknotet hatte, dass endlich nichts mehr rutschte, schlüpfte ich in die dünnen ledernen Pilgersandalen. Sie zumindest passten halbwegs, sofern man bei diesen Riemchendingern von »passen« reden konnte. Unter den gegebenen Umständen hatte ich vermutlich noch das Beste aus den unpassenden Kleidungsstücken gemacht. Zumindest fror ich nicht mehr so und nichts schleifte auf dem Boden. Ich wollte gerade hinaustreten, da fiel mir etwas ein. Aus meinem Stiefel zog ich mein Messer. Jemand hatte versucht, Spirek umzubringen. Und dieser Jemand interessierte sich für mein Zimmer! Es war möglicherweise keine sehr gute Idee, unbewaffnet zu sein.

Wohin mit der Waffe? Ich versteckte sie in einem Knoten der unförmigen Tuchwurst, die mein Übergewand unter den Achseln hielt. Dann trat ich hinaus. Sicher würde Karal bald kommen. Dann sollte ich ihm ein paar Antworten geben können. Das war ich ihm schuldig. Was nur, bei allen Göttern, war da geschehen? Unruhig ging ich eine Weile hin und her, dann setzte ich mich auf eine Bank und dachte nach.

Allem Anschein nach hatte keiner der Gaffer etwas gesehen. Also war das Lokal leer gewesen. Das war um diese Stunde nicht ungewöhnlich. Spirek ist allein im Lokal, vielleicht in der Küche. Ein Dieb kommt leise herein und schleicht hinauf in mein Zimmer. Spirek hört ihn über sich auf den Dielen gehen und ruft ihn an. Sofort und ohne Vorwarnung stürzt sich der Einbrecher wild wie ein Warzenbär auf ihn, sticht ihn nieder und flieht. Es war so sinnlos! Wer würde wohl im »Schild« etwas klauen wollen, besonders in meiner Kammer? Außerdem: Einem Dieb wäre sicher mehr an Flucht gelegen, als an einer Messerstecherei. So ergab es keinen Sinn.

Mich beschlich nun eine sehr finstere Ahnung. Es ergab vielleicht doch Sinn. Dieser Einbrecher war kein einfacher Dieb! Er wollte bei mir nichts stehlen. Er wollte in meiner Kammer auf mich warten, um mich zu töten. Als er dann von der dunklen Treppe her angerufen wurde, konnte er annehmen, dass ich es war. Hatte er Spireks helle Stimme mit meiner verwechselt? War er einfach nur zu aufgeregt gewesen? Er stand immerhin unter Druck! Nun musste es schnell gehen. Zu schnell, um richtig nachzudenken. Deshalb benutzte er ohne zu Zögern gleich sein Messer. Doch nicht ich hatte ihn angerufen, sondern Spirek. Als er die Treppe hinunterstürzte und sich auf Spirek warf, war es vermutlich zu spät, um den Irrtum zu erkennen. Er stach den Falschen nieder und floh.

Wer war es? Ich konnte mir nur einen denken, der dahintersteckte. Sorion! Ein Ranaki sollte sich nach dem »Schild« erkundigt haben. Das hatte ich noch vor der Tür aufgeschnappt. Unter anderen Umständen wäre das unverdächtig. Doch nun?

Trotz all der grässlichen Umstände musste ich grinsen. Ich war wohl mit irgendeinem meiner letzten Schritte Sorion zu nahe getreten. Wenn er dahintersteckte, hatte ich ihn ordentlich beunruhigt. Das würde bedeuten, dass ich des Rätsels Lösung endlich näher gekommen war. Viel zu nahe für Sorions Geschmack. Ich wusste nur noch nicht, mit welchem Schritt! Den Preis dafür aber zahlte jetzt Spirek und dieser Preis war zu hoch.

Ein Wimlopriester in seiner braunen Robe setzte sich zu mir und versicherte mir beruhigend, dass sich Meister Gulmasal höchstpersönlich der Behandlung meines Freundes annähme.

»Er ist in den besten Händen! Meister Gulmasal rettete schon schlimmer Verletzten das Leben …«, meinte er mit ehrlicher Bewunderung und vollendete den Satz etwas verlegen: »… wenn es den Göttern gefiel.«

»Ich habe größtes Vertrauen in die Kräfte Eures ehrwürdigen Priors, doch mein Freund hat viel Blut verloren.«

»Gebt die Hoffnung nicht auf. Er ist jung und stark. Er ist gesund. Es mag angesichts des schweren Stiches und des vielen Blutes bitter klingen, doch er ist nur verletzt und nicht krank. Die Verletzung ist zwar schwer, doch er hat ihr viel urwüchsige Lebenskraft entgegenzusetzen. Vielleicht wollt Ihr in die Kapelle gehen, um zu beten?«

»Nein danke, ich erwarte noch einen gemeinsamen Freund, der sich sicher auch größte Sorgen macht.«

In diesem Augenblick ging die Tür auf und Karal stürzte herein. Er war völlig außer sich. Der Priester stand auf und machte Karal Platz. Ehe ich wusste, wie mir geschah, brach mein Wirt neben mir zusammen und hing mir als schluchzendes Häufchen Elend am Hals.

# KAPITEL 31

*Ein einstweiliger Abschied, ein paar gelöste Rätsel und ein verzweifelter Auftraggeber*

Ich stand auf der Bank, von Karal umklammert, der hemmungslos an meiner Schulter schluchzte. Zusammen mit einem Wimlopriester versuchte ich ihm klarzumachen, dass Spirek in den besten Händen war und dass alles für ihn getan würde.

»Fest steht aber, dass diese junge Halblingsfürstin Eurem Freund das Leben gerettet hat. Wenn er nicht verblutet ist, so ist das der Verdienst ihrer Bemühung – und natürlich göttliche Gnade.«

Während ich errötete, zog sich der Priester diskret zurück. Endlich beruhigte sich Karal wieder und wischte sich etwas unsicher mit seinem Hemdsärmel die Tränen aus dem Gesicht. Nach einem letzten Schniefen fragte er: »Was ist da nur geschehen? Bei allen Göttern! Wieso geschieht so etwas? Was für ein schreckliches Unglück! Der arme Spirek.«

Ich packte seine Schulter, sah ihn scharf an und sagte: »Karal, bitte hör mir genau zu! Es ist wichtig! Das war kein Zufall. Verstehst du mich? Spirek ist nicht willkürlich von einem Dieb angegriffen worden. Es war ein Mordanschlag.«

»Mord? Du meinst, es war gar kein Dieb? Ein Mörder hat versucht …«

»Es war ein Mordanschlag! Dieser Anschlag galt mir. Der Mörder hat nur den Falschen erwischt. Eigentlich sollte ich jetzt da drin liegen oder besser gesagt: auf einem Bahrbrett.«

»Ein Mordanschlag? Auf dich? LuPINA!!«

Die letzten Silben waren ein erschrockener Ausruf. Karal sah mich aus vor Entsetzen aufgerissenen Augen an.

»Sei still, Karal. Leise! Es muss nicht jeder mitbekommen. Ich weiß noch nicht genau, wieso es jemand auf mich abgesehen hat, aber ich werde es herausbekommen und beenden. Das verspreche ich dir! Ich werde es beenden! Es wird nicht mehr lange dauern. Aber es wird gefährlich werden. Bis dahin bin ich ein Risiko für alle in meiner Nähe. Auch für dich, mein Lieber! Ich werde deshalb nicht in den ›Schild‹ zurückkehren, bis ich die Sache bereinigt habe. Ich will dich nicht in Gefahr bringen.«

Ich wühlte umständlich in meinem Wickelgewand, bis ich endlich die Geldbörse am Gürtel zu fassen bekam, zog zwei Silberpfennige heraus und gab sie Karal trotz seiner Gegenwehr.

»Das ist die Miete für mein Zimmer und meine Zeche. Es müsste noch für die laufende Woche reichen.«

»Lupina, ich verstehe nicht! Bitte erkläre mir …«

»Ich erkläre dir alles später, doch nun muss ich zusehen, dass ich diesen Wahnsinn beende, der Spirek fast umgebracht hat.«

»Lupina, das ist ja alles ganz schrecklich! Oh, meine Götter! Mord und Totschlag und alles! Was soll ich tun? Ich will helfen! Ich werde verrückt, wenn ich nichts tun kann!«

»Du kannst mir helfen! Kümmere dich um Spirek und sorge für ihn. Und gib acht auf dich. Trau keinem Ranaki! Schau hinter die Türen, wenn du sie öffnest. Pass gut auf dich auf! Ich sorge für den Rest! Mögen alle deine Götter dich und Spirek schützen!«

»Dich auch! Gib auf dich acht!«

Eine halbe Stunde später stieß ich die Tür meiner Kammer mit dem Fuß auf. Mit gezücktem Messer in der einen und einer Kerze in der anderen Hand sprang ich über die Schwelle. Niemand lauerte in der Dunkelheit.

Nun beeilte ich mich. Zunächst pellte ich mich aus den quietschgrünen Priestergewändern. Ich brauchte mehr Bewegungsfreiheit und etwas, das farblich nicht so ins Auge stach. Bald war ich mit meinem blauen Lederkleid und einem braunen Reiseumhang mit Kapuze versehen. Aus dem Versteck unter der Diele holte ich das restliche Geld hervor. Meine Stiefel hatte ich bei den Heilern vergessen, also musste ich die weniger bequemen Wildlederschuhe tragen. In ihnen konnte ich leider mein Messer nicht verstecken. Stattdessen hängte ich meinen stabilen Dolch an meinen Gürtel, das einzige Erbstück von meinem Großvater. Dann heftete ich rasch mit Nadel und Zwirn mein Messer mit ein paar Stichen an der Innenseite meines Mantels fest. Mein Büchlein war bei Al da Rion. Bevor ich ihn verließ, wollte er noch ein letztes Mal die Daten durchgehen. Sollte ich es gleich holen gehen oder zuerst Dasal warnen?

Dasal! Ich hatte noch keine Nachricht von ihm erhalten. Ihn hatte ich über Spirek völlig vergessen. Auch er war in höchster Gefahr. Ich flog die Treppe hinunter, trat auf die Straße und begann zu laufen. Zu meinem größten Erstaunen gelangte ich heute Abend schon zum zweiten Mal unbehelligt auf das andere Ufer. Im Dauerlauf flog ich über den breiten Damm. Inzwischen war es vermutlich schon egal, ob ich Verfolger hatte oder nicht.

Als ich an der nächsten Kreuzung um die Ecke bog, kam ich an einer Anschlagtafel vorbei. Im Vorüberlaufen las ich einen bekannten Namen und stutzte.

Ein Blatt Pergament war auf einem grünen Brett festgepinnt. Ich hielt an. Klar und deutlich stand dort Algar Lamurs Name, für jedermann zu lesen, und darunter, wann er gestorben war und wann man ihn beigesetzt hatte. Darunter lugte ein weiteres Pergament hervor, das Tim von der Wache gewidmet war und noch eines verdeckte. Mir begann ein Licht aufzugehen.

An dieser Tafel pflegte wohl Dasal die Todesanzeigen seiner Anvertrauten auszuhängen. Jeder konnte sie lesen. Bisher war ich noch nie von dieser Seite an dem Eck vorbeigekommen. Deshalb war mir die Anschlagtafel nie aufgefallen. Sie lag nur einen Katzensprung von der Werkstatt Dasals entfernt. Doch nicht das fand ich interessant. Ich drehte mich um und blickte über den breiten Damm zurück. Durch die Straße auf der gegenüberliegenden Seite erkannte ich in nicht allzu großer Entfernung einen markanten Giebel mit vergoldeten Balken: Das war Boros prächtiges Haus, und Wollhändler Boro wohnte auf dem Wollmarkt! Gleich neben Sorions Häuschen!

Auch für Sorion waren es nur ein paar Schritte zu dieser Anschlagtafel. So informierte er sich über Dasals Beerdigungen. Es war ganz einfach für ihn! Er kam vermutlich täglich dort vorbei. Ganz unauffällig las er im Vorbeigehen die Tafel und erfuhr von künftigen Beerdigungen. So wählte er die geeigneten Opfer für seine nächtlichen Raubzüge aus. Nur Männer. Nur Opfer ohne Angehörige. Weil nur Dasal seine Beerdigungen an dieser Tafel anzeigte, hatte er sich nie an Sarogos Toten vergriffen.

Ich eilte weiter und stand schließlich etwas außer Atem vor Dasals Tür. Sie war abgeschlossen. Ich hastete weiter, in den Hof. Auch die hintere Tür war verschlossen. Dasal war offenbar nicht da. Im Stall fehlte kein Pferd. Sollte ich versuchen, durchs Fenster einzusteigen? Wenn der Mörder im Haus lauerte, würde ich ihn sicher aufstören. Es war gefährlich. Ich hatte aber noch eine letzte Idee, wo Dasal sein könnte.

Dasal lebte allein. Er wirkte auf mich nicht wie ein Mann, der gerne über den Markt bummelte, um Gemüse zu kaufen, vom Kochen einmal ganz zu schweigen. Es war noch früh am Abend. Möglicherweise war er essen gegangen. Wo mochte er hingegangen sein? Ich hatte da eine Ahnung. Im Gasthaus »Zur Fähre« hatten wir uns zum ersten Mal getroffen.

Ich fand ihn tatsächlich dort beim Abendessen. Er saß am selben Tisch wie damals und löffelte einen Eintopf. Ich setzte mich zu ihm.

»Was fällt dir ein, Lupina? Wir wollten uns doch nicht in der Öffentlichkeit treffen!«, zischte er mir zu. »Aber gut, dass du nun da bist. Mit dir habe ich noch ein Hühnchen zu rupfen!«

»Das Grab war nicht leer, ich weiß! Die beiden Mädchen wurden gar nicht geraubt. Es tut mir sehr leid. Ich habe leider einen Irrweg verfolgt. Es war ein Fehler! Aber das ist jetzt auch gar nicht mehr wichtig! Meister, hört mir jetzt bitte genau zu: Ihr seid in Gefahr. Auf mich ist heute ein Mordanschlag verübt worden. Er schlug fehl und nun ringt statt meiner ein netter junger Bursche mit dem Tod. Glaubt mir, ich bin sehr froh, dass ich Euch lebendig finde.«

Er legte seinen Löffel nieder und sah mich völlig verwirrt an.

»Was sagst du da? War es der Kerl, den du auf dem Friedhof beobachtet hast?«

»Nein! Er hat sich als eine falsche Spur erwiesen. Er hat gar nichts mit unserem Fall zu tun. Er ist nur ein Ganove, der den Steinsarg als Versteck für Diebesgut missbraucht hat. Von Euren verschwundenen Toten ahnt er gar nichts und er hat auch nichts mit ihnen zu tun. Aber dieser Meuchelmörder schon!«

Eindringlich und leise fuhr ich fort, auf ihn einzureden: »Geht nicht nach Hause. Es ist zu gefährlich. Wenn Ihr einen Freund oder Bekannten habt, bei dem Ihr die Nacht verbringen könnt, geht dorthin. Ansonsten geht in ein Bordell und bleibt dort über Nacht oder macht sonst etwas. Aber bleibt unter Menschen. Es ist überall sicherer als zu Hause, wo vielleicht ein Dolch auf Euch lauert oder nachts der Tod heimlich in Euer Schlafzimmer schleicht.«

Seine Augen weiteten sich vor Entsetzen.

»Du meinst es wirklich ernst! Gnädige Alvaris! Ein Mordversuch? Wie ist denn das möglich? Warst du unvorsichtig? Wir haben doch alles getan, um kein Aufsehen zu erregen. Gütige Götter! Niemand sollte uns zusammen sehen! Deshalb habe ich dir ja gestern Abend den Brief mit einem Boten gesandt und bin nicht persönlich gekommen.«

»Gestern Abend, sagt Ihr? Ich habe keinen Brief von Euch erhalten. Aber dieser Bote«, ein Gedanke durchfuhr mich siedend heiß: Sprach er im Dialekt von Ranak?«

»Es war einer dieser Tagediebe, die sich am Tor herumdrücken. Einen von ihnen habe ich angesprochen. Ja, ich glaube, er sprach Ranakisch. Aber warum? Ist das denn wichtig?«

Ich stöhnte auf. Nun wurde mir alles klar. Ich setzte Dasal wispernd auseinander: »Es ist wichtig! Vielleicht sogar entscheidend für unser Überleben. Sorion ist sehr einflussreich und hat ziemlich viel Geld. Vor allen Dingen aber ist er ein Ranaki. Für all die armen, elenden Gestalten, die aus Ranak hierher geflüchtet sind, ist er ein Patron und Fürsprecher. Einmal bin ich ihm schon übel aufgefallen und zu nahe getreten. Ihr wisst doch noch: Er wurde mehr als deutlich und drohte mir mit Gefängnis und Ausweisung. Seither wurde ich nie das Gefühl los, dass er irgendein Geheimnis zu schützen versucht. Wenn Sorion aber ein Geheimnis schützen möchte, hat er diese Angelegenheit bestimmt nicht für erledigt gehalten und ihren Lauf nehmen lasse. Ein Mann wie Sorion trifft sicher Vorsichtsmaßnahmen. Ich hatte angenommen, dass er mich verfolgen ließe. Doch das tat er anscheinend nicht.«

Ich dachte einen Augenblick nach, bevor ich fortfuhr: »Unter den Ranakis sind ihm viele verpflichtet und ergeben. Es wird schon genügt haben, sie wissen zu lassen, dass ich ihm schaden wolle. Oder – noch raffinierter – dem geplanten Befreiungskrieg für Ranak! Er wird sie sicher gebeten haben, die Augen offen zu halten und ein wenig auf Lupina, das neugierige Halblingsmädel, zu achten. Ausgerechnet einem Ranaki fällt dann Euer Brief an mich in die Hände. Es ist nicht sehr schwer, sich auszumalen, wohin er das Briefchen gebracht hat. Zu Sorion, dem Verteidiger der ranakischen Sache.«

»Oh, ihr lieben Götter!«

»Was konnte Sorion daraus herauslesen? Habt Ihr irgendetwas geschrieben, das Rückschlüsse auf unsere Untersuchung zulässt? Habt Ihr den Friedhof erwähnt oder Sarogo?«

Bleich und mit brüchiger Stimme wisperte Dasal: »Ja! Du hast recht. Durch den Brief muss er davon erfahren haben. Sarogo habe ich nicht erwähnt. Ich habe nur ganz knapp geschrieben, dass das Grab, das du genannt hast, nicht leer ist. Und dass deine Annahme richtig war! Punto zufolge hatte Sarogo tatsächlich eine Beerdigung am Tag, nachdem wir Tom von der Wache begraben hatten. Und er soll nicht sehr frisch gewirkt haben.«

»Dann war Sarogo sicher nicht unser Leichendieb! In der Nacht, als Tom verschwand, hat er in einem Wirtshaus gezecht. Aber was genau habt Ihr geschrieben? Was kann Sorion aus dem Brief herausgelesen haben?«

»Ich habe ganz bewusst nichts Konkretes geschrieben – nur, dass du recht hattest mit deiner Vermutung. Aber ich fürchte, ich habe den Brief unterschrieben – mit meinem Namen. Ihr gütigen Götter! Ich fürchte, ich habe uns verraten! Was habe ich getan? Was habe ich nur getan?«

»Zumindest habt Ihr uns Gewissheit verschafft. Wir haben Sorion ganz ordentlich aufgeschreckt.

Wahrscheinlich denkt er nun, wir hätten irgendetwas Wichtiges über ihn herausgefunden. Er muss wohl annehmen, wir hätten einen Beweis oder einen Zeugen für die Nacht, in der Tim verschwand. Plötzlich hat er es eilig! Er wartet jetzt nicht mehr ab. Er lässt mich auch nicht ins Gefängnis werfen. Er will mich gleich ganz aus dem Weg haben und mir den Mund stopfen. Endgültig und sofort. Dabei macht er sich natürlich nicht selbst die Hände schmutzig. Er hat wohl unter den Ranakis jemanden gesucht, der mit dem Messer umgehen kann. Der sollte mich beseitigen. Es passt alles zusammen. Nun endlich wissen wir, wer hinter alledem steckt.«

»Aber wir haben doch keinen Beweis. Wir wissen eigentlich gar nichts! Ich kann ihn so doch noch nicht anzeigen! Er hat beste Beziehungen zu Richtern und Patriziern. Ohne Beweise kann ich nichts gegen ihn tun. Die Wache untersteht dem Magistrat. Man würde mich ohne Beweis nicht einmal zu Ende sprechen lassen. Was sollen wir nun nur tun? Wir können ihn nur umbringen.«

»Das können wir leider nicht. Die Ranakis wissen von Euch und von mir. Und sie wissen, dass Sorion mich fürchtet. Zumindest einzelne Ranakis wissen, dass Sorion mich so sehr fürchtet, dass er mich beseitigen will. Ich glaube zwar kaum, dass sie die wahren Beweggründe für seine Angst kennen, doch das spielt keine Rolle. Wenn wir ihn umbringen, noch dazu gerade jetzt, wo die Gerüchte über einen neuen Feldzug zur Befreiung sich täglich überschlagen, ist unser Leben keinen Pfifferling mehr wert. Die Ranakis würden annehmen, wir wollten so die Befreiung Ranaks verhindern und todsicher ihren Wohltäter rächen. Wenn wir jetzt Hand an ihn legen, sind wir so gut wie tot.«

»Was sollen wir nur machen?«

»Wir müssen endlich herausfinden, was für eine Scheußlichkeit Sorion mit den Toten begangen hat, und sie öffentlich machen. Das ist unsere einzige Möglichkeit. Wir müssen allen zeigen, für welche perversen Untersuchungen oder für was sonst Sorion Eure Leichen gestohlen hat.«

Dasal wurde bleich. »Der Skandal!«, wimmerte er.

»Entweder wir sind tot und rechtschaffen oder wir überleben. In diesem Fall werden wir auch noch die Folgen des Skandals aushalten! Außerdem wird dieser Skandal sicher nicht so schlimm werden, denn wir liefern ja gleich den Schuldigen mit! Ihr seid der, der die Schandtat aufdeckt und den Frevler entlarvt! Ihr verteidigt Eure Anvertrauten! Der Zorn und die Empörung werden sich gegen Sorion richten! Er wird der Schuft sein, Ihr seid der Held! Doch bis es so weit ist, muss uns noch etwas anderes gelingen. Etwas, was im Moment viel wichtiger ist!«

»Was denn? Was denn noch, um Himmels willen?«

»Überleben! Wir müssen beide am Leben bleiben, bis ich Euch den Beweis verschafft habe. Und nun, da ich endlich weiß, wo ich suchen muss, werde ich sicher einen Beweis finden. Das verspreche ich Euch!«

# KAPITEL 32

*Eine wichtige Entdeckung, ein mutiger Entschluss und ein Bordellbesuch*

Gemeinsam brachen wir auf. Dasal wollte bei einem Freund nächtigen, der auf der anderen Seite des Illman wohnte. Ich bestand darauf, dass er sich ohne Umweg dorthin aufmachte. Damit ich ihn benachrichtigen konnte, beschrieb er mir das Haus seines Freundes. Auf dem Westufer, im letzten Licht des Tages, trennten sich nun unsere Wege.

Ein wenig später stieg ich hinunter in Al da Rions Kabine. Inzwischen kannte ich all die Gassen, Wege und Durchgänge in der Hafenanlage rund um Al da Rions Schiff so gut, dass ich ziemlich sicher war, unbeobachtet an Bord geschlichen zu sein. Al da Rion saß am Tisch und sah besorgt aus. Seine Sorgenfalten vertieften sich weiter, als ich ihm berichtet hatte, was zwischenzeitlich alles geschehen war.

»Sorion izt also unser Mann. Er war es also. Es kann da wohl kaum mehr einen Zweifel geben.«

»Wir wissen nur noch nicht, warum er Leichen stiehlt. Und wir haben keinen handfesten Beweis dafür. Ohne Beweis sind wir leider machtlos.«

»Was die Frage des *Warum* angeht, bin ich heute ein gutes Ztück weiter gekommen.«

Ich war höchst erfreut und lauschte gespannt.

»Als ich neulich die Daten durchgegangen bin, suchte ich nach einer genauen Übereinztimmung mit andern Daten. Es gibt keine genaue Übereinztimmung. Aber es gibt eine auffällige Annäherung an beztimmte Mondphasen, genauer gesagt, an die Tage des Neumond.«

»Wie meinst du das? Was für eine Annäherung?«

Er setzte sich neben mich, öffnete mein Büchlein, in dem er eine kurze Tabelle angelegt hatte.

| | |
|---|---|
| Karimba, 21. so. Wechselmond 613 | 25. so. Wechselmond |
| Mardilo, 7. so. Wechselmond 614 | 8. so. Wechselmond |
| Gulbuk, 23. Schneemond 615 | 25. Schneemond |
| Tim, 20. Grünmond 615 | 21. Grünmond |

Er deutete auf die linke Spalte und sagte: »Das sind die Daten, an denen die Leichen entwendet wurden.«

Nun deutete er auf die rechte Spalte und sagte stolz:

»Das hier sind die Tage, an denen in denselben Monaten Neumond war.

Die Leichen wurden immer kurz vor Neumond geklaut. Meizt war es nur ein oder zwei Tage zuvor! Das kann kein Würfel mehr erklären! Das izt Absicht!«

»Du hast recht! Das ist merkwürdig. Aber warum? Wieso vor Neumond? Was soll das? Ich verstehe es noch nicht. Wozu braucht man ausgerechnet zu Neumond Tote?«

Ich war verwirrt und Al da Rions Blick beunruhigte mich. Inwiefern hatte er uns gerade der Lösung ein gutes Stück weitergebracht? Ich konnte den Fortschritt noch nicht erkennen. Und warum sah er so bekümmert aus?

»Ich weiß auch nicht genau, wozu man Leichen bei Neumond braucht! Aber das izt sicher: Viele Dinge haben eigentümliche Kräfte. Und viele dieser Kräfte werden vom Mond beeinfluzt. Der Mond hält diese Kräfte in einem empfindlichen Gleichgewicht. Die Macht des Mondes izt aber bei Neumond am schwächzten. Wer die Eigenschaften der Dinge selbzt verändern will, wer den Elementen seinen Willen aufzwingen möchte, der tut dies am bezten bei Neumond! Das ist der bezte Zeitpunkt!«

»Du redest von Magie? Von wirklicher Magie?«

»Ja! Ich meine Magie. Echte Magie! Keine Tricks, keine Zauberkunztztückchen. Tiefe, mächtige Magie, die die Natur der Dinge selbst zu ändern versucht. Menschen, die diese echte Magie beherrschen, sind sehr selten. Doch es gibt sie. Ab und zu. Manchmal!«

»Sorion ist – ein Magier?«

»Es wäre denkbar. Magier sind meizt einsam. Es heizt, zu innige Beziehungen schwächen ihre geiztige Kraft. Sorion lebt allein, ztimmt das?«

»Ich habe zumindest nie von einer Frau von Sorion gehört …«

»Noch eines: Zauberer brauchen einen sehr disziplinierten Geizt. So wie du Sorion geschildert hast, glaube ich, dass er durchaus einen solch geschulten Verztand hat.«

»Und wozu die Toten?«

Al da Rion hob die Brauen und zuckte die Achseln.

»Was weiß ich? Ich bin Seemann und Krämer, ich habe kein Interesse an Magie! Ich weiß nicht, wozu ein Magier Tote braucht. Nun ja … Ich habe im Süden etwas gehört. Sagen oder vielleicht besser, Märchen. Es heizt, dass Kleider, die man in der Nacht des Neumond im Blut eines Toten wusch, den Träger einzt in die Dunkelheit der Unterwelt hüllten. So konnte ein Held vergangener Tage unsichtbar werden. Ich habe es nur für ein Märchen gehalten.

Aber nun? Ich weiß es nicht! Ich habe nie von solchen Kleidern gehört, außer in den Sagen. Aber ich glaube, dass hier wirkliche, echte Magie dahinter-zteckt. Eine Kraft, die über die natürlichen Eigenschaften der Dinge hinausgeht. Denn ansonzten weiß ich keine Erklärung für die auffällige Häufung der Termine zu Neumond.«

»Dann wollen wir uns diesen Magier mal genauer anschauen!«

Er legte mir seine Hand auf den Arm und bat mich fast flehend: »Lupina! Lass es bleiben! Lass die Finger von der Sache! Misch dich nicht in die Angelegenheiten von Zauberern, denn sie sind schwierig und …«

»Ich stecke doch schon viel zu tief drin! Sorion will mich umbringen! Hast du das vergessen? Jetzt wissen wir endlich, was er ist und wie gefährlich er wirklich ist. Wir können uns in Acht nehmen. Aber siehst du denn nicht, was wir geschafft haben? Wir haben ihn in Panik versetzt!«

Al da Rion sah mich staunend an.

»Er schickte mir einen Meuchelmörder! Das ist nicht gerade unauffällig. Das ist nicht die elegante Lösung eines Edelmannes. Das ist die Lösung eines Verzweifelten! Sorion glaubt, dass wir etwas gefunden haben. Etwas, was ihn überführt.«

»Das haben wir aber nicht!«

»Aber er glaubt es. Sonst hätte er sich nicht zu einem Mordversuch hinreißen lassen. Wenn er glaubt, dass wir etwas gefunden haben, dann beweist das, dass es da etwas zu finden gibt! Wir haben es fast geschafft. Wir dürfen jetzt nicht aufhören. Wir sind nur noch einen winzigen Schritt von der Lösung des ganzen Rätsels entfernt. Diesen letzten Schritt müssen wir nun noch gehen, trotz aller Gefahr!«

»Lupina! …«

Bevor Al da Rion seinen Einwand zu Ende bringen konnte, stellte ich mit kalten, klaren Worten fest: »Wenn wir die Hände in den Schoß legen, bringt uns Sorion um. Wir sind schon in Lebensgefahr. Wenn wir ihm nun auf den Pelz rücken, ändert sich an unserer Situation – schlimmstenfalls – gar nichts! Es kann nur besser werden.«

Widerstrebend gab Al da Rion mir recht. Dann nahm ich Pergament und Feder und stellte eilig eine Liste von Dingen zusammen, die wir für unsere nächsten Schritte benötigen würden. Erfreulicherweise fand sich fast alles an Bord. Die vielen Truhen und Kästen Al da Rions bargen ungeahnte Schätze. Nun, so gut ausgerüstet und mit Al da Rion an meiner Seite, fühlte ich mich besser. Ich war bereit, Sorion zu zeigen, dass man mich nicht so einfach einschüchterte.

Als wir aufbrachen, war es noch nicht spät. »Vorgerückter Abend« hätte mein Onkel es genannt, die beste Zeit, um auszugehen.

»Was wollen wir nun tun?«

»Jetzt, Al da Rion, gehen wir in den Puff!«

Als ich Dasal vor etwas mehr als einer Stunde einen Bordellbesuch empfohlen hatte, hatte ich nur daran gedacht, ihn diese Nacht unter Menschen zu bringen und von zu Hause fernzuhalten. Bei diesem Vorschlag war mir aber auch eine Frau wieder in den Sinn gekommen, deren Bekanntschaft ich in den ersten Monaten meines Aufenthalts in Garbath gemacht hatte. Von all den ekligen unmoralischen Angeboten, die man mir in dieser Stadt angetragen hatte, war ihres das mit Abstand fairste und lohnenswerteste gewesen. Als ich ihr sagte, dass ich mein kleines Gärtlein nicht für Geld der Öffentlichkeit zugänglich machen wollte, war sie zwar enttäuscht, bot mir aber an, auch zu jedem späteren Zeitpunkt mit mir Geschäfte zu machen. Ihr Etablissement lag in der Färbergasse, gleich an der Ecke zum Wollmarkt. Wenn ich mich recht erinnerte, sollte man von ein paar Fenstern ihres Hauses einen sehr guten Überblick haben.

Über der Tür hing ein geschnitztes Schild mit rosaroter Blumenbemalung und der Aufschrift: »Risas Puderdose« Wir klopften an und warteten im tiefen Schatten eines Nussbaumes. Es musste wohl derselbe Baum gewesen sein, aus dem vor ein paar Tagen der unglückliche junge Algar Lamur zu Tode stürzte, denn die Färbergasse war nicht sehr lang und es war der einzige Baum hier. Wie ich es mir gedacht hatte. Von einigen Ästen hatte man sicher einen guten Blick auf ein paar von Risas Kammern. Es brauchte nicht viel Fantasie, um sich auszumalen, wieso der dumme Junge hinaufgeklettert war oder warum er den Halt verloren hatte.

Meine Gedanken an den armen Knaben wurden unterbrochen, denn nun öffnete sich eine Klappe in der Tür und ich erkannte Risas Gesicht im warmen Schein vieler Kerzen. Sie erblickte Al da Rion und lächelte gewinnend. Al da Rion lächelte zurück. Dann fiel Risas Blick auf mich und die Klappe schloss sich wieder. Gleich darauf wurde die ganze Tür aufgerissen, Risa sank in die Knie und drückte mich herzlich an ihre üppige, weiche Brust.

»Lu! Komm herein! Ich wusste, irgendwann würdest du doch an meine Tür klopfen. Schön, dass du einen Begleiter mitgebracht hast. Willst du mir diesen schrecklich gut aussehenden Herrn nicht vorstellen?«

Ich machte die beiden miteinander bekannt. Al da Rion war noch ganz verwirrt von dem überschwänglichen Empfang und stotterte verlegen herum. Was immer er erwartet haben mochte, auf diesen Empfang war er nicht gefasst gewesen.

Kaum waren wir drinnen, da bot uns Risa auch schon Wein und Konfekt an. Ich lehnte schweren Herzens ab und fragte: »Risa, dürfen wir ungestört mit dir sprechen?«

Sie hob eine Augenbraue und öffnete die Tür zu ihrem Zimmer. Einige bequeme Scherenstühle mit Lederbezügen und geschnitzten Armlehnen standen darin. Ein Bett war nirgends zu sehen. Sie bot uns Platz an.

»Brauchst du Geld, Kindchen? Du weißt, dass du jederzeit bei mir anfangen kannst.«

»Danke für das nette Angebot. Doch du kennst ja meine Einstellung. Wir wollen etwas ganz anderes. Wir möchten eines deiner Zimmer mieten!«

»Oh, Lu! Du Dummchen! Ihr habt es wohl sehr nötig! Geht doch in eine Herberge! Bei mir kann man Mädchen mieten, aber doch nicht meine Zimmer!«

»Gut! Dann möchte ich ein Mädchen mieten. Ich möchte, dass das Mädchen mich und Al da Rion die ganze Nacht unterhält.«

»Das lässt sich wohl einrichten. Es ist nur eine Frage des Preises.«

»Ich hoffe, das Mädchen ist für seltsame Anliegen aufgeschlossen und wird uns einen, sagen wir – exotischen Wunsch erfüllen, ohne Fragen zu stellen.«

Wieder zog Risa die Augenbraue hoch.

»Wir sind für vieles offen. Vorurteile kennen wir hier nicht. Was soll das Mädchen denn für euch tun?«

»Das Mädchen soll uns mit seiner Abwesenheit unterhalten. Es soll nicht das Zimmer betreten. Es soll sich anderweitig im Hause beschäftigen. Dafür bezahle ich sie.«

»Die ganze Nacht?«

»Voraussichtlich die ganze Nacht!«

Risas Augen glitzerten verschmitzt. »Normalerweise kostet es einen ganzen Batzen extra, wenn Kunden exotische Wünsche erfüllt bekommen wollen, doch in deinem Fall drücke ich ein Auge zu. Dachtest du an ein bestimmtes Mädchen, das du heute Nacht nicht sehen möchtest?«

»An eines, dessen Kammerfenster zum Wollmarkt hinausgeht.«

Wieder hoben sich Risas Augenbrauen für einen Moment.

»Ich empfehle euch Kallira! Sie könnte mal ein Päuschen vertragen. Dieser Spaß wird aber nicht ganz billig! Na ja, weil du es bist, und weil Kallira ja vielleicht noch irgendwo in ein Bett mit hineinschlüpfen kann, sagen wir, sechs Silberpfennige. Handeln ist zwecklos. Du könntest den Preis natürlich auch abarbeiten. Bei deinem Temperament wäre die Schuld in drei Nächten wahrscheinlich mehr als beglichen.«

Ich zog meinen Geldbeutel heraus. Es waren nur noch wenig mehr als acht Pfennige darin. Sechs zählte ich ihr in die Hand. Als sie sie schließen wollte, hielt ich ihr Handgelenk fest.

»Kein Wort zu niemandem. Du hast mich nie gesehen.«

»Kindchen! Die Diskretion ist natürlich im Preis enthalten! Hier in diesem Haus vergessen wir alle Namen und stellen auch keine Fragen. Zu viele Fragen machen das Leben so traurig!«

# KAPITEL 33

*Gespanntes Warten, Mutmaßungen über Ungeduld und ein Einbruch*

Kalliras Kammer war eng und roch wie der Abfallhaufen nach einem Blumenmarkt. Kein Duftwasser der Welt konnte den gammeligen Mief übertünchen, den zu viele schwitzende Menschen und zu selten gewaschene Kleidung hinterlassen hatten, obwohl die Bewohnerin des Zimmerchens genau dieses regelmäßig und reichlich getan hatte. Von einem riesigen Bett mit schweren, dunklen Vorhängen einmal abgesehen, war das Zimmer eher dürftig eingerichtet und wenig anheimelnd. Kallira mochte in Risas Betrieb eine tüchtige Fachkraft sein, sehr ordentlich war sie aber nicht. Zwar wirkte alles auf den ersten Blick aufgeräumt, doch in den Ecken und unter dem Bett sammelte sich ein wüstes Durcheinander von allerlei Tand.

Doch ein paar Vorzüge dieser Kammer waren nicht zu leugnen: Von Kalliras Kammerfenster aus konnte man sehr gut den Wollmarkt überblicken. Darüber hinaus waren wir hier vor einem weiteren Mordanschlag sicher, denn keiner wusste, wo wir waren.

Ich blickte aus dem Fenster. Man konnte sehr gut erkennen, wie bei Sorion im Erdgeschoss Licht brannte.

Al da Rion hatte auf dem Bett ein Tuch ausgebreitet und verzehrte den mitgebrachten kalten Imbiss aus Brot und geräucherter Blutwurst. Auf die Wurst verzichtete ich. Von

Blut hatte ich heute wahrhaftig genug gehabt. Ich zog es vor, im Stehen an einem Stück trockenem Brot zu nagen.

»Wieso kannzt du so sicher sein, dass Sorion heute noch ausgehen wird?«

Al da Rion machte aus seiner Skepsis keinen Hehl und insgeheim begann auch ich zu zweifeln. Seit über drei Stunden stand ich nun schon auf einem Bänkchen vor dem Fenster und blickte schräg über den Platz zu Sorion hinüber. Die Beine taten mir allmählich weh und ich antwortete etwas gereizt. »Der erste Mordversuch ist fehlgeschlagen. Das wird Sorion inzwischen sicher wissen. Sowohl Dasal und als auch ich sind verschwunden. Wenn du unbedingt jemanden töten willst und der Betreffende ist nicht aufzutreiben, wirst du doch nervös, nicht wahr?«

»Er izt aber kein Dummkopf. Er kann auch abwarten. Er hat vielleicht die Geduld eines Anglers.«

»Er ist kein Angler. Er hat Angst. Er weiß nicht, wie viel wir wissen. Er weiß nur, was wir finden wollen: Die Toten, mit denen er geheime magische Rituale durchführt, wozu auch immer. Er wird sie wohl kaum bei sich zu Hause haben! Nicht mitten in der Stadt! Das glaube ich nicht. Er hat sie sicher in einen Schlupfwinkel gebracht, der einsamer ist. Glaub mir! Er ist nervös! Nervöse Leute bleiben nicht ruhig zu Hause sitzen. Er wird in den Schlupfwinkel zu seinen Leichen gehen, um sicher zu sein, dass sie noch unentdeckt sind!«

Es wäre in jedem Fall unendlich viel einfacher, wenn er heute Nacht noch für ein Weilchen verschwände. Ich seufzte leise und hoffte inständig, dass meine Überlegungen richtig waren.

Da! Was war das? In Sorions Arbeitszimmer erlosch das Licht und gleich darauf öffnete sich seine Tür.

»Es geht los! Er kommt raus!«

Wir packten unsere Mäntel und stürmten hastig hinunter. Risa starrte uns verblüfft nach, als ich ihr zurief, dass wir später noch einmal vorbeikommen wollten.

Noch auf dem Schiff hatte ich alles genau durchdacht. Unser großer Vorteil war, dass Sorion noch nichts von Al da Rion wusste. Das hoffte ich zumindest. Al da Rion sollte ihm unauffällig nachgehen, während ich versuchen wollte, in das Haus des Arztes einzubrechen. Wir hatten verabredet, dass Al da Rion Sorion überholen sollte, sobald er wieder nach Hause zurückkehrte. Mit etwas Vorsprung würde er es schaffen, mich zu warnen, damit ich mich noch beizeiten aus dem Staub machen konnte.

Al da Rion hätte zwar lieber für mich Schmiere gestanden, doch die Zeit drängte. Darum war wichtig, dass Al da Rion herausfand, wo Sorions Versteck war, während ich heimlich in seinem Haus nach Beweisen suchte.

Während Al da Rion nun Sorion folgte und in einer Gasse verschwand, holte ich einen Bund Dietriche aus meiner Tasche und näherte mich der blau gestrichenen Tür. Al da Rion hatte die Sperrhaken für »Notfälle auf hoher See« an Bord und mich an ein paar Schlössern auf seinem Schiff üben lassen. Ich konnte nur hoffen, dass diese kurze Lektion ausreichend war, um bei Sorion einzudringen. Ich hatte das Gefühl, mein Herzklopfen müsse dröhnend über den ganzen Platz hallen. Jeden Moment würden neugierige Gesichter an all den Fenstern erscheinen und mich anstarren. Doch nichts rührte sich. Ich sah mich verstohlen um. Kein Mensch zu sehen.

Rasch hatte ich einen Dietrich ins Schlüsselloch geschoben und rührte aufgeregt darin herum. Hurra! Der Haken stieß auf einen federnden Widerstand. Ich verstärkte den Druck und rutschte ab. In diesem Moment hörte ich aus einer Gasse Schritte auf das Pflaster knallen. Für einen Augenblick war ich wie gelähmt. Die Schritte schienen noch recht weit weg zu sein, doch sie kamen näher. Noch war Zeit, entschied ich. Schon suchten meine zitternden Finger mit dem Drahthaken wieder den Widerstand im Schloss. Die Schritte klangen nun schon recht nahe. Ich hielt den Atem an. Endlich fand ich den federnden Riegel. Nun nur noch etwas pressen, vorsichtig drehen und ... Klick. Mit einem leisen Geräusch war die Tür entriegelt. Ich drückte die Klinke nieder und lehnte nur Augenblicke später von innen an der geschlossenen Haustür. Mein Herz hämmerte wie wild bis in den Hals hinauf, während draußen Schritte immer näher kamen, vorübergingen, sich wieder entfernten und schließlich verklangen. Ich war drin.

Ich holte ein paar Male tief Atem, um mich wieder zu beruhigen. Dann schlug ich noch etwas zittrig Feuer und entzündete eine kleine Blechlaterne mit einem Blendschirm. Vor mir lag der Korridor mit der Treppe. Wo sollte ich anfangen zu suchen? Ich beschloss, oben zu beginnen.

Die Treppe knarzte leise, als ich hochstieg. Oben endete sie an einem kurzen Flur, von dem zwei Türen abgingen. Ich öffnete die erste. Dieses Zimmer ging nach hinten hinaus und war anscheinend ein unbenutztes Gästezimmer. Ein frisch bezogenes Bett, ein leerer, offener Schrank, eine kleine Kommode. Dann entdeckte ich unter einem leeren Wandbord einen kleinen Schreibtisch, der mit Lampe, Feder, Tinte und Pergament wohl versorgt war. Keines der Pergamente war beschrieben.

Es dämmerte mir. Dies war kein Gästezimmer. Es war ein Krankenzimmer, in dem der Arzt wachen und schreiben konnte. Ich schloss die Tür.

Die andere Tür führte zu einem größeren Raum. Er blickte mit zwei Fenstern auf den Wollmarkt und war mit einem kostbaren Teppich ausgelegt. Eine weitere Tür führte in ein Zimmer nach hinten. Die Einrichtung, Tisch Stühle, zwei gepolsterte Sessel und die zwei Schränke an der Wand neben der Tür – alles wirkte sehr kostbar und edel. Ich erschrak, als die erste Schranktür sich mit einem Knarren über die unbefugte Öffnung beklagte. Angestrengt lauschte ich in die Stille des Hauses. Alles blieb ruhig.

Der Schrank barg schönes Geschirr, Karaffen und Gläser aus kostbarem Kristall, weiter unten in zwei Schubfächern lagerten silbernes Besteck und Tischdecken. Der andere Schrank war mit Wein gefüllt. Reihe um Reihe lagen da Flaschen erlesener Weine. Sogar einige dickbauchige ranakische Tropfenflaschen mit ihrer typischen Bastumwicklung konnte ich erkennen. Um den Hals der Flaschen hingen kleine Schildchen, auf denen vermerkt war, von wem und wann Sorion die edlen Tropfen erworben oder geschenkt bekommen hatte.

Auf einem kleinen Tischchen zwischen den Schränken war ein Spielbrett mit kostbar geschnitzten Kassibis-Figuren aufgebaut. Die Steine zeigten eine sehr verzwickte Stellung, in der der Spieler der roten Figuren schon beinahe sicher seinen Drachen verlieren würde.

Mit solch kultivierten Vergnügungen verbrachte der Arzt also seine freien Stunden. Er erfreute sich an seiner Sammlung edler Weine, die er um des Besitzes willen erwarb, nicht, um sie zu trinken, und ersann komplizierte Stellungsprobleme am Kassibisbrett.

Nun öffnete ich die Tür, die zu einer Kammer im rückwärtigen Teil des Hauses führen musste. Es war Sorions Schlafkammer. Durch das Fenster sah man auf den kleinen Hof hinter dem Haus. Sorions Bett war schmal und einfach, aber mit kostbarem Damast bezogen. Sehr akkurat lagen die Decken gefaltet auf der Matratze. Neben seinem Bett war ein Tischchen, auf dem sich eine Kerze und ein Buch befanden. Nachtlektüre? Es war ein Bändchen voller astronomischer Tabellen mit sehr komplizierten Berechnungen. Einige Seiten waren in Sorions feinen Runen mit ergänzenden Hinweisen und weiteren Rechenmodellen versehen worden.

Zwei große Schränke standen Seite an Seite an der Wand. Sie enthielten Sorions Kleidung. Seine Garderobe wirkte recht schlicht für die in Garbath üblichen Geschmacksentgleisungen, doch sie war von bestem Tuch und zum Teil zwar dezent, aber kostbar verziert. Er litt offensichtlich keinen Mangel. Beide Schränke waren voll. Auf den Schränken lag etwas, was ich von unten nicht erkennen konnte. Ich musste erst einen Stuhl aus dem Salon holen und hinaufklettern. Unter einem Tuch verborgen entdeckte ich kostbare astronomische Geräte aus Messing, gravierte Peilscheiben, komplizierte Winkelmesser und mancherlei, was ich noch nie gesehen hatte.

Ein Arzt mit einer Leidenschaft für Sterne. Zu viel in den Sternen erkennen zu wollen, war in dieser Stadt nicht ungefährlich. Die Priester sahen derlei mit großem Argwohn, vermuteten sie doch hinter all diesen Beschäftigungen Dämonenspuk und Zauberei. Ich stellte den Stuhl zurück und achtete darauf, alles so zu hinterlassen, wie ich es vorgefunden hatte.

Gab es eine Dachkammer? Nein. Über allen Kammern und Zimmern dieses Stockwerkes erhob sich direkt das geschnitzte Gebälk des Dachstuhles. Hier gab es keine Verstecke.

Ich schlich wieder hinunter. Unten gab es außer der Haustür noch zwei weitere Türen. Eine führte nach hinten in den Hof hinaus. Hier auf dem winzigen, mit bemoosten Ziegeln gepflasterten Fleckchen, das von einer hohen Mauer gesäumt war, gab es nicht viel zu entdecken, bis auf den Abtritt, die übliche Bretterbude.

Da fiel es mir auf: Oben im Schlafzimmer hatte es keinen Nachttopf gegeben. Offenbar war Sorion ein Mann von vollkommener Körperbeherrschung, denn es war sicher nicht angenehm, nachts im Halbschlaf durch das ganze Haus bis auf den Hof geistern zu müssen, nur um die Blase zu entleeren.

Der Hof wirkte kahl und leer bis auf drei niedrige Bänke, auf denen sauber aufgereiht Blumentöpfe mit allerlei Kräutern und Pflanzen standen. Ich vermutete, dass sie Heilzwecken dienten. Ich ging wieder hinein. Die letzte Tür führte in das Sprechzimmer, dem Ort meiner herben Niederlage.

Ich wandte mich zuerst dem Schreibtisch zu. Seine Schubfächer waren unverschlossen. Ich fand hier alles, was ein feiner Herr zum Schreiben brauchte: sauber gebimstes Pergament in verschiedenen Größen, Tinte, sogar in verschiedenen Farben, einige Gänsefedern, Federmesser, Lineal, Zirkel, Löschsand, Siegellack, jedoch kein Petschaft. Wie alles, was Sorion besaß, war auch sein Schreibzeug von hervorragender Qualität. Doch weiter enthielt die Schublade nichts. Erneut stellte ich fest, wie ordentlich Sorion war. Die Inspektion war sehr rasch vollendet.

Es blieb noch die Rückwand zu untersuchen. Ich drehte mich um. In der Holztäfelung der Wand führte rechts am Rand eine Tür zu einem weiteren Raum, links waren Fächer in die Täfelung eingelassen, teilweise offen, andere jedoch mit Türen verschlossen.

Eines der offenen Regale enthielt einen schweren, alten Steinmörser. Er war leer und staubig. Weit oben standen einige in Leder eingebundene Bücher, die aber am Rücken keine goldgeprägten Aufschriften hatten wie die anderen. Vom Sessel aus angelte ich mir ein paar Bände herunter. Es waren astronomische Werke. Sehr sorgsam war die

Goldprägung entfernt worden. Weiter unten in den Fächern standen weitere Bücher. Diese aber gaben ihre Titel schon auf dem Einband preis. Hier konnte ich »Heilkunde« lesen, »Kräuterkuren«, »Gebrechen lindern mit heimischen Pflanzen« und derlei mehr. Die dickeren Bücher wirkten zerlesen, gerade so, als würden sie zum Teil oft benutzt, die schmaleren schienen seltener zurate gezogen zu werden. Ein schmaler Band hatte ein höheres Format als die übrigen. Ich öffnete ihn und fuhr zusammen. Ich sah ein Bild, das von einem hervorragenden Künstler gemalt worden war: Es zeigte ebenso anschaulich wie übersichtlich einen nackten Mann, dem man den Bauch geöffnet hatte. Fast fenstergroß war eine Öffnung hineingeschnitten worden, und das Bild zeigte, wo genau die Organe des Menschen lagen. Weitere Bilder zeigten dann die einzelnen Organe, die man ihm wohl herausgenommen hatte, denn sie waren nun von verschiedenen Seiten abgebildet. Dann zeigte das Buch wieder den ganzen Menschen, der nun schon zum Teil ausgeweidet war. So konnte der Maler die darunterliegenden Innereien zeigen.

Mit leichtem Grausen stellte ich das Buch zurück. Die Bilder waren ungeheuer genau und plastisch gemalt worden. Sie zeugten bei aller Schrecklichkeit von meisterhaftem Können. Ich zweifelte nicht daran, dass der Maler seine Bilder direkt nach einer Vorlage, nach einer Leiche geschaffen hatte. Niemand könnte dieses Wirrwarr der Innereien nur aus der Erinnerung so detailreich und anschaulich malen.

Hatte Sorion das Buch hergestellt? Hatte er hierfür die Toten Dasals gebraucht? War das schon der Beweis, den ich suchte? Ich nahm es noch einmal in die Hand und schlug es erneut auf. Wer immer dieses Buch geschrieben hatte, es war nicht Sorion gewesen. Überall, wo darin Text geschrieben stand, war er mit sehr fremdartigen Runen geschrieben, die ich noch nie gesehen hatte. Die Zeilen schienen rechts zu beginnen und links zu enden. Es wirkte alles sehr unvertraut. Was aber vor allem gegen Sorion sprach, war die Schrift selbst. Diese seltsamen Runen waren offenbar mit einer Rohrfeder geschrieben worden und zwar von jemandem, der beim Schreiben mehr Kraft und Schwung als

Eleganz und Präzision zu verwenden pflegte. Diese Zeichen stammten sicher nicht von Sorion.

Ich wandte mich dem letzten Bücherfach zu. Hier standen dünnere Bändchen, die kaum gelesen wirkten. Ich blätterte sie durch. Es waren ranakische Lieder und Heldengesänge, die meist von ihrem legendären König Ran und von Karas, seinem illegitimen Sohn, handelten, der als tugendstolzer Retter fortwährend Jungfrauen zu retten und Ungeheuer zu erschlagen hatte, aber nie den Thron errang. Ich konnte mir kaum vorstellen, dass Sorion, dieser nüchterne, scharfe Geist Gefallen an solch sentimentalen Schmonzetten fand. Wenn er sie aufhob, dann allenfalls aus Patriotismus.

Ich öffnete nun die Türen der anderen Fächer. Ein wenig überrascht stellte ich fest, dass sie auch an der Rückseite Scharniere hatten. Dieser Schrank war also auch von der rückwärtigen Kammer aus zu benutzen. Ein höchst praktischer Einfall. Hier im Schrank war endlich das verstaut, was ich bei einem Arzt erwartet hatte: In den ersten zwei Fächern warteten allerlei Gläser, Flaschen und Tiegel mit verschiedenen Heilmitteln auf ihre Verwendung, in einem dritten befanden sich Binden und allerlei anderes Verbandsmaterial, ein viertes enthielt zwei Kästchen. Eine kostbare, geschnitzte Elfenbeinschatulle barg einige sehr scharf wirkende Messer mit hauchdünner Klinge, die einzeln in Lederfutteralen verwahrt wurden. Das andere war ein poliertes Holzkästchen, das ein gutes Dutzend blitzender Lanzetten beherbergte, wie sie zum Aderlassen gebraucht wurden. Auch Pinzetten und einige recht kurios aussehende Werkzeuge waren darin.

Als Letztes blieb eine Schranktür übrig, die als einzige ein Schlüsselloch hatte und – natürlich – abgeschlossen war. Ich zückte erneut meine Dietriche, doch schon ein erster prüfender Blick zeigte, dass selbst der kleinste von ihnen entschieden zu groß war. So kam ich nicht an mein Ziel. Vielleicht von hinten? Vielleicht war auch dieses Fach wie die anderen von der Rückseite zu öffnen.

Durch die Tür betrat ich den rückwärtigen Raum, in dem Sorion offenbar seine Patienten untersuchte und behandelte. Das Zimmer musste bei Tag hell und freundlich wirken. Ein Gemälde von Wimlo und Veris zierte eine Wand und sollte wohl den Patienten Vertrauen und Hoffnung einflößen. In einer Ecke entdeckte ich einen gemauerten Herd mit dem unvermeidlichen Rauchfang. Offenbar war ursprünglich hier einmal die Küche gewesen. Doch Sorion schien hier allenfalls seine Heilmittel zusammenzubrauen, denn ich entdeckte nichts Essbares.

In der Mitte des kleinen Zimmers stand frei eine große Liege, die mit weichem, hellem Leder gepolstert war. Daneben, in einer Zimmerecke, ragte ein großer Wandschirm auf, hinter dem man sich züchtig entkleiden konnte. Zur Bequemlichkeit stand dort ein Hocker bereit und auch an einen Kleiderhaken war gedacht.

Unter der Liege standen ein großer Wasserkrug und eine Tasche. Sie enthielt eine Klistierspritze, Verbandszeug und allerlei weiteres Gerät, das ein Heiler benötigt. Offenbar nahm Sorion diese Tasche mit, wenn er seine Patienten in ihren Häusern aufsuchte.

Die Schrankwand prangte von dieser Seite in hellerem Holz. Auch auf dieser Seite fand ich einige offene Fächer. Sie enthielten Spiegel, polierte Klistierspritzen in verschiedenen Größen oder trompetenförmige Hörrohre aus Holz, aber auch Schüsseln und Tiegel in verschiedenen Größen. Ein Fach enthielt nur eine Lampe und wohl an die hundert gläserne Saugglocken für Schröpfbehandlungen.

Schnell hatte ich mich überzeugt, dass es von dieser Seite keine neuen Türen gab. Ich hatte alle schon vom anderen Zimmer aus untersucht. Aber dort, wo in der anderen Seite der Schrankwand das verschlossene Fach war, war hier nur planes Holz. Es gab keinen Spalt, nichts.

# KAPITEL 34

*Ein geknacktes Schloss, vier uninteressante Bücher und schließlich ein interessantes*

Ich ging zurück in das Arbeitszimmer, hinter den Schreibtisch. Bisher war die Untersuchung des Hauses zwar recht aufschlussreich gewesen, aber noch hatte ich nichts gefunden, was annähernd als Beweis gegen Sorion ausgereicht hätte. Wenn es etwas gab, was Sorion belastete, war es wohl hier, hinter der versperrten Schranktür, versteckt.

Ich öffnete das Fach mit dem Elfenbeinkästchen und entnahm ihm eine Lanzette. Sie war fein genug für das kleine Schloss. Eine Weile stocherte ich vergeblich darin herum. Immer wieder glitt die Spitze im Inneren des Schlosses über dieselben Unebenheiten, aber stets, ohne irgendetwas zu bewegen. Ich schwitzte vor Anspannung und Aufregung. Das verwünschte Schloss widersetzte sich hartnäckig meinen Bemühungen.

Mist! Nun hatte sich die Spitze der Lanzette auch noch im Schloss verklemmt. Ungeduldig drehte, zog und rüttelte ich an ihr. Dann endlich war sie frei und ich zog sie aus dem Schlüsselloch. Ich fluchte leise: Die Spitze war umgebogen. Zwar bekam ich das Schloss mit der nun hakenförmigen Spitze ohne größere Mühe auf, doch jetzt konnte ich die Lanzette nicht zu den anderen zurücklegen. Es wäre zu verräterisch gewesen. Ich konnte nur hoffen, dass Sorion den Verlust nicht sofort bemerken würde.

Endlich hatte ich das Schloss überwunden und konnte das letzte Fach öffnen. Es enthielt vier mittelgroße Bücher.

Ich nahm den erstbesten Band und schlug ihn auf. Es war Sorions Handschrift. In ihr wurde eine lange Liste mit Namen aufgeführt. Namen von hoch angesehenen Bürgern, ihren Frauen und Kindern. Hinter jedem Namen stand eine Zahl oder manchmal auch mehrere. Es dauerte etwas und erforderte etwas Geblätter, dann hatte ich begriffen: Die Zahl, das stellte ich nun fest, wies auf eine Seite mit Eintragungen im Buch hin. Hier hatte Sorion die Gebrechen der betreffenden Patienten in knappen Worten festgehalten, die Kuren und Anwendungen notiert und den Verlauf der Krankheit protokolliert.

Von Zeit zu Zeit tauchte das Wort »Rechnung« auf, geschrieben in grüner Tinte, war aber jedes Mal wieder durchgestrichen worden.

Ich nahm den nächsten Band: Er enthielt dieselben Aufzeichnungen. Der dritte ebenfalls. Der vierte Band war wohl erst vor nicht allzu langer Zeit angefangen worden. Seine Namensliste war noch kurz. Hier waren wohl auch noch einige Honorarforderungen nicht beglichen worden, denn es fanden sich einige nicht durchgestrichenen »Rechnungen«. Bei den letzten Eintragungen fehlte sogar der Rechnungsvermerk.

Weiter enthielt das Fach nichts. Ich kontrollierte die Listen auf die Namen der Opfer, doch sie fanden sich genauso wenig wie sich mein Name fand oder der von Dasal. Auch Jaguris, Sarogo, Ghasol oder Bilgram waren nirgendwo verzeichnet. Es hätte mich auch gewundert.

Vier Bücher voller Patientenaufzeichnungen. War das alles gewesen, was hier verborgen war? Es war zum Heulen! Gab es denn hier nichts zu finden, was Sorion in Verbindung mit den verschwundenen Toten brachte? Wütend pfefferte ich die Bücher ins Fach zurück! Ein helles Klappern an der Rückwand ertönte und ich horchte auf. Es hatte verdächtig geklungen, wie der Klang, den ein loses, dünnes Brettchen macht.

Als ich die Bücher wieder herausgenommen hatte und die Rückwand genauer untersuchte, stellte ich fest, dass sie sich aufklappen ließ und ein schmales Fach verbarg. Aus diesem Fach holte ich nun ein fünftes Büchlein heraus, ein dünnes

Bändchen, elegant gebunden, mit Blättern aus hauchdünnem Pergament, so fein und edel, dass es fast durchsichtig zu sein schien. Es war beinahe vollgeschrieben in Sorions Schrift. Schon bei seinen anderen Aufzeichnungen hatte er mit recht kleinen Runen geschrieben, doch hier, auf diesen zarten Blättern, waren sie noch zierlicher und dennoch klar und gut leserlich.

»Hab ich dich endlich!«, knurrte ich und begann, die Seiten zu überfliegen. Es war eine Art Tagebuch. Die Aufzeichnungen begannen vor etwas mehr als drei Jahren und bejammerten auf den ersten Seiten ausführlich den Verlust der Halbinsel Ranak und das Elend der Flüchtlinge.

Ich blätterte weiter, denn Sorions Geschichte hatte ich ja schon in epischer Breite von dem Ranaki erzählt bekommen. Eilig übersprang ich die Öffnung der Tore für die Flüchtlinge, Sorions Umzug in dieses Haus und den großen Zulauf seiner Praxis durch die Mächtigen der Stadt. Flüchtig überflog ich Seite um Seite, dann stutzte ich plötzlich.

Eine Eintragung war nicht mit derselben Ruhe geschrieben worden wie die anderen. Die Zeilen schienen vor Freude zu hüpfen:

*Schmiedtag, 3ter des Beerenmondes 612*
*Die Götter seien gepriesen! Es gibt noch Hoffnung! Noch einmal gestattete mir der Magistrat, in seiner Runde das Wort zu ergreifen. Ich berichtete anschaulich von dem Unglück, das über unsere Heimat hereingebrochen ist, von all dem Elend und der Verwüstung, die ich sah! Dann sprach ich von den wunderbaren, lange währenden und fruchtbaren Beziehungen, die die Händler der Stadt mit Ranak unterhalten hatten. Ich beschwor sie, um der guten alten Zeiten willen und für eine noch bessere Zukunft, eine Armee zur Befreiung aufzustellen, sobald die Ernte in den Scheuern sei. Sie hörten mir zu! Die Aussicht auf profitablen Handel schmeichelte wohl vielen Ohren! Ich kann es kaum fassen, doch es ist tatsächlich der Beschluss gefasst worden, Aushebungen anzuordnen. Ranak soll befreit werden! Noch vor dem Winter werden wir wieder zu Hause sein!*

Wenige Seiten später schlug die Hochstimmung jäh um:

_Spinntag, 16ter des Nebelmondes 612_
*Der Krieg läuft schlecht! Die Offiziere, bislang ohnehin nicht recht erfolgreich, müssen zunehmend nicht mehr allein mit dem Feind, sondern auch mit dem Rat der Stadt ringen. Diese Krämerseelen sind inzwischen vom Mut verlassen und wieder von Geiz gepackt. An Verstärkung, Ausrüstung, ja sogar am Proviant wird mit Hinweis auf die hohen Kosten gespart und geknickert. Gelingt es der Armee, ein Dorf zu nehmen, so wird nicht überlegt, wie man den rückeroberten Besitz halten und verteidigen kann, man verlangt stattdessen lange Listen des dabei beschädigten Kriegsmaterials und rechnet sich im Magistrat gegenseitig mit entsetzten Mienen die Kosten vor. Dass unter solchen Bedingungen kein entschlossenes und mutiges Vorgehen der Armee erwartet werden kann, liegt auf der Hand. Sobald der Schnee fällt, ist der Krieg am Ende. Man spricht schon davon, die meisten der wenigen Eroberungen zugunsten einer Frontbegradigung wieder aufzugeben und eine provisorische Grenzsicherung einzurichten. Doch es ist abzusehen, dass nichts dauerhafter sein wird, als ein solches Provisorium. Damit ist der Feldzug am Ende.*

Ich überschlug wieder ein paar Seiten, die ausführlich beklagten, dass sich der Feldzug tatsächlich, wie abzusehen, festgefressen hatte. Es folgten nun seitenweise Beschwerden über die Unfähigkeit der Stadtoberen, beherzt und zielgerichtet einen Krieg zu führen. Eilig blätterte ich weiter, bis ich auf zwei aufeinander folgende Eintragungen stieß. Sie fielen mir durch ihre Kürze auf, aber auch deshalb, weil sie, anders als zuvor, nicht in jammerndem Ton geschrieben waren:

_Waschtag, 9ter im winterl. Wechselmond 612_
*Für ein kleines Vermögen konnte ich ein Buch erstehen. Es ist ein sehr gefährliches, kleines Bändchen. Wenn es bei mir entdeckt würde, könnte es leicht geschehen, dass ich zusammen mit dem Büchlein auf dem Scheiterhaufen lande. Doch es ist einzigartig und ich bin froh, es mein Eigen nennen zu können.*

_Schmiedtag, 11ter im winterl. Wechselmond 612_
*Es war wohl ein Wink der Götter, mir dieses Büchlein zu schicken. Könnte es mir bestimmt sein, die Heimat zu befreien? Die dummen Gewürzbeutel und kleinlichen Krämer wollen nun auch*

*noch Orksöldner anwerben, aber nur, um ihre Grenzen zu verteidigen, auch wenn sie natürlich etwas anders behaupten. Inzwischen spricht niemand mehr laut von Befreien oder Rückerobern. Man beschränkt sich auf die Sicherung dessen, was man hat. Verlasse ich mich auf die Kriegskunst des Magistrats, ist die Freiheit Ranaks von den Launen vernagelter Geizhälse abhängig und wird deshalb niemals kommen. Doch das Büchlein weist mir einen anderen Pfad! Wenn mir dieser kühne Plan gelingt, wird Ranak eines schönen Tages ohne ihre Hilfe frei sein!*

Leider berichteten die nun folgenden Seiten nichts mehr über diesen kühnen Plan. Stattdessen kommentierte Sorion mit zunehmend galliger Schärfe die selbstsüchtige Politik der geizigen Stadtoberhäupter. Pikanterweise waren die Gescholtenen aber fast alle auch seine Patienten. Ich erkannte nun Sorion als einen enttäuschten, zornigen Mann. Bisher hatte er sich immer bescheiden und loyal gezeigt; loyal der Stadt gegenüber, in und von der er lebte. Doch in diesem Büchlein zeigte er ein anderes Gesicht. Hier schrieb er, was er dachte, und sein scharfer Geist war gnadenlos. Er geißelte Dummheit, Selbstsucht und Kurzsichtigkeit erbarmungslos. Oft genug teilte ich seine Sicht der Dinge.

Nach außen hin trug er die Maske der Wohlanständigkeit, gab sich maßvoll und korrekt, galt als ein vorbildlicher Bewohner der Stadt. Doch insgeheim schrieb er sich in seinem Tagebuch in immer schärfer werdenden Worten seinen beredten Zorn von der Seele. Besonders die Mitglieder des Magistrates hatten es ihm angetan: »Stümper« und »wortbrüchige Narren« waren noch gemäßigtere Bezeichnungen, die allmählich von einfallsreicheren Beschimpfungen abgelöst wurden. Dieses Bändchen würde sicherlich zur Ausweisung Sorions führen, wenn bekannt würde, dass er einzelne Räte als »fettsteißige Felsenaffen« und andere als »beschränkte Trollköpfe« bezeichnet hatte und er den Magistrat insgesamt mit einem Straßenköter verglich, »der nur sich selbst eifrig zu lecken bereit ist.«

Ich hatte nicht die Zeit, alles zu lesen, was Sorions Zorn Seite um Seite in bildreiche Worte goss. Rasch blätterte ich vor bis zum Datum des Südländers, der aus Dasals Werkstatt geraubt worden war.

*Hacktag, 23ter im sommerl. Wechselmond 613*
*Nach langen Vorbereitungen habe ich nun endlich alles beisammen und darf nun hoffen, übermorgen meinen Plan ein wesentliches Stück weiterzubringen.*

Knapp ein Jahr später war der erdolchte Seemann ausgegraben worden. Das war im Füllemond gewesen. Ich blätterte weiter und richtig: Hier fand sich eine Eintragung:

*Schmiedtag, 10ter im sommerl. Wechselmond 614*
*Die Mühe hat sich gelohnt: Nach anfänglichen Schwierigkeiten ist das Experiment wieder geglückt!*

Ich blätterte ungeduldig weiter, nun zum Zeitpunkt des Verschwindens des Orksöldners Gulbuk:

*Kästag, 26ter im Schneemond 615*
*Es war viel mühsamer und hat mich recht erschöpft. Doch das Verfahren funktioniert, auch wenn der Betreffende kein Mensch ist.*

Auf einer der letzten Seiten fand ich schließlich eine Eintragung, die Sorion kurz nach Tims Diebstahl gemacht hatte. Es stand da nur ganz knapp:

*22ter Tag im Grünmond, im Jahre 615*
*Das vierte Mal. Es lief gut. Ich werde besser!*

# KAPITEL 35

*Belastendes Material, warten auf Al da Rion und keuscher Schlaf unter einem sündigem Dach*

Das war es! Mit diesem Tagebuch konnte ich endlich Sorions Hintern festnageln. Ich musste nur das Büchlein stehlen. Damit würde Dasal sicherlich gegen Sorion vorgehen können.

Und das Risiko? Sollte ich es tatsächlich mitgehen lassen? Konnte ich das wagen?

Von einem Brief an Sorion einmal abgesehen, gab es vermutlich keine bessere Art, ihm zu zeigen, dass ich ihn heimlich besucht hatte. Fast täglich machte Sorion eine neue Eintragung. Selbst wenn ich alles wieder herrichtete, wie ich es vorgefunden hatte, würde der Einbruch ihm sicher bald auffallen.

Wie viel gefährlicher konnte wohl unsere Situation noch werden? Angesichts der Mordpläne Sorions schien es mir keinen großen Unterschied zu machen, ob Sorion nun auch noch meinen Einbruch bemerkte.

Es war aber vielleicht von Vorteil. Sorion konnte unmöglich wissen, was genau wir schon über sein Geheimnis herausgefunden hatten und wie viel wir noch nicht wussten. Es könnte uns möglicherweise sogar nutzen, wenn wir Sorion noch weiter beunruhigten. Ich grinste, steckte das Tagebuch ein, ordnete alles wieder so, wie ich es vorgefunden hatte. Bis auf eine Kleinigkeit: Ich ließ sowohl die abgeschlossene Schranktür als auch das Geheimfach offen stehen.

Nun sah es hoffentlich in Sorions Augen so aus, als hätte ich nicht das ganze Haus durchsucht, sondern sei zielstrebig auf sein Versteck zugegangen. Mit etwas Glück verschwendete er nun seine Energie darauf, herauszufinden, wie ich sein Geheimfach entdeckt hatte.

Was war aber mit dem gefährlichen Büchlein, das Sorion in seinem Tagebuch erwähnt hatte? Ein Buch, von dem er fürchtete, dass es ihn auf den Scheiterhaufen bringen könnte! Wenn ich dieses Büchlein finden könnte, hätten wir ihn tatsächlich in der Hand! Ich durchsuchte nochmals sämtliche Bücher des Regals. Die meisten der astronomischen Werke würden die Priester wohl einziehen. Ihretwegen musste man wohl empfindliche Geldstrafen befürchten, aber sicherlich keinen Scheiterhaufen. Das galt auch für das Bändchen im Schlafzimmer. Der Rest seiner Bibliothek war weitgehend unverfänglich bis auf einen Band: das Buch mit den Bildern des ausgeweideten Leichnams. Aber dieser Schinken war viel zu groß, als dass irgendjemand ihn vernünftigerweise als »kleines Bändchen« bezeichnen könnte.

In der Ferne hörte ich das Tuten des Nachtwächters. Viertes Nachtblasen. In meiner Anspannung und Aufregung war mir die Dauer meines Einbruchs wie eine kleine Ewigkeit vorgekommen, doch in Wirklichkeit hatte ich nicht viel länger als eine halbe Stunde für meine Erkundung gebraucht. Wann würde Sorion heimkommen? Ich war schon zu lange in seinem Haus. Unruhe überkam mich und die Angst, ertappt zu werden, wurde immer stärker. Ich hatte den Beweis! Es war nun Zeit, zu verschwinden.

Nachdem ich überall im Erdgeschoss den Boden auf das Vorhandensein einer Kellerluke überprüft hatte – ich fand keine – ging ich zur Haustür, öffnete sie einen Spalt und spähte hinaus. Nichts war zu sehen oder zu hören. Leise huschte ich hinaus, schloss die Tür und ging, mich möglichst im Schatten haltend, zurück zur »Puderdose«. An einer vereinbarten Hausecke malte ich rasch mit Kreide einen Blitz an die Hauswand. Das war Al da Rions Idee gewesen. Wenn er dieses Zeichen sah, wusste er, dass er mich nicht vor Sorions Rückkehr warnen musste. So vermied er unnötiges

Aufsehen und konnte ruhig und ohne Gefahr in unseren Schlupfwinkel zurückkehren.

Auch in der Färbergasse war es still und friedlich, kein Laut und kaum ein Lichtschein drang durch die Fenster der Puderdose. Drinnen ging es aber inzwischen recht hoch her. Als ich eingelassen wurde, drang aus dem großen Salon hohes Gekicher und kehliges Männergelächter. Beim Schließen der Haustür raunte Risa mir zwinkernd zu: »Heute herrscht reger Publikumsverkehr! Möchtest du hereinkommen?« Doch an dem munteren Treiben im Salon hatte ich keinerlei Interesse. Ich dankte für die Einladung und stieg die Treppe hoch zu Kalliras Kammer.

Oben stellte ich mich wieder auf die Bank und sah auf den Platz hinunter. Durch die Wände drangen aus den benachbarten Zimmern von Zeit zu Zeit gedämpft rhythmische Geräusche, die von Risas gutgehendem Geschäft erzählten. Ich versuchte, nicht darauf zu achten. Es mochte zwar noch eine gute Weile dauern, bis Al da Rion kam, doch bis dahin hatte ich allerlei zum Nachdenken.

Nun waren wir einen wesentlichen Schritt weitergekommen. Wir hatten endlich einen halbwegs stichhaltigen Beweis für Sorions Schuld am Verschwinden der Toten in Händen. Im Tagebuch standen, wenn auch vage, Anspielungen auf einen Plan Sorions zur Befreiung Ranaks im Alleingang. Noch wichtiger war aber, dass es zu jedem Tag, an dem ein Toter verschwunden war, eine Eintragung gab. Vielleicht war das noch nicht restlos überzeugend, aber es war zumindest schon recht belastend, zudem ja alle Nächte kurz vor Neumond lagen. Das roch selbst für einen geistig trägen Betrachter mächtig nach Magie. Es würde Sorion wohl nicht leichtfallen, sich da herauszureden.

Immerhin, er verfügte über Macht und Einfluss. Aber beides sah ich dahinschmelzen, wenn seine Patienten lasen, was er in Wahrheit über sie dachte. Sein Tagebuch würde ihm die Maske seiner biederen Wohlanständigkeit herunterreißen. Trotzdem blieb ich skeptisch. Mein Vater hatte stets gesagt, man solle den Schweinehändler höchstens für halb so dumm halten, wie man ihn gerne hätte. Sorion zu unterschätzen, war ein Fehler, den ich mir nicht ein zweites Mal erlauben konnte. Um ihn auf den Scheiterhaufen zu bekommen und Dasal zu rehabilitieren, reichte das Büchlein wahrscheinlich noch nicht aus. Es fehlte also noch eines: Ich musste endlich die Leichen finden. Oder das, was von ihnen noch übrig war. Und etwas, was sie mit Sorion in Verbindung brachte.

Sorions Plan blieb nebulös. Aber er benötigte Dasals Tote dazu. Noch hatte ich keine Vorstellung, was Sorion mit den Leichen machte, aber was immer es sein mochte, ich hatte ein sehr schlechtes Gefühl. Es blieb zu hoffen, dass er die Toten oder ihre Reste aufbewahrte. Das war vermutlich die einzige Möglichkeit für uns, unwiderlegbare, eindeutige Beweise in die Hand zu bekommen. Doch dazu mussten wir zunächst seinen Schlupfwinkel finden.

Eine andere Frage drängte sich mir unangenehm ins Bewusstsein. In welchem Zustand würden wir wohl die Toten finden? Sicher wären sie kein sonderlich erfreulicher Anblick, vom Geruch ganz zu schweigen.

Auf dem Pflaster erklangen eilige Schritte und ich erkannte die Gestalt Al da Rions, der eilig über den Platz lief. Als er mein Zeichen sah, hielt er inne und ich sah ihn tief Luft holen. Dann strebte er ruhigen Schrittes auf die Färbergasse zu.

Wenige Minuten später lauschten wir gespannt gegenseitig unseren Berichten. Al da Rions Stimme klang beim Erzählen nicht besonders glücklich. Zunächst hatte die Beschattung gut angefangen. Ohne große Mühe war er Sorion gefolgt – in gehörigem Abstand. Der Arzt hatte sich nicht umgesehen.

»Ich glaube nicht, dass er mitbekommen hat, dass ich ihn verfolgt habe. Er besuchte zuerzt eine kleine Schänke an der Südztraße. Sie hat nur eine Tür. Ich wartete im Schatten, bis er wieder herauskam. Was er darin machte, weiß ich nicht. Er war nicht sehr lange drinnen. Es war gerade Zeit genug, um rasch, aber nicht haztig, etwas zu trinken. Vielleicht traf er sich mit jemandem. Als er wieder herauskam, war er aber immer noch allein. Dann ging er weiter, hielt mehr auf den Fluss zu, immer weiter ztromabwärts. Die Gassen wurden auf einmal enger und plötzlich war er zwischen Häuserruinen verschwunden. Dort habe ich ihn verloren. Es tut mir so leid. Ich dachte mir, es izt sicher besser, ich kehre um, bevor er es tut.«

Al da Rion war richtiggehend geknickt, weil er Sorions Schlupfwinkel nicht gefunden hatte. Ich aber war von diesen Neuigkeiten begeistert. So reimte es sich allmählich zusammen.

»Al da Rion! Du hast es geschafft!«, jubelte ich und gab ihm einen Kuss. »Ich glaube, ich weiß jetzt, wo er ist. Sein Versteck liegt sicher im alten Gerberviertel!«

Allmählich hellte sich sein Gesicht auf, als er zu begreifen begann. Das alte Gerberviertel lag ganz im Süden. Es lag am Fluss! Diese gedrängte Ansammlung alter Handwerkerhäuser, verwinkelt und verschachtelt, mit vielen Höfen, die die reichen Kaufleute seinerzeit aufgekauft hatten, um ihrem Gestank zu entkommen! Der Boden, auf dem die Ruinen standen, stank noch immer, noch nach Jahren, so streng, dass an eine neue Bebauung mit feinen Wohnhäusern nicht zu denken war.

Das Gerberviertel! Das musste es sein. Es waren die einzigen Ruinen, die ich auf dem Ostufer kannte. Außerdem bot ein Versteck dort einige Vorzüge.

»Kannst du dir einen besseren Ort vorstellen, wo man die Toten verstecken kann? Die Gegend ist verlassen, kaum einer kommt dorthin. Es ist dicht am Fluss. Sorion könnte mit einem Boot ans andere Ufer fahren und außerhalb der Stadt landen und von dort aus zum Friedhof gehen. So bräuchte er die Toten nicht durch die ganze Stadt transportieren. Noch etwas: Es ist eine fabelhafte Tarnung: Es stinkt dort ohnehin so sehr, dass der Leichengeruch der Toten kaum auffällt!

Wenn wir dort suchen, werden wir sein Versteck finden! Das Gelände ist nicht allzu groß! Auch wenn es Gerberviertel heißt, so sind es doch kaum mehr als zwei Dutzend Werkstätten!«

Als ich ihm von meinem erfolgreichen Einbruch berichtet hatte, setzten wir uns auf das Bett und lasen gemeinsam im Schein der Lampe in dem erbeuteten Tagebuch. Meine erste flüchtige Untersuchung hatte fast alle wesentlichen Stellen gefunden. In einer letzten Notiz berichtete er skeptisch von neuen Gerüchten in der Stadt über einen neuen Feldzug gegen die Milwinger. Über die Details seines eigenen Planes schwieg sich Sorion in dem Tagebuch leider aus. Die einzige bemerkenswerte Neuigkeit, auf die wir stießen, war die Tatsache, dass Sorion am Hofe des Fürsten von Ranak Astronom gewesen war und nicht Arzt.

»Schon seit Generationen ztellen Aztronomen immer wieder verschiedene Theorien auf, wie das Himmelsgetriebe und das Leben hier unten zusammenwirken«, meinte Al da Rion schließlich, nicht ganz ohne Bewunderung. »Die aztronomischen Theorien unserer Gelehrten für den Gartenbau waren gelegentlich zuverlässig, doch sowohl für Geschäfte als auch in Bezug auf die Heilkunst gab es bisher hauptsächlich blühenden Unsinn. Sorion ist vielleicht der erste Aztronom, der auch ein guter Heiler geworden izt.«

»Dann ist das wohl auch der Grund, wieso seine Bücher der Heilkunst so zerlesen sind. Er wurde nie richtig ausgebildet, sondern musste alles aus den Büchern lernen. Er ist gar kein echter Heiler, sondern nur ein genialer Dilettant!«

»Dabei wandte er aber sein Wissen über den Himmelseinfluss auf die Natur des Menschen an. Allem Anschein nach sogar erfolgreich. Und das in einer Ztadt, in der die Priezter schon miztrauisch werden, wenn jemand zunehmenden Mond von abnehmendem unterscheiden kann!«

Er war gar kein echter Heiler! Auch das war wieder etwas, was wir geschickt gegen ihn ausspielen konnten. Astronomie galt in der Stadt als Schwarzkunst. So konnten wir ihn vielleicht sogar ohne Leichen erfolgreich der Magie bezichtigen! Wenn wir ein Gericht überzeugen konnten, dass seine Heilkunst auf Zauberei beruhte, beziehungsweise auf Astronomie, was ja vor den Priestern keinen Unterschied machte, war sein Leben so gut wie verwirkt!

Lange, aber ohne Ergebnis, rätselten wir noch, was es mit dem geheimnisvollen Büchlein auf sich haben könnte, das Sorion die Idee für seinen Plan geliefert hatte. So viel glaubten wir zu wissen: Es war ein Buch über Magie.

Der Tag war sehr lang gewesen. Um morgen ausgeschlafen zu sein, legten wir uns schließlich ins Bett, das wir für so teures Geld gemietet hatten. Während ich dem emsigen Werken in den Nachbarzimmern lauschte, schmiegte ich mich an Al da Rions Seite, sog tief seinen Duft in mich auf und schlief sachte ein.

# KAPITEL 36

## *Ein schönes Frühstück, ein Totschlag und eine stinkende Spur*

Am nächsten Vormittag wurden wir von Risa geweckt. Nach einem sehr flüchtigen Klopfen trat sie mit einem üppig beladenen Tablett ein.

»Frühstück, meine Kinder! Langt nur zu! Ich hoffe nur, es fehlt nichts!«

Wir konnten sie beruhigen, denn es gab Milch, frische Faustwecken, süßes Fruchtmus, Honig, Quark, aber auch gebackene Eier, Schinken und geräucherte Würste. Während wir im Bett sitzend schmausten, saß sie lächelnd auf der Bank am Fenster und plauderte fröhlich auf uns ein. Als sich das Tablett allmählich geleert hatte, meinte Risa heiter: »Ich hoffe, ihr seid mir nicht böse, aber nach dem Frühstück muss ich euch leider hinauswerfen! So ist es nun einmal. Meine Mädchen sind schillernde Nachtgeschöpfe. Tagsüber brauchen sie ihren Schönheitsschlaf. Sonst können sie nachts nicht so emsig für das Wohlbefinden der Bürger der Stadt sorgen.«

Eine Stunde später standen wir vor dem Haus, in dem Dasal übernachtet hatte. Endlich hatte ich etwas vorzuweisen! Es war nun Zeit, Dasal zu zeigen, was wir hatten. Ich hatte etwas Sorge, wie Dasal auf Al da Rion reagieren würde. Doch nun, am erfolgreichen Ende der Nachforschungen, ließ sich seine Existenz nicht länger verheimlichen, schon allein deshalb, weil ich mich ohne ihn nicht sicher vor Mordanschlägen fühlen konnte.

Dasals Freund hieß Bodural und hatte anscheinend einen kleinen, aber gut sortierten Gewürzhandel. Als er uns auf seiner Schwelle sah, riss er in jähem Verständnis die Augen auf und bat uns beide sofort herein. Dasal nahm das plötzliche Erscheinen Al da Rions erstaunlich gelassen. Da sein Freund inzwischen ebenfalls eingeweiht war, hatte sich die Anzahl der Mitwisser zwar beträchtlich erhöht, doch bald, so hofften wir alle, würde der ganze Spuk vorbei sein.

Wir legten nun Rechenschaft über unsere nächtlichen Nachforschungen ab. Dasal lauschte gespannt unserem Bericht. Danach studierte er aufmerksam das Tagebuch.

Als er wieder aufblickte, zählte ich ihm auf, was wir nun alles gegen Sorion ins Feld führen konnten:

»Zu jedem der verschwundenen Toten haben wir eine Eintragung. Das beweist, dass Sorion etwas damit zu tun hat. Wir können außerdem beweisen, dass er ein Astronom ist. Astronomie gilt als Schwarzkunst. Wir können weiter beweisen, dass er ohne ordentliche Ausbildung als Heiler praktiziert, vermutlich sogar mit Hilfe von Magie, und wir haben einen Beweis, dass er die Führer der Stadt, die ihn gnädig aufgenommen haben, insgeheim aufs Übelste mit den ausgesuchtesten Bezeichnungen beschimpft.«

»Aber dennoch! Wir haben nicht die Leichen!«, erwiderte Dasal mit einem Seufzen. »Trotzdem: Gut gemacht! Du hast dir den vereinbarten Lohn verdient.«

»Ich bin noch nicht fertig, Meister Dasal! Wir haben inzwischen sogar eine recht genaue Vorstellung, wo Sorion Eure Anvertrauten hingebracht hat. Er hat höchstwahrscheinlich ein Versteck im alten Gerberviertel. Wir wollen nun dorthin gehen und es suchen.«

»Ich komme mit!« Dasal hatte das ohne das geringste Zögern festgestellt. Alle Ruhe und freundliche Gelassenheit, die er sich bis zu diesem Moment bewahrt hatte, wich nun einer ungeduldigen Aufgeregtheit. Er fuhr sich immer wieder mit der Hand über sein Kinn und schluckte nervös. Ein Lächeln huschte über sein Gesicht, als er alle Augen auf sich ruhen sah und er ergänzte: »Sie waren mir anvertraut. Ich … Ich bin es ihnen schuldig. Ich will diesem Schuft selbst sagen, was ich von seinem ›Plan‹ halte!«

»Wer geht inzwischen zum Magistrat und der Wache?«, warf ich ein. »Wir sollten auf Widerstand gefasst sein. Vielleicht lauern dort noch einige Ranakis. Es wäre sicher sinnvoll, wenn Ihr inzwischen die Wache verständigt und dort hinbringt, Meister Dasal.«

»Das kann ich gerne machen!«, meldete sich Bodural zu Wort: »Mein Schwager ist ein Scharführer in der Wache.«

Ich zuckte die Achseln. Zu gerne hätte ich den ungeduldigen und aufgeregten Dasal anderweitig beschäftigt, doch er wirkte zu allem entschlossen und das Argument des Schwagers ließ sich kaum entkräften.

Bodural erhielt Sorions Tagebuch und die Anweisung, es wie seinen Augapfel zu hüten. Wir brachen auf, Bodural in die eine und wir in die andere Richtung. Plötzlich fiel mir etwas ein. »Meister Dasal, habt Ihr eine Waffe?«

»Zu Hause«, raunte er zurück. Es klang, als wäre sein Mund wie ausgetrocknet. »Sollen wir sie holen?«

»Es ist gefährlich. Denkt an den Meuchelmörder. Doch ohne Waffe Sorion aufzusuchen, ist blanker Leichtsinn.«

Zu dritt schlichen wir uns leise an die Vordertür von »Dasals feierliche Übergänge«. Auf dem Weg dorthin hatten wir uns abgesprochen. Al da Rion, der ja noch nie bei Dasal gewesen war, sollte die Tür bewachen. Er hielt einen krummen Dolch in der einen und einen sandgefüllten, kurzen Lederschlauch in der anderen Hand. Ich hatte meinen Dolch gezückt und Dasal mein in den Mantelsaum eingenähtes Messer gegeben. Nun sollte es rasch gehen, damit der Vorteil der Überraschung möglichst auf unserer Seite war.

Dasals Schlüssel fuhr in das Schloss, die Tür flog auf und wir sprangen zu dritt über die Schwelle: Der Flur lag leer vor uns. Hastig stürzte ich vor in das Besprechungszimmer. Mein Blick fuhr gehetzt in alle Zimmerecken. Hier lauerte niemand. Noch während ich mich umblickte, hörte ich rasch schwere Schritte aus der Werkstatt kommen. Ich machte auf dem Absatz kehrt und sah gerade noch einen langen Kerl mit gezogenem Schwert auf Dasal losgehen. Entsetzt sprang

Dasal zurück. Mit Glück war er dem mächtigen Schwerthieb entkommen, der nun krachend in den Türstock fuhr, keine zwei Schritt vor mir. Ein Schwert ist keine sehr geeignete Waffe für enge Räume. Einen Moment lang versuchte der Fremde, sein Schwert aus dem Holz zu befreien. Dieser Moment genügte mir und ich war vorgesprungen. Während sich Dasal und Al da Rion noch gegenseitig behinderten, fuhr mein Dolch von unten tief in den Bauch des Angreifers. Er krümmte sich zusammen. Während er stöhnend zu Boden sank, riss er mir fast die Waffe aus der Hand. Ein leises, sehr unangenehmes Geräusch, zerreißendem Stoff nicht unähnlich, erklang und aus seinem zerschlitzten Wams quollen dunkles Blut und ein paar bläulich-violett schillernde Schleifen Darm. Zitternd versuchte er, sie mit den Händen zurück in die Bauchhöhle zu drücken. Stoßweise brach schwarzes Blut aus der Wunde hervor. Dann sah er mich an: Sein blasses Gesicht verzerrte sich zu einer Maske aus blankem Hass.

Zwischen vor Schmerz zusammengepressten Zähnen zischte er mir zu: »Die kleine Halblingshure aus'm ›Alt'n Schild‹ ! Mir bis' du entkomm'n, doch Ranaks Befreiung wirs' du nich' verhindern!«

Diese Worte, obwohl sie mehr gestöhnt als gesprochen waren, wiesen ihn eindeutig als Ranaki aus. Ich packte den Verletzten am Kragen, zerrte ihn ein wenig hoch und herrschte ihn wütend an: »Wo hat Sorion sein Versteck? Sag es! Los, sag es!«

Die Antwort war eine sehr uncharmante Aufforderung und das Letzte, was der Mann dieser Welt mitteilte.

Mit Al da Rions Hilfe hob Dasal den Leichnam auf seinen Arbeitstisch und hängte sofort den Eimer unter das Loch. Er streckte die Glieder des Körpers aus und band mit einem Leinenstreifen das Kinn hoch. Plötzlich hielt er inne und wandte sich mir zu. Er war bleich, zittrig und begann nun unsicher zu stammeln:

»Du meine Güte, bei allen Göttern! Lupina, wenn du nicht gewesen wärst … wäre ich jetzt tot!«

Ich merkte, dass auch ich zitterte. Mir stand kalter Schweiß auf der Stirn. Ich öffnete die Hintertür, wankte hinaus und übergab mich. Ich hatte noch nie zuvor einen Menschen ernsthaft verletzt, geschweige denn getötet und Dasal dankte mir dafür! Ich war nicht stolz darauf. Mein Gegner war abgelenkt gewesen, ich war flinker und nun war er tot. Er hatte einfach Pech gehabt. Dass er rücksichtslos Spirek und Dasal angefallen hatte und auch mich getötet hätte, ohne mit der Wimper zu zucken, war mir in diesem Moment keinerlei Trost. Ich fühlte mich nur kalt und elend.

Auf einmal stand Al da Rion neben mir und gab mir in einem Becher einen Schluck Wein. Einen Moment stand er nur hinter mir und ließ mich seine Nähe und Wärme spüren. Dann sagte er: »Es wird Zeit, Lu! Wir haben noch einiges vor und wir brauchen dich.«

Er hatte recht. Für mein Selbstmitleid war dies ein ebenso unpassender Augenblick, wie für Dasals geübte Handgriffe. Durch die Tür sah ich zu, wie er nun dem Toten die Augen schloss und die Lider mit runden Tonscheiben beschwerte. Al da Rion drängte zu Recht zur Eile. Ich trank den Schluck Wein und fühlte, wie alkoholische Wärme mich durchströmte. Ich raffte mich auf. Dasal bedeckte den Leichnam mit einem hellen Tuch, das sich in Höhe des Unterbauches sofort rot färbte, dann ging er in das Obergeschoss und kam gleich darauf mit einem robusten Kurzschwert zurück.

Endlich brachen wir auf. Wir wollten vermeiden, über den Wollmarkt zu gehen. So machten wir uns auf zum Fluss und gingen dort am Kai entlang. Die Sonne stand hoch und warf kurze, scharfe Schatten. Eine leichte Brise aus dem Süden trug würzige, salzige Luft von der See herauf. Ich atmete tief ein. Allmählich fühlte ich mich besser. Das Laufen brachte mein Blut wieder in Bewegung. Als wir nach kurzem Marsch am Rand des alten Gerberviertels standen, fühlte ich mich bereit. Bereit für Sorion.

In den letzten Minuten der Wegstrecke hatte die Bebauung rapide an Imposanz verloren. Zwei Straßenecken entfernt prahlten die Erbauer noch mit ihren verzierten Fassaden, dann, nur eine Straßenecke weiter, waren die Häuser bescheiden und klein, und hier nun lagen gegenüber dem alten Gerberviertel schäbige, vernachlässigte Gebäude, denen man ansah, dass sie nur Behausungen waren, aber kein Heim. Je näher wir den Ruinen kamen, umso öfter wehte uns ein Hauch Luft an, dessen beißender Geruch meinen kaum beruhigten Magen erneut reizte. Es stank bald faulig, verwesend, dann wieder eher ätzend scharf.

Al da Rion führte uns zu einer nahegelegenen Straßenecke: »Hier habe ich geztern Sorion aus den Augen verloren,«, raunte er uns zu. »Dort drüben war es.«

Er deutete auf ein großes Gebäude mit windschiefem Dach, in dem wie ein drohendes Maul ein offener Torweg gähnte. Dahinter konnte man einige baufällige Schuppen erkennen.

»Lasst uns zusehen, dass wir zusammen bleiben!«, sagte ich. »Ich weiß nicht, was uns erwartet, aber Sorion ist gewiss kein Dummkopf. Wir sollten versuchen, nicht allzu blindlings in einen Hinterhalt zu tappen. Vielleicht ist es sogar besser, wenn wir hier auf …«

Noch bevor ich vorschlagen konnte, auf die Wache zu warten, die sicher bald kommen würde, war Dasal auch schon entschlossen losgestapft und in dem Torbogen verschwunden. Al da Rion verdrehte die Augen, dann eilten wir ihm nach. Wir konnten ihn gerade noch einholen, bevor er aufs Geratewohl in der nächstbesten Tür verschwand.

So betraten wir gemeinsam einen großen Raum, der in stillem Dämmer lag. Durch das inzwischen schadhafte Dach stachen golden strahlende Lichtlanzen auf den Boden. Im offenen Dachstuhl hingen an einem halb heruntergebrochenen Gewirr von Drähten leere Holzgestelle. Einst waren an ihnen Tierhäute getrocknet worden. Nun waren sie leer und wirkten wie Gerippe im Netz einer Monsterspinne.

Vorsichtig traten wir ein. Im Boden vor einer der Seitenwände gähnten einige Gruben, aus denen ein ganz übler, fauliger Gestank kroch. Teilweise waren sie mit morschen Holzplanken abgedeckt. Den Gruben gegenüber hingen riesige Fässer in rostigen Eisengestellen, die man über Tretmühlen um eine Achse drehen konnte.

Mit angehaltenem Atem und gegen Brechreiz kämpfend warf ich einen vorsichtigen Blick in eine der Gruben. Was immer darin war, war tief unter mir verfault, vermodert und zu einem ekligen breiigen Schlamm zerfallen, der keinerlei Formen erkennen ließ. Der Geruch, der emporstieg, war so massiv, dass mir Tränen in die Augen stiegen. Ich glaubte zu fühlen, wie sich das Innere meiner Nase kräuselte und verwelkte. Trotzdem zwang ich mein Gesicht über den Abgrund. Wie tief mochte dieser Schlick wohl sein?

Ich hob einen großen Stein vom Boden auf und warf ihn in die Grube. Er sank nicht ein und machte auch nicht platsch oder pfloff. Er schlug hart auf, kullerte ein wenig herum und blieb liegen. Gerade einmal der Boden war bedeckt mit diesem beizenden Schlamm.

»Leer!«, rief ich den anderen zu und prüfte mit einem weiteren Stein die nächste Grube. Al da Rion und Dasal folgten meinem Beispiel. Endlich waren wir fertig. In keiner der Gruben hatten die Gerber mehr zurückgelassen als unsäglichen Gestank und Leere. Durch eine Tür wankten wir in den Hof, setzten uns auf einen Stapel Gerümpel und sogen gierig die Luft ein, die uns wundervoll rein und süß vorkam. Uns gegenüber war eine baufällige Ansammlung aus Schuppen, Holzverschlägen und Bretterbuden. Hier und da hing eine Tür schief in den Angeln. Es dauerte eine Weile, bis unser betäubter Geruchssinn wahrnahm, dass es hier tatsächlich süß roch. Es war ein fauliger, süßlicher Verwesungsgeruch, doch er war deutlich verschieden von dem Gestank der Gerbergruben.

Ich blickte meine Begleiter an. Ich sah zwei bleiche, aber entschlossene Gesichter. Dasal zog scharf Luft durch die Nase ein. Auch er nahm den neuen Gestank wahr. »Leichen!«, flüsterte er.

»Dann nur immer der Nase nach!«, meinte Al da Rion mit einem schiefen Grinsen. Dann zuckte er die Achseln und trat auf die nächstbeste Schuppentür zu. Mit einem leisen Quietschen öffnete sie sich. Dahinter hörten wir hastiges Rascheln. Im Gewirr verstaubten Gerümpels sahen wir viele kleine, dunkle Gestalten eilig in den Schatten huschen. Ratten! Offenbar hatten die Gerber neben wertlosen Möbeln, zerbrochenen Spanngestellen und ihren kaputten Gerätschaften auch einige Stapel alter Filzdecken zurückgelassen. Die Ratten nutzten sie offenbar und hatten in ihnen wohl seit Generationen ihre Nester und Verstecke angelegt. Überall raschelte es.

Der Raum schien recht weit in die Tiefe zu reichen. Rasch blieb das Licht, das durch die offene Tür fiel, zurück und muffige Dunkelheit umgab nun die Schemen der sperrigen Hinterlassenschaften der Gerber. Es war eng zwischen abenteuerlich gestapelten Kisten, morschen Hölzern, eisernen Haken und rostigen Gestellen. Ich ging vor und bahnte uns einen Weg durch die staubigen Spinnweben, die zwischen all dem Gerümpel hingen. Al da Rion folgte mir auf dem Fuße. Einige Hindernisse, unter denen ich durchtauchte, überstieg er. Stets war er dicht bei mir. Ich war sehr froh, seine Gegenwart zu spüren. Ein widerlicher Verwesungsgestank lag in der Luft, ganz klar wahrzunehmen, aber nicht überwältigend. Er lockte uns immer weiter in die Finsternis.

Ich sah zurück. Al da Rion war gleich hinter mir, doch Dasal war am Rande des Lichtscheins stehen geblieben. Er zitterte am ganzen Körper und wagte es offensichtlich nicht, weiterzugehen.

»Kommt!«, zischte ich ihm zu: »Nicht zurückbleiben!« Doch er schüttelte nur mit aufgerissenen Augen den Kopf.

»Wir sind fast da! Kommt doch! Was ist denn nur los?«

Sein Mund formte zwei Silben:

»SPIN- NEN!«

# KAPITEL 37

## *Die Entdeckung des Schlupfwinkels, die Enthüllung des Plans und das Ende*

Ich ging ein paar Schritte zu Dasal zurück. Wäre die Situation nicht so ernst gewesen, hätte ich wohl gelächelt. So kurz vor dem Ziel wurden wir nun von ihm aufgehalten, nur weil er sich vor ein paar harmlosen Spinnen fürchtete. Ich mochte es kaum glauben!

Ärgerlich zog ich meinen Auftraggeber am Ärmel und wisperte: »Kommt schon! Was ist denn los mit Euch? Erst wolltet Ihr unbedingt dabei sein und Eure Anvertrauten selbst retten, und jetzt lasst Ihr Euch von ein paar Spinnweben in die Flucht schlagen? Was soll ich davon halten? Mann! Fasst Euch ein Herz! Wir haben keine Zeit für solche Elfenkacke! Ihr bringt uns alle nur in Gefahr. Seht zu, dass Ihr herkommt, bevor ich Euch Beine mache!«

Dasals Augen schrien mir stumm Verzweiflung entgegen, doch endlich hob er zögernd seine Füße. Zitternd hielt er sein Schwert in der Lederscheide vor sich und schob damit die Spinnweben beiseite. Ganz langsam tastete er sich so voran.

»Sieh mal!«

Ich drehte mich um. Al da Rion deutete in die Dunkelheit vor uns, wo eine Treppe nach rechts in die Tiefe zu führen schien. Ich eilte zu ihm. Die Treppe führte nur wenige Stufen nach unten zu einer niedrigen, halb offenen Tür. Hier, an der Treppe, war der Gestank intensiver. Dumpfe, leise Geräusche erklangen hinter der Tür. Mein Herz schlug mir bis in den Hals hinauf. Dann sah ich im Dämmerlicht den letzten Beweis, falls es überhaupt noch eines Beweises bedurfte. In der Ecke neben der Tür lehnte eine alte Schaufel. Ihr Stiel gabelte sich am oberen Ende und hatte zwei Bohrungen. Hier hinein gehörte die Spindel, die ich auf dem Friedhof gefunden hatte. Es passte nun alles zusammen. Ich war sicher. Hinter dieser Tür musste es sein. Wir waren am Ziel!

Ich hörte in der Dunkelheit, wie Dasal unendlich langsam näher tapste. Al da Rion zog seinen Dolch und auch ich zückte meine Waffe. Möglichst lautlos schlichen wir voran. Plötzlich knarzten unter schweren, ungelenken Schritten die Bodendielen. Sie knarzten hinter uns! Aus der Dunkelheit gegenüber der Treppe tauchten plötzlich zwei Lanzenspitzen auf. Noch waren unsere Angreifer vom Dunkel verborgen. Doch die Lanzenspitzen näherten sich sehr zielstrebig und rasch. Viel zu rasch! Im dicht stehenden Gerümpel hatten Al da Rion und ich keinen Platz, um seitlich auszuweichen.

Wir hatten keine Wahl. Wir drehten uns um, stürzten mit Gepolter die Treppe hinab und flohen durch die Tür. So stolperten wir in einen großen Raum, in dem sich auf einigen Haufen etliches Gerümpel stapelte. Durch ein breites Tor zum Fluss hin fiel ein schimmernd tanzender Lichtschein. Ein Boot lag festgebunden bereit. Noch ehe wir uns weiter orientieren konnten, hörte ich Sorions klare, kalte Stimme rufen: »Schnappt sie euch!«

Zwei dunkle Gestalten, die sich an dem Boot zu schaffen gemacht hatten, hörten sofort damit auf und wandten sich uns zu. Hinter uns erklangen Schritte auf der Treppe. Al da Rion schrie entsetzt auf, als eine der Gestalten ihm ein lederartiges Gesicht zuwandte. Steif und ruckartig holte sie mit einem Ruderblatt aus und traf Al da Rion an der Hüfte, so heftig, dass es ihn von den Beinen hob. Dumpf stöhnend prallte er gegen die Wand. Als das Ruderblatt wieder niederfuhr, konnte er gerade noch ausweichen, doch dann traf ihn das andere Ende gegen die Brust und warf ihn erneut gegen die Wand. Diesmal schlug sein Hinterkopf hart an und er sank auf die Knie, weiteren Hieben wehrlos ausgeliefert.

Inzwischen stürzte die andere dunkle Gestalt mit einem Bootshaken auf mich los. Ich erkannte für einen Moment eine Orkfratze, die mich mit leeren Augenhöhlen zu fixieren schien, dann musste ich alle Aufmerksamkeit dem eisernen Haken widmen, der auf mich zuschoss. Ich wich dem ungelenken Stoß meines Angreifers aus. Am Rande meines Blickfeldes brach Al da Rion unter einem weiteren Hieb mit dem Ruder zusammen. Der Bootshaken richtete sich erneut auf meine Brust. Ein weiterer Stoß drohte mich aufzuspießen. Ich parierte mit meinem Dolch und lenkte den Haken seitlich ab. Da traf mich etwas in den Rücken und urplötzlich tanzte ein Feuerwerk aus Schmerz und Farben vor meinen Augen. Ich warf mich herum. Ein grünlich-dunkel verfärbte Körper mit aufgedunsenem, wabbeligem Bauch hatte sich von hinten an mich herangemacht und mir ihren Lanzenschaft in die Nieren geschlagen. Jetzt traf mich der Bootshaken in die Kniekehlen und ich fiel hart zu Boden. Klirrend fiel mir mein Dolch aus der Hand. Eine säbelbeinige Gestalt ragte riesig über mir auf. Ich erkannte einen blanken Schemen: Die Spitze des Bootshakens würde jeden Moment auf mich niederfahren.

»Genug!«, hörte ich Sorion. »Lebend sind sie nützlicher!«

Der Haken hielt eine Handspanne über meinem Hals inne. Mein Angreifer war, das erkannte ich jetzt, tatsächlich ein Ork. Aber er sah sonderbar dunkel aus und wirkte merkwürdig vertrocknet. Wie mumifiziert. Seine Augenhöhlen waren leer. Er musste tot sein!

»Packt sie, haltet sie nur fest!«

Die knorrige, ausgedörrte Hand des Orks packte mich mit hartem Griff, unwiderstehlich fest, wie ein Schraubstock. Mit nur einer Hand hielt der Ork meine beiden Unterarme an den Handgelenken fest hinter meinem Rücken zusammen und zerrte mich grob und rücksichtslos wieder auf die Füße.

»Lupina Stollgräber von Stollheim zu Hüggelstamm bei Morgenberg! Herzlich willkommen! Ich bin immer wieder höchst erfreut, wenn Ihr mich mit einem Besuch beehrt!«

Sorions honigsüße Stimme war der blanke Hohn. Er hatte sich vor mir aufgebaut und stand stolz da, selbstsicher und überlegen. Ich war überwältigt und wehrlos. Wieder einmal fühlte ich mich von ihm entsetzlich bloßgestellt, durchschaut und besiegt. Andererseits hatte ich nun nichts mehr zu verlieren.

Zeit! Unter diesen Umständen konnte ich wenigstes noch Zeit gewinnen. Wertvolle Zeit für Dasal, um Hilfe zu holen, Zeit für die Wache, herzukommen. Ich musste auf Zeit spielen und der Einsatz war mein Leben!

»Meister Sorion, bitte glaubt mir! Es ist alles ganz anders. Die Befreiung Ranaks steht auf dem Spiel! Ich soll Euch warnen!«

»Ist das Lügen bei dir eigentlich ein Reflex oder antrainierte Leidenschaft? Ständig willst du mich täuschen und manipulieren! Aber es gelingt dir nicht!«

»Und was ist mit der Rückeroberung Ranaks? Die neue Armee zur Befreiung? Ist Euch Euer Vaterland egal? Wollt Ihr eine einmalige Chance vergeuden und Eure Heimat im Stich lassen?«, schrie ich ihn an.

Ich hatte wohl einen empfindlichen Punkt angesprochen. Einen Moment sah es so aus, als wolle er mich schlagen, doch dann lachte er: »Die Armee zur Befreiung Ranaks aufgeben? Nein! Ganz im Gegenteil! Ich will sie nicht aufgeben. Ich will sie in Sicherheit bringen. Weg aus dieser Stadt, ihrem Geiz und ihrer dümmlichen Frömmelei! Hier hätte wohl kaum jemand Verständnis für meinen Plan. Meine Befreiungsarmee dürfte den engstirnigen und verbohrten Priestern sicher nicht gefallen. Ich bringe deshalb meine Streitmacht besser aus ihrer Reichweite. Und weg von den beschränkten Geizhälsen des Magistrats.

Ich habe dich unterschätzt. Du kleine Schnüfflerin hast beinahe all meine Pläne gefährdet. Als du letzte Nacht mein Tagebuch geraubt hast, hast du mich gezwungen, meine Pläne zu beschleunigen. Aber sei unbesorgt! Es ist zwar noch ein wenig zu früh und verursacht mir einige zusätzliche Mühe, doch diese Unannehmlichkeiten werden mich sicher nicht aufhalten. Am letztendlichen Gelingen meines Planes wird nichts, was du tust, etwas ändern.

Mein jüngster Rekrut hätte zwar besser noch eine Weile im Salzbett gelegen und ich hätte sehr gerne noch zwei Soldaten mehr angeworben. Doch nun, da du und dein ohnmächtiger Freund hier sich soeben freiwillig gemeldet haben, wird die Befreiungsarmee für Ranak bald nach dem nächsten Neumond die Stärke von sechs Mann erreicht haben.«

Anscheinend sah ich meinen Peiniger verständnislos an. Er lächelte dünn.

»Arme Lupina. Trotz deiner Schnüffelei und deiner hartnäckigen Nachforschungen hast du es offenbar noch immer nicht begriffen. Die Befreiungsarmee für Ranak hat dieses Mal nichts mit den geizigen Bravisjüngern zu tun, die hier in der Stadt mit Gewinnsucht und Kurzsicht alles verhindern, was meinem Volk Hoffnung schenken könnte. Der Rat und die Kaufleute rüsten keine Armee aus, was immer auch auf den Straßen gemunkelt wird! Sie verdienen noch immer zu gut am Grenzkrieg und wollen es dabei belassen. Sie haben keinerlei Interesse an Ranaks Freiheit. Doch es gibt eine andere Befreiungsarmee. Eine mächtige Armee! Hier in Garbath! Sieh her: Hier steht sie!«

Mit großer Geste deutete er auf die vier Gestalten. »Diese hier sind meine Armee!«

Ich nutzte die Gelegenheit, sie etwas genauer zu betrachten. Es waren vier Leichen. So sah kein Lebender aus. Daran bestand kein Zweifel. Sie waren aber kaum verwest. Ihre Haut war trocken, braunschwarz und spannte sich fest über ihre Glieder.

Bis auf einen: Er wirkte frischer, war bleicher. An seinen Armen zog sich seine Haut in Runzeln zusammen. Er war einmal ein dicker Mann gewesen. Doch nun trug er nur einen schwabbeligen Hautsack vor sich wie eine Schürze. Er allein verströmte den widerlichen Geruch, der uns hergelockt hatte. Die anderen Toten rochen nach gar nichts. »Dasals Tote!«, hauchte ich: »Die Armee zur Befreiung von Ranak besteht aus Dasals Toten, die du geraubt hast! Es ist unglaublich, doch du hast es geschafft.«

»Das ist richtig. Doch nun sind es meine Toten! Sie gehorchen mir!«

Mein Blick flog von einem Leichnam zum anderen.

»Der hier mit dem Ruder hat schon Risse in der Haut und sieht irgendwie ramponiert aus, fast wie eine viel bespielte Puppe! Es ist der Südländer! Der Erste, der geraubt wurde.«

Ein humorloses Lächeln umspielte seine Lippen.

»Ja, er war mein erster Rekrut. Es war schwer, ihn zu erwecken. Sehr schwer. Ich wollte fast schon aufgeben. Doch dann gelang es mir schließlich!«

»Dort drüben hält der Seemann gerade Al da Rion fest. Der Seemann starb im Streit. Er war der Erste, den du auf dem Friedhof ausgegraben hast.«

»Nicht ich. Ich habe ihn nicht ausgegraben. Mein getreuer Gefolgsmann aus dem Süden war es. Eine sehr tatkräftige Hilfe.«

»Den Ork hast du als Dritten gestohlen. Und das dort«, ich wies mit einem Nicken auf den frischer wirkenden Toten, »muss Tim von der Wache sein. Er war der Letzte, den du geraubt hast.

»Er ist noch ein wenig frisch und noch nicht richtig mumifiziert. Deshalb riecht er etwas streng. Aber ich versichere dir, er ist ebenso zuverlässig wie die anderen und befolgt haargenau meine Befehle.«

»Aber wieso sind sie nicht tot? Warum kämpfen sie und bewegen sich?«

»Keine Angst, Lupina! Sie sind tot! Genau das ist ja das Wunderbare an ihnen. Tote Krieger haben große Vorteile.

Zum einen sind sie unbedingt gehorsam. Sie stellen nie einen Befehl infrage. Zum andere können sie nicht mehr sterben. Sie sind ja schon tot. Man kann ihnen also keine tödlichen Wunden zufügen. Sie kämpfen noch weiter, wo Lebende schon längst gefallen sind. Und schließlich kennen sie keine Todesangst. Sie zögern nicht und kennen weder Furcht noch Skrupel! Du kannst es mir glauben: Es gibt keine hingebungsvolleren Soldaten als Tote!«

»Aber wieso bewegen sie sich? Wie können sie leben oder was immer sie tun? Was hast du ihnen angetan?«

»Sie gehorchen meinem Wort, denn ich habe sie wiedererweckt. Ich habe den Fluch des Todes gebrochen. Ich habe sie zurückgerufen und unter meinen Willen gezwungen. Aber sie leben nicht, denn sie haben keinen eigenen Willen. Sie existieren nur, um meinem Willen zu gehorchen. Sie gehorchen unbedingt, bis hin zur Selbstzerstörung.«

»Wie ist das möglich?«

»Hiermit!«

Triumphierend zeigte er mir ein kleines Büchlein in abgegriffenem, rotem Ledereinband.

»Nekromantia oder die Kunst, Tote zu erwecken«, las er den Titel vom Buchdeckel vor. Dann kam er mir ganz nahe und ging neben mir in die Knie. Ich spürte seinen Atem im Gesicht, als er mir in die Augen blickte und flüsterte:

»Das war die Antwort auf meine verzweifelten Gebete. Die ideale Lösung für die Befreiung Ranaks.«

Plötzlich stand er auf, trat drei Schritte zurück und deutet auf die Toten:

»Mit ihnen werde ich ganz Ranak befreien! Es wird natürlich zuerst ganz harmlos anfangen. Wir werden nach Ranak gehen und einen einsam gelegenen Hof überfallen. Es wird kurz vor Neumond sein. Keiner wird überleben. Keiner darf überleben! Zuerst ein paar Höfe, dann kleinere Dörfer, später größere und schließlich die Städte. Es wird nicht aufzuhalten sein! So werde ich ganz Ranak befreien!«

»Ganz Ranak? Wie willst du mit nur vier Toten allein ganz Ranak erobern?«

»Begreifst du das denn das Geniale dieser Lösung nicht? Meine Toten metzeln unsere Feinde nieder. Kurz vor Neumond! Diese toten Feinde erwecke ich wieder und auch sie werden mir gehorchen. Sie verstärken meine Armee. Mit ihnen kann ich nun umso mehr Feinde niederwerfen. So wird nach und nach meine Armee immer stärker! Noch mehr Feinde fallen ihr zum Opfer und wieder werde ich stärker.

Welch wunderbare, köstliche Ironie des Schicksals! Die verfluchten Milwinger bekämpfen sich gegenseitig. Die Toten besiegen die Lebenden! Die Eroberer Ranaks werden Ranak befreien und kein Blut meiner Landsleute muss vergossen werden.«

»Du bizt ja verrückt!«, keuchte Al da Rion. Erleichtert stellte ich fest, dass er lebte. Ein kurzer Blick von Sorion und schon packten zwei Untote Al da Rion grob an den Oberarmen und zogen ihn auf die Füße. Ein roter Faden aus blutigem Speichel hing aus seinem Mund.

»Es izt schon eine gewaltige Willensleiztung, vier wiedererweckte Tote zu beherrschen«, fuhr Al da Rion fort. »Doch eine ganze Armee? Dutzende, vielleicht Hunderte Leichen mit Willenskraft kontrollieren? Das überzteigt die Grenzen, die einem menschlichen Geizt gesetzt sind!«

»Was verstehst du denn davon? Willst du mir sagen, was ich kann und was ich nicht kann?«, blaffte ihn Sorion wütend an. Dann, auf einmal lächelnd, meinte er: »Wie dem auch sei. Ich bin jedenfalls gewillt, es zu versuchen. Ihr werdet euch selbst davon überzeugen können, wo ich meine Grenze finde. Zumindest, falls ihr nach eurem Tod noch irgendeine Art von Interesse daran habt. In jedem Fall werdet ihr aber dabei sein, auch wenn ihr es nicht miterleben werdet.«

»Was hast du vor?«, wollte ich wissen.

»Zuerst werden wir euch zu schönen Paketen verschnüren. Ihr wart lästig genug. Von nun an werdet ihr mir aber keine Schwierigkeiten mehr bereiten. Dann werden wir das Boot fertig beladen und zu Wasser lassen, um danach alle gemeinsam, meine Toten, ihr und meine bescheidene Person, ein gutes Stück den Illman hinunterzufahren. Dort verstecken wir uns eine Weile. Ich kenne einen Landedelmann an der ranakischen Grenze, der mir sehr verpflichtet ist. Er wird uns beherbergen. Eine kurze Weile dürft ihr noch weiterleben. Dann werdet ihr umgebracht, um zur festgesetzten Zeit, bei Neumond, wiedererweckt zu werden.

Das Erwecken, müsst ihr wissen, ist eine Kunst, sehr schwierig zu erlernen. Vieles ist zu bedenken. Es gelingt am besten bei Neumond. Doch auch der Todeszeitpunkt spielt eine große Rolle. Ist der Tote zu kurz verblichen, gelingt es nicht, ihn zu kontrollieren. Ist er schon zu lange tot, kann man ihn nicht mehr erwecken. Es war ganz und gar nicht einfach, alleinstehende, waffenerfahrene Männer zu finden, die rechtzeitig vor dem Neumond starben. Doch bei euch kann ich den Todeszeitpunkt ganz exakt festlegen. Inzwischen habe ich ein wenig mehr Erfahrung. Es wird perfekt werden! Seid mir ruhig dankbar. Ich verspreche euch, für euch gibt es ein Dasein nach dem Tode!«

»LEICHENSCHÄNDER!«

Brüllend und mit einer Grimasse aus unbezähmbarem Zorn und Entsetzen stürmte Dasal durch die Tür, die Schaufel hoch zum Schlag erhoben! Sorion fuhr herum und alle vier Leichen machten diese Bewegung unwillkürlich mit.

Krachend fuhr Dasals improvisierte Waffe nieder und verfehlte Sorions Kopf nur knapp! Wieder hob sich das Schaufelblatt. Sorion nahm schützend seine Hände über den Kopf. Der Ork tat es ihm gleich und riss mich höchst schmerzhaft in die Höhe. Dann erklang ein hartes Krachen und ein metallischer Ton sang durch die Luft. Der Ork und alle anderen Leichen sackten auf einmal willenlos in sich zusammen.

Als ich mich vom Leichnam Gulbuks befreit hatte, sah ich Sorion vor mir. Der Arzt lag mit aufgerissenen Augen am Boden, Blut sickerte aus Nase und Ohren und unter seinem Kopf breitete sich schnell ein größer werdender, dunkelrot glänzender See aus. Gleich über den Augenbrauen floh seine Stirn nun jäh nach hinten. Seine Beine zuckten noch eine Weile, dann gab er kein Lebenszeichen mehr von sich.

Keuchend und blass stand Dasal mit der Schaufel über seinem Opfer. Er hatte in der Dunkelheit lange mit sich und seiner Angst vor den Spinnen gerungen. Hilflos hatte er mitansehen müssen, wie wir überrumpelt wurden. Schließlich war es ihm doch gelungen, seine Furcht zu besiegen, und er war bis zur Treppe geschlichen, wo er den größten Teil des Gespräches mitangehört hatte.

»Es machte mich so wütend! Er hat meine Toten geraubt, geschändet, wiedererweckt und vergewaltigt! Für einen Krieg! Um Alvaris' Willen! Und er wollte ja immer so weitermachen! Wie entsetzlich!«, brach es sprudelnd aus Dasal hervor. Er zitterte und war völlig aufgelöst. Immer wieder mussten Al da Rion und ich ihm versichern, dass es uns gut ginge, dass nun alles vorbei sei. Als Dasal sich ein wenig beruhigt hatte, eilte er zu seinen Leichen.

Tränen standen in seinen Augen, als er die vom Salz ausgedörrten, unansehnlichen und teilweise schon recht ramponierten Körper untersuchte. Dann sprang er plötzlich auf und rief: »Er hat euch eure Eingeweide entfernt! Du Schuft, Frevler, Teufel!« Jede Beleidigung wurde mit einem Fußtritt in Sorions Seite unterstrichen.

Schließlich legte er seine Toten gerade nebeneinander hin und sprach mit erstickter Stimme einen langen Segen, der ihre Seelen ganz besonders der tröstenden Alvaris anempfahl.

Noch während des Segens traten sechs Wächter, begleitet von Bodural und einem Priester des Alvaristempels, ein. Nun war es an uns, das Vorgefallene zu erklären. Geduldig schilderten wir zu dritt die lange Geschichte von Sorion und seiner Befreiungsarmee. Wir erzählten sie insgesamt dreimal. Erst im Gerberviertel, noch am Schauplatz, dann ein weiteres Mal vor dem Magistrat, der eilig zusammengetreten war, und ein drittes Mal vor dem Hohen Rat der Priester. Eine solche Freveltat gehörte, darauf bestand der Alvarispriester, auch vor ein geistliches Gericht.

# EPILOG

*Was noch alles geschah*

Jede der drei Befragungen begann mit viel Misstrauen und unverhohlenem Argwohn. Doch wir hatten Beweise vorzuweisen: die Toten, das Tagebuch und das Büchlein über die Totenerweckung. Glücklicherweise hatte Sorion auch hierin in seinen charakteristischen Winzrunen allerlei Anmerkungen gemacht und sogar auf einer freien Seite seinen Plan zur Befreiung Ranaks mit einer Totenarmee skizziert. Wir gingen in jede der Befragungen als Verdächtige und verließen sie alle als Helden, Wohltäter und Retter der Stadt. Im allgemeinen Überschwang bemerkte niemand die wenigen Ungereimtheiten der Geschichte oder auch nur Dasals Vertuschung der Diebstähle. Wichtig war einzig die Aufdeckung.

Man war allenthalben nur an Sorions Freveltat interessiert. Woher wir all unser Wissen oder die Beweise hatten, wurde kaum hinterfragt.

Die Namen von Sarogo, Jaguris oder Bilgram fielen nie und auch Dasal fragte später nicht mehr nach. Ob er, da er die Mädchen nicht bestattet hatte, sich nicht für sie zuständig fühlte, oder ob er es einfach verdrängte, habe ich nie erfahren.

Zwei Tage später wurde der Leichnam Sorions auf Beschluss des Hohen Rates der Priester zusammen mit dem Büchlein *Nekromantia* und seinen Astronomiebüchern öffentlich verbrannt. So wurde er posthum als Hexer hingerichtet.

Dasals Tote wurden tags darauf erneut beigesetzt. Die ganze Stadt und auffallend viele Ranakis nahmen daran teil. Die ranakische Flüchtlingsgemeinde war ebenso entsetzt wie empört, dass ihr Patron ein Magier gewesen war. Die meisten Ranakis standen den Priestern zwar recht reserviert gegenüber, doch neigten sie fast alle zu Aberglauben. Sie verabscheuten Magie. Schwarzkünstler und Zauberer waren den meisten von ihnen verhasst.

Zwei Monate später, nach einer ganzen Serie von missglückten Hinrichtungen, musste der Henker zugeben, mit Sorion zusammengearbeitet zu haben. Sorion hatte ihm ein Pulver verkauft, das er den Delinquenten mit dem Scheidebecher verabreichte, dem letzten Schluck Wein im Gefängnis. Das Pulver beruhigte die Delinquenten und machte sie »folgsamer«. So hielten die Opfer immer schön still und der Henker traf die Hälse umso leichter. Nun, ohne das Mittel, sträubten sich die Unglücklichen und der Henker verpatzte immer öfter seinen Schlag. Der Magistrat verurteilte den Henker zu einer schweren Geldstrafe und enthob ihn seines Amtes.

In den folgenden Monaten war Dasal der Held der Stadt. Die Leistungen eines Südländers bei der Aufdeckung von Sorions Schandtat vergaß man fast ebenso schnell wie die einer Halblingsdame. Mir war es nicht unlieb. Dasal aber vergaß die Stadt nicht. Bald rissen sich die Bürger darum, ihre Toten von ihm bestatten zu lassen. Statt seinen Ruf zu »zerschmettern« und sein Geschäft zu vernichten, hatten die entführten Toten sogar seinen Umsatz beträchtlich erhöht. Bald schon suchte er einen Helfer. Ich empfahl ihm Mirwal, den gutwilligen Gesellen Sarogos. Für ihn wäre es sicherlich eine gute Erfahrung, auch einmal für angemessenen Lohn zu arbeiten.

Am Tag nach den großen Anhörungen bat Dasal Al da Rion und mich zu sich und wir erhielten unseren Lohn. Dasal bedankte sich überschwänglich bei uns, während er mir drei und Al da Rion zwei Goldkronen in die Hand zählte. Bei ein paar guten Flaschen Wein verbrachten wir einen schönen Abend.

Mit seiner Belohnung konnte Al da Rion nun sein Schiff von der Sandbank freischleppen lassen und drei Tage später brach die »Seeschwalbe« auf. Zuvor feierten wir zu zweit eine Nacht lang ein rauschendes Abschiedsfest. Er versprach mir bei seiner Seele und dem Segen Lambaghis, bald wiederzukommen. Zum Abschied schenkte er mir einen Schatz: Einen Stapel tellergroßer, fein geschnitzter Holzblöcke, die alle die Göttin Lambaghi zeigten und die mannigfaltigen Arten, ihr zu huldigen. Die Bilder waren sehr detailverliebt und anschaulich. Sie waren sicher nett anzuschauen, doch ich war etwas ratlos, was ich mit ihnen anfangen sollte.

»Du kannzt Tusche mit einem Leder auftragen und ein Pergament darauflegen. Dann muzt du von der Rückseite vorsichtig darüber reiben. So bildet sich das Bild des Ztempels auf dem Pergament ab. Im Ozten hat man diese Technik erfunden, hier izt sie aber noch unbekannt. Ich bin sicher, Seemänner und auch andere Leute werden gerne Geld für einen solchen Druck ausgeben. Wenn sich nicht »Lupina die Schreiberin« in der Ztadt niederlassen darf, dann könnte doch »Lupina die Druckerin« ein Geschäft eröffnen.« Nun endlich ging mir ein Licht auf.

Einige Zeit später, als Karal und ich einen noch schwachen und blassen Spirek aus dem Haus der Heilung abholen wollten, rief mich überraschend Gulmasal zu sich. Auch er hatte am Hohen Rat der Priester teilgenommen und wusste nun, dass ich ihn beschwindelt hatte.

Mit gemischten Gefühlen trat ich ein, doch er sah mich freundlich an und sagte: »Fräulein Lupina! Wie schön, Euch wiederzusehen. Euer Freund hat sich zum Glück wieder erholt. Bald wird er wieder ganz hergestellt sein.«

»Ich danke Euch sehr für Eure Mühe. Ich weiß, dass Ihr Euch selbst um ihn gekümmert habt. Eurer Kunst verdankt er sein Leben.«

Der Prior winkte bescheiden ab, dann fragte er unvermittelt: »Sagt mal, habt Ihr die Aufzeichnungen noch, die ich Euch diktiert habe?«

»Ja. Natürlich!«

»Ihr habt mich neulich ja ganz schön zum Besten gehalten! Es ist nicht gerade götterfürchtig, Priester zu belügen und zu veralbern. Einige im Priesterrat meinen, man sollte solch ein Verhalten wie ein Verbrechen ahnden.« Seine

Augen blickten immer noch freundlich auf mich, doch sein Gesicht war ernst, als er fortfuhr: »Was haltet Ihr davon, Eure Lüge nun wahr zu machen?«

»Ich verstehe nicht recht.«

»Ihr habt vorgegeben, Euch um ein Hospital für Halblinge in Eurer Heimat zu bemühen. Ihr habt dafür Unterlagen gesammelt. Was haltet Ihr davon, nun das zu tun, was Ihr zunächst nur vorgeblich tun wolltet? Wollt Ihr nicht Eure Schuld abtragen und versuchen, dieses Hospital doch noch auf den Weg zu bringen?«

»Ja, schon, aber ein paar Pergamente mit guten Ideen und erprobten Plänen werden wohl kaum ausreichen.«

»Ich könnte vielleicht noch etwas beisteuern. Die Hinterlassenschaften dieses schrecklichen Hexers sind an den Hohen Rat gegangen und er hat mich beauftragt, für die rechte Verwendung zu sorgen. Im Wesentlichen besteht der Nachlass aus einigem Geld und Büchern über Heilkunst. Wir haben selbst eine gute Bibliothek mit beinahe 200 Büchern, sodass wir auf einige seiner Bücher gut verzichten können.«

Er deutete auf einen Stapel Bücher auf seinem Arbeitstisch. Es waren die, die ich bei Sorion gesehen hatte. Der schmale, hohe Band mit den Bildern des geöffneten Leichnams fehlte.

Gulmasal fuhr fort:»Auch ist es eines Tempels nicht würdig, Geld zu behalten, das mit Hexerei verdient wurde. Wenn Ihr nun die Bücher und eine stattliche Summe Geldes erhieltet, wie würdet Ihr damit ein Hospital für Halblinge begründen?«

»Ich würde es nach unserem Brauch und Recht als Treugebinde an unser Stammesoberhaupt senden und ihn bitten, damit ein solches Haus einzurichten. Treugebinde sind bei uns heilige Stiftungen. Unser Stammesoberhaupt wird gewiss im Sinne dieser Stiftung handeln.«

»Dann sende ich Euch morgen 40 Goldkronen und die Bücher. Ihr werdet einen Brief schreiben, die Stiftung nach Euren Rechtsgebräuchen einrichten und einen zuverlässigen Boten suchen. Damit wären die Götter versöhnt.«

Am Abend saß ich in meiner Kammer, stellte die Pergamente zusammen und schrieb einen langen Brief an unser

Oberhaupt, in dem ich von den seltsamen Ereignissen berichtete und die Stiftung formulierte. Nach einigem Nachdenken legte ich auch das Pergament dem Packen bei, das Sorion mir bei unserer zweiten Begegnung gegeben hatte.

Als mein Brief fertig war, stellte ich mich an mein Fenster. Im wieder zunehmenden Mondlicht sah ich hinter dem Dächergewirr der Stadt am Horizont die Rotsteinberge silbern schimmern. Ich dachte über Gulmasal nach und seine überraschende Großzügigkeit. Vielleicht waren doch nicht alle Priester so übel. Möglicherweise verfügten sie doch über ein wenig Weisheit und vielleicht sogar auch über so etwas wie verschrobenen Humor. Einige zumindest.

Ich dachte an Sorion zurück und seinen genialen, aber wahnwitzigen Plan zur Befreiung seiner geliebten Heimat. Beim Nachdenken kam mir die alte Sage über den Ursprung des Bösen in den Sinn. Es war die Geschichte von Firi und den rivalisierenden Brüdern Varon und Zamur. Zamurs verschmähte, unerfüllte Liebe brachte das Böse hervor. Seither, so wird gelehrt, pflanzt es sich in der Welt immer weiter fort. Es hieß, in irregeleitetem Begehren und in verderblichen Leidenschaften würde das Böse immer neue Blüten treiben.

Was Sorion anging, mochte diese Vorstellung wohl zutreffend sein.

# HALBLINGE

Halblinge sind ein menschenähnliches Volk. Sie sind etwa halb so groß wie ein groß gewachsener Mensch, vielleicht gelegentlich etwas größer, drei bis vier Fuß nach belgarischem Maß. Anders als Zwerge sind sie vom Körperbau her eher zierlich, auch wenn sie im Alter dazu neigen, rundlicher zu werden.

Hervorstechendstes Merkmal ihrer kulturellen Selbstständigkeit ist sicherlich ihr Verhältnis zu kulinarischen Genüssen.

Auch Menschen und andere Völker essen und natürlich essen sie gerne gut. Doch die Wertschätzung guter Speisen geht bei Halblingen noch weiter. Kochkunst ist das bei ihnen verbreitetste Hobby. Die Kehrseite davon ist ihre sprichwörtliche Naschsucht. Sie sind bei den Menschen als unverbesserliche Schlemmer verschrien und finden darum, trotz ihres spezifischen Talents für die Kochkunst, nur selten Arbeit in einer Küche. Die meisten Wirte in Garbath sind der Ansicht, der Schaden, den ein Halbling in der Speisekammer anrichtet, übersteigt den Nutzen seiner Arbeitskraft bei Weitem.

Diese Beurteilung ist jedoch nicht ganz fair. Zwischen ihren neun Mahlzeiten, die sie kennen, nehmen Halblinge nur gelegentlich etwas zu sich. Und auch wenn sie neun offizielle Mahlzeiten kennen, so ist es auch bei ihnen durchaus nicht üblich, tagtäglich neunmal zu speisen.

Man muss auch berücksichtigen, dass die seelische Ausgeglichenheit eines Halblings sehr direkt vom Essen und Trinken abhängt. Stärker als bei Menschen kann ein guter Braten, ein kräftiger Schluck oder ein guter Laib Käse einen verstörten Halbling wieder aufrichten. In Krisen, bei Sorgen, Trauer, Wut und anderen Kümmernissen geht der Halbling zu Tisch und findet dort Trost und Frieden.

Die Halblinge aus den Rotsteinbergen gelten als hervorragende Schweinezüchter. Sie sind zurecht sehr stolz auf ihre Tiere. Sie liefern ihnen gutes Fleisch, leckeren Speck und natürlich Leder. Darüber hinaus verwenden die Halblinge Schweine auch als Zugtiere. Die Schweine spielen im Denken der Halblinge eine so zentrale Rolle, dass sogar allerlei Bezüge zur Schweinehaltung Eingang in die Alltagssprache der Halblinge gefunden haben.

# WICHTIGE PERSONEN

| | |
|---|---|
| Lupina alias Lu | Halblingsdame und Überlebenskünstlerin, betätigt sich detektivisch |
| Al da Rion | Kapitän, Südländer |
| Bilgram | Ein Tunichtgut |
| Dasal | Bestatter und Auftraggeber |
| Ghasal | Ein zwielichtiger Fuhrmann |
| Gulmasal | Meister der Heiler |
| Gulbuk | toter Orksöldner |
| Jaguris | Leichenwäscherin und Kräuterweib |
| Karal | Gastwirt und Vermieter |
| Karimba | toter Südländer |
| Mardilo | toter Matrose |
| Mirwal | Sarogos junger Gehilfe |
| Punto | Friedhofswärter und Säufer |
| Risa | Puffmutter |
| Sarogo | Bestatter am Bärenturm |
| Sorion | Nobelarzt aus Ranak |
| Spirek | hübscher Leichtmatrose |
| Tim | toter Wächter |
| Ugulis | Witwe und Zimmerwirtin |

# GELD

Besucher von Garbath haben oft mit dem Geldverkehr Schwierigkeiten. Zum besseren Verständnis einige Anmerkungen zum Wert der in Garbath anerkannten und benutzten Münzen.

In Belgaria werden Geldgeschäfte mit fünf verschiedenen Münzen getätigt. Es gibt Goldkronen, Silberpfennige, Bronzeschillinge, rote Heller (aus Kupfer) und (Zinn-)Kreuzer. Eine Goldkrone entspricht 20 Silberpfennigen, ein Pfennig ist 10 Bronzeschilling wert, 4 Heller ergeben einen Schilling und 6 Kreuzer machen einen Heller. So ergibt sich diese Umrechnungstabelle:

| | 1 Krone | 1 Pfennig | 1 Schilling | 1 Heller |
|---|---|---|---|---|
| Pfennig | 20 | | | |
| Schilling | 200 | 10 | | |
| Heller | 800 | 40 | 4 | |
| Kreuzer | 4800 | 240 | 24 | 6 |

Die Umrechnung ist nicht ganz einfach: Zölle sind hoch, die Steuern sind verhältnismäßig niedrig, auch wenn dies niemand in Garbath zugeben will. Arbeitskraft ist preiswert, allerdings ist Facharbeit gefragt und besser bezahlt. Einfache Speisen und Bier sind erschwinglich, importierte Schlemmereien oder Weine aus fernen Gegenden sind sehr teuer. Wohnraum ist knapp und entsprechend teuer.

Für zwei Silberpfennige kann Lupina ihr sehr kleines und einfaches Zimmer etwa zehn Tage lang mieten und sich etwa jeden zweiten Abend bescheiden von Karal bewirten lassen.

# ZEIT UND KALENDER

Auch das Jahr in Garbath hat 365,25 Tage. Es ist in zwölf Monate aufgeteilt. Das Jahr beginnt nach der Wintersonnenwende. Die Monde heißen der Reihe nach:

| | | | |
|---|---|---|---|
| I | Schneemond | VII | Füllemond |
| II | Frostmond | VIII | Erntemond |
| III | Saatmond | IX | Beerenmond |
| IV | Wettermond | X | Goldmond |
| V | Grünmond | XI | Nebelmond |
| VI | sommerlicher Wechselmond | XII | winterlicher Wechselmond |

Die Woche hat, wie auch bei uns, sieben Tage. Sie sind nach den regelmäßigen Routinearbeiten einer ursprünglich bäuerlichen Gesellschaft benannt. Sie heißen: Spinntag (Mo), Backtag (Di), Waschtag (Mi), Hacktag (Do), Schmiedtag (Fr), Kästag (Sa) und Brautag (So).

Kinder in Garbath merken sich die Wochentage mit einem Verslein:

*Anfang der Woche ist eine Not!*
*Ich spinne die Wolle und backe das Brot.*
*Mitte der Woche bin ich stolz!*
*Ich wasche die Wäsche und hacke das Holz.*
*Das Ende der Woche, das lobe ich mir:*
*Erst schmied ich, dann käs ich, dann braue ich Bier!*

Dass im Alltagsleben in Garbath und somit auch in diesem Buch die Wochentage keine sonderlich große Rolle spielen, liegt unter anderem daran, dass jeder Tag ein Werktag ist. Es gibt keine regelmäßigen Feiertage wie bei uns. Ein

Wochenende mit Freizeit und eingeschränktem öffentlichem Leben, wie wir es kennen, wird in Garbath nicht gepflegt.

Stattdessen werden über das Jahr verteilt in Garbath fast 200 verschiedene Feiertage der einzelnen Gottheiten gefeiert. An den allermeisten der Feiertage darf aber gearbeitet werden. Es bleibt jedem einzelnen Bürger weitgehend selbst überlassen, an welchen der vielen Feiertagen er feiert und er zur höheren Ehre der Götter die Arbeit ruhen lässt. Üblicherweise haben die Geschäfte einen festen Ruhetag in der Woche.

Der (himmlische) Mond folgt einem 29-tägigen Zyklus.

Die Erzählung beginnt am 21. Tag des Grünmondes im Jahre 615 nach der Landnahme und Staatsgründung durch König Beleg. Es ist ein Backtag.

# MASSE UND GEWICHTE

| ***Längenmaße für Bau und Handel*** | | ***metrisch*** |
|---|---|---|
| | 1 Korn | 4,4 mm |
| 5 Korn | 1 Fingerbreit | 2,2 cm |
| 4 Finger | 1 Handbreit | 8,8 cm |
| 4 Handbreit | 1 Elle | 35,2 cm |
| 5 Ellen | 1 Klafter | 1,73 m |
| 2 Klafter | 1 Rute | 3,52 m |
| | | |
| ***Wegmaße in Garbath*** | | ***metrisch*** |
| | 1 Fuß | 31,2 cm |
| 3 Fuß | 1 Schritt | 93,6 cm |
| 6 Fuß | 1 Doppelschritt | 1,872 m |
| 1.000 Doppel-schritte | 1 Meile | 1,872 km |
| 16 Meilen | Tagesreise | 29,952 km |
| | | |
| ***Gewichte in Garbath*** | | ***metrisch*** |
| | 1 Lot | 15 g |
| 2 Lot | 1 Unze | 30 g |
| 16 Unzen | 1 Pfund | 480 g |
| 100 Pfund | 1 Zentner | 48 kg |

# REZEPTE

Um das Bild des Schauplatzes Garbath auf möglichst anschauliche Art zu vervollständigen, folgen hier noch einige der Rezepte, die im Buch genannt werden. Da die Rezepte zum Nachkochen gedacht sind, wurden sie in Hinblick auf die Möglichkeiten und Erfordernisse einer modernen Küche angepasst.

## Lauchsüppchen:

Eines von Dasals Lieblingssüppchen. Es ist einfach und schnell gemacht, aber trotzdem sehr lecker.
**Man suche sich:**
*2 bis 3 Stangen Lauch, 1l Brühe, Salz, Pfeffer, Muskatnuss, Olivenöl, Mehl, Götterträhnen oder Sherry, Schnittlauch*

Der Lauch wird geputzt, gewaschen und in feine Röllchen geschnitten. Sie werden in etwas Olivenöl angebraten. Wenn der Lauch beginnt, Farbe zu nehmen, wird ein EL Mehl darüber gestäubt. Kurz und gründlich durchrühren, dann mit der Brühe aufgießen, den Herd klein stellen und 5 – 8 Minuten gar ziehen lassen.

Mit einem Schuss Götterträhnen oder Sherry, Salz, Pfeffer und etwas Muskat abschmecken. Vor dem Servieren noch ein paar frische Schnittlauchröllchen darüberstreuen.

## Gallasir, Al da Rions Körnerpfanne:

Dieses leckere Rezept ist ein wunderbares Hauptgericht für zwei oder aber eine Vorspeise für etwa vier Personen.
**Finde:**
*ca. 250g Rundkorn- oder Milchreis, je ca. 3EL geschälte Sonnenblumen- und Kürbiskerne, 1 Zwiebel, 1l Brühe, nicht zu salzig, ca. 500g Gemüse nach Belieben (z.B. Erbsen, Möhren, grüner Spargel, Kohlrabi, Bohnen, Parmaschinken, Pilze, Garnelen, Pastinaken, Sardellen …), Olivenöl, Salz, Pfeffer, Butter, Zitronensaft*

Die fein geschnittene Zwiebel wird in Olivenöl glasig geschwitzt. Dann wird der Reis dazu gegeben und ebenfalls kurz angebraten. Bevor die Zwiebeln zu viel Farbe nehmen, den Herd klein schalten und den Pfanneninhalt mit etwas Brühe ablöschen. Gelegentlich umrühren. Wann immer die Brühe verkocht bzw. vom Reis aufgesogen ist, wird wieder etwas Brühe angegossen, aber immer wieder nur so viel, dass der Reis gerade beginnt zu schwimmen. Auf kleiner Hitze weiter garen. Das kann bis zu 30 Minuten dauern.

Je nach Garzeit rechtzeitig vor dem Ende wird das »Gemüse« zugegeben. Wenn der Reis gar ist, wird mit Salz, Pfeffer, einem Spritzer Zitronensaft und einem El Butter abgeschmeckt.

Je nachdem, was man an »Gemüsen« hat, schmeckt diese Körnerpfanne immer wieder neu und aufregend anderes.

### Rouladen auf Milwinger Art:

Nach der Eroberung der Halbinsel Ranak fanden einige Rezepte der Milwingerküche auch Eingang in die Küche Belgarias. So diese Rouladen.

**Sichere dir aus der Beute:**

*Pro Person 2 dünne, aber große Scheiben Schweinelende, 2 Scheiben luftgetrockneter Schinken (Parma!), 3 – 4 Dörrpflaumen, 3 Gabeln feines Sauerkraut sowie 1 große Zwiebel, ¼l Brühe, ⅛l Sherry, Worcestersoße, Salz, Pfeffer, Paprikapulver edelsüß, Kumin, scharfer Senf, gutes Bratfett (z.B. Butterschmalz, Öl oder Palmin) u.U. Zucker Tomatenmark, Mehl, Zahnstocher*

Ein netter Metzger wird bestimmt das Fleisch in dünne Lappen wie für Rouladen schneiden. Mit seiner Maschine geht es ganz einfach. Zur Not behelfe man sich mit einem scharfen Messer, etwas Geschick und Geduld.

Das Fleisch wird flach ausgelegt, notfalls noch etwas plattiert. Nun ein paar Tropfen Worcestersoße einmassieren. Einen Teelöffel Senf verteilen, mit ein wenig Kumin, Pfeffer und Paprika würzen. Das Sauerkraut gut ausgedrückt in einer dünnen Schicht darauf verteilen und darauf den Schinken legen. An einem Ende die Backpflaumen platzieren und um sie herum die Rouladen aufrollen. Mit Zahnstocher feststecken.

Die Rouladen in Fett mit Zwiebeln zusammen scharf anbraten und schön Farbe nehmen lassen. Dann das Fleisch in eine Ofenform legen und die Zwiebeln mit Sherry und Brühe aufgießen. Den Pfannensatz damit schön loskochen und alles über die Rouladen gießen.

Im Ofen bei 150 Grad 90 bis 120 min. braten. Nach einer Stunde die Roulade vorsichtig wenden.

Schließlich das Fleisch auf eine Servierplatte legen und den restlichen Inhalt der Ofenform durch ein Sieb in einen Topf gießen. Mit etwas Wasser verlängern. Sollte die Sauce zu scharf nach Röstaromen oder zu sauer schmecken, etwas Zucker und Tomatenmark zugeben. Mit Sahne aufgießen und abschmecken.

Dazu passen am besten Kartoffeln.

# DANKSAGUNGEN

*von Alexander Bálly*

Jedes Buch ist für einen Autor ein Abenteuer. In besonderem Maße gilt das für das erste Buch eines Schriftstellers. Dieses Buch war mein Erstling. Als es 2010 zum ersten Mal erschien, war ich sehr stolz. Als meine Heldin Lupina dann rasch eine kleine, aber sehr treue Fangemeinde fand, beflügelte mich das weiter.

Nun, in dieser Neuausgabe präsentiert Lupina sich besser und schöner als je zuvor. Ich habe inzwischen dazugelernt. Spannend ist das Buch immer noch, doch endlich konnten auch die gelegentlichen Schwächen im Text verbessert werden. Nun hat das Buch die Qualität, die meine Heldin, ihre Fans und ihre neuen Leser verdienen.

Mein herzlicher Dank gilt

- Tom Orgel, der den Anstoß zur Neuausgabe gab.
- Schemajah Schuppmann, meinem neuen Verleger.
- Stephanie Kempin, meiner Lektorin.
- und vor allem Tonja, meiner Frau.

Doch auch all den vielen anderen Helfern und den Lesern, die Lupina bisher so treu begleitet haben, möchte ich herzlich danken. Ohne Euch, Euren Zuspruch und Eure Begeisterung hätte ich wohl kaum weitergeschrieben.

Euch allen widme ich das Buch.
Alexander Bálly